TO
KYO

DE
TEC
TIVE

MARCHIALY

JAKE
ADELSTEIN

TOKYO

Titre original : *Tokyo Private Eye*

Éditions Marchialy,
Une maison créée
et dirigée par
Clémence Billault
et Cyril Gay
8, rue Léon-Jouhaux
75010 Paris
www.editions-marchialy.fr

ENQUÊTES, CRIMES ET RÉDEMPTION AU PAYS DU SOLEIL-LEVANT

DETECTIVE

TRADUIT DE L'ANGLAIS PAR DOUG HEADLINE

MARCHIALY

DU MÊME AUTEUR
AUX ÉDITIONS MARCHIALY

Tokyo Vice : un journaliste américain sur le terrain de la police japonaise, 2016, traduit de l'anglais par Cyril Gay.

Le Dernier des yakuzas, 2017, traduit de l'anglais par Cyril Gay.

J'ai vendu mon âme en bitcoins, 2019, en collaboration avec Nathalie Stucky, traduit de l'anglais par Cyril Gay.

Jake Adelstein est né aux États-Unis en 1969. Il a été le premier journaliste étranger à intégrer la rédaction du plus grand quotidien japonais, le *Yomiuri Shinbun*, en 1993. Il vit depuis trente ans à Tokyo où il poursuit son travail de journaliste d'investigation.

TOKYO DETECTIVE

CHAQUE VICTOIRE EST UN ENTERREMENT

« CÉLÈBRE TA VICTOIRE COMME UN RITE FUNÉRAIRE LORSQUE BON NOMBRE D'HOMMES ONT PÉRI, IL CONVIENT DE LES PLEURER AVEC UN CHAGRIN SINCÈRE. C'EST POURQUOI IL FAUT TRAITER UNE VICTOIRE À LA MANIÈRE DE FUNÉRAILLES. »

LAO TSEU

28 octobre 2008

Parfois, quand on a réussi à triompher de ses ennemis, on a tout simplement envie de faire la fête. J'avais choisi le Westin Hotel de Tokyo pour y retrouver mon mentor, l'ancien procureur Toshiro Igari, autour d'un verre ou deux. Nous étions réunis pour célébrer la déroute de notre ennemi commun, Tadamasa Goto, qui venait de se faire éjecter du Yamaguchi-gumi le 14 de ce même mois. Goto, c'était le Richard Branson des yakuzas : charismatique, d'une richesse indécente, autrefois actionnaire principal de Japan Airlines, une tripotée de politiciens dans sa poche et un millier de personnes dans son organisation. Le Yamaguchi-gumi, basé à Kobe, était à ce moment-là le plus important de tous les gangs de Tokyo, avec près de 80 000 membres et un pied dans toutes les industries existantes de la société japonaise. Quand Goto s'en était retrouvé chassé, tout comme une dizaine d'autres chefs de haut rang proches de lui, la nouvelle avait fait la une des journaux. Ça avait déclenché une vraie crise dans le monde du crime organisé, l'équivalent pour les yakuzas de l'onde de choc Lehman Brothers : le « choc Goto ». La rumeur disait que Goto avait fomenté un coup d'État pour s'emparer de l'organisation, et cela expliquait en partie son expulsion. Trahir l'organisation pour obtenir sa greffe du foie fut le dernier clou qu'il planta dans son cercueil.

J'avais écrit un article sur le sujet dans *The Washington Post* en mai 2008 et en avais publié un autre sous pseudo pour le *Los Angeles Times*. Dans un monde idéal, j'en aurais aussi écrit un pour le *Yomiuri Shinbun*, le quotidien japonais où j'ai commencé ma carrière de journaliste en 1993, mais je doute qu'ils auraient eu le cran de le publier. Goto était un sacré sociopathe avec un fort penchant pour la violence et s'en prenait à ses détracteurs, quels qu'ils soient. Mes articles révélaient les termes de l'accord passé par Goto avec le FBI pour obtenir son visa d'entrée aux États-Unis et un foie tout neuf : il avait dénoncé tous ses amis du Yamaguchi-gumi et fourni des informations précieuses aux autorités. Par la suite, il avait mis un contrat sur ma tête, et ma famille et moi avions été placés sous protection policière. D'ailleurs, je l'étais encore.

J'arrivai en avance et attendis un moment dans le lobby. Je reconnus Igari avant même d'avoir vu son visage, parce qu'il avait une présence particulière et l'allure d'un chef yakuza, avec son costume noir. Il y avait quelque chose dans ses expressions et même dans toute son attitude qui me faisait penser à un bouledogue, oui, à un bouledogue vraiment très malin. Du coin de l'œil, je le regardai approcher tout en parcourant les journaux à sensation. Il me repéra très vite et nous nous dirigeâmes vers le restaurant pour y manger un morceau. Il portait un costume sombre bien coupé, une chemise blanche, pas de cravate. J'avais enfilé un pantalon léger et une chemise grise. J'en étais arrivé au stade où ne plus avoir à porter un costume en permanence me remplissait de joie.

Cet homme m'impressionnait depuis le début de notre relation. Il n'est pas rare au Japon de voir les anciens procureurs se mettre au service d'entités douteuses, tout spécialement les yakuzas, une fois qu'ils ont pris leur retraite. Les mots *yameken bengoshi* ne sonnent pas trop bien en japonais. Littéralement, ça signifie un « avocat qui a abandonné le métier de procureur » et cette expression reflète le mépris généralisé qui entache tous les ex-procureurs passés dans la sphère privée. C'est presque un synonyme d'« avocat marron ». Igari, lui, faisait partie d'une espèce rare, de ceux qui, après avoir quitté le ministère public, choisissent leur honneur au lieu de l'argent et décident de combattre les yakuzas plutôt que de se mettre à leur service. C'était l'un des nombreux aspects de sa personnalité qui m'inspiraient le respect. Igari-san était une légende dans l'univers de la lutte contre la criminalité; il avait écrit plusieurs livres sur les moyens de combattre le crime organisé et d'empêcher son intrusion dans les milieux d'affaires. Une fois assis à table, nous échangeâmes les traditionnelles phrases de courtoisie, puis il en vint droit au but.

« Alors, vous avez apporté le matériel ?

– Je l'ai apporté, oui, dis-je en lui tendant une enveloppe en papier kraft.

– Je regarderai ça tout à l'heure. Je me connais. Si je commence à lire, je ne pourrai plus m'arrêter, notre repas va refroidir et ma bière va tiédir. Alors, avant toute chose, mes félicitations. Je suis persuadé que vous êtes soulagé de savoir que ce type n'est plus un boss des yakuzas, mais juste un ex-boss. Et franchement, c'est un tel fils de pute que je pense que tout le Japon en tirera bénéfice. »

La pile de documents que j'avais apportés à Igari provenait d'un des sous-fifres de Goto. Il s'agissait de notes distribuées au cours d'une réunion de l'échelon supérieur du Goto-gumi au sujet des changements intervenus dans les lois japonaises contre le crime organisé. Bien entendu, un ancien procureur devenu avocat des gangsters participait à la réunion et avait expliqué les nouvelles lois et leurs failles. Vous vous demandez peut-être pourquoi l'un des propres hommes de Goto m'avait fourni des documents internes de ce genre. La raison était toute simple : le gars détestait son chef.

Igari me dit alors, comme il me l'avait écrit dans un e-mail : « Votre ténacité et votre détermination à l'abattre ont fini par payer. Vous avez écrit l'article qui a provoqué sa chute et ça, c'est remarquable. C'est un véritable exploit. Vous avez fait quelque chose que la police n'aurait jamais réussi à faire. »

Je ne savais pas trop quoi répondre. Ça me semblait toujours aussi irréel, et pourtant je me rendais bien compte que j'avais accompli quelque chose d'extraordinaire. Après une si longue série de défaites, c'était plutôt agréable de se retrouver du côté des vainqueurs. Igari et moi étions tous les deux d'excellente humeur. Le Westin Hotel semblait un décor parfait pour les circonstances. Un autre soir d'octobre, sept ans plus tôt, Igari avait aidé l'hôtel à se débarrasser de son client et résident le plus encombrant, Tadamasa Goto en personne. L'hôtel avait autrefois servi de résidence secondaire à Goto. Il en avait été chassé, tout comme il se voyait à présent chassé de son foyer au sein des yakuzas.

« Quelle est la prochaine étape pour Goto ? demandai-je à Igari.

– S'il ne se montre pas très prudent, le Yamaguchi-gumi décidera qu'il est devenu gênant et l'éliminera. C'est un feu de poubelle qui couve. La décision de le retirer de la liste des membres, *joseki*, plutôt que de le bannir est assez curieuse. Disons que ça lui permet de partir de façon un peu plus élégante.

– Maintenant que ce n'est plus un yakuza, peut-être qu'il va revenir à l'hôtel. »

Igari se mit à rire.

« Je ne pense pas. Un type comme lui va rester sur la liste des membres du crime organisé pendant cinq ans au moins. Ce sera intéressant de voir ce qu'il va faire maintenant. »

J'aurais voulu en apprendre un peu plus sur ses démêlés avec Tadamasa Goto : « Eh bien, je sais que vous avez eu maille à partir avec lui, si vous me racontiez un peu l'histoire de l'hôtel ? »

Et il commença à me la raconter. L'hôtel l'avait contacté après avoir éjecté Goto et son entourage, mais ne savait pas quoi faire de la caution laissée par Goto. Après de longues négociations entre Igari et les acolytes du gangster, Igari avait rédigé un document juridique destiné à solder leur passif et l'avait envoyé aux bureaux de Goto. Le secrétaire personnel de Goto était venu à son bureau et lui avait remis la caution en liquide. L'histoire aurait pu s'arrêter là, mais elle avait donné une idée à Igari. Et si, dans les contrats d'hébergement, une clause interdisait expressément aux membres du crime organisé de séjourner à l'hôtel ? En théorie et en pratique, il existait déjà des restrictions sur ce que les membres de la mafia pouvaient faire ou non et il appartenait donc à l'hôtel, comme à tout autre établissement, de refuser d'accueillir des criminels. Les principaux groupes criminels étaient désignés comme tels par la justice japonaise et leurs membres devaient se plier à des règles strictes. Après avoir mûrement réfléchi sur cet incident, Igari avait eu une idée simple mais brillante : la clause de restriction relative au crime organisé. En japonais, *boryokudan haijo joko*. Igari me l'expliqua avec enthousiasme : « Si le contrat d'hébergement avait contenu une clause précisant qu'aucun yakuza ne peut résider à l'hôtel, alors ils auraient pu mettre Goto à la porte sans souci. Tout aurait été facile et simple. »

C'était une bonne idée. Je pouvais voir à quoi elle conduisait. Si chaque institution du Japon insérait ce type de clauses dans ses contrats, d'ici quelques années, la plupart des yakuzas ne pourraient plus s'enregistrer dans un hôtel, ni ouvrir un compte en banque, ni louer une voiture, ni acheter une maison. Igari tapota la table du bout de l'index pour insister sur un point.

« La loi, dit-il en tapant d'un coup sec, est un remède ou un poison. Tout dépend de la façon dont on l'applique. Pour lutter contre les salauds, pas besoin d'être procureur. Il suffit d'être avocat et de vouloir se battre. »

Je comprenais très bien ce qu'il voulait dire.

« J'ai failli étudier le droit.

– Ah, Jake, vous vouliez devenir avocat ? En voilà une nouvelle ! Et que s'est-il passé ? »

Je dus m'accorder une seconde pour réfléchir à sa question. En 2005, après avoir couvert pendant douze ans la rubrique « faits divers » du *Yomiuri Shinbun*, j'étais retourné dans mon Missouri natal avec l'intention de faire un métier tout différent du journalisme. Mes parents avaient accepté de me soutenir financièrement pendant que j'étudiais et que je préparais les tests d'admissibilité en faculté de droit, les LSAT. Le seul souvenir qui me restait de cette préparation, c'est que j'avais fait beaucoup de diagrammes de Venn. Si le diagramme de Venn vous est inconnu, sachez qu'il s'agit principalement d'une série de cercles liés à différents sujets qui s'entrecroisent. Je détestais ces diagrammes par certains côtés, mais par d'autres je les aimais bien. Pourtant, ce n'était pas pour cette raison que je n'avais pas poursuivi mes études de droit. Même avec mes résultats catastrophiques aux LSAT, en m'aidant de mes relations et d'une campagne de propagande offensive, et grâce à mon parcours singulier, j'aurais pu intégrer une fac. Mais j'avais préféré faire le choix de commencer une nouvelle vie.

Igari me posa à nouveau sa question.

« Que s'est-il passé ? Est-ce que je touche un point sensible ? »

Je haussai les épaules.

« J'ai été accepté dans une école de droit. Une très bonne école. Mais le même jour, on m'a proposé un boulot : coordonner une étude financée par le département d'État américain sur la traite des êtres humains au Japon. Et sans consulter qui que ce soit, j'ai décidé d'accepter ce travail, parce qu'il me semblait plus important. Je me suis dit que des écoles de droit, il y en aurait toujours qui m'attendraient, mais que le trafic d'êtres humains au Japon était une chose odieuse et horrible – et une source de revenus considérable pour les pires membres du Yamaguchi-gumi et pour un certain gangster que nous n'aimons pas du tout, vous et moi. »

Il hocha la tête à plusieurs reprises.

« Eh bien... Pensez-vous avoir pris la bonne décision ? Regrettez-vous de ne pas avoir entamé ces études – même si vous pouvez encore le faire ? Croyez-vous que votre vie aurait été meilleure grâce à des études de droit ? »

Je tentai de lui répondre, mais je n'arrivais pas à trouver mes mots. Il ouvrit les paumes, les doigts tournés vers l'extérieur, et me parla comme s'il s'adressait à une rangée de juges.

« Je pense que vous avez pris la bonne décision. Vous avez entrevu une chance d'agir pour le bien et vous l'avez saisie, au détriment d'une vie confortable. J'aimerais que vous réfléchissiez bien à une chose. »

Il marqua une pause.

« Parfois, je pense que nous ne rencontrons dans la vie que les injustices que nous sommes censés corriger. Les choses obéissent à des lois d'une nature plus élevée. »

C'était une réflexion étonnamment philosophique de la part d'Igari.

« Vous pourrez toujours étudier le droit. Vous avez fait ce qu'il fallait. Il ne faut jamais regretter d'avoir fait ce qu'il fallait. Combien de fois dans notre vie avons-nous une chance de faire une différence dans ce monde ? Le monde possède déjà beaucoup d'avocats. »

Il avait raison, bien entendu : le monde ne manque guère d'avocats, même si, au Japon, il n'y en a peut-être pas suffisamment. Cela me rendit curieux d'apprendre pourquoi lui-même avait choisi de devenir avocat au lieu de poursuivre sa carrière de procureur. Je lui posai donc la question sans détour.

« Ce serait une histoire bien longue et ennuyeuse, si je vous exposais comment j'en suis venu à faire tout ce que j'ai fait jusqu'à présent dans ma vie. Une autre fois, peut-être. »

Il se pencha en avant. Il me dit qu'il étudiait la législation américaine antimafia et qu'il avait quelques questions pour moi. Je lui promis de passer à son cabinet un peu plus tard dans la semaine et d'en discuter avec lui. La conversation porta sur une firme qui avait tout récemment fait la une des journaux à cause de ses liens supposés avec Goto. Je lui expliquai : « À vrai dire, la société m'a eu l'air propre. D'ailleurs, il y a même un ancien procureur qui siège dans leur conseil d'administration. Je me suis demandé si c'était un de vos amis.

– Ah ? Je l'ignorais. »

Igari leva un sourcil : « Vous en savez long sur cette entreprise et sur l'affaire. Vous avez bien fait vos devoirs, Jake-san.

– Eh bien, dis-je après une pause, je m'intéresse aux choses de beaucoup plus près quand je suis payé pour le faire. Le journalisme free-lance, ça ne permet pas de solder les factures. »

Igari sourit.

« Alors, vous faites de l'évaluation des risques maintenant, de la "diligence raisonnable" ?

– Avec diligence, oui. Je fais ça depuis un certain temps. Depuis 2006.

– Et vous avez une licence ?

— Il m'en faut une ? »

Il rit et me demanda de lui montrer ma carte de visite. Je m'exécutai.

« Non, vous n'avez pas besoin d'une licence, mais peut-être d'une nouvelle qualification professionnelle. »

Il sortit un stylo-bille de sa poche et biffa le mot *kisha* (reporter) que j'avais accolé à mon nom, puis écrivit en caractères japonais le mot *tantei*, qui signifie « détective privé ».

Et en vérité, c'était bel et bien ce que j'étais devenu. C'était mon boulot, à présent. Je devais admettre que ça avait l'air cool, même si ça semblait un peu absurde.

Jake Adelstein, détective privé.

PARTIE I

FISSURE

« Le Japon a deux gouvernements : un groupe fonctionnel de factions politiques qui constitue le gouvernement public ; et un second, un gouvernement caché, qui donne des directives aux institutions publiques. Ce gouvernement caché se compose principalement de yakuzas. »

Takeshi Kitano

COW-BOYS ET YAKUZAS

Premiers jours du printemps 2007

La diligence raisonnable, ça implique une tonne de paperasse et quelquefois beaucoup plus de travail de terrain que ce qu'on pourrait imaginer ; j'espère que le processus d'exécution de ce travail vous fascinera autant qu'il me fascine moi-même. La résolution d'énigmes dans le monde réel m'intéressera toujours plus que n'importe quel roman, *escape game* ou jeu vidéo. Je crois sincèrement que la vérité est là quelque part, et qu'il existe toujours une réponse, si on sait poser les bonnes questions. C'est sans nul doute pour cette raison que j'ai adoré devenir journaliste d'investigation et que j'ai aimé exercer cette profession-là aussi. Il m'a été difficile de me résigner à abandonner le journalisme. Je n'avais plus écrit un seul article depuis un an, presque deux même. C'était étrange de ne plus écrire pour un large public, mais, à l'inverse, de rédiger des rapports qui ne seraient lus que par une ou deux personnes. Voire trois au grand maximum.

Avant même de passer la commande, le client me tendit une carte de visite toute neuve. Au Japon, on les appelle des *meishi*. Les *meishi* sont des objets très importants. On doit les traiter comme s'ils avaient une âme. On ne peut pas écrire sur une carte de visite devant la personne qui vous l'a donnée et même la façon dont vous la manipulerez en dira long sur vous-même et sur votre opinion envers vos interlocuteurs. Mon client était étranger, tout comme moi-même. Je ne ressentis guère le besoin de le traiter avec des égards spéciaux. La carte de visite qu'il m'avait remise n'était pas la sienne. C'était celle de la société sur laquelle il voulait que j'enquête. Elle avait été imprimée sur du bon papier japonais, du *washi*. La surface était rugueuse, légèrement pelucheuse, un gage de qualité. On pouvait y lire en japonais et en anglais :

Nakatomi Holdings
Votre avenir financier se bâtit ici aujourd'hui

Ce nom me semblait à la fois familier et curieux ; Nakatomi n'est pas un nom japonais commun. Il y avait là quelque chose de bizarre.

« Nous pensons qu'il s'agit d'un fonds prometteur, me dit le client, mais nous aimerions tout de même procéder à une rapide diligence raisonnable. Vous voyez, simplement quelques vérifications. »

La diligence raisonnable, un terme compliqué pour résumer des enquêtes sur la réputation, les risques et la légitimité d'une société ou d'une entité, voilà le travail que j'effectuais en majeure partie. On me confiait beaucoup de travail d'investigation et parfois ça payait bien, je me retrouvais à manger dans des restaurants qui dépassaient de loin mes moyens financiers. Nous étions au restaurant Oak Door du Grand Hyatt de Tokyo. L'endroit baignait dans une lumière tamisée, il grouillait de clients et nous avions pris une table en diagonale du vestiaire, nichée dans le coin le plus reculé de l'endroit, là où personne ne risquait de nous entendre. Les clients les plus proches se trouvaient trois tables plus loin. Un Japonais grassouillet avec un costume chic et des lunettes à monture dorée gloussait devant une blonde vraiment très grande qui portait une robe noire à paillettes et des baskets. Ils buvaient du champagne et du bon, celui dans la bouteille orange. Je supposai qu'ils avaient commencé la soirée au bar Heartland, au bout de la rue, mais ce n'était probablement pas là-bas qu'ils finiraient la nuit. Le rire de la fille était rauque, elle rejeta soudain la tête en arrière et laissa échapper un ricanement. Le Japonais avait le visage un peu rouge. Tous les deux s'amusaient manifestement beaucoup.

De mon côté, je ne pouvais pas vraiment en dire autant. Le client, pour qui j'avais déjà travaillé, portait un costume bleu marine, une chemise blanche à rayures et, au poignet, une Patek Philippe plaquée or, un peu trop voyante. C'était là une sorte d'exploit, car Patek Philippe se donne beaucoup de mal pour éviter de fabriquer des montres ostentatoires. Tout en lisant le menu, il remonta très légèrement ses lunettes rectangulaires sans monture sur son nez, jusqu'à ce qu'elles touchent presque ses cils. C'était un homme extrêmement pointilleux ; ses lunettes, impeccables et brillantes, donnaient toujours l'impression qu'il venait tout juste de les essuyer. Il continuait son bourdonnement d'une voix monocorde et j'attrapai de nouveau au vol les mots « rapide diligence raisonnable ». Je me raclai la gorge.

« Je ne fais pas de rapide diligence raisonnable. Si vous voulez savoir précisément avec qui vous allez vous mettre au lit, je ne peux pas vous le dire si je ne fais que passer en voiture devant sa maison. Il faut que j'entre dans la maison, en quelque sorte, que je puisse fouiller dans les placards. »

Il hocha la tête. « Oui, mais nous sommes presque certains que nous sommes en terrain solide, dans le cas présent. La société coche presque toutes les cases.

— Splendide. En ce cas, vous n'avez aucun besoin de mes services. Je vais me contenter d'un bon dîner, maintenant, et de boire un verre. »

Le serveur s'approcha et je commandai le steak japonais de la préfecture de Miyazaki dans ce qui me sembla être un japonais impeccable, cependant le serveur me répondit en anglais.

« Alors, vous allez prendre le steak ?

— Oui », lui répondis-je en anglais, puis, je lui demandai en japonais de me le servir à point et de ne pas en ôter la graisse.

Le client qui, même s'il vivait depuis plusieurs années au Japon, ne parlait toujours pas un mot de japonais en dehors des salutations de base, s'exprima à son tour.

« Je vais prendre la même chose », dit-il. Il fit un signe poli au serveur pour l'encourager à s'éloigner. « Entendu alors, pourquoi ne pas vous lancer et nous facturer votre tarif habituel ? Ça ira très bien comme ça. Nous avons besoin de vos conclusions très vite. Dans une semaine.

— C'est vraiment court, comme délai.

— C'est juste une seule société. Juste Nakatomi Holdings. »

J'avais déjà souvent entendu cette expression, « juste une seule société ».

« Ne jouons pas à ce jeu où vous me dites : "juste une seule société", alors qu'on risque de se retrouver face à une holding qui intègre dix autres entreprises, ce qui fera qu'ensuite vous allez vouloir que je vérifie qu'aucune de ces entités associées n'est suspecte ou n'a de liens avec des forces antisociales. Parce que je ne vous en examinerai pas dix pour le prix d'une, pas en une semaine. Et pas pour un simple forfait. »

Il sirotait sa bière. Je bus une gorgée de café.

Et alors, ça me frappa : le nom de la société, Nakatomi, c'était celui de la fictive Nakatomi Plaza, là où se déroule le film d'action *Piège de cristal*. J'imagine que c'était la raison pour laquelle ils avaient choisi ce nom. Je gardai mes pensées pour moi, pour le moment. Il continuait de parler.

« Une seule société. Juste Nakatomi Holdings. Ils existent depuis longtemps. Depuis 1970. »

Je soupirai.

« Si c'est une holding, ça signifie qu'elle contrôle probablement un certain nombre d'autres sociétés. Et je veux être bien clair sur le fait que je n'aurai pas le temps de me pencher sur toutes les entreprises qui se trouvent dans son escarcelle.

– C'est plutôt un syndicat d'investisseurs. Un syndicat anonyme. »

Je demandai à voir ce qu'il m'avait apporté. J'espérais qu'il aurait les documents d'enregistrement de la société, ce qui me ferait gagner du temps, mais tout ce qu'il avait pour moi, c'était une carte de visite de plus, avec un nom en katakana, le syllabaire pour les noms scientifiques et les mots empruntés aux langues étrangères. Le nom de l'entreprise et l'URL de son site figuraient sur la carte. Je suppose que c'était mieux que rien. Nakatomi était écrit en japonais, avec le mot « Holdings » représenté phonétiquement en katakana.

Ça donnait quelque chose comme ça :

中富ホールディングス

Les caractères complexes, les kanji, sont tirés du chinois et ont une prononciation japonaise. Dans ce cas, Nakatomi. On peut aussi les lire de différentes façons. Déchiffrer les noms en japonais est un vrai cauchemar, y compris pour les Japonais. Les caractères anguleux, c'étaient des katakana. Holdings en japonais se prononce à peu près « hōrudinguzu ». Il existe un mot japonais qui signifie exactement la même chose, mais ici, dans le monde des affaires, on porte un curieux amour aux vocables japonais qui sonnent comme de l'anglais. Ça les rend cool.

J'acceptai l'affaire tout en émettant quelques réserves.

« J'ai une question. Pouvez-vous me dire, sur le fond, ce que vous comptez faire de cette compagnie ? Est-elle cotée à la Bourse japonaise ? Envisagent-ils de l'introduire en Bourse ? Comptez-vous les conserver comme associés ? Dites-moi tout ce qui pourra me fournir des éléments contextuels ou m'aider à savoir ce que je dois chercher.

– Non. Mais si nous ne soupçonnions pas que quelque chose n'est pas tout à fait casher, nous ne serions pas venus vous voir.

– Parce que je suis juif ? »

Il me jeta un regard appuyé. « Non, le fait que vous soyez juif n'est pas vraiment entré en ligne de compte dans notre désir de vous engager. Est-ce que vous connaissez cette entreprise ? »

Ma petite blague pleine d'esprit était tombée complètement à plat, et je l'ai laissée mourir toute seule dans son coin. Je compris qu'il ne connaissait pas l'origine du mot « casher » et je n'avais aucune envie de la lui expliquer. Je secouai la tête pour lui indiquer que non. J'étudiai la carte de visite d'un peu plus près. Au Japon, la qualité d'une carte de visite peut en dire long sur un individu ou sur son entreprise. C'est l'une des portes de la connaissance.

Non seulement la carte était imprimée sur un papier japonais des plus raffinés, mais elle était aussi marbrée d'un léger motif en relief. C'était une carte d'un certain prix. Le bureau de la société était situé à Roppongi, mais pas dans un coin particulièrement agréable. Il se trouvait dans un immeuble ancien à environ 200 mètres du Tantra, un club pour hommes que certains auraient qualifié de bar de strip-tease. Même si le Tantra, sur l'échelle des clubs de strip-tease, en constituait presque une version casher. Il possédait même une belle statue de Tara, la déesse verte, qui rendait en quelque sorte hommage à la version de la pratique tantrique enseignée par les bouddhistes tibétains. L'idée centrale du tantrisme, c'est que l'on peut se libérer du désir, en particulier du désir sexuel, grâce au désir lui-même. En d'autres termes, il est possible de se débarrasser d'une addiction au sexe en s'envoyant en l'air, du moment que l'on médite bien sur le sujet et qu'on vit cet acte de manière pleinement consciente, avec le mysticisme requis. Je me refusais depuis toujours à croire que la majorité des clients venait là pour chercher l'illumination spirituelle. L'endroit restait populaire auprès des banquiers d'affaires de Goldman Sachs, qui y emmenaient leurs clients aux frais de la boîte. Les clubs de strip-tease les plus louches proposaient des nibards et de la bière ; le Tantra proposait des nibards et du champagne. La grande classe, en somme.

Quand j'eus fini de rêvasser, le client voulut encore me montrer quelques documents. Une version imprimée de la page d'accueil du site. Une fois de plus, la curieuse sensation de familiarité de ce nom me frappa, mais je ne pouvais pas expliquer pourquoi je trouvais ça louche. Je n'arrivais pas à m'empêcher de penser qu'ils avaient piqué le nom de la société dans *Piège de cristal*. Il y a un mot pour l'acte de s'approprier un nom bien connu, puis de s'en servir pour escroquer les gens, je l'avais déjà entendu, mais sur le moment, il ne me revint pas. Je fis part de mon idée au client, mais à mon grand étonnement, il n'avait jamais vu le film. Il venait de Singapour, mais tout de même...

Avant tout, je devais commencer par me procurer les documents d'enregistrement de la société. Je travaillais en tant que sous-traitant pour une autre société de diligence raisonnable ; mon superviseur là-bas se nommait Tony alias Action. C'était lui qui avait organisé la rencontre. Il m'appelait Kolchak, surnom qu'il me donnait parce que je lui rappelais le journaliste fouineur de la série télévisée *Kolchak : The Night Stalker*, qui avait été le *X-Files* de son époque. Il insistait pour que nous nous servions de noms de code, ce qui n'était pas une mauvaise idée, d'ailleurs. Les gens s'énervent facilement contre vous, quand vous mettez le nez dans leurs affaires.

Je l'appelai et il envoya aussitôt sa femme, Monako, lui chercher une copie des documents. Tony vivait au Japon depuis de nombreuses années ; il travaillait dans la sécurité privée et entretenait de bonnes relations avec un nombre surprenant de criminels, d'anciens militaires et de flics. S'il avait su lire et écrire le japonais, sans doute n'aurait-il pas eu besoin de moi, mais à vrai dire, j'avais d'autres atouts à lui apporter en dehors de mes capacités linguistiques. Quatorze ans passés à travailler comme journaliste d'investigation, ça avait son utilité.

Au Japon, poursuivre des criminels potentiels ou avérés dans le monde de l'entreprise commence presque toujours par une chasse aux documents. Toute société légitime a l'obligation légale de s'enregistrer auprès du ministère de la Justice. Le dossier d'enregistrement de l'entreprise est public, encore que l'on doive payer pour le consulter ou en obtenir une copie. Lorsqu'on sait lire ces documents relativement denses, on en apprend beaucoup sur une société et sur ses activités.

Curieusement, les yakuzas aussi procèdent à l'enregistrement de leurs sociétés-écrans – ou du moins le faisaient-ils encore en 2007. Le quartier général du Yamaguchi-gumi à Kobe appartenait à une société immobilière et certains des principaux dirigeants du gang faisaient partie du conseil d'administration. De ce fait, il n'était pas très difficile de deviner que leur société immobilière masquait une entreprise criminelle, mais en vérité, ils ne ressentaient même pas le besoin de le cacher. Les yakuzas existaient de façon légale au Japon depuis la fin de la Seconde Guerre mondiale, ils vivaient au grand jour, avec leurs immeubles de bureaux, leurs cartes de visite et leurs sociétés-écrans, exerçant parfois même des activités légales. Mais ils avaient acquis un pouvoir si grand que le gouvernement se décida à les combattre et, en 1992, les lois contre le crime organisé étaient entrées en vigueur. Ces lois étaient faibles et, en pratique, dépourvues d'efficacité, pourtant elles avaient eu un effet secondaire inattendu. Elles avaient poussé les yakuzas à s'immiscer plus profondément dans le monde des affaires non criminelles. Les lois interdisaient aux yakuzas d'afficher ouvertement le nom de leur organisation ou son *daimon* – blason – en public. L'Inagawa-kai, le Yamaguchi-gumi, le Matsuba-kai et tous les autres groupes de yakuzas et leurs sous-groupes de deuxième et troisième niveau ne pouvaient plus se permettre d'inscrire le nom de l'organisation sur leur boîte aux lettres ou sur la porte de leur bureau, il leur fallait une façade, une couverture. Les sociétés servant de couverture étaient vite devenues un élément essentiel de leur existence. Par exemple, un des bureaux du Takada-gumi, le gang yakuza de troisième niveau de l'Inagawa-kai, après avoir été renommé Takada Enterprises, s'était engagé dans le « conseil en patrimoine immobilier » et dans d'autres entreprises nébuleuses. D'une certaine façon, il était désormais devenu indispensable de détenir une entreprise légitime pour pouvoir gérer une entreprise illégale.

Ainsi, les yakuzas devaient se transformer en corporations. Cela signifiait créer une société, déterminer des objectifs commerciaux, constituer un capital et enregistrer toutes ces informations – sans rien falsifier au passage – auprès du ministère de la Justice. Le représentant d'une entreprise a l'obligation légale d'indiquer son nom et son adresse personnelle sur les documents d'enregistrement de la société. Et pour un journaliste, ce qui est épatant, c'est qu'en échange d'une somme modique on peut obtenir toutes ces informations auprès du gouvernement japonais. Avec l'adresse de la société et l'adresse personnelle de son représentant, on peut ensuite se procurer les titres de propriété, qui vous en apprennent eux aussi beaucoup sur une entreprise ou un individu.

Au Japon, les biens immobiliers servent très souvent de garantie pour les prêts et les transactions financières. Une fois les documents relatifs à la vente immobilière en poche, vous avez accès à toutes sortes de renseignements. La société est-elle propriétaire de son siège et du terrain qu'il occupe ? Le P-DG a-t-il récemment remboursé son prêt hypothécaire ou transféré la propriété de la société à son épouse ? Avec quelles banques ou institutions financières l'entreprise est-elle en affaires ? Tous ces éléments vous aideront à savoir plus précisément qui vous avez en face de vous.

La précédente adresse connue de la société apparaît elle aussi sur les registres, si celle-ci a déménagé avant d'occuper son adresse actuelle. Si son nom a été modifié, il suffit généralement de demander les « enregistrements terminés » pour connaître son nom précédent. Sur la copie la plus récente des documents d'enregistrement, un texte souligné vous indiquera qu'il s'agit d'informations anciennes et obsolètes, ce qui vous permet de retracer l'histoire d'une entreprise jusqu'à ses origines.

Ainsi, la paperasse laisse souvent des traces, qui dessinent une sorte de piste. Suivre cette piste peut s'avérer très long et très coûteux, si on souhaite la remonter jusqu'au propriétaire originel de la société, jusqu'à sa localisation initiale et à sa première dénomination. Une besogne laborieuse, mais qui en général en vaut la peine. Souvent, les sociétés douteuses commettent des erreurs au début de leur activité et, par la suite, il leur faut couvrir leurs traces. Je suis toujours stupéfait de voir tout ce que l'on peut apprendre à partir de simples documents commerciaux.

PAPERASSE ET TRAVAIL DE TERRAIN

La paperasse vous en apprendra très long sur une société, c'est certain, mais elle restera toujours une réalité de papier. La plupart du temps, on a besoin de se confronter à la vraie réalité, ce qui signifie éteindre son ordinateur, se bouger le cul et se rendre à l'adresse physique de la compagnie. Pour paraphraser ce qui m'a été dit un jour, la diligence raisonnable, ça ne consiste pas à demander s'il pleut dehors, à écouter deux avis opposés, à rédiger un rapport et à s'en tenir là. Ça consiste à regarder par la fenêtre, à quitter son bureau et à voir si on se fait mouiller ou non. Là, on a la bonne réponse.

Le lendemain du rendez-vous, je décidai de mener ma petite enquête sur les bureaux de Nakatomi Holdings. La police métropolitaine de Tokyo avait dressé une liste de plus de 1000 sociétés-écrans des yakuzas installées en ville, avec parmi elles des agences immobilières, des sous-traitants en travaux de bâtiment, des agences d'intérim et de détectives privés, des agents de change, des cabinets d'audit, des importateurs et même une boulangerie. Nakatomi ne figurait pas sur cette liste. Du moins, pas pour l'instant.

Le dernier enregistrement de la société indiquait qu'elle se trouvait dans des bureaux à Roppongi, ce qui n'était pas inhabituel en soi. Il y a au Japon un certain nombre de quartiers d'affaires où les entreprises d'un certain genre ont tendance à se regrouper. Roppongi regorgeait d'investisseurs et de fonds étrangers. Lehman Brothers Japan avait ses bureaux à Roppongi Hills, le centre névralgique du capital-risque et des nouveaux riches, quartier qui possédait également un centre commercial et un complexe culturel géants. Le Yamaguchi-gumi, le Goto-gumi et l'Inagawa-Kai Tsukumasa-ikka avaient tous été impliqués à un moment ou à un autre dans le développement du quartier et étaient venus terroriser les habitants pour les pousser à quitter les lieux. Bon nombre d'entre eux avaient vendu leur bien à la compagnie Mori Building ou avaient accepté de se reloger dans des immeubles d'appartements à loyers modérés, transformés en ghettos un peu classe. On appelait Roppongi « High-Touch Town » et personne ne savait exactement à quoi ça faisait référence, mais les paillettes en surface cachaient un sombre courant souterrain chargé d'affaires sordides, de déprédations et de vices. Aussi cela n'avait-il rien de surprenant que Lehman Brothers et Goldman Sachs occupent des bureaux dans ce quartier. Et il n'était guère surprenant non plus que Nakatomi Holdings se soit installée là.

Une petite remarque. À cette époque, Lehman Brothers n'avait pas encore été infiltré par un avocat qui travaillait depuis longtemps pour des sociétés-écrans du Yamaguchi-gumi. Cela leur coûterait 350 millions de dollars en 2008. Mais tel est le prix à payer quand on ne fait pas sa diligence raisonnable*.

Une des choses que vous apprenez à chercher quand vous enquêtez sur la légitimité d'une entreprise est ce que j'aime appeler l'« incongruité du territoire. » Le bâtiment se trouve-t-il dans un secteur où l'on s'attendrait à trouver

* Quand Tony, alias Action, publiera son livre en 2024, vous saurez tout sur cette histoire. *(N. d. A.)*

pareille entreprise ? Par exemple, Nerima-ku est un quartier résidentiel et presque rural de Tokyo. Si une entreprise qui propose des services de conseil en investissement s'y installe, ça tire la sonnette d'alarme.

Parmi les choses les plus importantes et les plus évidentes à faire pour vérifier si une société est douteuse : se rendre sur place. Le travail de terrain occupe pratiquement toujours une place prépondérante au cœur de toute enquête. La police japonaise, en particulier la brigade chargée des homicides, a un dicton à ce sujet : « La scène de crime, cent fois de suite. » Son sens est limpide : retournez sans relâche sur les lieux du crime, car les indices et les preuves les plus importants pour résoudre l'affaire s'y trouvent probablement.

Les bureaux de Nakatomi Holdings se trouvaient au dernier étage d'un immeuble de bureaux situé à trois minutes à pied de la gare de Roppongi. Le bâtiment comptait neuf étages et un sous-sol. Je me ramenai vêtu de l'uniforme d'un célèbre service japonais de distribution du courrier, un paquet à la main. J'avais l'air plutôt replet, avec ma chemise bleu et blanc, mais je n'étais pas venu pour un défilé de mode. Je portais une casquette de baseball bleu marine et des lunettes à monture noire qui ne protégeaient absolument pas des UV et avaient une allure super ringarde. Grâce à elles, il serait un peu plus difficile de se souvenir de mon visage et elles gêneraient les caméras de sécurité. Même si rien ne pouvait réellement dissimuler mon nez géant de *tengu* (gobelin japonais), la casquette de baseball arrangeait l'affaire. Avant de pénétrer dans le bâtiment, je fis une dernière chose. Je pris une photo de moi devant l'immeuble et je l'envoyai par e-mail à Michiel Brandt, mon assistante pour les recherches, et à Saigo, mon garde du corps. Si ça tournait mal, au moins deux personnes sauraient où je me trouve et ça, ça constituerait une monnaie d'échange.

Michiel était la personne en qui je plaçais toute ma confiance si jamais il devenait nécessaire d'appeler la police. Elle savait qui parmi les flics étaient des amis sûrs, à qui on pouvait se fier et qui lui répondrait si elle demandait de l'aide. Saigo, lui, était le gros bras. Il ressemblait à la version du monstre de Frankenstein d'un dessin animé japonais, avec sa peau grise et son costume noir. Il était une légende de l'Inagawa-kai, un ancien boss qui avait eu, à un certain moment, jusqu'à 150 hommes sous ses ordres. Il avait appartenu à l'organisation pendant deux décennies avant d'en être chassé. Il avait gagné son surnom de Tsunami parce que, tout comme ces phénomènes naturels, cet homme était une tempête imprévisible, capable de se déchaîner en une vague de destruction violente qui emporterait tout sur son passage – si on le prenait à rebrousse-poil.

Quand je partais fouiner dans un endroit un peu effrayant ou dangereux, c'était bien de l'avoir sous la main. C'était une encyclopédie vivante des traditions et du savoir de la pègre. Il n'avait pas pu m'accompagner ce jour-là, il avait un autre boulot prévu et je ne lui avais pas demandé ce que c'était. Alors, j'étais forcé de la jouer profil bas.

Si l'on veut entrer et sortir d'un immeuble à Tokyo pour y chercher des indices, l'idéal, ce serait d'être invisible; s'habiller en livreur ou en facteur, c'est seulement la deuxième meilleure solution. Heureusement, personne ne fait attention à vous, la plupart du temps. Une imposante caméra de sécurité trônait au-dessus de la porte d'entrée à l'extérieur, que fixait une série de rivets tout rouillés, mais à l'intérieur, il n'y avait pas de caméra, y compris dans le local des boîtes aux lettres.

Les boîtes aux lettres aussi vous en diront long sur une entreprise. Sur certaines, le nom des entreprises apparaissait en relief sur le métal, ce qui leur conférait un certain degré de sérieux. Nakatomi Holdings avait son nom imprimé en majuscules sur une étiquette jaune collée sur la boîte aux lettres, l'une des nombreuses parmi toutes ces rangées de boîtes aux lettres. L'étiquette avait l'air d'avoir été faite avec l'étiqueteuse Tepra, et il semblait que des restes d'étiquettes plus anciennes restaient collés en dessous. Ça donnait à la boîte une allure débraillée et mal fichue. Une foule de publicités et de brochures y étaient entassées. En bon Samaritain, je retirai le paquet de prospectus de la boîte et fis de la place pour les futurs courriers.

À mesure que je remettais un peu d'ordre, j'utilisais mon téléphone portable jaune à clapet doté de son propre appareil photo pour photographier les enveloppes. En 2006, les téléphones portables japonais étaient déjà des merveilles de technologie alors que l'iPhone, lui, n'était même pas encore un mot. En 1999, le géant japonais des télécommunications NTT Docomo avait lancé un service de surf sur Internet pour téléphones mobiles appelé « i-mode », auquel on accédait grâce à des téléphones portables très en avance sur leur temps. Les Japonais jouaient à des jeux, surfaient sur le Web et regardaient la télévision sur leurs élégants téléphones à clapet, alors que mes homologues américains en étaient encore à passer leurs appels dans des cabines et à taper des SMS sur de minuscules écrans. Cependant, les téléphones japonais ne sont pas exempts de défauts. Presque tous possèdent un obturateur programmé pour émettre un son, de sorte que, lorsque vous prenez une photo, un clic bien audible retentit, ce qui est spécialement pénible quand vous essayez de ne pas vous faire remarquer. Il y a une bonne raison à cela. Au Japon, on a toujours eu un problème avec les pervers, appelés ici les *hentai*, qui prennent un plaisir particulier à prendre en photo des femmes dévêtues ou des culottes féminines. La simple vue d'une culotte peut plonger certains hommes dans l'extase. Il existe même un mot, *panchira*, un « éclair de culotte », pour faire référence au frisson libidineux que cette vision fugace procure à certains. Du temps où j'étais journaliste, j'ai écrit plusieurs articles sur des voleurs de culottes qui avaient amassé des collections massives, parfois triées par couleurs, par tailles, en fonction de la présence de dentelle ou pas. Les types qui n'avaient pas assez de cran pour voler carrément des culottes se contentaient de photos prises sous les jupes. Les pervers à l'ancienne, eux, préféraient les photos de femmes nues. Ils avaient tous rapidement fait du smartphone l'arme de prédilection de leur arsenal. Ils utilisaient leur téléphone pour photographier les sous-vêtements des écolières, pour capturer des images furtives dans les cabines des toilettes et, bien entendu, pour prendre des photos de femmes nues dans les sources chaudes et les bains publics du Japon. En 2000, on avait pris la main dans le sac un comédien de seconde zone assez célèbre à la télé, très occupé à filmer les sous-vêtements d'une femme dans le métro de Tokyo, et les fabricants de téléphones s'étaient décidés à intégrer ce bruit d'obturateur. Ça avait eu un certain impact et fait sérieusement chuter la collecte de photos volées. Mais ça avait aussi rendu pénible l'utilisation d'un téléphone portable pour prendre une photo en toute discrétion. De nombreux appareils photo numériques étaient également dotés de la même fonction sonore. S'il pouvait être utile de savoir que vous aviez bien pris votre photo après avoir entendu le déclic mécanique et un peu nostalgique de l'obturateur, pour mon travail, ça ne servait à rien du tout. J'avais entendu dire qu'il existait un magasin à Akihabara où on pouvait vous supprimer ce bruit d'obturateur pour une certaine somme, mais ce n'était peut-être qu'une légende urbaine. Je me contentai donc de prendre mes photos en espérant que personne ne se trouverait dans les parages. Je savais bien que j'aurais fait moins de bruit si j'avais noté les adresses dans mon carnet, mais mon écriture est atroce, en japonais comme en anglais, et je voulais m'assurer de retenir les adresses exactes. Je pris donc mes photos, puis me dirigeai vers l'ascenseur. Je voulais voir le dernier étage et me faire une idée des bureaux de Nakatomi. L'ascenseur avait sa propre caméra de sécurité. Impossible de dire si elle fonctionnait ou non. Je sortis de l'ascenseur en regardant l'adresse inscrite sur mon paquet. Elle se trouvait un numéro plus loin dans la rue : j'avais volontairement noté une mauvaise adresse. Je parcourus les couloirs. Le bureau de Nakatomi était fermé. Il y avait un joli panonceau fixé sur la porte en métal bien solide et, sur le côté, une sonnette et un interphone. Et une caméra au-dessus de la porte, toute récente et différente des caméras de sécurité du reste de l'immeuble. Ses rivets brillaient ; c'était une caméra dernier modèle. Sa présence témoignait d'un degré peu ordinaire de paranoïa pour une si petite entreprise et j'en pris note mentalement. Vers le bas de la porte se trouvait une boîte aux lettres intégrée, je supposai qu'elle était destinée aux journaux, aux périodiques, ou que c'était peut-être une sorte de boîte de dépôt. La fente était assez grande pour y glisser des imprimés ou des documents, mais pas suffisamment pour laisser passer ma main si j'avais voulu y piocher quelque chose. J'en avais assez appris pour la journée et je quittai les lieux. C'était un début.

En rentrant chez moi, dans une maison partagée de Nishi-Azabu, je me fis une tasse de café dans la cuisine. Je m'installai sur mon futon et me mis à lire les documents que j'avais réunis. À l'époque, l'étrange alchimie de la diligence raisonnable était loin d'être une science exacte. Il n'existait pas de manuel pour se former et presque pas de sources publiques disponibles, pourtant il y avait certaines choses que je vérifiais toujours. Il faut rechercher les contradictions, ces contradictions inhérentes au fait que quelqu'un n'est pas ce qu'il prétend être. Pour ce faire, on doit d'abord savoir la nature de ces prétentions. Je parcourus donc la brochure promotionnelle de l'entreprise, à la recherche de bribes d'informations. J'imaginais que mon client détenait lui aussi un exemplaire de ce dépliant et qu'il aurait été agréable de l'obtenir dès le début. Je ne me faisais aucune illusion sur une éventuelle amitié ou camaraderie avec le client, mais dès lors que j'avais accepté le job, il aurait été dans son intérêt de me faciliter les choses et de me raconter tout ce qu'il savait. Les clients ont pour habitude de vous en dire le moins possible et de voir ce que vous pourrez déterrer, ou de retenir autant d'informations que possible selon la règle imbécile du « besoin de savoir. » Traiter ses affaires « en fonction du besoin de savoir » n'est pas forcément la meilleure façon d'agir. Si vous êtes enquêteur, plus vous en saurez, mieux vous pourrez faire votre boulot, et vous ne serez en mesure de déterminer ce que vous avez besoin de savoir que beaucoup plus tard dans la partie.

Nakatomi se vantait d'exister depuis 1970, démontrant par là sa longue histoire. Cependant, au fur et à mesure que j'épluchais les enregistrements de la firme, du plus récent papier aux documents originels, et que je suivais son évolution au fil du temps, cette date de création perdait tout sens. La société d'origine n'avait pratiquement rien de commun avec la firme actuelle. Nakatomi Holdings KK prétendait avoir été fondée en 1970, selon son site Web d'origine, qui avait été fermé. La brochure indiquait : « Depuis toujours, notre société s'occupe d'achat, de vente, de location, de gestion de biens immobiliers et prodigue des conseils en gestion. Elle s'est ensuite diversifiée dans la recherche de fonds spéculatifs et la sélection de gestionnaires pour les investisseurs institutionnels. »

Eh bien, pas selon son enregistrement de société clôturée. La société avait en effet été créée en 1970, le 1er juillet, mais elle s'était tout d'abord appelée Ryukawa Toso et avait été enregistrée dans la ville d'Hirosaki, préfecture d'Aomori, une des régions les plus septentrionales du Japon. J'aime l'idée que c'est le pôle Nord du Japon.

Ainsi, ce Goliath de la finance s'occupait à l'origine de peindre des maisons et des bureaux dans le pôle Nord du Japon. *Toso* signifie « peinture. » La société, rebaptisée Midori Books le 29 octobre 1990, avait déménagé à Shizuoka City, préfecture de Shizuoka. D'après son inscription au registre des sociétés, Midori Books vendait des livres au détail et ne faisait pas grand-chose d'autre. Les membres de son conseil d'administration étaient tous des Japonais. Très bien, mais comment une entreprise de peinture en bâtiment passée librairie était-elle devenue une société de conseil financier ? La brochure de la société poursuivait :

« Il y a dix ans, les principaux associés toujours présents ont commencé diversifier l'activité de la société dans le domaine des investissements internationaux par des fonds privés et dans celui des fonds spéculatifs [...] La collaboration s'étant développée, les sociétés ont fusionné en 2002 et ont alors ajouté à leurs activités précédentes le conseil en investissement et aux banques privées. »

Malgré ces déclarations, les documents d'enregistrement de la société ne mentionnaient pas cette prétendue fusion de 2002. La brochure indiquait ensuite qu'« en 2005 les propriétaires de la société avaient pris leur retraite et que les principaux associés présents avaient repris la société, achevant le processus en 2006 ».

Cette phrase semblait assez vraie : selon l'enregistrement de la société, le 11 avril 2006, tous les membres japonais du conseil d'administration avaient quitté leur poste, et la société avait été rebaptisée Nakatomi Holdings. Les membres actuels du conseil d'administration de Nakatomi avaient pris leurs fonctions le même jour. Les objectifs commerciaux de la firme avaient également changé ce même jour, et les activités principales de la société étaient soudainement passées de la « vente de livres », à la « vente, l'achat, l'échange, la location et la gestion de biens immobiliers et le conseil en gestion. »

La société avait déménagé dans ses bureaux actuels le 22 mai 2006. Cependant, peu d'informations sur elle étaient disponibles en dehors de son site Internet et de la brochure de présentation. Selon son ancien site Web, conservé dans une archive Internet, la société aurait principalement travaillé avec des « investisseurs institutionnels qualifiés non domiciliés au Japon » et « fourni des services de conseil en investissement au Japon ». Elle était « spécialisée dans le conseil aux institutions financières et les transactions secondaires de fonds spéculatifs, de fonds de capital-investissement et de co-investissements directs et indirects ». Du bla-bla-bla. Ils avaient bien retenu le boniment du monde des affaires, c'était certain.

« Utilisant son réseau mondial de banques privées, de bureaux de gestion de patrimoine et de gestionnaires d'actifs, Nakatomi Holdings s'est étendue dans le conseil sur les stratégies d'expansion de ces entreprises, en aidant à faciliter les fusions et acquisitions et les formations d'alliances, en particulier sur les marchés asiatiques et européens par les institutions financières. »

Cependant, on ne donnait là aucun renseignement sur les noms des clients de la firme. Je consultai G-Search et Nikkei Navi, les deux plus grandes bases de données d'articles de presse au Japon, sans rien y trouver. Pas le moindre article sur l'entreprise, ni sur Internet ni dans les bases de données.

Il me restait une dernière chose à faire. Je me penchai sur les sociétés qui avaient envoyé du courrier à la firme et je vérifiai leurs adresses dans les listes que j'avais établies des sociétés-écrans des yakuzas, à Tokyo et ailleurs dans le pays. Le système de recensement que j'avais mis en place était rudimentaire. Il n'était pas rapide d'utilisation et il avait ses failles. Au Japon, on écrit parfois les adresses en mélangeant les caractères japonais et les chiffres occidentaux, ou bien entièrement en caractères japonais, y compris pour les chiffres et les pâtés de maisons. Il était donc souvent nécessaire d'indiquer les variantes d'une même adresse pour obtenir un résultat.

Une des entreprises qui avaient expédié des factures se trouvait dans ma base de données. En rentrant le nom et l'adresse de la boîte, je vis que l'adresse des bureaux était la même que celle du Yamaguchi-gumi Mio-Gumi à Tokyo. Le Yamaguchi-gumi Mio-Gumi, aussi appelé le Yamaguchi-gumi Goryokai, était à l'origine d'une opération de prêt usuraire d'un milliard de dollars qui avait même permis de blanchir de l'argent à Las Vegas et en Suisse. Et Nakatomi Holdings avait été en affaires avec eux. Impossible de croire à une pure coïncidence. Tout cela me ramenait à la même question, encore et encore. Comment une entreprise de peinture de la préfecture d'Aomori avait-elle pu devenir un tel mastodonte financier ? J'imaginais que la réponse devait se trouver à Aomori même. J'allais devoir me rendre là-bas. La seule façon de comprendre ce qui se passait à présent, c'était de revenir au début.

J'appelai le client et, après lui avoir donné les nouvelles, je lui demandai une rallonge pour le voyage. Il accepta. Je me décidai également à appeler Toshiro Igari, qui avait été en poste à Aomori, des années auparavant. Je passai à son bureau pour prendre un café et me renseigner auprès de lui sur l'importance du Yamaguchi-gumi dans la ville d'Hirosaki, car j'étais persuadé que celui-ci était impliqué dans cette histoire. Igari me dit que, selon ses souvenirs, l'emprise du Yamaguchi-gumi avait été très faible dans cette région.

«Jake, j'étais là-bas en 1983, c'est un peu loin. À l'époque, il y avait l'Umeka-ikka et le Kyokuto-kai Sato-kai et ils étaient en plein milieu d'une guerre sanglante des gangs. Tout droit sortie d'un film. L'Inagawa-kai a fini par absorber l'Umeka-ikka, et de nos jours, l'Inagawa-kai est plutôt tombé sous la coupe du Yamaguchi-gumi. Je ne me souviens pas bien de ce qui est arrivé au Sato-kai. »

Il me raconta une brève histoire haute en couleur des guerres des gangs de là-bas et m'apprit une chose que j'ignorais. Le Kyokuto-kai tirait son nom d'une agence de détectives privés, un temps dirigée par le fondateur de l'organisation. Je me suis dit que ça pourrait faire une chouette série TV : *Yakuza P.I.* Comme *Magnum P.I.*, la série classique des années 1980 avec Tom Selleck, mais avec des héros tatoués à qui il manque des doigts. Ce n'était pas exceptionnel de voir les yakuzas gérer un bureau de détectives privés – après tout, les renseignements aussi ont de la valeur.

Je lui expliquai à quel stade de l'affaire j'en étais et il suggéra que les individus derrière Nakatomi Holdings faisaient probablement du *piggy backing* : « Le *piggy backing* consiste à convaincre une personne de votre légitimité en adoptant un nom qui lui sera familier. Comme si un fonds d'investissement louche prenait le nom de Sumitomo, Fuji, ou même Mitsui. Personne ne détient vraiment les droits sur ces noms, les utiliser ne pose donc aucun problème, et comme les gens les connaissent bien, ça leur donne un sentiment de sécurité. »

Il n'avait rien d'autre à ajouter sur le sujet, mais il me donna le nom d'un flic de la police préfectorale d'Aomori qui, selon lui, m'aiderait. Igari me dit qu'il se chargerait des présentations. Je lui étais reconnaissant. Une fois là-bas, ce serait bien d'avoir au moins une personne à qui parler.

J'hésitais un peu, je ne connaissais personne à Aomori et Saigo ne m'accompagnerait pas. Il aurait pu le faire si je lui avais payé le billet, mais j'étais relativement certain de pouvoir me débrouiller tout seul.

Lorsque j'étais au *Yomiuri Shinbun*, tout le monde considérait Aomori comme un poste difficile. C'était là-bas qu'on vous expédiait quand vous aviez vraiment merdé. Les hivers sont froids et il tombe environ 8 mètres de neige chaque année. J'étais plutôt content qu'on ne soit pas en hiver.

LE PÔLE NORD DU JAPON

Pour me rendre à Aomori, j'avais décidé de prendre le Shinkansen* sur une partie du trajet. Le voyage m'a semblé long, pour ne pas dire très long. De Tokyo, de nos jours, on peut prendre le train Hayabusa sur le réseau JR Tōhoku Shinkansen jusqu'à Shin-Aomori (3 heures 30 minutes), puis changer pour un train local ou un train express limité jusqu'à la gare d'Aomori (5 minutes). Un aller simple coûte 17 500 yens [120 euros] et vous prendra environ quatre heures. Le train part à peu près toutes les heures. J'ai un vague souvenir qu'en 2007 tout ça était plus compliqué, mais quinze ans après, je peux me tromper.

Quand je suis arrivé, il était trop tard pour faire grand-chose d'utile, à part m'installer dans un hôtel pour hommes d'affaires et prendre un peu de repos. Le lendemain matin, je pris un taxi pour me rendre au siège originel de Nakatomi Holdings. Je trouvai là un petit magasin et un panneau qui annonçait « Sasaki Painting ». L'enseigne semblait avoir besoin d'un coup de peinture. J'ouvris la porte. Un quadragénaire apparut et s'approcha pour me parler. L'homme était maigre, vêtu d'un costume bleu marine et il portait

* Train à grande vitesse japonnais. *(N. d. T.)*

des baskets. Je lui tendis mon autre carte de visite, celle sur laquelle on pouvait lire *Nichibei Shinyo Chosa* (Investigations Crédits USA-Japon) et ma fonction d'enquêteur. Parfois, la meilleure façon de procéder, c'est d'être direct. Le plus souvent, quand on enquête sur une société, il vous est interdit de parler directement à ses employés et même à toute personne l'ayant récemment quittée. Il y a diverses raisons à cela, mais la plupart sont liées à des règles de conformité. Je n'ai jamais rien compris à ces règles, mais je devais quand même les observer. Je ne voulais pas attirer l'attention de Nakatomi Holdings sur mon enquête, et je n'avais pas vraiment envie de me rendre dans la préfecture de Shizuoka, qui était le bastion du Yamaguchi-gumi Goto-Gumi et du Yamaguchi-gumi Goryokai. Alors, j'avais décidé de divulguer le moins d'informations possible. «Je suis désolé de vous déranger, mais on m'a engagé pour enquêter sur une société de Tokyo spécialisée en conseils financiers. Et ce qui est curieux, c'est qu'elle a démarré son activité ici même, là où nous nous trouvons. Je vous serais reconnaissant si vous pouviez m'aider.»

L'homme, qui, je suppose, était M. Sasaki, fit une petite grimace, puis répondit: «Je vois, oui. Je crois que c'est avec mon père que vous devez parler. Je vais lui téléphoner.» Il le fit, puis m'annonça que son père pouvait me retrouver dans un café, Dote no Coffee-ya Manchan, à 11 heures, soit une heure plus tard.

Après avoir quitté la boutique, je me rendis compte que j'avais oublié de demander des indications pour me rendre jusqu'au café. Google Maps n'existait pas encore. Je me sentais trop embarrassé pour retourner dans le magasin et je craignais qu'à force de poser des questions stupides je ne fasse capoter la rencontre que je venais de décrocher. J'avais emporté un plan de la ville où figurait ce café, mais il ne m'était d'aucune utilité. Il m'aurait bien servi si j'avais su lire les noms des rues. Mais la lecture des kanji pour les noms de lieux est souvent très idiosyncrasique, alors, même si je parvenais à déchiffrer certains caractères, je n'étais pas sûr de savoir les prononcer correctement. Je me trouvais à Kikyono, un endroit qui avait deux caractères kanji que je n'avais jamais vus, *kikyo* (桔梗), un troisième que je connaissais, *no* (野), qui signifie « champ », et je devais me rendre à Dotemachi. Je repérai un vieil homme en pantalon de jogging gris et parka bleu foncé qui promenait son chien et je lui demandai bien poliment comment se rendre au café. Il s'arrêta, me regarda avec un air surpris et pencha la tête de côté. Je réitérai ma question. Son regard était perplexe, comme si un de ses chiens s'était tout à coup mis à lui parler. Il me répondit avec un débit rapide, dans le dialecte local connu sous le nom de Tsugaru-ben, et je ne compris à peu près rien de ce qu'il me dit. « Pourriez-vous me répéter ça en japonais ordinaire ? » demandai-je.

Il demeura silencieux une seconde, et je pensai l'avoir vexé en laissant entendre que son dialecte n'était pas du japonais ordinaire, ce qui était d'ailleurs le cas. Jamais vous n'auriez entendu un journaliste parler en Tsugaru-ben sur la NHK, la BBC du Japon. Et parfois même, quand des gens originaires de la région apparaissaient à la télé, les diffuseurs collaient des sous-titres sous leur nom. Il y avait bien un *gaijin* (étranger) célèbre sur le petit écran qui se targuait de parler le japonais rural, mais ce n'était pas moi. Tout ça défila dans ma tête en une fraction de seconde. Il se mit alors à rire.

« Où se trouve votre pays ?

– Je viens de Tokyo », lui répondis-je.

Il sourit et me fit signe de le suivre, avec ce geste habituel si déroutant pour la plupart des étrangers arrivés de fraîche date, parce qu'il vous donne l'impression qu'on vous fait signe de dégager. Il fit donc ce mouvement : il tourna la paume vers le bas, tendit les doigts vers l'avant, puis les ramena vers l'intérieur, vers sa paume, avant de les tendre de nouveau. Je comprenais le sens de ce geste, mais j'espérais que dans le pôle Nord du Japon, il ne voulait pas dire : « Va te faire foutre. » Il m'accompagna au rendez-vous sans rien dire, fit un signe de tête à une femme en tailleur qui croisa notre chemin. Il m'ouvrit la porte du café et me dit : « Bonne chance », et puis il s'en alla.

L'endroit était splendide, et le café un vrai délice. Il régnait là une atmosphère calme et tamisée, avec un sol entièrement recouvert de parquet et une chaleur agréable. L'un des auteurs les plus célèbres du Japon, Osamu Dazai, aurait fréquenté ce café pendant ses années de lycée. Dazai était un brillant écrivain, mais un connard absolu. Son livre *Ningen Shikkaku (La Déchéance d'un homme)* est un classique. Je l'avais lu à l'époque où je fréquentais Jochi Daigaku, l'université Sophia. C'est un grand livre, mais fort malheureusement, et tout particulièrement dans son cas, il est plutôt difficile de séparer l'artiste de son art. Dazai, fils de riche propriétaire terrien et enfant gâté, était né à Aomori en 1909. Il avait pour habitude de rencontrer une fille, de tomber amoureux d'elle, d'en faire sa maîtresse puis de la convaincre de passer avec lui un pacte de suicide, et enfin de ne pas aller au bout de sa démarche. Lui, il survivait, mais la fille mourait. Parfois, les filles survivaient elles aussi. Au bout du compte, il réussit à mener à son terme l'un de ses pactes de suicide et cela signa la fin de sa carrière. Il utilisa les échecs qui ponctuèrent sa vie comme matière pour ses romans semi-fictionnels, créant le prototype des romans d'autofiction japonais appelés « romans-moi ». On pourrait même le considérer comme le James Frey (l'auteur de l'autobiographie bidonnée *Mille morceaux*) de son époque. Ses grandes ambitions littéraires l'auront sans doute poussé à faire des choses stupides juste pour pouvoir écrire à leur sujet. En résultat, il s'avère bien difficile de séparer ses œuvres de sa vie réelle, comme pour tous ceux qui s'adonnent à l'autofiction. Ce qui est curieux au Japon, c'est que la majeure partie des gens ne semble pas se soucier de l'équilibre entre vérité et fiction dans les « romans-moi ». Des livres vendus en Occident comme ouvrages de non-fiction, tels que *Yakuza Moon* de Shoko Tendo, sont en réalité des autofictions. Ne vous y trompez pas, Osamu Dazai est un grand écrivain, mais c'était aussi un vrai connard.

Pendant que j'attendais au café M. Sasaki père, je m'occupai en lisant des articles sur Dazai et en travaillant sur mon premier livre, *Tokyo Vice : un journaliste américain sur le terrain de la police japonaise*. J'eus alors une lumineuse révélation et une prise de conscience plutôt ironique : je ne voulais pas devenir un nouvel Osamu Dazai. Au moment où je me commandais une part de tarte aux pommes, un homme que je supposai être M. Sasaki fit son entrée, me repéra et vint aussitôt s'asseoir en face de moi. Il tenait ma carte de visite à la main et me la montra tout en s'asseyant.

« Je ne sais pas quel est votre nom de famille. Je vais simplement vous appeler Jake-san. Ça ne vous dérange pas si je prends un café, Jake-san ? »

Je lui en commandai un. Il devait avoir entre 70 et 90 ans. Il avait une abondante et fine chevelure grise, les cheveux gominés et peignés en arrière, et un visage si ridé qu'on l'aurait dit sculpté dans une pomme qui se serait peu à peu desséchée. Il me faisait penser à une tête réduite toute souriante. On lui apporta une tasse de café noir et il en vint alors droit au but.

« Alors, mon ancienne société est à présent une entreprise de courtage de haut vol à Tokyo. Eh bien, ça, c'est une surprise ! Je me suis toujours demandé ce qu'elle était devenue. Et maintenant, je le sais, déclara-t-il en sirotant son café. Pourquoi souhaitez-vous connaître cette histoire ?

– C'est mon boulot. Mon boulot consiste à déterminer si la dernière incarnation de votre société est une entreprise légitime ou non. »

Il hocha la tête et me demanda s'il pouvait fumer. Je lui dis oui, bien sûr. Il sortit un paquet de Mild Seven et alluma une cigarette. Il m'en offrit une. Je déclinai et sortis les miennes.

« Vous jouez à des jeux d'argent ? demanda-t-il.

– Pas vraiment, répondis-je. Je n'aime pas perdre et je déteste confier mon argent au hasard et ne rien récupérer ensuite.

– Vous êtes un homme intelligent. Je jouais, autrefois. J'aimais le jeu. Pour les sensations fortes qu'il procure. Mais je jouais au mah-jong, et ce n'est pas un jeu de hasard. Il exige de l'adresse, plus que de la chance. Pas comme un simple coup de dés. Avez-vous déjà joué au mah-jong ? »

Je lui avouai que j'avais joué à l'université et parfois du temps où j'étais journaliste, quand je traînais au *press club*, et que j'étais nul à ce jeu. J'en saisissais à peine les règles et je perdais systématiquement. Il rit, d'un rire profond et haché.

« Eh bien, moi, j'aimais jouer au poker. J'y joue même encore, parfois, mais plus pour de l'argent. Et j'aimais vraiment jouer au mah-jong. Mais vers 1989 ou 1990, je ne sais plus exactement, je me suis laissé dépasser par les événements. Il y avait un club où on pouvait jouer de l'argent, et j'y allais très souvent. J'y ai perdu environ 2 millions de yens [environ 15 000 euros]. Et cela faisait beaucoup d'argent pour moi. »

J'acquiesçai d'un hochement de tête. Le salon de mah-jong était sous le contrôle de l'Umeda-ikka. Le gang ne gérait pas directement l'endroit, mais il y avait placé ses gros bras et ceux-ci touchaient l'argent des propriétaires en échange de leur protection et collectaient les dettes des clients. Sasaki avait demandé au propriétaire du salon s'il y avait un moyen de s'arranger, pour ses dettes. Le propriétaire lui avait dit qu'il y avait bien quelqu'un qui pourrait l'aider, s'il était prêt à céder son entreprise. Il ne perdrait rien ; il donnerait simplement le nom et l'enregistrement de sa société à une autre personne. Ça avait tout l'air d'une bonne affaire.

« Un après-midi, un type très bien habillé, qui connaissait mon nom, entre dans la boutique et me propose de m'acheter mon entreprise pour 2 millions de yens, le tout en espèces. Il me dit qu'il est un *kaisha-ya*, un terme qui ne m'est pas familier, mais nous en discutons. Il a déjà sur lui une copie de l'enregistrement de ma société et des formulaires à remplir. Je récupère mon sceau personnel dans le tiroir de mon bureau. Et puis on se rend ici, dans ce café, et on cause un peu. Il me promet que je ne serai tenu responsable de rien et que je dois simplement signer quelques papiers. »

Je lui demandai s'il se souvenait des formulaires.

« Oui, vaguement. Ils voulaient transférer la société à Shizuoka ou à Tokyo, en tout cas sur le papier. Un conseil d'administration tout neuf serait nommé et mon nom disparaîtrait des registres. Je crois qu'ils voulaient mettre en place une affaire de vente au détail. Mais je m'en fichais. Tout ça me semblait louche, mais dans le fond, les gens qui m'avaient présenté à cet homme tenaient un salon de mah-jong illégal, alors que dire ? »

Avait-il remarqué quelque chose de spécial à propos de ce type ? Un détail inhabituel ? Est-ce qu'il lui manquait un doigt ?

« Non. Rien de ce genre. Il était juste très poli. Mais il avait des manches longues et on pouvait voir une partie de ses tatouages en dépasser quand il croisait les bras. Alors, je suppose qu'il était de la partie. »

Sasaki n'avait rien de particulier à faire cet après-midi-là et moi, je ne devais pas repartir avant le lendemain, aussi nous restâmes un bon moment à bavarder. Quand Sasaki avait reçu son paiement en espèces, il était retourné au salon de mah-jong, avait réglé ses dettes et n'avait plus jamais joué. Je lui demandai pourquoi. Il s'expliqua brièvement.

« Ma chance s'était épuisée.

– De quelle manière ?

– Eh bien, voilà ma théorie. La chance, c'est comme un jeu de cartes. Vous n'en avez qu'un nombre prédéfini. Il n'y a qu'un certain nombre de bonnes cartes, et plus vous jouez longtemps, plus vous serez à court d'as, de rois et de valets, et puis les cartes elles-mêmes finiront par s'épuiser. Peut-être que si vous changez de place, vous pourrez obtenir un nouveau jeu de cartes. Mais la chance reste une ressource qui a ses limites. J'ai décidé que j'avais dépensé la mienne autant que je l'avais pu dans des stupidités, le jeu par exemple, et j'ai donc arrêté de tenter le diable. Même si j'avoue y jouer encore en ligne, de temps à autre.

– En ligne ?

– Ne prenez pas cet air surpris, jeune homme. Je suis vieux, mais pas au point de ne pas savoir utiliser un ordinateur. J'ai un Mac à la maison. C'est très fiable. Je préférerais acheter un NEC ou un autre modèle fabriqué au Japon, mais les Mac sont stables. Je ne veux pas que mon ordinateur plante à un moment où je gagne. »

Nous bavardâmes encore un peu. Il aimait parler et moi, je ne savais pas grand-chose de la vie à Aomori, alors je l'ai écouté disserter. Ce n'était pas une si mauvaise façon de passer l'après-midi, et puis je n'avais aucun autre endroit où aller. Avant de partir, M. Sasaki sortit de son sac un petit étui à *meishi*.

« Tenez. La carte de l'homme qui a acheté ma société. Elle vous sera peut-être utile. »

Je jetai un coup d'œil rapide à la carte de visite. L'entreprise s'appelait Business Brain, en anglais, avec un nom en katakana en dessous. Il y avait un numéro de téléphone. Un numéro de fax. Le nom du représentant. Je sortis mon téléphone portable ultramoderne fabriqué au Japon et j'en pris une photo. Je l'envoyai par e-mail à Michiel, accompagnée d'un petit mot: « Vois si tu peux retrouver cette société. »

Je remerciai Sasaki-san une fois de plus.

Je n'ai jamais oublié ce café tranquille, pas plus que sa théorie sur la chance. Notre discussion m'avait permis d'apporter des réponses à la plupart des questions que je m'étais posées.

Plus tard ce soir-là, je pris un verre dans un bar à hôtesses avec le vieil ami d'Igari de la police préfectorale d'Aomori, l'inspecteur Kudo. Celui-ci n'était pas bien loin de la retraite et occupait le poste de numéro deux de l'OCCD, la division chargée de la lutte contre le crime organisé. Igari avait fait en sorte que tout se passe bien entre nous. L'inspecteur Kudo me parla des guerres de gangs qui avaient fait rage à Hirosaki dans les années 1980 et du rôle d'Igari dans la poursuite des gens impliqués dans cette première guerre. Il y en avait eu une seconde à la fin des années 1980, après le transfert d'Igari à un nouveau poste. Je lui demandai ce qu'était exactement un *kaisha-ya*, le terme que Sasaki avait mentionné. J'avais ma petite idée sur le sujet. Il me l'expliqua: « Ces types achètent et vendent principalement des sociétés en sommeil. *Kaisha* signifie "entreprise" et *ya* est juste un suffixe générique pour quelqu'un qui vend quelque chose. Au Japon, plus une entreprise est ancienne, plus elle est réputée. Mais il y a un grand nombre de sociétés qui n'existent qu'en tant que noms, que l'on appelle parfois *yurei kaisha*, les sociétés fantômes ou sociétés zombies. Celles-ci peuvent s'avérer très utiles pour qui veut créer sa société en dépensant le moins possible, ou pour se donner une apparence de légitimité, ou encore pour ceux qui envisagent de commettre une fraude ou une autre, à grande ou à petite échelle. »

Par exemple, si le P-DG d'une petite entreprise souhaitait verser un salaire à sa maîtresse, il pouvait acheter une entreprise en sommeil à un *kaisha-ya* et mettre la fille à sa tête.

Il se servait alors de l'argent de la société pour se payer les services de la fille sans que nul le sache : les versements effectués au profit d'une société font rarement l'objet d'une enquête. Les entreprises ainsi acquises pouvaient être utilisées pour détourner des fonds, augmenter les bénéfices et échapper aux impôts. L'important, c'était qu'il existe une véritable société, pour qu'il soit difficile de savoir quelle malversation se tramait. Kudo me dit qu'au Japon la fraude était monnaie courante et que les *kaisha-ya* trempaient dans bon nombre de ces fraudes. Ils aidaient également les criminels regroupés en bandes organisées à se créer des sociétés-écrans et à louer des biens immobiliers. Aucun individu sain d'esprit n'aurait loué des bureaux au Yamaguchi-gumi Kyokushin-kai, mais il aurait très bien pu en louer aux entreprises Kyokushin, fondées en 1959.

« La plupart des gens, et les agents immobiliers en particulier, n'iront pas vérifier l'historique d'une entreprise. Disons que les entreprises Kyokushin ont commencé comme fabricants de papier-toilette dans la préfecture de Chiba, sous le nom de Kami Co, avec un capital de 5 millions de yens [35 000 euros] et qu'un jour, tout d'un coup, elles sont devenues une société de conseil en investissement, ont changé de nom et ont déménagé à Osaka puis à Tokyo, avant de procéder à une augmentation de capital à hauteur de 500 millions de yens [3 500 000 euros]. Les gens ont tendance à prendre ce qu'on leur donne pour argent comptant. Ils ne vont regarder que le plus récent des dossiers d'enregistrement de la société. Et c'est pour ça qu'ils se font souvent arnaquer. »

Kudo estimait que, dans certains cas, un prix d'acquisition de 20 millions de yens [140 000 euros] était une affaire raisonnable, même si la nature même du *kaisha-ya* le poussait à essayer de dépenser le moins possible et de revendre le plus cher possible, comme tout homme d'affaires qui se respecte.

Cependant, une acquisition en échange d'une somme importante permettait aussi d'acheter le silence du vendeur, qui jurait de ne plus jamais mentionner l'affaire. Kudo ajouta :

« La plupart des gens parlent. Un an passe, dix ans passent. Tôt ou tard, la plupart des gens finiront par parler de cette curieuse transaction qu'ils ont conclue, mais d'ici là, la société aura changé de siège et de localisation tellement de fois que plus personne n'aura le courage d'essayer de la retrouver, à moins d'avoir une vraie raison pour ça. »

Je lui montrai les documents d'enregistrement de la société que j'avais pris avec moi et lui demandai si l'un des noms lui disait quelque chose. Mais non, aucun.

« Je ne suis pas un annuaire vivant des yakuzas, vous savez. Si le nom d'un boss local de haut niveau apparaissait sur ces papiers, je le reconnaîtrais, mais je ne reconnais aucun nom sur ces documents. » »

Nous avons bu jusque tard dans la soirée alors qu'il me détaillait les guerres de gangs locales, avec le genre de péripéties que l'on voit dans les films de yakuzas. Le lendemain, je rentrai à Tokyo en voyageant dans les Green Cars de première classe dès que je pouvais. Dans le Shinkansen, je pris une bière Asahi Super Dry et des crackers de riz, parce que ça me semblait adapté à la situation.

Il ne me restait plus qu'une chose à faire pour boucler mon rapport. Je voulais aller voir les bureaux de Blue Mountain, la société-écran des yakuzas qui avait émis des factures au nom de Nakatomi Holdings. Dans la pile de lettres que j'avais pris dans la boîte, puis ouvertes, puis remises bien gentiment à leur place, il y avait plusieurs factures de Blue Mountain. La compagnie semblait exercer ses activités dans l'import-export du café, mais c'était une simple supposition, au motif que le logo sur leur papier à lettres représentait une tasse de café. Il me restait pas mal de temps avant d'aller voir les bureaux et je décidai de faire une pause pour le week-end. Il fallait aussi que je prenne des nouvelles de Michiel.

Blue Mountain n'était pas facile à localiser. La boîte avait déménagé plusieurs fois et Michiel s'escrimait pour la retrouver, naviguant à travers le dédale semé d'actes immobiliers et d'enregistrements multiples que laisse derrière elle une société douteuse quand elle cherche à passer sous les radars. Dans le train du retour, je reçus un appel et quittai le wagon vert pour y répondre dans un endroit plus calme. C'était Michiel.

« Je crois que je tiens une piste pour Business Brain ! Le P-DG est Akio Kumagaya, avant il travaillait chez Nomura Securities, et ils ont un bureau à Ikebukuro.

– Tu as fait un travail remarquable, lui dis-je pour la remercier. On se voit demain chez moi. »

Le poète John Donne a écrit : « Aucun homme n'est une île, un tout, complet en soi ; tout homme est un fragment du continent, une partie de l'ensemble. » Je pense que ça vaut pour tous les enquêteurs chargés des diligences raisonnables. Ce n'est pas le travail d'un seul homme : il lui faut un partenaire, un partenaire fiable. Et dans mon cas, Michiel était la seule personne sur laquelle je pouvais compter, chaque fois. Elle était ma copine du vendredi soir, ma meilleure amie. Je ne pouvais pas fonctionner sans elle.

MICHIEL BRANDT ENTRE EN SCÈNE

Michiel Brandt était partie aux États-Unis se renseigner sur les parcours universitaires après sa licence. Quand elle avait regagné le Japon, j'avais déjà commencé à enquêter sur le dossier Nakatomi et j'étais donc ravi qu'elle soit de retour. Elle était mon bras droit pour mes enquêtes de diligence raisonnable et je lui devais aussi une soirée en ville. Nous avions prévu d'aller à un concert, alors notre rendez-vous relevait à la fois du travail et de la détente. Je ne voulais pas la faire travailler trop dur, car elle était en convalescence.

Elle débarqua chez moi le vendredi en fin d'après-midi, l'allure très professionnelle, avec une jupe longue, un chemisier jaune tournesol et ses lunettes d'intello. Il faisait chaud pour octobre, l'été semblait s'attarder, comme un élève peu désireux de retourner en classe. À mes yeux, Michiel avait toujours eu l'apparence d'un elfe. Elle avait un joli visage rond et de bonnes joues de hamster. Quand elle souriait, ce qui se produisait souvent, ses yeux noisette se plissaient et pétillaient ; elle riait fort. Comme elle avait été élevée au Japon, elle avait pris l'habitude de faire le geste très japonais qui consiste à se couvrir la bouche lorsqu'on rit, mais cela ne réussissait pas à étouffer le son de son rire. Elle était menue, mais pleine de vivacité.

Ce soir-là, elle arriva avec une pile de rapports terminés ou à moitié terminés. Je la remerciai pour les documents et la félicitai d'avoir débusqué Blue Mountain et Business Brain, puis je lui demandai d'aller déposer tous les papiers sur mon bureau, dans la pièce à côté. Nous devions aller au Blue Note écouter Gal Costa chanter les morceaux du légendaire compositeur brésilien Antonio Carlos Jobim. Il y avait un assez long chemin à parcourir jusqu'à la station de métro la plus proche, mais Michiel aimait marcher.

« Jake, je suis ravie d'être là ce soir. Merci beaucoup d'avoir pris les billets, *ne* ! »

Elle me serrait le bras tandis que nous nous dirigions vers Roppongi. C'était facile pour elle de me tenir par le bras, même si j'étais plus grand qu'elle. Mes bras sont longs, comme ceux des gibbons. Je ne voulais pas qu'elle se sente coupable à cause de ce que la soirée allait me coûter.

« C'est un plaisir. Et c'est le moins que je puisse faire en échange de tout le travail que tu accomplis. Vois ça comme un petit bonus destiné à améliorer un peu ton salaire misérable.

– De quoi j'ai l'air ? demanda-t-elle. Je me suis habillée pour la circonstance. »

Je pointai un index sur son chemisier jaune vif.

« Tu auras l'air du canari le plus élégant de toute la salle. »

Elle rit en se couvrant la bouche.

« Tu es vraiment sans pitié.

– Tu es superbe. C'est une tenue très classe. Je ne suis même pas digne de t'avoir à mon bras. Merci d'être venue pour me donner un semblant d'allure. »

Elle me remontait toujours le moral. Elle envoyait des ondes de bonheur autour d'elle. J'imaginais que la plupart des gens se seraient montrés amers et auraient été en colère contre le monde entier, s'ils avaient vécu ce qu'elle avait vécu. En marchant vers la gare, nous nous donnâmes brièvement la main. J'essayais de me rappeler depuis combien de temps je connaissais Michiel. En vérité, j'avais l'impression de l'avoir connue toute ma vie. Ça faisait au moins quatre ans...

J'avais fait la connaissance de Michiel en 2004, alors que j'étais encore reporter au *Yomiuri Shinbun*, le plus grand quotidien japonais. Elle était étudiante en licence à Waseda, une université japonaise, et s'intéressait aux problèmes d'immigration. À ce moment-là, j'étais chargé de suivre la police métropolitaine de Tokyo, je couvrais en particulier les affaires de mœurs et de crime organisé. La traite des êtres humains était en passe de devenir un problème reconnu dans le pays. On m'avait invité à participer à un forum sur la question, parrainé par les Nations unies. À la fin du congrès, j'avais emmené des stagiaires de l'ambassade des États-Unis faire une visite guidée impromptue des quartiers chauds et elle les avait accompagnés. C'était là que nous avions fait connaissance. Elle avait déjà en poche un diplôme de l'UCLA en sciences politiques et en relations internationales. Elle faisait des recherches sur les questions internationales touchant au travail et aidait les femmes en difficulté. Elle était charmante, amicale, curieuse, courageuse et intelligente. L'enthousiasme qu'elle dégageait était contagieux. Nous étions rapidement devenus amis. J'ai honte d'avouer qu'au départ je la voyais comme une gentille petite poupée pleine de bonnes intentions. Cela m'avait pris des années pour voir à quel point c'était un être humain d'une solidité rare. Michiel m'accompagnait de temps en temps à des conférences en prenant toujours beaucoup de notes. Elle s'impliquait également dans des ONG luttant pour les droits des victimes de la traite au Japon. Après avoir quitté le journal en novembre 2005, je passai sept mois à travailler sur un projet de recherche approfondie concernant la traite des êtres humains, financé par le département d'État américain. Dans le cadre de ce projet, je décidai d'engager Michiel comme assistante de recherche, car, comme moi, elle parlait couramment le japonais et l'anglais, et possédait une connaissance approfondie du problème et de ses dimensions. Et au beau milieu de toute cette activité, elle avait failli mourir. Ni elle ni moi ne vîmes venir ce qui manqua la tuer. Mais c'était sans doute impossible à prévoir.

Je me souvenais du soir où ça avait commencé. Je venais d'entamer la rédaction d'un rapport très complet sur la traite des êtres humains à l'intention du département d'État américain et Michiel travaillait là-dessus avec moi, elle faisait des recherches et réunissait des informations. Elle avait voulu sortir danser avec son amie Cris, une Coréenne. Je ne connaissais qu'un seul endroit où l'on pouvait danser et bien s'amuser, une boîte appelée le Yellow, cachée tout au fond des ruelles de Roppongi. On y passait de la techno et de la trance; toute cette musique était si monotone que même moi, je pouvais danser dessus. Je demandai à l'agent spécial Larry Futa de se joindre à nous pour la soirée. Bien sûr, il accepta. Ken, l'ancien agent du renseignement et séducteur en série, s'invita lui aussi. Ne vous méprenez pas: j'aimais bien Ken, même s'il avait l'habitude de m'impliquer dans des manigances qui dépassaient de loin mes compétences. Michiel fit son apparition, dans un jean et un chemisier vert émeraude un peu trop ajusté qui mettait en valeur son vaste décolleté et faisait vaguement écho à ses yeux noisette. Certaines personnes disaient qu'elle avait les yeux marron, mais ils m'avaient toujours paru vert foncé. Il faut avouer que je suis légèrement daltonien. Elle me demanda, comme elle le faisait toujours:

« De quoi j'ai l'air ?

– Tu ressembles à un M&Ms en version sexy. »

Elle me donna un coup de poing dans l'épaule.

« Merci, Jake.

– De rien, Mimi. »

Tout le monde l'appelait Mimi. C'était son surnom d'enfance, mais je ne me souvenais plus d'où elle le tenait.

Larry, un martini à la main, en costume comme toujours, entra à son tour.

« Michiel, tu es éblouissante. N'écoute pas Adelstein. Il n'apprécie que les danseuses de pole dance qui font deux fois sa taille. »

Je le corrigeai : « Elles n'ont pas besoin d'être deux fois plus grandes que moi. Ce n'est pas une obligation. Juste une préférence. »

Larry entraîna Michiel sur la piste. Un peu après minuit, Michiel trébucha.

« Jake, je ne me sens pas très bien. »

Je la guidai par les épaules et la fis s'asseoir. Elle était blanche comme un linge. Larry et moi, nous lui appelâmes un taxi et la renvoyâmes aussitôt chez elle. J'écrivis un e-mail à ses parents. Trois jours plus tard, je reçus de ses nouvelles, après avoir vainement essayé de la joindre. On lui avait diagnostiqué une leucémie. C'était une leucémie aiguë à cellules T de l'adulte, un type de leucémie qui se déclare d'habitude chez les gens de plus de 40 ans. Elle en avait seulement 23. Les médecins lui dirent d'emblée qu'elle ne verrait probablement pas l'année suivante. Il fallait immédiatement entamer le traitement. Je me sentis anéanti. Les patients frappés par cette maladie avaient un taux de survie de 3 % : voilà ce que disait la littérature sur le sujet. Si je m'en tenais à un pur raisonnement rationnel, je ne pouvais pas croire qu'elle s'en sortirait. De façon étrange, elle-même ne douta pas un seul instant qu'elle allait survivre. Je lui rendis visite à l'hôpital et lui apportai un lecteur DVD portable ainsi qu'une petite sélection de films, des bons et des mauvais, pour qu'elle ait quelque chose à faire pendant ces longues heures au lit. En août 2005, elle eut la chance inouïe de recevoir une greffe de cellules souches de son frère, Daniel, dont la moelle osseuse était parfaitement compatible avec la sienne. C'était un cas rarissime, même entre frères et sœurs. À l'automne, elle sortit de l'hôpital, après un rétablissement miraculeux et rapide. Un détail curieux. À la suite de sa première greffe de moelle osseuse, ses cheveux se mirent à boucler. Comme ça, elle ressemblait un peu à Annie la petite orpheline. Bien sûr, je me moquais gentiment d'elle. Voilà le genre de copain que je suis. Mais je ne l'appelais jamais Annie, car je suis tout de même capable d'une certaine retenue.

Elle avait pu reprendre le travail à mes côtés, tout en poursuivant ses études. Au début, je n'avais pas voulu la réembaucher comme assistante, par souci de sa santé, mais elle avait insisté. Elle se rendait aux conférences à ma place, recueillant toujours des renseignements, des contacts et des documents utiles. Elle menait des entretiens et m'accompagnait à des réunions avec des officiels du gouvernement. Elle se montrait indispensable au projet et travaillait très dur pour un salaire très faible. J'étais ravi de découvrir que Michiel faisait également d'excellentes enquêtes de diligence raisonnable. Ce n'est qu'à la fin de 2007 que je lui confiai pour de bon des tâches de ce genre. Cette année-là, elle subit sa deuxième greffe de moelle osseuse, et ce fut d'une grande violence pour elle.

La transplantation fut un succès. En novembre 2007, elle était prête à reprendre le travail à plein temps. En toute honnêteté, je ne peux pas prétendre que tout ce qui s'était passé avant cette soirée me revint à l'esprit, le temps de marcher du métro au concert, mais je me perdis dans mes pensées. Michiel me serra doucement la main pour me signaler qu'on approchait, m'empêchant ainsi de heurter l'enseigne d'un Girls Bar et me ramenant à la réalité.

Le concert fut superbe. Gal Costa, c'était vraiment le top. Nous avions pris un box bien placé, quelques cocktails Tiki. Parmi les petits numéros comiques à répétition qui existent dans toutes les amitiés très proches, Michiel me reprochait de commander les boissons les plus *girlie* et les plus efféminées du menu, de préférence celles avec un petit parapluie en papier. Je lui répétais tout le temps : « Michiel, je consacre la majeure partie de ma vie sociale à boire avec des flics, des escrocs, des avocats, des procureurs, des forces de l'ordre ou des voyous. Chaque fois, on boit d'abord une bière, puis du saké, du whisky, ou du *shochu**. Ou peut-être, dans le meilleur des cas, une vodka martini, parce que 007 en boit. Il faut boire des boissons viriles.

— Jake, tu pourrais faire preuve d'un grand courage et te commander un Malibu Coca. Peut-être qu'ils respecteraient ton choix. Moi je le respecte ! Vraiment.

— Ça ne passerait pas bien. Ma crédibilité dans la rue en serait complètement ruinée. »

Et si c'était l'hiver, Michiel montrait alors du doigt mon pull en cachemire vert (ou orange ou bleu ou violet) et répliquait : « Un homme qui porte ce genre de pull a déjà perdu toute sa crédibilité dans la rue. Autant y aller à fond. »

C'était notre petit numéro de *manzaï*. Mon amour pour les pulls en cachemire de couleurs vives venait du fait qu'à la fin de l'hiver on pouvait se les acheter pour une bouchée de pain sur le site Lands' End. Ce qu'elle savait très bien. Avec elle, je me sentais complètement à l'aise. Et il n'existait rien au monde de plus relaxant que d'écouter Gal Costa chanter, avec Michiel appuyée contre moi et mon bras passé autour d'elle. Tout ça était purement platonique et merveilleusement détendu. Au moment de nous séparer, Michiel me demanda si je voulais aller à Hakone avec elle et des amis le lendemain. Il y avait un *onsen*** sympa là-bas et un musée de sculptures en plein air. J'aurais adoré accompagner Michiel à Hakone, mais j'avais du travail urgent, alors je dus refuser.

* Alcool de pomme de terre. *(N. d. A.)*

** Bain thermal japonais. *(N. d. T.)*

Il me restait encore à suivre nos deux dernières pistes. Elle le comprit très bien. Le dossier Nakatomi touchait à sa fin et nous n'avions plus qu'un laps de temps très court pour le boucler. J'avais décidé que la piste la plus fructueuse serait le bureau du *kaisha-ya*. Michiel avait fait du bon travail en dénichant ce bureau à Tokyo. Elle avait pris la carte de visite que Sasaki m'avait donnée, vérifié l'enregistrement de la société, suivi quelques indices et découvert que la société possédait une succursale à Tokyo. Pour plus de sûreté, elle avait aussi vérifié ce que disait le registre des sociétés pour cette succursale. Une même personne représentait légalement les deux boîtes.

Je supposais qu'une société dont l'activité consistait à acheter et à revendre des entreprises douteuses à des personnes douteuses se révélerait une vraie mine d'informations. Je n'étais pas bien loin de la vérité.

CHEZ LE VENDEUR DE GÂTEAUX DE RIZ

Les gens ont parfois l'air de penser que le Japon est exempt de toute criminalité, mais ils se trompent lourdement. Les crimes dans la rue y sont peu nombreux, mais la fraude et la criminalité financière y sont endémiques. Il existe au Japon une monumentale infrastructure invisible dont le seul but est d'escroquer les gens et les entreprises beaucoup plus facilement qu'on ne l'imaginerait. Quand il se révèle qu'une grande entreprise comme Olympus s'est rendue coupable d'une fraude comptable d'un milliard de dollars, ça fait la une des journaux. Mais les crimes financiers à petite échelle, eux, finissent enfouis dans les dernières pages des journaux, et encore, si on en parle.

L'économie souterraine du Japon est massive. L'industrie légale du sexe rapporte des milliards de dollars. L'industrie illégale du sexe en rapporte probablement moitié moins. Par exemple, le massage sexuel, connu ici sous le nom de *fashion health* (mode et santé), représente un chiffre d'affaires de près de 515 milliards de yens [3,5 milliards d'euros] par an. Il s'agit là de bénéfices légaux. Les bars clandestins connus sous le nom de *bottakuri* génèrent plus de 1,3 milliard de yens [près de 9,5 millions d'euros] par an pour le crime organisé. Les comptes frauduleux de type « Envoyez-moi l'argent » causent entre 280 et 470 millions d'euros de pertes chaque année. Sur le plan des entreprises, Lehman Brothers Japan s'est fait flouer de 330 millions d'euros en 2008, et la majeure partie de cette somme n'a jamais été récupérée. Dans l'escroquerie du fonds d'investissement AIJ, près d'un milliard d'euros ont disparu. Ces crimes à grande échelle n'auraient pas pu être commis sans le réseau de la pègre, qui fournissait des cabinets d'experts-comptables dociles, de fausses sociétés ou d'anciennes sociétés réaffectées à la fraude, des services de placement de main-d'œuvre douteux et d'autres instruments encore pour que tout se passe bien. Un *kaisha-ya* fait partie de ce réseau.

Le suffixe *-ya*, lorsqu'il est attaché au nom d'une entreprise, peut également désigner le propriétaire de cette même entreprise. Par exemple, le boucher est un *niku* (viande) *ya* (vendeur). Le vendeur de légumes, un *yaoya*. Le boulanger ou la boulangerie, un *panya*.

Dans le monde souterrain de la pègre, on trouve toutes sortes de *ya*. L'une de mes favorites parmi toutes ces catégories est l'*atari-ya, atari* signifiant « être frappé ». En écriture japonaise, 当たり屋. Un *atari-ya* se spécialise dans l'acte de se faire renverser par un véhicule (ou de donner l'impression de l'avoir été), puis d'extorquer au conducteur des dommages importants. C'est un business rentable jusqu'à ce que vous tombiez sur un conducteur qui prend la fuite. En ce cas, vous vous retrouvez fort probablement mort. Le mot se prononce « atari », comme Atari, le fabricant de consoles de jeux, dont je suis moi-même assez âgé pour me souvenir, mais dont vous n'avez probablement jamais entendu parler. Il existe également une version plus moderne de cette profession ancienne : l'*atari-ya* des smartphones. Il s'agit d'un travail beaucoup moins dangereux pour le criminel, mais qui lui procure aussi une source de revenus beaucoup plus réduite. L'*atari-ya* des smartphones rôde dans les toilettes des gares, dans les centres commerciaux, les cinémas, les grands magasins, à la recherche d'un quidam distrait susceptible de lui rentrer dedans. Non sans ironie, les personnes qui déambulent les yeux rivés sur leur portable très coûteux font les meilleures cibles. Une fois la cible repérée, l'*atari-ya* vient alors la heurter de manière agressive et laisse tomber son téléphone. Il ramasse son téléphone dernier modèle, dont l'écran était déjà cassé avant la chute, et invective bruyamment sa victime en exigeant une compensation. Parfois, ces types travaillent en binôme, l'un jouant le rôle de la victime et l'autre celui du témoin oculaire. La réparation d'un écran d'iPhone peut facilement coûter entre 10 000 et 40 000 yens [70 et 275 euros], de sorte qu'une demande de compensation de 15 000 yens [100 euros] semble constituer le compromis idéal pour que les gens choisissent de payer au lieu de faire intervenir les flics ou de refuser toute transaction. De temps à autre, la police arrête l'un de ces individus pour fraude, mais c'est là un cas bien rare. Les sommes encaissées par les *atari-ya* spécialisés dans les téléphones portables sont estimées à plusieurs millions de dollars par an.

L'objectif de l'*atari-ya* sera toujours de vous pousser à lui verser une somme en liquide plutôt que de risquer d'aller au tribunal ou d'avoir affaire à la police. Il (ou elle) peut faire équipe avec un *jidan-ya* (vendeur d'accords) qui sait très habilement faire pression sur les gens afin qu'ils passent un marché. Généralement, les *jidan-ya* sont aussi des yakuzas, ou bien ils leur sont affiliés. Ces dernières années, le nombre d'avocats au Japon a augmenté, et en parallèle le nombre de *jidan-ya* a diminué. Toutefois, par le passé, les tribunaux civils mettaient une éternité à régler les litiges civils, les chances de se voir indemnisé au final étaient minces et les avocats coûtaient cher. Si vous demandiez à un yakuza local de résoudre un litige ou de collecter une somme d'argent qu'on vous devait, l'affaire se réglait sans traîner et vous pouviez avoir la certitude raisonnable d'obtenir la moitié de ce qui vous était dû ; le yakuza gardait l'autre moitié pour lui. Mais la moitié de quelque chose reste toujours préférable à la totalité de rien.

Le vendeur de sociétés fermées ou reconverties est donc un *kaisha-ya* (vendeur d'entreprises). Comme vous le savez à présent, pour un tas de raisons, acquérir une entreprise préexistante à bas prix présente des avantages. Je ne connaissais pas la totalité de ces raisons avant de discuter avec un *kaisha-ya*, ce qui est tout à fait logique. Il existe un joli dicton sur les gâteaux de riz gluant japonais, appelés *mochi*, un dicton que j'ai toujours aimé.

Mochi wa mochi-ya.

« Si tu veux tout savoir sur les gâteaux de riz, va chez le vendeur de gâteaux de riz. »

Il était temps d'aller voir le *kaisha-ya*.

Le bureau était situé près de la sortie ouest de la gare d'Ikebukuro. Ce coin ressemblait à un Kabukicho miteux de seconde zone et on aurait pu se dire qu'il avait connu des jours meilleurs, mais en réalité, je ne pense pas qu'il y ait jamais eu de « jours meilleurs ». Le bureau de notre « vendeur d'entreprises zombies », dirigé par un certain Akio Kumagaya, se trouvait autrefois près de la sortie ouest de la gare de Shinjuku, un quartier en plein essor, rempli de tours de bureaux, d'hôtels de luxe et de restaurants très chers. Ce *kaisha-ya* avait définitivement connu, lui, des jours meilleurs.

Je demandai à Saigo de me conduire et de m'attendre dehors. L'endroit était situé à cinq minutes de la gare à peu près, au troisième étage d'un bâtiment qui avait l'air de dater des années 1960. Il y avait un restaurant de nouilles soba au rez-de-chaussée et je n'ai vu aucun ascenseur. Les boîtes aux lettres étaient facilement accessibles au rez-de-chaussée, et j'ai trouvé celle sur laquelle quelqu'un avait collé une étiquette « Business Brain ». L'autocollant semblait un peu passé et il n'y avait pas d'autres étiquettes sur la boîte. Je montai au troisième par les escaliers et je frappai à la porte. J'entendis une voix rauque s'exclamer : « Entrez », et j'ouvris la porte métallique.

La pièce était étonnamment spacieuse et bizarrement agencée. Les murs étaient couverts d'étagères débordant de dossiers, de répertoires, d'ouvrages juridiques et même d'un ou deux volumes sur la manière de négocier avec les sociétés-écrans du crime organisé. Au fond, il y avait un type tout seul, assis derrière un bureau en bois enseveli sous les papiers, un ordinateur de bureau NEC et une grosse imprimante-scanner-fax multifonctions. Les fenêtres donnaient sur un autre bâtiment et les stores étaient baissés. Un néon était fixé au plafond, mais il était éteint. À la place, un grand lampadaire posé dans un coin et une lampe de bureau éclairaient une partie de la pièce, laissant le reste dans l'ombre. Il avait bon goût en matière d'éclairage.

L'homme assis au bureau devait être Akio Kumagaya en personne. Il portait des chaussures blanches, un costume blanc aux épaules légèrement rembourrées, une cravate rouge et une Rolex en or très voyante à son poignet gauche. Il avait sur les yeux des lunettes épaisses et rondes qui semblaient presque épouser la forme de ses joues replètes. Je ne pouvais pas dire s'il perdait ses cheveux, mais ceux-ci étaient blancs et taillés en brosse. Son corps semblait maigre, on aurait dit que sa tête n'avait pas été attachée à la bonne poupée. Une grosse tête, un visage gras, un type maigre, des yeux globuleux. Peut-être qu'il avait des problèmes de thyroïde. Il ressemblait un peu à un capitaine de cargo.

Je lui déclinai mon identité. Je m'épargnai les bavardages inutiles et lui dis tout de go pourquoi et comment je me retrouvais là. Une telle honnêteté parut le prendre au dépourvu, même si rapidement nous nous sommes bien entendus. À un moment donné, je descendis lui chercher du café chez Doutor Coffee. J'achetai aussi une bouteille de whisky Suntory bon marché au magasin d'alcool d'en face. Quand je remontai, j'en versai un peu dans son café et un peu dans le mien. Au fil de la conversation, en tournant toujours autour du pot, je lâchai que je savais qu'il avait autrefois occupé un bureau à Shinjuku Ouest.

« Que s'est-il donc passé ? J'aurais imaginé qu'une compagnie comme la vôtre resterait toujours à flot. »

Il secoua la tête.

« C'était une bonne affaire, oui, et j'ai gagné beaucoup d'argent à la belle époque. Ces sociétés fantômes ou zombies ou peu importe comment vous les appelez, elles avaient de la valeur autrefois. Vous pouviez prendre une société de ce genre et la vendre à un prix élevé. Une corporation de belle taille, avec des actions, ça, c'est ce qui valait le plus cher. À ce moment-là, pour créer une société, une *kabushiki-kaisha*, il fallait disposer d'un capital de 10 millions de yens [70 000 euros]. Pour une société à responsabilité limitée, *yugen gaisha*, il fallait au moins 3 millions de yens [20 000 euros]. C'était coûteux de créer une entreprise, à moins d'avoir déjà de l'argent de côté. Je pouvais vendre une société pour 1,5 million de yens [10 000 euros] ou même plus, selon son ancienneté. Mais entre 2003 et 2006, ils ont changé les lois. Depuis lors, vous pouvez créer une société avec un seul yen. »

Il savait de quoi il parlait. En fait, en 2006, les lois sur les sociétés avaient été révisées pour que la notion du montant minimal de capital en soit effectivement éliminée. C'était là une excellente nouvelle pour les start-up, mais une mauvaise pour les gens comme lui.

Je hochai la tête en signe de sympathie. C'était aussi un beau parleur, enthousiaste et de toute évidence érudit. Souvent, si vous la fermez et écoutez une personne qui est réellement engagée à fond dans son travail, vous apprendrez des choses précieuses. En tant qu'enquêteur, l'ennui est votre pire ennemi. Si vous écoutez avec intérêt, ce que vous croyiez ennuyeux devient souvent passionnant.

« Oui, lui dis-je, une compagnie comme la vôtre ne doit plus avoir une grande utilité, de nos jours. »

En entendant ça, il sembla un peu offensé. Peut-être avais-je blessé sa fierté professionnelle.

« Non, cette compagnie, contrairement à beaucoup de celles que nous mettons sur le marché, n'est pas encore tout à fait morte. Parfois, vous avez des sociétés qui ont déjà obtenu des autorisations ou des licences particulières, et ça, ça peut valoir quelque chose. Ces dernières années, je me suis lancé dans le commerce et la revente d'organisations à but non lucratif, qui font d'excellentes façades pour vous savez qui. »

Il ne prononça pas le mot « yakuza », mais fit juste le geste d'une cicatrice qui lui aurait balafré le visage de haut en bas, pour le dire sans le dire.

« J'imagine qu'il existe aussi encore un marché pour les sociétés existantes que l'on peut utiliser pour faire des inscriptions détournées. Peut-être même plus à présent qu'auparavant. »

Son regard s'est illuminé. « Absolument. Vous connaissez quelqu'un qui en recherche une ? »

J'avais l'impression que nous étions sur la même longueur d'onde, mais peut-être pas tout à fait de la bonne façon. Néanmoins, c'était agréable d'avoir de bons rapports. Une inscription détournée, dite aussi « OPA inversée » ou « introduction indirecte en Bourse », est le processus par lequel une société non cotée en Bourse fusionne avec une société cotée en Bourse afin d'éviter un examen initial de cotation avant d'entrer publiquement sur le marché boursier. Imaginons que nous sommes en 2006 et que vous possédez une société qui fabrique des jouets sexuels que l'on active et manipule avec son téléphone portable. Appelons votre société Smart Sex Gangu. Voilà donc votre produit : des sex toys à haute technologie. Ça ne permet guère à votre société de se faire coter en Bourse. Mais si vous rachetez une entreprise zombie avec votre capital limité, là, vous pourriez bien avoir une chance d'y arriver. Vous pourriez, par exemple, racheter une entreprise qui fabriquait des bipeurs à l'époque où les bipeurs constituaient un marché important. Appelons-la Big Beepers. Big Beepers est donc entrée au second marché de la Bourse de Tokyo au moment de sa période faste, mais est à présent pratiquement moribonde. Vous l'achetez, puis vous la fusionnez avec Smart Sex Gangu, et maintenant vous voilà à la tête d'une société cotée. Vous pouvez même changer le nom de la société en un truc du genre Big Beeping Smart Sex Gangu. À présent, vous détenez une entreprise parfaitement légitime, avec une cotation en Bourse. Vous pouvez obtenir des financements auprès des banques. Votre entreprise, qui auparavant paraissait très louche, est en apparence légitime. C'est l'avantage d'une cotation détournée. Et pendant bien des années, les contrôles effectués sur ces cotations sont restés tout au plus symboliques. La Bourse de Tokyo a tendance à se montrer très conservatrice et les contrôles y sont très stricts. Il faut détenir un capital très important pour pouvoir être listé au premier ou au second marché. Mais si vous utilisez avec assez d'astuce une société zombie, en d'autres termes une porte dérobée, vous aurez une ouverture sur la Bourse de Tokyo. Les gens comme notre *kaisha-ya* avaient donc très certainement leur utilité. Bien évidemment, l'autre utilité d'une cotation détournée, c'est de gagner la confiance d'investisseurs pour perpétrer ensuite une quelconque fraude à grande échelle. Il ne disait pas de bêtises. Son business model n'était pas totalement désuet, il devait simplement faire un chiffre d'affaires bien inférieur à celui d'avant 2003.

Je sortis de ma poche intérieure droite une enveloppe remplie d'argent. Je l'avais gonflée avec une pile de billets de 5 000 yens [35 euros] pour lui ajouter du volume, mais au-dessus et en dessous de la pile, j'avais placé une bonne quantité de billets de 10 000 yens [70 euros]. Au total, il y avait 200 000 yens [1 500 euros environ]. J'imaginais que ça devait correspondre à deux mois du loyer de son bureau minable. Je voyais bien qu'il avait quelques réserves. J'essayai donc de le mettre à l'aise.

« Avant de faire ce boulot, j'étais journaliste. Et j'ai conservé l'éthique du métier. Vous êtes une source. Tout ce que vous me dites restera entre nous et je ne parlerai jamais à qui que ce soit de notre entretien, sauf si vous m'en donnez expressément la permission. Et même dans ce cas, je tiendrais très probablement votre nom secret. J'ai seulement besoin de savoir à qui vous avez vendu la société. Pas le nom indiqué sur le dossier d'enregistrement, mais le nom de celui qui possède réellement la société, qui en a fait l'acquisition. »

Je posai l'enveloppe sur la table, tout juste hors de sa portée, et gardai les doigts sur ses bords.

« Vous me promettez que je ne serai pas cité dans votre rapport ?

– Oui, je vous le promets, je vous laisserai en dehors du rapport. Je veux juste savoir qui vous a racheté l'entreprise. Pas le nouveau nom de la boîte, parce que je le connais déjà. Celui des gens à qui elle appartient. »

Il semblait rassuré. Il inscrivit un nom sur un des Post-it roses et carrés posés sur son bureau, puis l'arracha du bloc et me le tendit. Je le regardai bien, puis le déchirai et jetai les morceaux dans la poubelle à côté de son bureau.

« Merci.

– Le Rachi-gumi. Vous les connaissez ? »

Je hochai la tête. En effet, je les connaissais. C'était un groupe de troisième niveau au sein du Yamaguchi-gumi. Le groupe qui les coiffait, au deuxième niveau, avait des bureaux dans la préfecture de Shizuoka. Je lui demandai :

« Savez-vous quelque chose au sujet d'une entreprise nommée Blue Mountain ? »

Je poussai l'enveloppe vers lui. J'aurais pu attendre qu'il réponde à ma question, mais je voulais lui montrer que je lui faisais confiance. Il se frotta le menton avec vigueur, comme si ce geste allait produire une étincelle et allumer d'un seul coup son cerveau pour lui permettre d'en extraire des informations. S'il y eut une étincelle, pour autant, le moteur ne démarra pas.

« Pouvez-vous me donner quelque chose de plus ? »

Je lui montrai les documents comportant le nom de la société et son adresse que j'avais obtenus au cours de mon enquête. Il partit dans une autre pièce à l'arrière en passant par une porte à côté de son bureau. Dans cette pièce, il y avait des étagères entières chargées de registres, d'annuaires téléphoniques, de bilans de sociétés et de dossiers divers. Il en ressortit dix minutes plus tard avec un gros carnet de notes. Il y avait déjà marqué une page avec un de ses Post-it roses. Il ouvrit le carnet et me montra la page : « À cette adresse, il y avait le bureau d'une société-écran du Mio-gumi. Avec un nom différent. Mais sans doute pour le même usage. Voilà tout ce que je sais. »

Je penchai la tête en avant en signe de remerciement. Je fis un geste de la main vers la pièce de derrière, avec ses monceaux de carnets de notes et de classeurs remplis de documents.

« Et tout ça, qu'est-ce que c'est ?

– *Meibo*. Des répertoires, certains concernant des entreprises légales, d'autres des entreprises criminelles. C'est mon activité secondaire. Je suis un *meibo-ya*. Noms, numéros de téléphone, listes de clients. Tous ces renseignements sont très précieux. »

Je ne lui dis pas ce que je pensais. Ces renseignements sont particulièrement précieux, oui, et surtout pour les escrocs qui ciblent les personnes âgées. Au Japon, la fraude aux virements bancaires génère près d'un demi-milliard d'euros de revenus pour les criminels, et tous ne sont pas soutenus par les yakuzas. Mais pour convaincre un grand-père ou une grand-mère que vous êtes leur petit-fils et que vous avez désespérément besoin d'une aide financière, vous devez d'abord obtenir leur nom et leur numéro de téléphone. Kumagaya devait le savoir, bien sûr. Mais qui étais-je pour le juger ? Il vendait des renseignements, c'était tout. Ce n'était pas de son ressort de savoir ce que ses clients faisaient ensuite de ces données. Je jetai un rapide coup d'œil au fond de la pièce. Il y avait là un annuaire des employés du journal *Asahi Shinbun*. Il avait l'air ancien. Je me suis demandé si j'avais conservé mon annuaire du *Yomiuri* et je me suis dit qu'en effet je l'avais encore. Mais je ne voulais pas le lui vendre. Ça aurait été une mauvaise idée et m'aurait rapporté du mauvais karma. Les personnes listées dans cet annuaire avaient été mes collègues. Et pourtant, je mentirais si je disais que l'idée ne me traversa pas l'esprit, une nanoseconde.

« Avez-vous une liste des sociétés-écrans opérant à Tokyo ? »

Voilà qui me serait précieux, ai-je pensé.

« J'en ai une pour la préfecture de Kanagawa. Ce type de recensement n'est établi que par la police, vous savez. Il faudrait être un yakuza plutôt stupide pour faire une liste de ses propres sociétés-écrans.

– Il y a des gens stupides dans toutes les couches de la société. Et les gens aiment bien savoir qui est qui, en ce monde. La police et les yakuzas ne font pas exception, même si c'est une chose qu'il semble stupide de faire », rétorquai-je.

Il ricana.

« Je vais garder votre requête en tête. Peut-être que nous pourrons faire affaire ensemble ?

– Je pense que nous le pourrions tout à fait, oui. »

Je lui demandai si je pouvais lui prendre un des hebdomadaires qui traînaient sur son bureau, pour avoir quelque chose à lire sur le chemin du retour.

« Servez-vous », me dit-il.

C'est ce que je fis.

Blue Mountain avait son siège dans un immeuble de bureaux dans le quartier de Shinjuku, Nishi-Shinjuku, à deux minutes de la station Nishi-Shinjuku sur la ligne Marunouchi, la ligne rouge du métro. Je connaissais bien cette station, car c'était la plus proche du quartier général de la police de Shinjuku. J'avais couvert le quatrième district, qui comprenait Shinjuku et Kabukicho, de 1999 à 2001, et j'avais passé beaucoup de temps dans ce commissariat. Aux étages supérieurs, il y avait un *press club* pour les journalistes qui couvraient les affaires criminelles. Il y avait aussi une grande salle de tatami à l'arrière, équipée de nombreux futons où l'on pouvait faire une sieste pendant la journée, ou se reposer à la fin d'une nuit de libations, avant de partir au travail. J'avais bien envie de passer au club, mais je m'efforçai de me rappeler que je n'étais plus reporter à présent et que ces privilèges ne m'étaient plus destinés.

L'immeuble était principalement constitué de petits bureaux à louer. Il y avait un espace commun à l'un des étages, avec des salles de réunion, des imprimantes couleur et des distributeurs automatiques de boissons. Blue Mountain, un importateur de café selon son inscription au registre du commerce, se trouvait au cinquième étage, bureau 509. J'avais pris une brochure à l'entrée et je savais donc que le bureau 509 était l'un des plus grands bureaux de l'immeuble, mais même ainsi, le loyer restait inférieur à 1000 euros par mois. Un tarif très raisonnable pour un emplacement dans ce secteur. Les gens qui louaient ici payaient probablement plus pour l'adresse prestigieuse que pour les services. Comme prévu, les types du 509 avaient installé une caméra au-dessus de leur porte. J'avais pris un paquet avec moi et je fis comme si je cherchais le bon local où le déposer.

Le nom de la société, Blue Mountain, était imprimé sur une étiquette collée sur la porte de la société. On pouvait encore voir les vestiges d'anciennes étiquettes sur la porte. L'une d'elles, en grande partie effacée et à moitié grattée, indiquait Nakatomi Investments. Pas Nakatomi Holdings, mais Nakatomi Investments. Ouaip.

Je songeai à frapper pour voir qui sortirait de là, puis je décidai que ça n'en valait pas la peine. Il n'y avait aucun endroit à proximité où j'aurais pu traîner un peu et attendre pour voir qui sortirait des bureaux. Alors que je me demandais ce que je pouvais faire, la porte du bureau s'ouvrit et un type très grand, aux longs cheveux d'un noir de jais et avec une expression renfrognée, qui avait apparemment été fourré de force dans un costume noir trop petit d'une taille, sortit du bureau. Il vociférait dans le téléphone portable qu'il tenait près de son oreille et courait à moitié vers la porte de l'ascenseur. Il ressemblait à un exécuteur yakuza choisi par un directeur de casting qui aurait manqué d'imagination. Je fus de l'avis que si, deux ans auparavant, la police avait conclu que ces bureaux abritaient une des sociétés-écrans du crime organisé, cela n'avait pas du tout changé.

Les boîtes aux lettres de l'immeuble étant inaccessibles, je quittai donc les lieux, fis une promenade de dix minutes et me rendis dans un café de Kabukicho que j'aimais bien pour y rédiger mon rapport. J'y ajoutai quelques détails qui étaient venus au jour au fil de la collecte des chiffres et des informations. Quand vous avez un boulot à faire et un temps limité pour le boucler, dans votre rapport final, vous devez distinguer ce que vous savez de ce que vous ne savez pas et de ce que vous soupçonnez. C'est un peu le code couleur d'un rapport: noir, blanc, gris. Il y avait des données en gris foncé sur celui-ci.

Il existait une probabilité qu'un des membres du conseil d'administration démissionnaire de 2005 ait été arrêté pour fraude en 1996. J'avais effectué une recherche dans la base de données des journaux et des magazines pour les noms de tous les membres de ce conseil d'administration ; il y avait eu une correspondance exacte pour l'un d'entre eux. Les noms japonais sont plutôt uniques, quand on va jusqu'au kanji. Ce gars portait le même nom qu'un individu qui avait été arrêté alors qu'il vendait de fausses actions d'une société cotée en Bourse. Mais sans en savoir plus long sur la personne qui figurait au registre des sociétés, en particulier son âge, je ne pouvais pas être certain qu'il s'agissait d'un seul et même homme. Aucun article ni aucune interview en japonais ne mentionnait un des membres actuels du conseil d'administration. Michiel et moi avions parcouru le rapport ensemble, comparant nos chiffres et nos documents sources, nous assurant que nous avions noté toutes les dates sans faire d'erreur. Elle me convainquit de me montrer un peu moins offensif dans ma manière d'écrire.

« Jake, on dirait que tu dis aux clients : "Écoutez-moi, bande de nazes, ne vous approchez surtout pas de ces gens. Vous êtes complètement cinglés ou quoi ?" Et c'est bien ce que tu veux leur dire, j'imagine. Mais il y a une façon plus polie de le dire.

– Par exemple ?

– Laisse-moi l'écrire pour toi. »

La conclusion du rapport était simple :

Nakatomi Holdings semble extrêmement suspecte dans la mesure où il pourrait s'agir d'une société-écran du Yamaguchi-gumi, et qu'à tout le moins elle se trouve en toute certitude partie prenante dans des transactions avec une des sociétés-écrans du Yamaguchi-gumi. Le manque d'informations disponibles sur cette entreprise et les fausses

déclarations sur son historique qu'elle publie sur ses sites Web et dans ses documents publicitaires sont alarmants.

La firme semble cibler les investisseurs étrangers et s'être inventé une histoire factice dans le but de leur inspirer confiance et de les inciter à investir dans un fonds spéculatif prétendument prospère et à haut rendement.

Rien ne permet de penser qu'elle ait jamais mené à bien la moindre affaire commerciale.

Le conseil d'administration peut avoir accueilli en son sein des criminels condamnés. Par conséquent, toute affaire avec cette société semble présenter un risque extrêmement élevé et est à éviter.

Juste pour que ce soit clair, « à éviter » est un mot de code en diligence raisonnable qui signifie : « Ne touchez surtout pas à ce truc-là, bon Dieu. » On ne sait que très rarement si une entreprise est toute noire ou toute blanche. Et ce serait formidable si on pouvait toujours connaître les activités réelles d'une entreprise, mais ce n'est guère possible. Il restait une très mince possibilité que Nakatomi Holdings soit une société légitime, qu'elle ait simplement eu l'air douteuse. Mais j'étais en harmonie avec la conclusion à laquelle j'étais parvenu. Je n'avais pas le temps d'aller plus loin. Cet après-midi-là, j'envoyai le rapport final à Tony par e-mail. Il fut très satisfait du boulot et me dit au téléphone : « Joli travail, Kolchak. Je pense que le client risque de flipper. » Il expédia le rapport le soir même.

Tony avait raison. Le client fut pris d'une panique totale. Au terme d'une série de coups de fil frénétiques passés au cours de la nuit, j'acceptai de le rencontrer à nouveau le lendemain. Cette fois, la rencontre eut lieu dans le hall de l'hôtel Okura, où nous prîmes place dans un coin, et je lui refis mon topo une fois de plus. Je ne savais pas jusqu'où son entreprise s'était engagée avec Nakatomi ni jusqu'à quel point elle leur avait déjà ouvert sa porte, mais lui-même ne semblait pas avoir fermé l'œil de la nuit. Sa propre firme pouvait avoir déjà confié une grosse somme à cette société louche. Il avait tout l'air d'avoir dormi dans sa chemise à rayures et, contrairement à la fois précédente où nous nous étions vus, ses lunettes étaient maculées de traces de doigts.

Je fus obligé de reprendre avec lui le rapport, document après document, et de lui expliquer de vive voix le processus de découverte. En règle générale, il y a toujours beaucoup de choses que je ne veux pas ou ne peux pas mettre sur le papier. Je lui remis également l'original de la brochure de la société. J'en avais déjà fait une copie en .pdf. Quand j'eus terminé, il me demanda si j'avais un conseil à lui donner.

« Eh bien, déclarai-je avec mon meilleur accent traînant du Missouri, comme vous pouvez le lire dans leur brochure, le slogan de Nakatomi Holdings, c'est : "Là où votre avenir financier s'écrit dès aujourd'hui." Et je dirais que dès aujourd'hui l'avenir financier de votre compagnie a l'air de s'annoncer plutôt merdique. »

Ça ne le fit pas rire. En très peu de mots, il me dit que son entreprise avait déjà signé un contrat de conseil avec Nakatomi pour une somme très élevée. Je lui demandai si ce contrat comportait une clause d'exclusion du crime organisé.

Ce n'était pas le cas.

Je poussai un soupir. Je lui donnai le numéro et l'adresse mail d'Igari. « Vous allez avoir besoin de ce type. Quand on a affaire à des yakuzas, ou à des ex-yakuzas, c'est lui qu'on appelle. »

Je ne me serais jamais imaginé que, quelques années plus tard, je me retrouverais dans la même situation que lui, en délicatesse avec un yakuza fort peu recommandable, et que j'irais frapper à la porte d'Igari pour lui demander son aide.

LES RISQUES DU MÉTIER

Parfois, on adore son travail même quand on sait qu'il a toutes ses chances de vous tuer. Si on mène depuis trop longtemps des enquêtes sur les yakuzas, si on passe trop de temps à traquer leurs sociétés-écrans, alors on risque de finir par oublier que la violence fait partie intégrante de la culture yakuza. La familiarité engendre la négligence. Dans mon cas, il m'aura fallu un bon coup de pied à la tête pour me rappeler que, peu importaient la politesse, l'intelligence ou l'amabilité dont faisaient preuve mes contacts dans la pègre, si c'étaient des yakuzas, ils resteraient à chaque instant l'équivalent d'engins explosifs improvisés à forme humaine. Il n'y a aucun moyen de prévoir ce qui peut les faire exploser. En 2010, j'ai sauté sur une mine de ce genre, et j'en garde encore la cicatrice aujourd'hui.

À la fin du mois de janvier 2010, un ancien cadre des yakuzas m'a décoché un coup de pied en pleine tête. Je crois que c'est à ce moment-là que les choses ont commencé à mal tourner sur le plan temporel. Ça devait arriver, tôt ou tard. Couchez-vous avec des chiens, vous vous réveillerez avec des puces. Enquêter sur la pègre signifie aussi se retrouver face à une certaine violence, et on peut facilement passer du statut d'observateur et de chroniqueur des événements à celui de victime directe.

Les yakuzas travaillent dans le business de la douleur. J'ai eu une longue conversation avec un ancien membre d'un gang de Kyushu, aujourd'hui rangé des voitures et devenu infirmier, peut-être pour se faire pardonner ses crimes. Pendant un après-midi entier, il m'a expliqué avec bonhomie comment il travaillait et son rapport très particulier à la violence. Voici ce qu'il m'a dit au cours de notre entretien :

« En général, on ne tue pas les gens de notre propre quartier parce que cela nous mettrait le voisinage à dos et qu'en conséquence ça nous ferait perdre de l'argent. Notre métier nécessite de l'endurance, il consiste autant à endurer la douleur qu'à infliger cette même douleur, et tout ce que nous faisons est calculé avec soin. Les gens engagent les yakuzas pour que ces derniers fassent à leur place des choses qu'ils n'osent pas faire eux-mêmes. Soit ils ne savent pas comment s'y prendre, soit ils ont peur des conséquences potentielles de leurs actes. Les yakuzas les plus malins font des affaires dans la finance, mais pour la plupart d'entre nous, le métier est très différent. Ce que nous vendons, c'est de la violence. Sans la violence, on ne serait qu'une bande de marginaux et de bons à rien.

« Se livrer à un acte violent exige des calculs complexes. Il nous faut tenir compte de ce que vont nous coûter ces services brutaux. Disons qu'un type vient nous voir et nous demande d'enlever un autre type et de le passer à tabac pour lui donner une bonne leçon. Peut-être même qu'il veut qu'on lui coupe un bras. Le client va nous verser une certaine somme pour ça. Ensuite, si on se fait prendre, ce qui risque fort d'arriver, de quel crime est-ce qu'on va se retrouver accusés ? Eh bien, en ce cas, au moins d'enlèvement, de séquestration, de coups et blessures. On peut facilement être condamné à six ans de prison pour ça. Et pas six ans à rester assis sur son cul, mais six ans de travaux forcés. Mais si on vous offre 50 millions de yens [environ 350 000 euros] pour ce service, mec, vous toucherez un paquet de fric. En gros, si on fait le calcul, ça représente 9 millions de yens [environ 60 000 euros] par an pendant six ans, en échange d'un seul crime. Qu'est-ce que c'est pour vous ? À combien vous évaluez le prix d'une année entière de votre vie ? Le crime en vaut-il la peine ? Évaluer le coût de ce crime dépend aussi de qui vous demande de l'exécuter. Est-ce qu'il s'agit de votre grand frère dans l'organisation ? Ou est-ce votre *oyabun* (boss) ? Si votre *oyabun* vous demande de le faire, il ne s'agit plus d'estimer la valeur financière de vos services, il s'agit de faire votre devoir. Autrefois, si vous agissiez pour le bien de l'organisation, celle-ci s'occupait de vous. On vous donnait un bonus et une promotion quand vous sortiez de prison. Si quelqu'un d'extérieur à l'organisation vous demande de commettre un crime, alors il faut réfléchir à la meilleure façon d'en sortir gagnant, pour vous et pour lui. Bien sûr, vous essaierez de ne pas de vous faire prendre. Donc, avant d'accepter le marché, il faut penser à ce qui peut arriver de pire. Parfois, on tue quelqu'un sans le vouloir, en essayant de lui donner une bonne leçon. Si vous finissez au bout d'une corde, aucune somme d'argent ne vous servira plus à rien. Mais nous sommes des professionnels, nous savons combien de coups suffisent pour tuer quelqu'un ou lui causer un handicap irréversible, et nous savons nous arrêter bien avant ce stade. Néanmoins, les choses peuvent toujours mal tourner. »

J'avais oublié cette partie de la discussion. Même sans violence délibérée, ça pouvait toujours mal tourner. J'étais devenu trop confiant, trop imprudent. J'aurais dû rester sur mes gardes, mais ce qui est arrivé était peut-être inévitable. Un des risques du métier. Voilà comment ça s'est passé.

J'avais prévu de rendre visite à Fumio Akiyama*, un ancien lieutenant yakuza, pour l'interviewer. C'était un homme astucieux. À un moment donné, il avait même travaillé comme journaliste pour un bulletin d'information spécial yakuza, strictement réservé à ses abonnés, qui était publié avec l'approbation tacite du Yamaguchi-gumi. Ça l'amusait beaucoup d'écrire sur les arrestations les plus récentes, les luttes de pouvoir et les problèmes divers qu'affrontaient les gangs. La liste des abonnés était très limitée et je lui avais donc demandé de me transmettre secrètement le journal.

* Le nom a été modifié. *(N. d. A.)*

Quand je le rencontrai en 1999, Akiyama était un membre de rang inférieur d'un groupe de second rang du Yamaguchi-gumi. Dans la pègre japonaise, il avait gravi tous les échelons avant de se retrouver mis sur la touche à la fin d'octobre 2008, au cours du « choc Goto ».

Comme nombre d'anciens yakuzas qui avaient quitté le groupe ou qui en avaient été chassés, Akiyama avait conservé des contacts au sein de l'organisation. Il dirigeait une petite affaire d'immobilier, avec un bureau à Shinjuku, à côté de la sortie sud de la gare. Il avait depuis longtemps des problèmes avec la méthamphétamine, et c'était peut-être pour cette raison qu'on l'avait exclu du gang.

Je lui rendis visite à son bureau pour lui demander l'autorisation de partager avec des tiers certaines informations délicates qu'il m'avait données. C'était une pure formalité, mais je me disais que ça ne pouvait pas faire de mal de demander. Eh bien, je me trompais du tout au tout. Parfois, poser les mauvaises questions peut vous causer de sévères soucis.

Il m'ouvrit la porte aussitôt que je frappai et me fit entrer. La réception occupait l'entrée et son bureau était un peu en retrait. Il y avait une armoire en bois sur la gauche, près du mur, un divan et un petit sofa blanc. Entre Akiyama et moi trônait une table basse en bois sur laquelle se trouvaient un cendrier, un bocal en cristal plein de cigarettes et un briquet imposant, aussi en cristal. Sous la table, traînaient des piles de revues, des hebdomadaires, des fanzines de yakuzas, quelques pornos, des magazines d'affaires. Le cendrier débordait de mégots. La petite poubelle dans un coin de la pièce était remplie de canettes de Coca vides. Akiyama ressemblait plus à un professeur qu'à un yakuza. Il portait un costume bleu marine, une cravate rouge et blanc, et il avait le front légèrement dégarni. Ses yeux minuscules semblaient encore plus petits à cause de ses lunettes épaisses et sans monture. Ses mocassins marron étaient bien cirés et brillants, mais on y voyait quelques trous. J'ai supposé qu'ils étaient dus à la cendre de cigarette.

Il a tiré un Coca du mini-frigo au fond de la pièce et me l'a tendu, je l'ai accepté avec plaisir et j'ai bu une gorgée. Il a avalé le sien d'un seul trait, comme un type perdu dans le désert qui aurait trouvé un verre d'eau, et en a tout de suite ouvert un autre.

« Que puis-je faire pour vous aujourd'hui, Jake ? Ou plutôt, avez-vous des informations sur un bien immobilier qui pourraient m'intéresser ? »

Akiyama était spécialisé dans les maisons à problèmes. Lorsqu'une personne est morte, ou qu'elle a été assassinée, dans une propriété privée, les agents immobiliers doivent en avertir le client. Cela réduit la valeur du bien immobilier et le rend parfois pratiquement impossible à louer ou à vendre. Le business d'Akiyama, c'était d'acheter les propriétés de ce type et de contourner la loi pour les revendre à un prix supérieur à ce qu'il avait payé. Quand j'apprenais qu'il y avait un meurtre ou un suicide, je lui envoyais l'adresse du lieu du crime pour qu'il puisse faire son boulot. En retour, il me donnait des renseignements.

« Eh bien, lui répondis-je, j'ai l'intention d'écrire un livre sur l'histoire des yakuzas après la guerre, et je voudrais vous interviewer en vous citant*. »

Il hochait la tête tout en m'écoutant, buvant tranquillement son Coca. Il se grattait sans arrêt les bras pendant que j'expliquais sur quoi je travaillais. À ce moment-là, j'ai dit ce qui a peut-être tout déclenché : « Et puis, il y a une chose que vous m'avez dite un jour à propos de Tadamasa Goto et que j'ai promis de ne répéter à personne. J'ai respecté cette promesse, mais j'aimerais que vous me permettiez de partager l'information avec une personne qui gagnerait à l'entendre. Je sais avec certitude qu'elle ne la répétera pas. J'ai mes raisons de vouloir la lui dire. »

Un assez long silence suivit, puis sans un mot, il tendit la main et m'agrippa par la chemise pour m'écraser contre la table basse. J'essayai bien de rouler à l'écart de la table, mais il me décocha un ou deux coups de pied dans la tête avec le talon de ses chaussures. Il avait bien visé. Je sentis la douleur exploser sous mon crâne. Je ne voyais plus rien, sauf du noir. Il me donna encore un coup de pied dans le dos en hurlant : « Je vais vous tuer. »

Je réussis à rouler de côté et j'attrapai au passage le briquet en cristal sur la table. Il était penché sur moi et je lui jetai l'objet à la tête. Je le touchai droit au visage, ce qui tenait du miracle, car je suis complètement nul en tant que lanceur au baseball. Le briquet en cristal pesait lourd et il avait des bords dentelés, ça revenait à recevoir une brique en pleine figure. Akiyama tomba de la table et s'écroula sur le canapé en se tenant le visage à deux mains. Il me cria quelque chose, mais je ne l'écoutai pas vraiment. J'étais debout et lui, il était à terre. Je lui attrapai une jambe d'une main et, de l'autre, j'écrasai le cendrier en cristal contre son genou. Les mégots de cigarette s'éparpillèrent partout sur le sol. Et je répétai

* *Le Dernier des yakuzas* a été publié en 2017 aux éditions Marchialy. *(N. d. T.)*

plusieurs fois mon geste, dans un nuage de cendres, jusqu'à ce que j'entende un petit craquement sec. Il essaya de se lever, mais il retomba. Il ne lui restait qu'un seul genou fonctionnel. Il m'attrapa le bras et y enfonça les ongles, je le frappai au visage avec le cendrier et il me lâcha.

Je ne suis pas très bon au combat, et je sais qu'un type qui n'a qu'un seul genou valide ne pourra pas vous rattraper si vous prenez la fuite. Encore et encore, il répétait: « Traître, traître, traître. » J'imagine que j'aurais pu lui demander des explications, mais je n'étais plus d'humeur à causer. D'instinct, je ramassai son téléphone portable, tombé de sa veste pendant la bagarre. Pour avoir quelque chose contre lui. Et des informations. Ou peut-être simplement par habitude de journaliste. Je n'avais pas envie de traîner dans les parages. Je n'arrivais pas à avoir une vision nette et les sons avaient pris une tonalité bizarre. J'avais l'impression qu'ils venaient de la pièce à côté.

Il n'existe pas d'équivalent japonais à « C'est quoi, ce bordel ? », sauf peut-être 何なんだよ : « Qu'est-ce qui se passe ? »; c'est donc tout ce que je parvins à dire. Akiyama continuait de déblatérer et émettait des bruits étranges. Ma tête me faisait très mal.

« Akiyama, fermez-la », dis-je.

Plutôt que de crier de douleur, il gardait les yeux fermés et marmonnait sans s'arrêter, d'une voix sourde. Je faillis lui donner un coup de pied au genou pour attirer son attention. Il gardait le regard fixé sur le plafond, sa jambe blessée pendant bizarrement, l'autre perchée au sommet du canapé.

« Voilà ce qu'on va faire, lui dis-je. Je vais vous appeler une ambulance. Vous allez dire qu'on vous a agressé et volé. Vous ne savez pas qui c'était, mais il avait l'air d'un Coréen. »

La police demande toujours ça aux étrangers quand ils ont été agressés; peut-être posent-ils la même question aux citoyens japonais: « Est-ce qu'il avait l'air d'un Coréen ? »

Pourquoi cette question ? Parce que beaucoup de flics sont racistes. Si Akiyama faisait ce que je lui disais, ils seraient satisfaits et ne lui poseraient peut-être pas trop de questions.

Je poursuivis : « Je vais foutre le camp d'ici. Si vous me dénoncez, si vous donnez mon nom aux flics, je leur dirai que j'ai agi en légitime défense, et je leur dirai aussi que vous avez essayé de me tuer et qu'il faut vous faire passer un test d'urine parce que vous êtes bourré de meth. »

Je lui dis tout ça en prenant la voix très sérieuse et grave que j'adopte quand je parle en japonais. Ça fait partie des stéréotypes culturels et linguistiques que j'ai appris. Les femmes sont censées parler d'une voix aiguë toute mignonne, et les types sérieux d'une voix grave et profonde. J'essayais aussi de ne pas m'évanouir. J'ai réitéré ma proposition : « Je vais vous appeler une ambulance. Si vous ne voulez pas que je dise aux chiens que vous êtes sous l'emprise de la méthamphétamine, ce qui est sûrement le cas, alors répétez-leur ce que je viens de vous dire, espèce de pauvre connard. »

Il m'avait bien écouté. La menace de révéler aux flics son addiction à la méthamphétamine fit sortir de sa bouche un torrent de jurons de nature à réjouir n'importe quel linguiste qui aurait étudié le japonais, langue qui, selon certains, ne possède pas de gros mots. Comme ces gens se trompent.

Je sortis du bureau et me rendis à la gare pour chercher une cabine téléphonique. J'appelai les pompiers en composant le 119 et leur dis que j'avais entendu une dispute et des cris dans le bureau d'Akiyama. Je savais que les pompiers allaient aussitôt contacter la police. Quand ils me demandèrent mon nom, je raccrochai. J'avais tellement mal à la tête que je décidai de rentrer chez moi en taxi. J'aurais dû immédiatement aller voir un médecin, mais je n'avais pas les idées claires.

Vous vous demandez pourquoi je n'ai pas passé aussi un coup de fil à la police ? Parce qu'Akiyama était une source, et le reste encore. On ne peut pas livrer ses sources à la police. Et je ne pensais pas qu'il y avait eu quoi que ce soit de personnel dans son geste. J'étais presque certain qu'il planait complètement quand il m'avait frappé. Après quelques recherches, je fus convaincu qu'il était en plein milieu d'une crise psychotique causée par la méthamphétamine. Il se trouve que j'avais été là au mauvais moment, c'est tout. Un peu comme quand on se trouve sur le trajet de la foudre. On ne peut pas vraiment en vouloir à la foudre.

Par un ami commun, j'appris dans quel hôpital on avait emmené Akiyama et comment il se portait. Il avait fallu l'opérer du genou, de la jambe et du nez. Il était bon pour rester à l'hôpital un certain temps. Heureusement pour lui, les flics n'avaient pas pris la peine de vérifier son urine ni son sang pour y chercher des traces de drogue. On l'avait simplement traité comme la victime d'un vol.

Je décidai de lui rendre visite à l'hôpital. L'air tout penaud, il me fit ses excuses.

« Qu'est-ce qui vous a pris ? lui demandai-je.

– Je suis désolé. Tout ça est vraiment fou. Vous comprenez. Je pensais que vous vouliez avoir ma peau. Que vous me tendiez un piège.

– D'accord, j'ai compris ça, mais pourquoi, diable ? C'est à cause de ce que je vous ai demandé ?

– Je ne m'en souviens pas. Je ne me souviens plus vraiment de toute la semaine dernière. À cause de trop de ça, répondit-il en faisant le geste de s'injecter de la méthamphétamine.

– Je suis désolé pour votre genou.

– Ce n'est pas grave. Merci de ne pas m'avoir balancé aux flics. J'apprécie. Comment allez-vous, vous-même ?

– J'ai très mal au crâne. Vous m'avez frappé deux fois à la tête.

– C'est vrai ? Je suis navré. Avez-vous vu un médecin ?

– Non.

– Vous devriez le faire. Les blessures à la tête, ça n'augure rien de bon, en général. »

Il me donna ce conseil sur un ton curieusement détaché, un peu comme si je lui avais raconté que c'était quelqu'un d'autre qui m'avait attaqué. Nous nous serrâmes la main. Et on ne reparla plus jamais de cet « incident » après cela.

Il marche toujours en boitant ; et moi, mes blessures sont cachées là où on ne peut pas les voir. Ces coups de pied ont endommagé mon lobe temporal. Mon sens de la chronologie n'a plus jamais été le même par la suite. Les événements du passé me semblent très récents. J'ai des flash-back d'événements survenus il y a longtemps et je peux ressentir toute la gamme des émotions et sentiments que j'ai éprouvés à ce moment-là. À cause de ça, il m'est devenu un peu difficile d'avancer dans la vie. Car on n'oublie jamais vraiment. Le passé reste rarement le passé. Je ne peux l'expliquer qu'en empruntant les mots du Prêcheur, dans le livre de l'Ecclésiaste :

Ce qui est a déjà été,
Ce qui sera s'est déjà produit,
Il n'y a rien de nouveau,
Sous l'empire du soleil.

Et toujours j'ai le sentiment qu'il ne se passe rien qui ne se soit déjà produit auparavant, dans ce monde comme dans ma propre vie. Cela ne veut pas dire que ça ne vaut pas la peine de le refaire. Et parfois, être en contact avec son passé, c'est utile pour l'avenir.

AU PARADIS DU PACHINKO

Les paysages du Japon sont parsemés de salons de pachinko, ressemblant à des supermarchés géants recouverts de néons. On en trouve aux abords de presque toutes les grandes gares ou stations de métro. À la campagne, ils sont parfois plantés au milieu des rizières, sans rien d'autre aux alentours que de grands parkings remplis de voitures japonaises. Vous les verrez le long de toutes les grandes autoroutes et, même si le nombre de salons de pachinko diminue chaque année, ceux-ci restent, à l'horizon 2020, une industrie de 17 milliards d'euros qui compte 11 millions de joueurs. Une grande partie de ma vie de journaliste a tourné autour du côté obscur de l'industrie du pachinko.

Le pachinko est parfois appelé « flipper vertical », ce qui revient à peu près à dire que les échecs sont une version plus compliquée du jeu de dames. Au Japon, le pachinko est bien plus qu'un jeu : c'est un passe-temps, une culture à part entière et un business colossal. Si vous n'avez jamais joué au pachinko, il est quelque peu difficile d'imaginer comment ça fonctionne. En un sens, ça ressemble effectivement à un flipper vertical. Mais il y a dans l'appareil des dizaines de petites billes de la taille d'un bonbon M&M qui sont mises en jeu à tout moment et il n'y a pas de raquettes mécaniques pour les repousser. Dans le passé, si on avait assez de chance ou d'adresse pour faire tomber les billes dans les trous payants au bon moment et dans le bon ordre, on se voyait récompensé par une explosion de billes métalliques. On fourrait celles-ci dans des seaux et on les apportait ensuite au comptoir de remise des prix pour y réclamer son butin. Au comptoir des prix, il y avait souvent des trucs qui semblaient dénués de valeur, mais qui coûtaient un prix élevé. Les clients astucieux choisissaient ces trucs, les apportaient au coin de la rue dans une boutique d'échange de cadeaux et se les faisaient racheter en espèces.

Une étude du ministère de la Santé, du Travail et des Affaires sociales a révélé que 4,8 % de la population au Japon, soit plus de 5 millions de personnes, était dépendante aux jeux d'argent, et qu'une grande partie de ces gens étaient des accros du pachinko. De nombreuses personnes accros aux jeux empruntent de l'argent à des sociétés de crédit ou à des usuriers hors la loi pour alimenter leur dépendance.

Ce jeu a une qualité hypnotique capable d'inciter les gens à jouer pendant des heures d'affilée. Depuis la fin des années 1990, on a plusieurs fois recensé des cas de décès d'enfants dont les parents étaient plongés dans des parties de pachinko. Ils laissaient leurs enfants dans la voiture, sur le parking du salon de pachinko, pendant plusieurs heures, dans la chaleur de l'été. Les gosses mouraient d'insolation. Aujourd'hui, tous les salons de pachinko ont un panneau qui interdit aux parents de laisser leurs enfants dans la voiture pendant qu'ils jouent et les employés vérifient régulièrement que ce n'est pas le cas. Mais les affaires de parents négligeant leurs enfants pour se vider complètement la cervelle durant les quelques heures qu'ils passeront à jouer n'ont pas cessé pour autant.

Une foule de scandales et de crimes variés entoure le business du pachinko. Les boutiques d'échange de cadeaux ont toujours été la cible des bandits ; il y a là-dedans beaucoup d'argent à se faire, si vous arrivez au bon moment. Dans la préfecture de Saitama, au cours des années 1990, les gangsters du Sumiyoshi-kai falsifiaient les reçus des grands salons de pachinko et les utilisaient pour obtenir de l'argent dans les centres d'échange de cadeaux. Il existait des bandes de voleurs professionnels spécialisés dans l'escroquerie des salons de pachinko, appelés *goto-shi*. Le terme *goto-shi* est une anagramme de *shigoto* qui signifie « travail » en japonais. Arnaquer les salons de pachinko, c'était un métier, après tout. Les *goto-shi* s'entendaient parfois avec des employés malhonnêtes pour remplacer les composants électroniques des machines de pachinko par des puces mémoires modifiées, ce qui leur permettait de s'assurer que ces machines décrocheraient le jackpot et que les « voleurs » pourraient y piocher de l'argent sans souci, au vu et au su de tous.

Les yakuzas étaient aussi à la tête de magazines spécialisés pour les mordus de pachinko et de services d'information douteux qui promettaient aux joueurs de leur donner l'avantage sur les machines. L'une de ces entreprises, Ryozanpaku, a par la suite été à l'initiative de diverses manipulations des marchés boursiers.

Les vautours ont proliféré dans les quartiers situés à proximité des salons de pachinko qui incitent à certains types de comportements oiseux. Encore aujourd'hui, des joueurs volent les billes des autres clients, des prostituées se promènent dans les travées ou aux alentours, à la recherche d'un client qui a touché le jackpot. Encore aujourd'hui, des joueurs frustrés versent parfois leur café dans les machines, les détruisant dans un brusque accès de rage. Et parfois, les propriétaires de salons de pachinko enfreignent eux-mêmes les lois en installant des puces électroniques modifiées dans leurs machines, d'où des gains plus importants et plus fréquents, ce qui attirera davantage de clients et augmentera leurs recettes. Eh oui, laisser ses clients gagner plus peut devenir une stratégie gagnante.

Ce business tout entier me semblait louche, mais pas tellement plus que les salles de jeu et les casinos de Las Vegas, conçus sans fenêtres ni horloges, de sorte que vous y perdez la notion du temps, ainsi que votre lucidité et votre argent. Jamais je n'aurais imaginé que je finirais moi-même par gagner beaucoup d'argent grâce au pachinko, en vertu d'une mission que me confia l'un de mes meilleurs clients.

Un ancien espion dénommé William Oldman était mon contact auprès d'un gros fonds d'investissement qui m'avait engagé pour nettoyer son portefeuille d'actions. C'était le chef de la sécurité de cette entreprise. Au moment où Oldman me demanda d'enquêter sur une de ces chaînes de salons de pachinko, les recettes nettes de cette industrie avaient atteint près de 30 milliards de dollars annuels.

La seule fois où j'ai joué au pachinko, j'ai eu de la chance. J'étais entré dans un Heiwa Pachinko Parlor à Ikebukuro, j'avais pris mon argent avec moi (à l'époque, on pouvait encore jouer de l'argent réel) et je m'étais essayé au jeu. Une lumière vive remplissait la pièce et il y avait des rangées de machines les unes en face des autres qui émettaient des bruits stridents, secouaient des billes de métal en tous sens et donnaient à l'endroit des allures de décor de science-fiction. Du bruit, des couleurs criardes et des lumières aveuglantes : j'avais un peu l'impression de me retrouver au beau milieu d'une crise d'épilepsie.

La machine à laquelle je m'installai portait en guise d'illustration un *tanuki* (un chien viverrin japonais qui ressemble à un raton laveur) et avait une poignée circulaire rouge en bas. Quand on la tournait, un flot de billes métalliques argentées s'élevait et retombait jusqu'au fond, certaines ralenties par les clous du tableau, d'autres atterrissant dans des trous stratégiques avant d'être recrachées. On ne pouvait pas faire grand-chose pour contrôler les billes une fois qu'on les avait lancées.

Dieu sait comment je me débrouillai, mais je décrochai le jackpot, également appelé *ren-chan* ou « fièvre » par certains joueurs à l'époque. Quand la machine se mit à vomir ses billes de métal, je ne sus pas très bien quoi faire. Les billes allaient déborder et se déverser sur le sol, mais des membres du personnel, serviables, vêtus de costumes qui leur donnaient l'aspect d'aboyeurs de foire, accoururent en apportant des seaux rectangulaires destinés à récupérer le surplus de billes. Une fois plusieurs seaux remplis, on m'emmena au centre de distribution des cadeaux. Pas un seul ne me semblait vraiment attirant, mais un vieil homme affable qui portait un costume mité survint alors pour m'expliquer le système.

Je finis par m'emparer d'une grenouille géante en peluche, je l'apportai à la boutique d'échange de cadeaux du quartier, qui n'était guère plus qu'une petite vitrine dans un immeuble très ordinaire, et j'en retirai 50 000 yens en espèces, soit près de 350 euros. Je me jurai alors de ne plus jamais jouer au pachinko. Je sais très bien quand la chance n'est pas de mon côté. Je sais aussi que j'ai une personnalité portée sur les addictions. Et le pachinko est très addictif. Ce n'est pas un jeu tout à fait légal. Ce n'est pas tout à fait illégal non plus.

Sur le plan juridique, l'industrie du pachinko occupe une zone grise. Son activité n'échappe pas clairement aux dispositions du droit pénal qui concernent les jeux d'argent. Techniquement, la disposition 185 du Code pénal japonais interdit tous les jeux d'argent. L'établissement où se pratiquent les jeux est passible d'une amende pouvant aller jusqu'à 500 000 yens [3 500 euros environ] et ses propriétaires peuvent même se voir condamnés à une peine de prison.

Toutefois, en parallèle, la loi comporte une faille qui permet d'« offrir des prix ou des récompenses dans le cadre d'un divertissement ponctuel ». Ainsi, il sera possible d'offrir un prix au gagnant d'un tournoi de bowling et on pourra tout aussi bien offrir un prix pour un gain important au pachinko. À vrai dire, le seul point commun entre le bowling et le pachinko, c'est que ces deux jeux utilisent des boules.

La loi sur la moralité publique, également connue sous le nom de « loi sur les divertissements pour adultes », classe le pachinko dans la catégorie des « commerces de type 7 ». La police a le pouvoir de limiter la valeur des prix et le type de marchandises que les opérateurs de pachinko peuvent distribuer dans leurs magasins. Cependant, depuis les années 1960, un « système tripartite » a vu le jour, permettant aux joueurs de pachinko expérimentés de gagner non seulement un prix, mais aussi de l'argent. Mais je l'ai dit, techniquement, le Code pénal japonais interdit tous les jeux d'argent.

Dans la pratique, les gagnants du jeu apportent leurs prix spécialement conçus dans une petite boutique située au voisinage du salon de pachinko et les échangent contre de l'argent, comme je l'avais fait moi-même. En vertu du dispositif légal sur la moralité publique, il est considéré comme illégal que ce comptoir d'échange revende ensuite les prix directement au salon de pachinko. Il est également illégal que le comptoir d'échange et le salon de pachinko appartiennent à la même personne. Il est cependant permis au comptoir d'échange de revendre les prix à une société tierce.

Ce système compliqué contribue à créer des emplois. On aura besoin de personnes différentes pour exploiter le salon de pachinko, le comptoir d'échange et le grossiste en cadeaux-primes. Les comptoirs d'échange de cadeaux conservent beaucoup d'argent liquide, il leur faut donc avoir une équipe de sécurité 24 heures sur 24. Cela permet donc aussi de donner du travail aux policiers en retraite.

Et pourtant, tout ce système ne bénéficie que d'une acceptation tacite, sans base légale. Pendant de nombreuses années, cette zone grise de l'industrie du pachinko a permis aux yakuzas de s'attaquer facilement aux propriétaires des salons et de leur extorquer de l'argent.

Aujourd'hui, à Tokyo, la quasi-totalité des comptoirs d'échange est gérée par le TUC, une corporation mise en place par la police métropolitaine de Tokyo afin de chasser les yakuzas de cette industrie. La structure a également permis aux flics de s'assurer des emplois lucratifs après leur retraite dans un secteur qu'ils devaient autrefois contrôler à l'époque où ils étaient en service. Bien qu'il soit tabou d'en parler, il arrive souvent que d'anciens journalistes spécialisés dans les affaires criminelles et ayant travaillé pour les plus grands journaux acceptent un emploi au sein du département des relations publiques de la corporation du pachinko. Ils forment ainsi une sorte de pont entre l'industrie, la police et les médias, et contribuent à atténuer la couverture négative du pachinko dans la presse. Si ce business est devenu plus respectable ces dernières années, le mot « pachinko » n'évoque pour de nombreux Japonais que trois choses: les jeux d'argent, les yakuzas et les Coréens. Depuis bien des années en effet, les résidents coréens du Japon qui ont gardé de la famille en Corée du Nord envoient de l'argent au « paradis des travailleurs ». Les salons de pachinko japonais ont longtemps été une source de financement pour l'entreprise criminelle dénommée République populaire démocratique de Corée (RPDC), une menace pour le Japon et le monde.

C'était en partie la raison pour laquelle Oldman m'avait demandé d'examiner de près cette nouvelle affaire. La société à étudier exploitait des salons de pachinko prospères dans la région de Tokyo, et un de ses dirigeants était venu voir le fonds pour demander un prêt afin d'étendre ses activités à Saitama et à Chiba. Sur le papier, la société,

Wahei Entertainment*, avait belle allure et était bien gérée. Elle comptait 1500 employés et 12 salons. Elle réalisait des bénéfices d'environ 20 millions d'euros par an. La société ne semblait pas verser de pots-de-vin au crime organisé, mais ça, personne ne pouvait en être certain. La question qui préoccupait le plus Oldman était la suivante : la société et/ou ses dirigeants envoyaient-ils de l'argent à la Corée du Nord ? Si c'était le cas, il ne pouvait y avoir aucun accord avec eux.

* Le nom a été modifié. *(N. d. A.)*

En me remettant les dossiers, Oldman me dit : « J'ai rencontré le vice-président de cette société et il m'a paru être un homme remarquablement droit. Je ne comprends pas bien la longue histoire des salons de pachinko dans ce pays ni l'industrie elle-même, mais je comprends pourquoi notre département investissements a des hésitations. Ces gens sont venus nous voir parce que les banques japonaises leur font des difficultés. Et je ne crois pas que ce soit uniquement pour des questions de racisme. À ce que j'entends, les banques japonaises sont beaucoup plus détendues en matière de prêts accordés aux Coréens par les temps qui courent. L'argent a pris le dessus sur le nationalisme. »

Le problème semblait vraiment venir de ces rumeurs de relations avec la Corée du Nord. Les patrons de la chaîne de salons de pachinko descendaient justement de Coréens qui avaient choisi de ne pas prendre la nationalité japonaise. Et enfin, tout le monde savait que Coréens et yakuzas avaient tendance à entretenir des liens particuliers. De fait, 30 % des yakuzas sont des Coréens. Pour comprendre pourquoi, il faut faire un peu d'histoire. La première chose à savoir, c'est que le Japon a conquis la Corée lors de son expansion impériale et a traité les Coréens comme de la merde.

Avant la Seconde Guerre mondiale, la présence croissante des colons japonais dans les zones agricoles de la Corée a fini par entraîner un exode massif des agriculteurs coréens, qui sont partis chercher du travail à l'étranger. Dans le Japon d'avant-guerre, la majeure partie des Coréens étaient des agriculteurs originaires de trois provinces méridionales (Gyeongsang du Nord et du Sud et Jeolla du Sud, y compris Jeju-do) : ils effectuaient des travaux manuels subalternes et occupaient, avec les *burakumin* (la classe des hors-la-loi du Japon) et les habitants d'Okinawa, les quartiers les plus minables des villes.

On peut défendre l'idée que l'immigration coréenne dans l'archipel japonais a été plus ou moins volontaire, jusqu'à ce que la mobilisation en temps de guerre génère dans les années 1940 une migration forcée. Au nom de la recherche de « volontaires », des Japonais et des Coréens de souche se sont entendus pour embrigader d'autres Coréens et les mettre au travail dans les usines et les mines. Entre 700 000 et 800 000 Coréens ont ainsi été contraints de travailler au Japon entre 1939 et 1945.

À la fin de la guerre, quand la Corée a été libérée de la domination coloniale japonaise, les Coréens du Japon ont immédiatement été confrontés à une question : devaient-ils retourner en Corée ou bien rester au Japon ? Près des trois quarts ont choisi de rentrer au pays, mais environ 600 000 d'entre eux sont restés au Japon. On suppose généralement que la plupart de ceux qui sont restés vivaient au Japon depuis déjà de nombreuses années, qu'ils s'étaient bien intégrés et avaient des enfants nés au Japon et parlant japonais, et qu'ils jouissaient d'un statut relativement privilégié par rapport aux nouveaux immigrants, en particulier ceux qui avaient fait l'objet d'une migration forcée après 1940.

Après la guerre, le statut juridique des Coréens restés au Japon devint pour eux une forme de purgatoire. Ces Coréens du Japon avaient autrefois été des ressortissants japonais, mais le gouvernement d'après-guerre les dépouilla progressivement de leurs droits, le racisme des colonisateurs l'emportant. En décembre 1945, leur droit de vote fut supprimé. Les Japonais commencèrent à les appeler *zainichi* et, au cours de la décennie qui suivit, les déchurent peu à peu de leurs droits. L'adoption de la loi de 1947 les relégua à un statut d'étranger. La loi sur la nationalité de 1950 fit ensuite des liens de paternité la référence de la citoyenneté japonaise, privant ainsi de leur nationalité japonaise les « enfants coréens » nés de mères japonaises. En 1955, tous les « étrangers enregistrés » furent contraints de donner leurs empreintes digitales, ce qui marqua le début d'une pratique redoutable et humiliante qui existait encore quand je suis arrivé au Japon au début des années 1990. Les Coréens de souche furent même déchus des droits réservés aux étrangers, inscrits dans la Constitution japonaise d'après-guerre. Cela prendrait des décennies de contestations juridiques et de luttes politiques entamées dans les années 1970 avant qu'ils puissent voir rétablis un certain nombre de ces droits.

Les Coréens du Japon n'avaient donc plus accès au moindre emploi dans le secteur public ni, dans les faits, à aucun emploi de prestige dans le secteur privé. N'étant plus soumis aux lois japonaises – puisqu'on avait fait d'eux des citoyens de troisième ordre –, ils réussirent à accaparer les marchés noirs qui émergeaient à mesure que la reconstruction de la nation se mettait en place et s'engagèrent dans des activités illicites ou marginales, allant de la production d'alcool de contrebande à la prostitution en passant par le recyclage de la ferraille. Un grand nombre rejoignit alors les yakuzas.

Dans les années 1950, les yakuzas étaient devenus le dernier recours pour tous ceux qui ne pouvaient pas s'intégrer dans le paysage japonais de l'après-guerre, comme pour ceux qui ne s'y étaient pas intégrés avant. Le monde des yakuzas était une méritocratie. Si vous aviez de la loyauté, du cran et de la volonté, vous y étiez le bienvenu. Les Coréens étaient victimes de discriminations partout, excepté chez les yakuzas. Dans les gangs, on appréciait leur soif insatiable et leur côté dur à cuire. Tout comme une mafia juive était née à une époque de l'histoire américaine où l'on traitait les Juifs comme des indésirables, une mafia coréenne était née au Japon.

Dans la région du Kantō, des groupes de yakuzas spécifiquement coréens comme le Tosei-kai virent le jour. Dans le Kansai, d'autres groupes comme le Yanagawa-gumi se créèrent et prirent le pouvoir. De fait, le Yamaguchi-gumi s'inspira largement du Yanagawa-gumi. Cette organisation était très rapidement passée du marché noir à la création d'un véritable empire commercial. Ils avaient monté une agence artistique et une entreprise de travaux publics. Ils collectaient de l'argent dans les bars, les cabarets, les clubs, les salons de mah-jong, ou auprès des grossistes en cadeaux-primes de pachinko. Les bookmakers pour les courses de vélos, de chevaux, de bateaux et même les matchs de base-ball leur versaient tous des émoluments en échange de leur protection. Si vous étiez cireur de chaussures, revendeur de drogue ou vendeur de pornographie, chanteur d'enka (la musique country japonaise), propriétaire d'un stand de nourriture ou d'un club de strip-tease, alors vous leur versiez de l'argent pour bénéficier de leur protection. Même les recruteurs de main-d'œuvre qui s'activaient autour des gares de chemin de fer et des docks devaient payer. Le Yanagawa-gumi gagnait de l'argent grâce au chantage, à l'extorsion, au recouvrement de dettes et aux prêts usuraires. Et même si vous étiez vous aussi de la partie, vous deviez quand même lui verser une redevance. Les proxénètes devaient le payer. Les arnaqueurs le payaient. Toutes les entreprises de génie civil et de construction le payaient pour pouvoir travailler dans la région. Toute forme de divertissement était par essence taxée : le baseball, la lutte professionnelle, les spectacles de chansons, les comiques, les combats de boxe, les stands de rue, les vendeurs de billets. Les entreprises de recrutement et de répartition de la main-d'œuvre, les salles de jeu, les agents de liquidation de faillite, ils payaient tous. Même les fleuristes et les diseurs de bonne aventure devaient payer le *bazen*. Tout ce qui pouvait se trouver dans la rue ou se vendre dans la région constituait une source de revenus, et si quelqu'un était assez cinglé pour ne pas payer, alors on avait recours à la violence.

Entre-temps, le pachinko était devenu un business prospère. Les Coréens du Japon avaient pris le contrôle de ce marché sans jamais lâcher l'affaire, même lors de ses moments les moins favorables. En 1954, on avait introduit un nouveau type de machine de pachinko, connu sous le nom de « mitrailleuse » parce qu'il augmentait le nombre de billes de pachinko que l'on pouvait lancer dans la machine en une seule fois. Cela déclencha un gigantesque boom du pachinko, portant le nombre de salons à environ 40 000 dans tout le pays. Cependant, vers 1955, ces machines furent interdites par le gouvernement japonais pour « encouragement à pratiquer les jeux d'argent » et, en 1956, le nombre de salons retomba à moins de 10 000. La plupart des gens qui continuèrent cette activité étaient des Coréens. Parfois, quand on est le dernier à tenir sur ses jambes, on gagne le combat. À force de persévérance et de dur labeur, les Coréens avaient réussi à faire de l'industrie du pachinko leur vache à lait. Et qui aurait pu leur jeter la pierre ?

Oldman tenait à m'informer que j'aurais un budget plus élevé que d'ordinaire pour mener à bien ce projet.

« Ne le voyez pas seulement comme une diligence raisonnable, mais comme un projet de recherche. L'industrie du pachinko rapporte beaucoup et nous aimerions y investir et travailler avec d'autres entreprises du secteur. Mais nous avons besoin de connaître le contexte de cette activité, nous devons comprendre quels sont ses dangers et ses pièges et apprendre à les éviter. »

Il me dit de prendre mon temps, de consulter bon nombre de sources différentes et de rédiger un rapport très complet qui dépasse le cadre de ce seul cas. Au fil des ans, en tant que journaliste, j'avais couvert de nombreuses affaires où était impliquée la communauté des Coréens du Japon et pas mal de crimes liés au pachinko, mais je n'avais jamais vraiment étudié la profession dans son ensemble. J'étais heureux de le faire, et mieux encore, j'étais payé pour.

DU BON USAGE DU PACHINKO

Les salons de pachinko avaient connus des débuts très modestes en 1948 à Nagoya, mais leur croissance si stupéfiante avait fait d'eux les égaux des plus grands casinos des États-Unis. De plus, on estime que le client type d'un pachinko misera quatre fois plus d'argent que le client moyen d'un casino américain. Selon le livre blanc des loisirs 2004 compilé par le Centre pour la productivité et le développement socio-économique japonais, le chiffre d'affaires du pachinko représentait près de 30 000 milliards de yens [environ 200 milliards d'euros] en 2003.

Comparez cela aux chiffres des courses de chevaux, qui à l'époque avaient rapporté 3 000 milliards de yens [environ 20 milliards d'euros], du cyclisme, 1 000 milliards de yens [environ 7 milliards d'euros], des courses de bateaux, 1 100 milliards de yens [environ 7,5 milliards d'euros], et de la loterie, 1 000 milliards de yens [environ 7 milliards d'euros], eh bien, cela signifie simplement que l'industrie du pachinko avait dépassé toutes les autres formes de jeux d'argent combinées. Il y avait de bonnes chances de se faire de l'argent en investissant dans ce secteur.

Même en tant qu'industrie isolée, celle-ci était massive. L'industrie automobile, y compris les pièces détachées, avait rapporté 41 000 milliards de yens [environ 280 milliards d'euros), et toutes les formes de soins de santé totalisaient 31 000 milliards de yens [environ 210 milliards d'euros]. Le pachinko étaient méprisé par les strates supérieures de la société japonaise, mais cela ne changeait rien au fait qu'il s'agissait de l'une des plus grandes industries du pays, de la même importance que les secteurs de l'automobile et de la santé. En 2007, avant l'arrivée de l'iPhone, c'était l'un des loisirs préférés du salarié japonais moyen.

Ce marché colossal s'appuyait sur les 6 000 salons de pachinko du pays. En 2003, 17,4 millions de clients avaient dépensé en moyenne 112 800 yens [environ 800 euros] pour jouer au pachinko, ce qui fait que, par un simple calcul, le bénéfice annuel de chaque salon de pachinko s'élevait à 2 milliards de yens [environ 12 millions d'euros], ou à 166 millions de yens par mois [environ 1 million d'euros]. Aucune autre industrie ne réalisait un bénéfice aussi énorme par officine. Il n'est donc pas étonnant que le Japon n'ait jamais fait entrer les casinos occidentaux sur son territoire, car le pays possédait déjà sa propre industrie du jeu. Et les machines de pachinko avaient su évoluer, elles aussi. Il y avait des machines à sous pachinko, *pachi-slo*, qui ressemblaient à l'équivalent d'un shoot de speedball*, plus excitant et plus addictif, sous forme de jeu.

Si l'on compare le joueur moyen de machines à sous des casinos américains qui dépensait 7 000 yens [50 euros] par soirée, les accros aux machines à sous du Japon, eux, dilapidaient entre 17 900 et 23 400 yens [130-170 euros] en une seule soirée, et même un joueur moyen pouvait débourser 12 000 yens [90 euros]. On peut en déduire que les joueurs de pachinko et de machines à sous du Japon étaient bien plus dépendants du jeu que les clients des casinos américains.

* Mélange d'héroïne et de cocaïne. *(N. d. A.)*

Beaucoup ont cherché à s'octroyer une part de ce gâteau de 30 000 milliards de yens. Les yakuzas se sont approprié l'argent de la protection des salons et des comptoirs d'échange pendant des décennies. Les propriétaires des salons ne pouvaient pas faire grand-chose pour changer la situation, car ils savaient bien qu'ils exploitaient des tripots pratiquement illégaux. Un propriétaire de pachinkos de Saitama m'avait dit que se débarrasser des yakuzas avait été pour lui un vrai cauchemar et que ce n'était qu'après 1992, au moment où les premières lois contre le crime organisé avaient été promulguées, que la police avait tout à coup semblé s'intéresser à la situation. Non seulement les yakuzas exigeaient de l'argent en échange de leur protection, mais ils étaient aussi mauvais perdants et n'hésitaient pas à donner des coups de pied et de poing aux machines, ce qui pouvait démolir ces appareils coûteux. Alors, on se disait que ça valait la peine de payer les yakuzas pour s'assurer que ni eux ni leurs pairs ne fréquenteraient les salons. Puis, au milieu des années 1990, l'Agence nationale de la police du Japon (NPA), qui avait permis à cette industrie d'exister dans le vide juridique pendant tant d'années, se décida à sévir. Elle allait aider les salons de pachinko à se débarrasser des yakuzas et, en remerciement, tout ce qu'elle voulait, c'était l'assurance que ces mêmes salons offriraient des emplois bien rémunérés à certains officiers de police en retraite. Si les yakuzas ont été pour la plupart remplacés, le penchant des salons de pachinko pour l'évasion fiscale ne s'est pas effacé avec le temps. Surtout si ces salons sont gérés par des Nord-Coréens du Japon.

Des sources policières faisaient remarquer ceci : « Les propriétaires de ces salons, tout particulièrement les Nord-Coréens, préfèrent reverser l'argent à leur propre gouvernement plutôt que de payer des impôts au gouvernement japonais. Bien que les risques restent élevés – parce que la police garde un œil sur le secteur –, cette très ancienne tradition en matière d'évasion fiscale ne disparaîtra pas facilement.»

Cette «tradition» remonte à 1945, quand des organisations de citoyens coréens ont vu le jour pour lutter contre la discrimination, aider leurs compatriotes et s'engager dans la politique, un peu sur le même modèle que la ligue contre la persécution des Juifs aux États-Unis. C'est à ce moment-là que la Ligue des Coréens du Japon, parfois abrégée en Chōren, a été créée. En pratique, Chōren fonctionnait comme un véritable gouvernement pour les Coréens: elle collectait les impôts, proposait une aide sociale et jugeait même les criminels pendant la période où le gouvernement japonais avait sombré dans le chaos. La ligue, formée dès octobre 1945, avait rapidement apporté son soutien à la Corée du Nord. Au départ, ses principaux objectifs étaient le rapatriement de tous les Coréens et l'enseignement de la langue coréenne aux enfants vivant au Japon en perspective de leur rapatriement.

En raison de la guerre froide et de la division des deux Corées, Chōren n'avait pas réussi à constituer un front uni parmi les Coréens ethniques du Japon. Ceux qui n'étaient pas partisans de la tendance communiste de l'organisation avaient formé en 1946 un groupe de droite et du centre, l'Union des résidents coréens du Japon, affiliée à la Corée du Sud et aujourd'hui connue sous le nom de Mindan. Mindan espérait que les Coréens seraient rapatriés rapidement et, contrairement à Chōren, l'association évitait absolument d'intervenir dans la politique japonaise, s'alignait sur les choix politiques de la Corée du Sud et était donc largement projaponaise et proaméricaine.

Quand la guerre de Corée éclata, cela renforça les allégeances respectives de chacune des associations et poussa les Coréens ethniques à épouser un certain patriotisme. Chōren finit par devenir l'actuelle Assemblée générale des résidents coréens du Japon, généralement appelée Sōren, Chosōren ou Chongryun en 1955. Le rapprochement avec la patrie constituait la base de l'idéologie de Sōren, mais l'association apportait un soutien aux Coréens vivant et travaillant au Japon. Ses deux piliers essentiels étaient la finance et l'éducation. À une époque où les banques japonaises ne prêtaient presque jamais d'argent aux Coréens de souche, la Chogin Bank, bras financier de Sōren, répondait à un besoin crucial. Il ne fait aucun doute que Sōren était alors et reste encore une machine à engranger de l'argent pour la Corée du Nord.

Katsuei Hirasawa, parlementaire et ancien haut gradé de l'Agence nationale de la police, en parle sans ambages, et avec une étonnante empathie, dans son livre *A Police Bureaucrat Looks at Japan's Police*. Hirasawa fait remarquer que, pour tous ceux qui résident au Japon et ont de la famille ou des proches en Corée du Nord, il est impossible de désobéir aux ordres de Sōren, dont l'un consiste à « envoyer de l'argent à la mère patrie ». Et cela parce que leurs proches sont quasiment retenus en otages. Par le passé, les personnes impliquées dans l'industrie du pachinko qui donnaient plus de 130 millions de yens [environ 1 million d'euros] recevaient un insigne du mérite en tant qu'individus ayant contribué à la cause de la patrie. Sōren est par essence une émanation du gouvernement nord-coréen, selon d'anciens officiers de l'organisation.

Les autorités fiscales japonaises se sont montrées réticentes à récupérer l'argent des salons de pachinko qui entretiennent des liens avec la Corée du Nord. Un jour, les agents d'un bureau local de l'Agence nationale des impôts avaient fait une descente dans un salon. Sōren avait rassemblé toute une armée de manifestants qui avaient pris les fonctionnaires à partie. Ce seul incident avait suffi à grandement intimider l'Agence nationale des impôts. Après cela, il était de notoriété publique que les autorités rechignaient à se mêler des affaires des salons de pachinko affiliés à la Corée du Nord. Les dirigeants de Sōren se servirent de la situation pour faire valoir que l'argent économisé grâce aux impôts non versés découlait des efforts de l'association, et que les salons devaient donc renvoyer un peu d'argent à la Corée du Nord pour l'en remercier.

Si Mindan et Sōren apportaient une aide financière aux Coréens du Japon, l'éducation ethnique était encore plus importante. L'idéologie de Sōren suivait le modèle du nationalisme communiste nord-coréen et promettait le rapatriement à tous les *zainichi*. De son côté, Mindan, soutenue par la Corée du Sud, mit également en place son propre établissement bancaire et son système scolaire.

Il était important de bien saisir les différences entre les deux associations, car on supposait que le P-DG de Wahei Entertainment entretenait de bonnes relations avec Sōren. Selon les règles américaines et japonaises appliquées aux sociétés en affaires avec la Corée du Nord, ces relations pouvaient à elles seules suffire à motiver un refus d'octroi de prêt.

Je rencontrai un enquêteur de la Teikoku Databank et obtint de lui une copie de leur rapport. Ils lui avaient décerné la note C+ et noté que le président de la société, M. Lee, était né en Corée, puis avait émigré au Japon à l'âge de 10 ans. Le gars n'avait guère plus qu'un diplôme d'études secondaires en poche. Il aimait bien jouer au golf – on a toujours l'impression que tous les P-DG du Japon aiment jouer au golf, même si cela est faux. Je n'y trouvai par contre aucune mention de liens avec Sōren, mais il était précisé que M. Lee avait obtenu la citoyenneté sud-coréenne à une date inconnue. S'il était citoyen sud-coréen et membre de Mindan, ça l'excluait probablement des rangs des Coréens affiliés à la Corée du Nord. Je savais où me renseigner sur ses liens avec Mindan, s'il en avait.

LE MONDE SELON M. LEE

J'ai appelé Haeng-Yi Kim, qui se faisait habituellement appeler par son nom japonais, Kosuke Kaneda. Comme beaucoup de Japonais d'origine coréenne, il préférait employer un pseudonyme. Pour les Coréens désireux d'éviter la discrimination raciale et le harcèlement, ou qui souhaitent tout simplement mieux s'intégrer, porter un nom japonais est une nécessité. Son père tenait un salon de pachinko à Saitama et Kaneda était censé prendre sa suite, un jour ou l'autre. J'avais fait sa connaissance vers la fin des années 1990, alors que je travaillais sur un article pour le *Yomiuri Shinbun*. De 1997 à 1999, j'avais suivi avec persévérance la Saitama Shogin, un organisme de crédit coopératif qui faisait partie d'un réseau financier utilisé par les Coréens liés à Mindan et à la Corée du Sud. Cette banque avait fait faillite en 1999. Les banques Shogin constituaient un système bancaire à part entière, mais elles aussi avaient connu des temps difficiles après l'éclatement de la bulle économique japonaise. Au fil des recherches sur ce sujet, il est vite apparu que la Saitama Shogin avait périclité à cause de prêts toxiques consentis à des sociétés louches, notamment à une entreprise de construction soutenue par le gang yakuza Inagawa-kai. Au terme d'un minutieux travail d'investigation, nous avions réussi à prouver ce qui s'était passé. La communauté coréenne avait été reconnaissante envers notre journal (autrement dit, envers moi-même et un de mes collègues journalistes) et nous avait remerciés d'avoir poursuivi l'enquête, tordant pour ainsi dire le bras de la police de Saitama et la forçant à réagir. En mai 2002, l'ancien directeur de la coopérative de crédit avait écopé de trente-huit mois de prison pour le préjudice financier causé à l'entreprise, dû à sa gestion négligente des prêts accordés.

Je n'avais plus reparlé à Kaneda depuis le verdict, mais il se souvenait bien de moi. Sans trop entrer dans les détails, je lui expliquai donc ce dont j'avais besoin. Il me promit de se renseigner auprès de son père, qui était très actif chez Mindan, et m'invita à venir partager un repas coréen avec lui à Machiya au lieu d'aller jusqu'à Saitama. J'acceptai sa proposition avec plaisir. Notre rendez-vous fut fixé au vendredi suivant.

Une fois que nous fûmes installés dans ce petit restaurant non loin de la gare, je décidai de le laisser se débrouiller avec le menu et commander pour moi. Kaneda me dit qu'il avait repris le salon de pachinko de son père à Kumagaya. Ils en avaient ouvert deux autres dans le nord de Saitama et, même si les profits générés n'étaient pas énormes, le chiffre d'affaires restait positif. Il me semblait un peu plus dodu que lors de notre première rencontre ; à ce moment-là, il enseignait le karaté kyokushin, fondé par un compatriote *zainichi*. Il avait néanmoins gardé l'aspect robuste et endurci d'un gars qui a l'habitude de donner des coups et d'en recevoir pour gagner sa vie, et il avait un appétit solide. Il se plaignit que le travail au salon de pachinko empiétait sur le temps passé au dojo, mais précisa qu'il parvenait toujours à s'entraîner et à diriger le dojo.

Le dîner fut exquis. Nous avions choisi du bulgogi jeongol, une espèce de ragoût de bœuf coréen délicieux, des crêpes chijimi, plusieurs sortes de kimchi et du porc grillé vraiment incroyable. Nous bûmes du maccori, un genre de vin de riz crémeux, que j'ai toujours appelé, sans le dire à personne, la « mort laiteuse ». C'est une boisson sucrée, roborative, qui vous enivre avant même que vous ne vous en soyez rendu compte.

Kaneda était venu avec des informations précieuses. M. Lee avait rejoint la branche Adachi de Mindan en 2005 et participait aux activités du groupe. Toutefois, à la même époque, le père de Kaneda avait entendu des rumeurs selon lesquelles M. Lee avait entretenu et entretenait peut-être encore des liens étroits avec Sōren. Ces deux informations semblaient en contradiction.

Je fis jouer mes relations dans l'une des agences de presse pour qu'un de ses journalistes me fasse rencontrer un officier de police du bureau dédié aux finances publiques. Le policier put seulement me dire que Wahei Entertainment ne figurait pas à ce moment précis sur la liste des entreprises sous surveillance en raison de leurs liens avec la Corée du Nord ou avec Sōren, mais qu'elle y avait figuré autrefois.

Je juxtaposai toutes les informations dont je disposais et je compris vite que je ne pouvais en tirer aucune conclusion. Je me retrouvai donc forcé de faire une chose qui allait à l'encontre des principes de base de la diligence raisonnable : je décidai d'organiser un rendez-vous avec M. Lee en personne. Je demandai son aide à Kaneda. J'écrivis à M. Lee une lettre en japonais d'une parfaite politesse, dans laquelle je me présentais et détaillais mon parcours professionnel jusqu'alors, puis mentionnais le livre que j'écrivais, *Tokyo Vice*, qui comprenait un chapitre sur le business du pachinko. Je terminais en expliquant que je désirais en apprendre plus long sur les rapports étroits entre ce jeu et la communauté coréenne du Japon. Tout ça était en partie vrai. J'avais bel et bien prévu d'inclure dans *Tokyo Vice* un chapitre sur les crimes relatifs au pachinko à Saitama. Je lui envoyai également une copie de mon article consacré à la chute de la banque Saitama Shogin. Je ne pense pas que j'aurais pu remettre la main sur cet article sans Michiel. Mimi m'aidait à mettre de l'ordre dans mes dossiers qui s'accumulaient depuis des années, elle scannait documents et articles pour que je puisse les consulter plus tard et parfois traduisait des extraits. C'était bien de toucher de l'argent grâce à mes enquêtes de diligence raisonnable, ça me permettait de lui payer ses heures de travail à peu près au même tarif horaire que celui d'un employé de salon de pachinko. Le vrai point positif de cet article, c'est qu'il s'agissait d'un des rares articles du *Yomiuri* signés de mon nom. Au Japon, la plupart des articles ne sont pas signés, en dehors des reportages spéciaux, des éditoriaux ou des analyses, qui portent la signature de leur auteur.

À ma grande joie, M. Lee accepta de me rencontrer. La condition posée était que l'interview ne concernerait que la «situation générale» et que je prendrais les mesures nécessaires pour qu'on ne puisse pas l'identifier. Il estimait que s'étendre sur ses origines coréennes ne serait pas avantageux pour lui ni pour sa famille. J'acceptai. Nous décidâmes de nous retrouver dans son bureau de l'arrondissement d'Adachi, au deuxième étage d'un de ses salons les plus fréquentés.

Je n'étais plus entré dans un salon de pachinko depuis bien longtemps. Quand j'arrivai devant le sien, un lundi matin à 9 h 50, un tas de gens faisaient déjà la queue dehors, attendant de pouvoir accéder aux machines. À 10 heures, les joueurs, en majorité des hommes de 30 ou 40 ans, occupaient déjà toutes les places disponibles à l'intérieur.

Il y avait des cendriers près de chacun des appareils et, malgré le système de ventilation de très haute qualité, l'air restait chargé d'une fumée qui réfractait et déformait les lumières éclatantes des pachinkos, comme si les néons s'échappaient de leurs boîtiers. On comptait plusieurs rangées de machines, et les joueurs en face d'elles, qui tournaient le dos aux joueurs assis le long de la rangée de derrière, manœuvraient avec soin, très vite ou lentement la poignée de contrôle qui envoyait les billes vers le haut de la machine, priant pour qu'elles tombent au bon endroit et décrochent le jackpot. Le niveau sonore était assourdissant. La musique de fond, étrangement voisine de la trance, était diffusée à plein volume. Par-dessus, et se mélangeant à elle, résonnaient les bips électroniques des billes en acier catapultées sur le plateau de jeu, les chocs en cascade de leur chute se déversant dans le plateau quand un joueur gagnait sa partie. D'un peu plus loin, au fond du salon, provenait le cliquetis régulier des billes comptées par une machine qui rendait aux joueurs un reçu pour leurs gains. On pouvait sentir ce mur de son déferler et vous caresser, pareil à une vague en mouvement. L'odeur du fer et du mauvais café flottait dans l'air. Je ne pouvais absolument pas m'imaginer passer la journée entière à travailler dans un endroit pareil, ni même quelques heures.

Je regardai le sol, d'une propreté immaculée. Chacune des machines, polies et brillantes. Les sièges bas en faux cuir rouge devant les machines, tous d'aspect neuf et confortable. J'en effleurai un. On aurait dit la texture en mousse d'un matelas à mémoire de forme. On pouvait y poser son cul pendant des heures dans un confort parfait. Pendant que j'observais le personnel, occupé à vérifier chaque machine et parfois à échanger quelques mots avec les clients, en leur criant à l'oreille, il me revint en mémoire qu'un jour, au *press club* de la police métropolitaine de Tokyo, nous avions calculé notre salaire horaire réel en divisant nos paies par le temps passé enchaînés au boulot. Notre conclusion, c'était qu'un employé subalterne d'un salon de pachinko était bien mieux payé qu'un journaliste. Avant de rentrer dans cette officine, je n'avais jamais songé à quel point ce devait être difficile de travailler jour après jour dans un salon. Ces gens auraient mérité un salaire encore plus élevé.

J'allai frapper à la porte du bureau de M. Lee, au deuxième étage. Il m'accueillit lui-même ; le réceptionniste était sorti faire une course.

M. Lee était petit, moins de 1,60 mètre peut-être, mais pas trapu. Il portait un costume gris et une cravate rouge. Ses cheveux gominés étaient encore noirs et longs, peut-être qu'il se les teignait. Il paraissait jeune pour son âge, mais son visage était tellement ridé qu'on aurait dit que sa peau avait été fabriquée en tissu plissé siglé Issey Miyake, puis collée à son crâne. En revanche, son regard brillait d'une lumière qui dénotait quelqu'un de vif, perspicace et débordant d'énergie.

Il me fit passer dans son bureau, qui n'était pas très grand. Il y avait là des étagères, un bureau en bois avec un plateau de verre, et une sorte de coin réception avec une table basse, un canapé en cuir adossé au mur, et deux autres sièges en cuir de chaque côté du canapé. Je survolai du coin de l'œil sa bibliothèque et y aperçus quelques ouvrages de droit, un ou deux polars, plusieurs livres sur l'immobilier. Mais la grande majorité de ses livres concernait l'histoire, des ouvrages sérieux à part quelques romans historiques. Il avait aussi de nombreux livres en coréen. Je ne pouvais pas déchiffrer les titres, mais je connaissais le syllabaire coréen, et souvent les titres des livres coréens comportent aussi des kanji. Un cendrier en cristal était posé au centre de la petite table, avec un briquet à côté.

Il s'assit sur le canapé tandis que je pris place sur un des sièges. Je me préparai à prendre des notes. Il alluma une cigarette, après m'avoir demandé si cela ne me gênait pas, et fuma tout en me parlant. Il me dit que l'article que je lui avais envoyé l'avait intéressé et qu'il aimait lire, parfois des romans historiques, mais surtout des ouvrages documentaires, et que cela l'amuserait de faire, cette fois, partie de l'histoire, en un certain sens. Sa voix était grave, râpeuse et basse, presque tonnante.

Je commençai en douceur par des questions simples sur l'histoire du pachinko, dont je connaissais déjà les réponses en majeure partie. Je lui demandai comment il se débrouillait avec les *goto-shi*, ces escrocs qui s'en prennent aux salons de pachinko, et pourquoi il y avait tant de salons tenus par des Coréens.

C'était un homme érudit et il me fournit d'excellentes explications. Alors je lui demandai : « On m'a dit que Chosen Sōren, l'association nord-coréenne, gère actuellement dix ou vingt salons de pachinko. Savez-vous si cela est vrai ? »

Il se figea sur place quand je lui posai cette question et se redressa. Il écrasa sa cigarette dans le cendrier et demeura silencieux. Puis il releva la tête et se pencha vers moi, l'index pointé vers le ciel.

« Vous devriez considérer le gouvernement de Corée du Nord comme une organisation criminelle géante et Sōren comme sa branche japonaise. Voilà exactement ce qu'ils sont. Le mouvement de rapatriement des années 1950 a été le plus grand kidnapping jamais commis et ça leur a rapporté des centaines de milliards de yens. Ensuite, ils se sont approprié toutes les économies déposées par nos soins dans le système bancaire qu'ils ont mis en place. Aussi longtemps que nous aurons des parents en Corée du Nord, ils ne cesseront pas de nous racketter. Ils ont gardé nos familles en otages pendant des décennies et maintenant nos fils et nos filles paient à leur tour la rançon de parents qu'ils n'ont jamais rencontrés. »

Je ne savais pas exactement de quoi il parlait, mais j'acquiesçai d'un signe de tête. Il se rassit et s'enfonça dans le canapé.

« Donc, pour répondre à votre question, c'est oui, Sōren gère ses propres salons de pachinko. Je suppose qu'ils en ont besoin parce que les gens comme moi en ont eu assez de leur donner même un seul foutu yen. »

À certains moments, poser une question risque de vous empêcher d'obtenir une réponse. Je décidai donc de me taire et de le laisser parler. Il avait ouvert les vannes et j'étais presque certain que, quand il en aurait terminé, tout serait devenu plus clair.

Au cours de notre conversation, M. Lee me parla de son frère et du mouvement de rapatriement, ce grand effort pour encourager les Coréens vivant au Japon à partir retrouver leurs frères et sœurs au « paradis des travailleurs ».

À la fin des années 1950, la grande tentative de rapatriement débuta quand Kim Il-sung promit une « nouvelle vie » à tous ceux qui effectueraient leur retour dans la mère patrie pour le dixième anniversaire de la fondation de la Corée du Nord. Le gouvernement nord-coréen cherchait surtout à pallier la pénurie de main-d'œuvre sur place et à renforcer sa revendication du statut de seule et unique nation légitime des Coréens ; et le gouvernement japonais semblait étonnamment désireux de l'aider. Soutenu par les politiciens japonais de droite comme de gauche et par la Croix-Rouge internationale, ce projet de rapatriement permit de renvoyer 93 340 personnes en Corée du Nord, dont 6 731 conjoints ou personnes à charge japonaises et quelques-unes d'origine chinoise. Le rapatriement offrait une solution à tous les *zainichi* que la discrimination endémique au Japon et les perspectives d'une vie médiocre avaient découragés. On leur disait que venir en Corée du Nord serait le moyen de changer leur existence misérable. La campagne de propagande exploita le mythe du paradis terrestre, mettant en avant l'image d'un pays où tous les réfrigérateurs regorgeaient de bœuf et de porc et où les jeunes gens pourraient étudier à l'université Kim Il-sung, puis à l'université d'État de Moscou. Le projet de rapatriement se termina officiellement en 1984, mais dans les faits, il prit fin dès le début des années 1960, une fois que la population sut ce qui se passait réellement là-bas.

La Corée du Nord n'était rien d'autre qu'une version terrifiante de la chocolaterie de Willy Wonka. Les gens pouvaient y entrer, mais personne n'en ressortait jamais.

Le projet ne rencontra qu'une opposition modeste, principalement de la part de Mindan et du gouvernement sud-coréen, qui finança tout de même quelques actes à caractère terroriste pour le stopper. En réalité, le flux des nouveaux arrivants s'était vite réduit comme peau de chagrin, car les souffrances infligées aux *zainichi* dès leur arrivée en Corée du Nord faisaient voler en éclats de manière fulgurante toute promesse d'un paradis. Traités comme citoyens de deuxième ordre à l'intérieur du système de classes nord-coréen, ils tombaient instantanément dans la pauvreté. Des journaux comme l'*Asahi Shinbun*, pourtant orienté à gauche, partageaient la responsabilité du désastre humanitaire que ce mouvement mensonger avait créé. Ils continuèrent de manière éhontée à promouvoir le rapatriement, alors même que les preuves du sort funeste qui attendait les Coréens à leur retour ne tardaient pas à émerger. La Corée du Nord y gagna une génération entière d'otages qu'elle pouvait désormais utiliser pour soutirer de l'argent à leurs proches demeurés au Japon. Nul ne peut dire si, dès le départ, telle avait été l'intention poursuivie.

En 1962, le frère aîné de M. Lee faisait partie de ceux qui avaient choisi de regagner la Corée du Nord en compagnie de son épouse japonaise. Ce frère aîné dirigeait un petit magasin d'électronique à Sumida-ku. Lee lui avait dit de ne pas partir et une dispute avait éclaté. Puis le frère n'était jamais revenu, et sa femme non plus. Un an après leur arrivée en Corée du Nord, les émissaires de Sōren s'étaient présentés au magasin de Lee avec des lettres de son frère lui demandant de l'argent. Depuis lors, ils n'avaient plus cessé de lui mettre la pression. Lee soupçonnait que moins de la moitié de l'argent qu'il envoyait à son frère et à sa belle-sœur leur parvenait effectivement. Somme toute, son frère avait eu de la chance. Certains rapatriés, considérés comme suspects par les autorités nord-coréennes, furent envoyés dans des camps de travail et n'en revinrent pas vivants. Ces gens, qui avaient fui le Japon pour échapper à un racisme manifeste, se retrouvèrent face au racisme et à la xénophobie les plus destructeurs, et cela, de la part de leurs prétendus frères et sœurs.

Lee avait vu son frère et sa belle-sœur pour la dernière fois dix ans plus tôt, après avoir pris le *Man Gyong Bong 92* à destination de la Corée du Nord. Le ferry *Man Gyong Bong*, du nom d'une colline proche de Pyongyang, avait été construit en 1992 avec les fonds de Chosen Sōren et servait à transporter passagers et marchandises entre la Corée du Nord et le Japon. Quand Lee s'était rendu là-bas, il avait apporté pour son frère de l'argent liquide et du whisky. Pour sa belle-sœur du bon thé vert, des friandises japonaises et des magazines.

« Ils avaient l'air très malheureux. Nous n'avons eu que peu de temps pour nous parler. Mon frère était squelettique. Keiko, sa femme, essayait de faire bonne figure. Les gens mouraient de faim là où ils vivaient ; ils n'étaient en vie que parce qu'ils représentaient une valeur monétaire pour le pays. J'avais l'impression que s'ils avaient pu monter sur le bateau avec moi et partir sur-le-champ, ils l'auraient fait sans hésiter une seconde. »

Le ferry avait été supprimé en 2006, quand le Japon avait strictement interdit les eaux japonaises à tous les navires nord-coréens. Les relations entre la Corée du Nord et le Japon s'étaient détériorées à la suite de la visite historique du Premier ministre Junichiro Koizumi en 2002, quand la Corée du Nord admit avoir commandité l'enlèvement de citoyens japonais, selon toute vraisemblance dans le but de former des espions. Quelques-unes de ces victimes d'enlèvements avaient été autorisées à repartir avec Koizumi quand celui-ci était rentré au Japon. La Corée du Nord avait fait kidnapper plus d'une centaine de Japonais, et ce, sur plusieurs décennies, au Japon et ailleurs : un crime odieux dont beaucoup d'Occidentaux ignorent encore qu'il a eu lieu.

On apprit également que le ferry avait servi à faciliter certains de ces enlèvements en emportant les victimes cachées dans la cargaison. D'anciens membres de Sōren avouèrent avoir utilisé le ferry pour des actes d'espionnage et, d'après mes informations, il aurait même servi à transporter de la méthamphétamine vers le Japon, où des gangs de yakuzas comme le Goto-gumi la revendaient. Je savais aussi que le navire était de surcroît utilisé pour transporter d'énormes quantités d'argent liquide vers la Corée du Nord et j'avais écrit un article pour le *Yomiuri* à ce sujet pendant la période où je couvrais les douanes. Mon petit article avait déclenché quelques alarmes. Et tout cela avait accéléré l'interdiction d'exploitation du navire. Il n'y avait rien de surprenant à ce que, pour couper les transferts d'argent vers la Corée du Nord et l'afflux de méthamphétamine vers le Japon, on décide d'interdire le ferry. Mais ça avait laissé beaucoup de familles au Japon sans moyen de contacter leurs proches repartis au pays. M. Lee savait tout cela, lui aussi.

« Je peux comprendre pourquoi le Japon déteste la Corée du Nord. Ce pays menace le Japon avec ses missiles, kidnappe ses citoyens et vend des drogues qui empoisonnent toute la nation. Je peux très bien voir tout ça, oui, mais je ne peux pas oublier que le Japon nous a menti et que tous ceux qui ont cru à ses mensonges sont retournés là-bas, puis ont été abandonnés. Nous avons été victimes d'un nettoyage ethnique, la Croix-Rouge en a été complice et les États-Unis ont détourné les yeux. Je déteste moi aussi la Corée du Nord, mais je ne pardonnerai jamais au gouvernement du Japon. »

Par pur réflexe, je lui demandai sans réfléchir : « Et pourquoi pas ? »

Il me répondit avec colère.

« Parce qu'ils savaient. Ils savaient que ces milliers de femmes et d'enfants, et aussi ces milliers des leurs qui avaient épousé des Coréens, ne rentreraient pas dans un pays de lait et de miel, mais dans un pays où les gens mouraient déjà de faim. Et même quand ils ont su que des milliers de rapatriés finissaient expédiés dans des camps de travail pour y mourir, ils ont gardé le silence. Parce qu'ils voulaient se débarrasser de nous tous. Nous les Coréens réduits en esclavage et nous qui étions venus au Japon en quête de prospérité du temps de l'empire. Nous étions leurs Juifs et leur camp de concentration, c'était la Corée du Nord. Et ils nous ont envoyés là-bas.

« Je n'y suis pas allé moi-même, mais près de 100 000 personnes l'ont fait. C'est un crime. Un crime délibéré et maléfique. Ils nous ont tués avec des tracts, avec des affiches, avec la Croix-Rouge. Et tout ce temps-là, les États-Unis ont souri eux aussi et les ont aidés à le faire parce que c'était bien pratique. »

Il était presque à bout de souffle. Il se décida à allumer une autre cigarette.

« Ce n'était pas un rapatriement. C'était un nettoyage ethnique par le Japon et un enlèvement par la Corée du Nord. Et là-dessus, les deux nations se sont serré la main. »

Lee attrapa quelques livres de son étagère et me les montra. Il avait aussi gardé des documents, soigneusement reliés dans des classeurs obéissant à un code couleur. Après en avoir parcouru quelques-uns, je compris pourquoi l'histoire exerçait une si grande fascination sur lui. Nous parlâmes pendant des heures, parce qu'il m'intéressait. J'avais appris à peu près tout ce que j'avais besoin de savoir. Il ne restait plus qu'une dernière question.

« Qu'est-il arrivé à votre frère ? »

Lee marqua une pause et me répondit sans détour : « Il est mort il y a deux ans. Je pense qu'il s'est suicidé. Je ne sais pas. Keiko, sa femme, était morte avant lui. Même après sa mort, ils ne me l'ont pas dit tout de suite. C'est au moment où j'ai refusé d'envoyer plus d'argent sans une preuve de vie qu'ils m'ont dit qu'il était décédé. Et ensuite ils ont exigé de l'argent pour payer les funérailles. Je leur ai dit d'aller se faire foutre. Ça ne sert à rien de se préoccuper des morts, surtout pas si ça signifie donner de l'argent à ceux qui les ont tués. »

Lee avait rompu tout contact avec Chosen Sōren après la mort de son frère. Il avait rejoint Mindan pour renouer avec d'autres Coréens du Japon sans aucun lien avec la Corée du Nord. Et il était de leur côté, à présent.

Je le remerciai pour son temps. Je rentrai chez moi et je me préparai à remettre mon rapport à Oldman. Ça me prit une journée entière pour le mettre sur le papier. Je donnai un avis favorable à la société. Ma recommandation : accorder son prêt à M. Lee.

Oldman me renvoya une brève réponse : « Excellent travail et mise en contexte approfondie. Tout cela s'avérera utile à l'avenir. L'histoire des Coréens dans ce pays est d'une tristesse absolue. »

Il proposait de déjeuner ensemble la semaine suivante et je lui suggérai un bon restaurant coréen. Mission accomplie.

M. Lee avait plus ou moins raison dans son évaluation sévère de la « solution finale » du Japon à son « problème coréen ». Dès 1955, le ministère des Affaires étrangères japonais, en collaboration avec le Parti libéral-démocrate, se mit à étudier des plans destinés à se débarrasser des Coréens pauvres du pays. Le Premier ministre Nobusuke Kishi, criminel de guerre et grand-père de Shinzo Abe, futur Premier ministre lui aussi, s'empressa d'initier des pourparlers secrets avec la Corée du Nord pour la faire participer au processus. Les États-Unis, soucieux de signer des accords sur la sécurité avec le Japon, étaient tout disposés à donner à Kishi ce qu'il voulait sans émettre la moindre protestation. J'avais lu dans une étude bien documentée, *Les Victimes oubliées de la crise nord-coréenne*, que l'ambassadeur américain à Tokyo, Douglas MacArthur II, s'était confié à ce sujet à son homologue australien en 1959. Il lui aurait dit : « L'ambassade américaine avait pris le pouls de l'opinion publique japonaise et constaté qu'elle était presque entièrement en faveur de "se débarrasser des Coréens". »

À ce moment particulièrement sensible des relations américano-japonaises, le département d'État manifestait une grande prudence et ne voulait pas s'impliquer dans un projet qui amènerait manifestement une victoire électorale pour le gouvernement Kishi. En outre, MacArthur partageait à titre personnel le sentiment de l'opinion et précisait (comme l'ambassadeur australien de l'époque l'a rapporté) qu'il pouvait « difficilement critiquer les Japonais pour cela, car les Coréens restés au Japon ne val[ai]ent pas grand-chose et compt[ai]ent dans leurs rangs un grand nombre de communistes et de criminels ».

L'ironie qui se dégage des remarques de MacArthur vient de son ignorance manifeste et délibérée du fait que, après la guerre, le Japon avait mis en place des politiques dont l'effet avait été d'appauvrir les Coréens, de leur offrir très peu de perspectives d'emploi et même de les pousser vers des activités criminelles.

Le Japon ne leur avait pas laissé beaucoup de choix. Pachinko. Propriétaire de barbecue coréen. Opérateur de *love hotels*. Yakuza. Telles étaient les principales professions qui s'ouvraient aux Coréens dans le Japon de l'après-guerre, cela ou bien un aller simple pour le « paradis des travailleurs », la Corée du Nord.

Un dicton japonais vient à l'esprit lorsqu'on évoque la débâcle qu'aura été le grand rapatriement.

聞いて極楽見て地獄 ***(Kiite Gokuraku, Mite Jigoku)***

Quand on en entend parler, c'est le paradis, mais quand on le voit, c'est l'enfer.

C'est un dicton qui s'applique à une foule de situations au Japon. Entre ce que l'on vous dira d'une chose et sa réalité, il y a souvent tout un monde.

ÉPOUVANTAILS

« Est-ce que vous jouez au poker, Monsieur Adelstein ? » me demanda Oldman.

Il m'avait posé cette question avec une petite étincelle dans les yeux. Nous étions au bar Lady Jane à Shimokitazawa, en train de boire du whisky Nikka 17 ans. C'était un bon whisky, il me réchauffait. On était en janvier, la nuit était humide et froide, et il faisait frais dans le bar. Les haut-parleurs diffusaient un morceau de Sonny Rollins et nous avions pris place à la grande table, sous une photo géante en noir et blanc de Marilyn Monroe. Je me gardai de lui répondre trop vite.

Il reprit : « Peut-être que vous n'avez jamais joué à ce jeu ? »

Son accent un peu snob de la Nouvelle-Angleterre donnait à toutes ses questions l'allure d'un défi.

« Je n'aime pas les jeux de hasard, répondis-je.

— En vérité, c'est à la fois un jeu de réflexion et un jeu de hasard. Les deux à la fois. Et je pense que nous devrions tenter une partie de poker dans le monde réel. »

Il en vint droit au but.

« J'ai lu le rapport de Tony sur la Suburban Corporation, et il est convaincant. Je suppose que c'est vous qui avez effectué la plupart des recherches. Il présente de solides arguments qui devraient nous dissuader de faire affaire avec cette société. Malheureusement, notre département financier n'est pas du même avis. Suburban est un acteur très important dans le secteur de l'immobilier, et ils sont prêts à tout pour qu'un accord soit conclu. Le P-DG de Suburban leur a dit que Goldman Sachs avait gagné des millions grâce à leurs affaires communes. Et ils l'ont cru, simplement parce qu'ils avaient envie de le croire. »

Je bus une gorgée de whisky.

« Chaque fois que Goldman Sachs investit dans des entreprises louches, ils en tirent profit. Le pigeon qui fait affaire avec l'entreprise louche après eux, lui, perdra sa chemise. Vous pouvez compter là-dessus. »

La Suburban Corporation, dont le siège se trouvait à Nagasaki, était cotée au premier marché à la Bourse de Tokyo. Au premier coup d'œil, la firme semblait se porter tout à fait bien, avec des recettes avoisinant les 70 milliards de yens [environ 500 millions d'euros]. Pourtant, Michiel et moi avions plongé en profondeur dans les affaires de cette société et déniché des liens indéniables entre elle et le monde du crime organisé. Au moins jusqu'en 2006, Tokiyuki Ketta, un personnage dont les relations avec le crime organisé étaient bien connues, avait été le conseiller spécial de Suburban.

En novembre 1992, Ketta avait été arrêté avec un membre du clan yakuza Yamaguchi-gumi Goto-gumi pour avoir violé le National Land Act, la loi sur la propriété foncière, lors de l'acquisition de terrains pour un practice de golf dans la préfecture de Yamanashi. À l'époque, il était vice-président de l'ICJ, une société immobilière identifiée par la police comme une des sociétés-écrans du Yamaguchi-gumi.

Après avoir parcouru les registres des entreprises, les archives des journaux, les dossiers de la police et d'autres documents encore, j'avais fini par relier tous les pointillés.

Ketta n'était pas seulement le conseiller de Suburban. Son nom était gravé sur la porte d'une pièce jouxtant le bureau du P-DG. Il prenait part à toutes leurs décisions opérationnelles importantes. Son rôle véritable équivalait à diriger les efforts de l'entreprise en matière de prédation immobilière. Même si Suburban avait licencié Ketta en 2006, celui-ci rôdait encore dans les parages, tapi dans l'ombre, et il avait conservé une influence de premier plan sur la société. La Suburban Corporation avait également la réputation d'user de tactiques musclées pour forcer les gens à vendre à vil prix leur maison ou leur appartement afin de pouvoir développer de nouveaux projets immobiliers ou de négocier la construction de bâtiments neufs. Rien de tout ça ne me paraissait difficile à démontrer.

Oldman était du même avis que moi, mais il devait faire en sorte qu'une fois pour toutes le département financier renonce à tous les accords envisagés avec Suburban. Alors, il me demandait un conseil.

« Eh bien, lui dis-je, pourquoi ne pas proposer un rendez-vous à leur porte-parole et lui raconter ce que nous savons, et voir comment il répondra ? Si sa réponse n'est pas franche, c'est qu'ils ont des choses à cacher. Regardons d'un peu plus près si leurs protocoles sont conformes à la loi en matière de lutte contre le crime organisé.

— Vous voulez dire, interrogeons le président de la compagnie ?

— Eh bien, tout au moins le vice-président », répliquai-je.

Oldman décrivit avec son index des cercles sur le bord de son verre, tournant dans le sens des aiguilles d'une montre pendant une minute, l'air très satisfait et même détendu. Puis il vida son verre.

« Monsieur Adelstein, vous et moi, nous pensons de la même façon. Je trouve que c'est une idée splendide. Ce sera notre partie de poker. Et c'est nous qui tiendrons la banque. »

Oldman prépara le rendez-vous, s'assura que les caméras vidéo de la salle de réunion fonctionnaient ; de mon côté, je dressai une liste de questions à poser. C'était un plan simple : Oldman devait ouvrir la réunion, saluer le dirigeant, puis une jeune employée bilingue lui servirait d'interprète et poserait les questions pour lui. On me présenterait comme un stagiaire venu passer un an au Japon.

Tout se passa exactement comme prévu. Par un après-midi glacial de la mi-janvier, le vice-président de Suburban arriva, vêtu d'un costume gris foncé, d'une chemise blanche et d'une cravate à rayures blanches et grises. Des lunettes à monture d'or rehaussaient son visage, et ses cheveux de couleur poivre et sel avaient été ramenés en arrière et gominés. Il portait une montre LeCoultre en or massif. Au moins, il manifestait un goût excellent en matière de montres suisses de luxe classiques. On servit du café à tout le monde. Je m'assis dans un coin pour lire un exemplaire de *The Economist*, l'air de m'ennuyer. L'entretien commença par une série de questions faciles.

« Pouvez-vous nous décrire votre vision de l'avenir de la Suburban Corporation ? »

« Pour quelle raison avez-vous besoin d'un prêt de la part de notre groupe ? »

« Parlez-nous un peu de vos fonds d'investissement spécialisés dans le secteur de l'immobilier. »

Puis Oldman lança sa première grenade.

« Vous ou votre entreprise, avez-vous à l'heure actuelle des liens avec le crime organisé, ou en avez-vous eu dans le passé ? En d'autres termes, avec les yakuzas ? »

De la main droite, le vice-président eut un geste de dédain et se peigna les cheveux en arrière.

« Certainement pas. Nous observons un code de conduite très strict. Le conseil d'administration de notre firme compte même un ex-procureur parmi ses membres. Nous avons passé des accords avec Goldman Sachs et d'autres compagnies qui sont très exigeantes en matière de conformité. Nous sommes convaincus que notre modèle économique répondra à vos souhaits.»

Une fois que l'interprète eut traduit la réponse, Oldman hocha la tête et retomba dans un silence complet pendant une minute entière. Vous imaginez à quel point une minute peut sembler longue. Du bout du doigt, il tourna autour du bord de sa tasse de café dans un sens, puis dans l'autre, et, tout d'un coup, il se leva. Il dit au vice-président: «Je vous prie de m'excuser. Je dois passer un appel urgent. Veuillez attendre ici un moment.»

Lui et l'interprète s'en allèrent.

Après avoir croisé le regard du vice-président et haussé les épaules, je m'adressai à lui en anglais: «Cela peut prendre un certain temps. Désirez-vous un autre café?

– Non, merci», répondit-il.

Je retournai à la lecture de mon magazine. Les minutes passèrent. Le dirigeant, pris de panique, sortit finalement son portable et passa un appel, parlant en japonais de manière très agitée, à voix basse.

«Je crois qu'ils savent. Que dois-je leur dire? Que puis-je admettre? Quand est-ce qu'on s'est prétendument débarrassés de ce type?»

La voix irritée à l'autre bout s'énerva et commença à crier et à traiter le vice-président d'incapable, lui disant qu'il avait échoué dans sa mission. Ses oreilles se mirent à transpirer. Je ne pensais pas qu'il fût possible de transpirer autant des oreilles. Il coupa la communication. Quinze minutes plus tard, Oldman revint seul. Cette fois, il fit un geste dans ma direction.

«C'est mon collègue qui va mener le reste de l'entretien», dit-il, un sourire presque imperceptible sur le visage. Il s'assit et je me levai.

Je me présentai en japonais formel et entamai le second temps de l'interrogatoire. Le vice-président eut l'air stupéfait et horrifié, comme si une statue dans un musée s'était soudainement animée devant lui. L'expression sur son visage me rappelait le jour où, au *Yomiuri*, j'avais discuté avec un confrère du fait que mon chef était un connard, avant de réaliser que celui-ci se tenait juste derrière moi.

Il parut tellement décontenancé que je me sentis obligé de lui demander par deux fois : « Ça va ? »

Le type était terriblement nerveux, sans doute parce qu'il ne se souvenait plus exactement de ce qu'il avait dit au téléphone. La plupart des gens ne sont pas du tout doués pour se souvenir de ce qu'ils ont dit ou de ce qu'ils n'ont pas dit, quand ils pensent que personne ne les écoute. Je lui révélai à peu près la moitié des détails que nous connaissions déjà sur sa société et sur son associé yakuza Ketta, puis je lui demandai : « Pouvez-vous me dire quel était son rôle au sein de la firme pendant toutes ces années ? »

Il ne répondit pas à ma question. Je lui en posai d'autres.

« Votre société n'était-elle pas informée du fait que son conseiller spécial possédait un casier judiciaire et des antécédents criminels ? »

« Si vous ne disposiez pas d'informations sur ce sujet, pourquoi n'avez-vous pas cherché à en obtenir ? »

« Si, en revanche, vous aviez ces informations, pourquoi avez-vous pensé qu'engager Ketta constituait un choix acceptable ? »

Je fis moi aussi un usage judicieux des longs silences. Au milieu de notre conversation, je sortis un livre rouge vif de ma mallette et le plaçai entre nous au milieu de la table. Le livre s'intitulait *Les Sociétés-écrans des yakuzas : la réalité et comment les combattre*. L'ouvrage était une compilation d'informations réunies par l'Association des avocats de Nagoya. À la fin de l'entretien, il finit par craquer. Il s'excusa de nous avoir dissimulé des informations essentielles, admit qu'embaucher Ketta avait été une terrible erreur et fit la promesse que la société avait fait le ménage. Ses affirmations n'eurent guère d'importance. Une fois que la transcription de l'interview fut remontée jusqu'en haut de la chaîne alimentaire, on annula tous les plans d'investissement du département financier.

Quelques mois après notre « interrogatoire », le 14 juin, un ancien *sokaiya* – maître chanteur professionnel qui gagne sa vie en faisant pression sur des sociétés cotées en Bourse –, âgé de 71 ans, adressa un courrier au P-DG de Suburban. Dans sa lettre, il menaçait à mots couverts de révéler les liens de l'entreprise avec les yakuzas et de ruiner sa réputation pour la conduire à la faillite. La société déposa une plainte et le vieux maître chanteur fut arrêté, mais les détails de l'affaire furent tout de même divulgués. Cela fit une très mauvaise publicité à Suburban et confirma ce qu'Oldman et moi-même savions déjà.

La Suburban Corporation finit par faire faillite en août 2008 et, pour se protéger de ses créanciers, se plaça sous tutelle en vertu de la loi sur la réhabilitation civile. Ce fut l'une des plus grandes faillites de sociétés immobilières cotées en Bourse de cette année-là. La firme avait accumulé pour plus de 255 milliards de yens [environ 1,8 milliard d'euros] de dettes et on la retira finalement des marchés financiers. Les entreprises étrangères qui avaient prêté de l'argent à Suburban ou qui avaient été ses partenaires dans des projets de développement immobilier perdirent des millions.

Au cours d'une conférence de presse, les porte-parole de Suburban déclarèrent que l'entreprise allait demander sa mise en redressement judiciaire, car elle ne pouvait plus obtenir de capitaux auprès d'autres entreprises. Ses dirigeants imputèrent l'effondrement de la firme à la crise des prêts hypothécaires à risques, ou crise des subprimes, aux États-Unis: «La panique et la difficulté pour obtenir du crédit que provoque la crise des subprimes aux États-Unis ont dévasté les marchés financiers mondiaux», déclara le P-DG aux journalistes.

En réalité, les événements s'étaient très probablement déroulés d'une manière bien différente. La banque principale de l'entreprise était la Mizuho Corporation. Dès la fin de l'année 2007, la FSA, l'agence de sécurité des organismes financiers, engagée dans un effort de répression du crime organisé sur les marchés boursiers, avait dû demander à Mizuho de ne plus financer Suburban sous peine d'encourir de lourdes sanctions financières et une série d'examens interminables. Mizuho avait vite accédé à cette demande. Suburban, à court de liquidités, s'était donc tournée vers les banques locales de Nagasaki, mais la pression de la police et du gouvernement avait poussé ces banques à refuser à leur tour sa clientèle.

Au final, Oldman et moi, nous avions empêché nos employeurs de perdre une somme d'argent considérable. Quand les autres sociétés d'investissement en immobilier apprirent la nouvelle de la faillite, elles paniquèrent. L'affaire eut ainsi un impact énorme sur tout le marché de l'immobilier. La compagnie eut le geste rare de féliciter Oldman pour le travail bien fait, et lui accorda une prime et une citation pour le mérite. Je reçus de mon côté un petit bonus: une montre Omega plaquée or. Je l'ai encore, dans un coin quelque part.

Le lendemain de la faillite, Oldman m'invita à prendre un verre au Lady Jane.

«À quoi devrions-nous porter un toast? lui demandai-je.

– À la disparition des yakuzas de tous les marchés financiers. Et peut-être à la fin de nos carrières. Je crois bien que nos jours sont comptés.»

Je ne m'attendais pas à l'entendre dire ça.

« Comment ça ? On a fait économiser des millions à la compagnie. Vous savez bien qu'ils étaient prêts à confier des sommes colossales à Suburban, alors c'est peut-être même plus que des millions.

– Vous n'en avez même pas idée, dit-il en riant. Monsieur Adelstein, la FSA, les procureurs, la police, l'Agence nationale de la police, l'Agence nationale des impôts et d'autres agences encore coopèrent pour la première fois. Ils partagent leurs informations, ils sont en train de créer une vraie banque de données. Tôt ou tard, tous les types tatoués seront chassés des marchés financiers. Et alors, les gens comme vous... »

Il fit le geste de mimer un pistolet en pointant l'index vers moi.

« ...et les gens comme moi, avec nos compétences particulières, ne rempliront plus une fonction qui a un caractère de nécessité. Nous sommes les meilleurs fabricants de fers à cheval de la ville, quelques années avant que Henry Ford ne se mette à vendre des voitures.

« Et voilà une autre information qu'il faut que je partage avec vous. Le problème est le suivant : oui, nous évitons à la compagnie de perdre des millions de dollars en investissant dans des affaires pourries, mais nous ne lui faisons rien gagner. La plupart des cadres de la compagnie nous considèrent comme une vraie nuisance. Et les types au sommet de la pyramide qui ont compris que bien agir, ça finit toujours par payer, eh bien, ces gars-là ne sont pas éternels, et ils ne seront pas toujours en place. Le travail est bon. La paie n'est pas trop mauvaise. Alors, profitons-en pendant que ça dure. »

Il décida de faire une folie et nous paya la meilleure bouteille de whisky du bar, puis demanda au barman de mettre un des grands classiques de Frank Sinatra, un album de sa période jazzy. La première chanson était *Summer Wind.*

La musique idéale pour une chaude nuit d'août. Sinatra avait raison sur toute la ligne. Le vent d'été était un ami inconstant, tout comme nos employeurs, mais nous avions encore quelques bonnes années devant nous, si le destin se montrait clément à notre égard. Mais on ne peut jamais savoir combien de temps l'idylle durera.

HANEKAERI 跳ね返り

La publication de *Tokyo Vice* en octobre 2009 changea ma vie. J'eus le sentiment que cela validait tout le travail que j'avais accompli jusque-là et clôturait un chapitre de seize ans au Japon. Cela me rendit également quelque peu arrogant. Avec la victoire vient l'orgueil. Et avec l'orgueil viennent les erreurs. Quand je vis enfin mon livre dans les librairies, je crus que cela marquait pour de bon la fin de Tadamasa Goto. Après tout, il ne constituait plus une menace pour personne, à ce stade.

J'étais toujours sous la protection de la police, mais c'était une protection policière minime, une surveillance qui me faisait l'effet d'une bière légère. Plusieurs fois par jour, un flic passait devant chez moi pour voir si j'allais bien. Il me laissait souvent un petit mot décoré de l'effigie de Pipo-kun, la mascotte de la police de Tokyo. Pipo-kun a souvent été tourné en ridicule par les agents fédéraux américains. Il n'est pas très difficile de comprendre pourquoi, une fois qu'on a vu à quoi il ressemble. C'est une espèce de lutin tout jaune, avec des oreilles bizarres, sans pantalon, ni arme, ni sexe.

Par un merveilleux coup du hasard, la publication de *Tokyo Vice* coïncida avec le premier anniversaire de l'expulsion de Tadamasa Goto du Yamaguchi-gumi. Une journée placée sous de bons auspices. Ça devait bien signifier quelque chose. Pourtant, ce n'était pas moi qui allais avoir le fin mot de l'histoire. Un premier indice annonçant les problèmes à venir me fut donné par mon rédacteur en chef au *Shukan Shincho* quand il passa un coup de fil quelques mois plus tard, en mai 2010.

« Jake-kun, avez-vous lu le livre de Goto ?

– J'ignorais qu'il avait écrit un livre.

– Il va bientôt paraître. Je pensais que vous le saviez ou que vous devriez être mis au courant, sinon. »

Ce même mois de mai 2010, Takarijma Publishing, qui avait publié un long article de moi sur l'accord secret passé entre Goto et le FBI, sortit une autobiographie de Goto. Malheureusement, ils n'avaient pas pris la peine de me prévenir. Ce n'était pas un grand livre, mais il contenait des révélations explosives et il devint aussitôt un best-seller. Le plus remarquable, c'était que Goto y faisait comprendre, sous couvert d'une formulation subtile, qu'il lançait contre moi une sorte de fatwa dans le style des yakuzas. Avant même que le livre ne soit sorti, je reçus un autre avertissement de la part d'un flic.

« Jake, Goto a écrit son propre livre. Et c'est l'équivalent d'un pistolet chargé. Tu vas vite voir ça. Reste bien sur tes gardes. »

Je ne savais pas exactement ce qu'il voulait dire, mais ça n'avait pas l'air bon du tout. Quand le livre finit par paraître, je reçus un appel d'un gros bras de niveau intermédiaire du Yamaguchi-gumi que je considérais plus ou moins comme un ami. Dans ma tête, je l'appelais « Precision Man » parce qu'il était très délicat dans tout ce qu'il entreprenait. Il voulait me parler de ce livre.

Un mois après la publication du livre de Goto, nous déjeunâmes donc ensemble dans un restaurant thaïlandais près du quartier huppé de Nishi-Azabu ; c'était lui qui avait choisi l'endroit, et non moi. Il était habillé comme un personnage d'un film de Michael Mann : costume gris foncé, chemise blanche ouverte, pas de cravate et une barbe taillée avec soin de manière à paraître naturelle, à peu près comme pour un bonsaï. Tout en lui respirait la précision. Il avait sur les tempes quelques cheveux gris qui ne s'accordaient pas totalement avec le gris foncé de son costume. Precision Man avait autrefois travaillé pour Tadamasa Goto avant de passer avec succès à une autre faction du Yamaguchi-gumi, après la dissolution du Goto-gumi. Il avait apporté un exemplaire du livre, en parfait état, avec une couverture bleue unie cartonnée. Le titre était : *Habakarinagara*, qui signifie « Pardonnez-moi, mais... » Il me demanda tout de suite :

« Avez-vous lu le livre de Goto ?

– Je n'ai pas encore trouvé le temps de le faire.

– Vous devriez lire son livre. Il a lu le vôtre. Ou quelqu'un l'a traduit pour lui et il en a lu la traduction. Vous êtes dans son livre. »

Il déposa le bouquin au milieu de la table, près de la sauce de poisson thaïe.

Je hochai la tête : « Y a-t-il dedans des choses que je devrais savoir sans plus attendre ? »

Precision Man posa sa fourchette et son couteau. (« En Thaïlande, on n'utilise pas vraiment de baguettes », m'avait-il déclaré un jour avec une certitude absolue.) Puis il les aligna bien soigneusement l'un à côté de l'autre, parallèles à son assiette. Il imita une arme avec sa main et me regarda droit dans les yeux. Je ne détournai pas le regard, mais je sentais bien que je ne sortirais pas gagnant de ce face-à-face.

« Il offre une récompense à quiconque vous éliminera. Tous les yakuzas qui le liront, et il y en aura beaucoup, comprendront ça. Regardez ici. » Il me fit signe de prendre le livre et de l'ouvrir à une page en particulier. Un passage avait été surligné en jaune vif de façon si régulière qu'au début je crus même qu'on l'avait imprimé comme ça. C'était à la page 245. Il y avait une citation de Goto dont la traduction, en gros, donnait ceci :

« Même si je ne suis plus un chef yakuza, si jamais je rencontrais ce journaliste déplaisant, ça ferait pas mal de bruit. Du statut de journaliste qui constitue une cible désignée, il passerait à celui de journaliste mort. *(Rires)* »

Le journaliste déplaisant, c'était bien entendu moi. Precision Man me fit remarquer que, dans ce passage, le mot « déplaisant » avait été choisi spécialement. Je ne voyais pas bien de quelle manière ce passage équivalait à une fatwa, mais lui, il le comprenait.

« Vous en savez très long sur les yakuzas, reconnut-il, mais vous n'en savez pas autant que vous le pensez. Connaissez-vous le mot *hanekaeri* ? »

Je lui dis que oui. J'avais appris ce mot de l'écrivain spécialiste des yakuzas Atsushi Mizoguchi. C'était le parrain du véritable journalisme d'investigation au sujet des yakuzas : un dur à cuire qui ne mâchait pas ses mots et traitait chacun avec respect, contrairement aux rédacteurs des magazines de fans de yakuzas qui se vendaient au grand jour. On comptait trois hebdomadaires et trois mensuels. Ces rédacteurs réalisaient des interviews avec les boss yakuzas, mais leur spectre de questions restait limité et il demeurait implicite que, l'interview terminée, le boss se réservait le droit de changer ce qu'il voulait ou de la supprimer complètement. Comme me l'avait expliqué l'écrivain spécialiste chevronné des yakuzas, « si vous enfreignez cette règle, cela entraînera du harcèlement et souvent des représailles ».

En 1989, quand la guerre des gangs entre le Yamaguchi-gumi et sa fraction dissidente, l'Ichiwa-kai, avait finalement connu une fin pacifique au bout de quatre années de carnage, Mizoguchi, qui avait magnifiquement su capter toute cette folie, avait commencé à écrire une chronique sur le nouveau

Yamaguchi-gumi pour *Tokyo Sports*. Il s'était fait un nom en s'attaquant à des sujets tabous dont personne d'autre n'osait parler. Il avait mené une enquête approfondie sur la Soka Gakkai, une secte religieuse bouddhiste très puissante, qui avait longtemps utilisé Tadamasa Goto et le Goto-gumi comme bras armé pour museler la presse. Il avait rédigé un livre entier sur l'industrie de la viande au Japon. Ses récits hyperréalistes et détaillés des guerres des gangs l'avaient fait connaître du grand public et c'était alors un auteur très demandé.

Depuis la fin de la guerre des gangs, le Yamaguchi-gumi était dirigé par son chef de cinquième génération, Yoshinori Watanabe, un type qui avait la tête d'un gorille avec une coupe de cheveux en brosse. Mizoguchi dépeignait Watanabe comme un chef inapte à commander et laissait entendre que le gorille n'était en réalité qu'une marionnette de son second, Masaru Takumi, un brillant homme d'affaires yakuza qu'on aurait pu qualifier de professeur Moriarity de la pègre japonaise. En mai 1990, alors que Mizoguchi venait de terminer sa longue série d'articles sur Watanabe, il reçut un appel de Goto, qui était alors le patriarche du groupe. Goto voulait le rencontrer sur-le-champ dans le lobby de l'hôtel Hilton à Shinjuku, non loin du poste de police de Shinjuku. De 1999 à 2001, je fus moi-même affecté à ce commissariat en tant que reporter pour le quatrième district. Avant de quitter la maison, Mizoguchi dit à sa femme : « Je vais avoir une conversation avec Goto. Je t'appellerai quand ce sera fini. Si tu ne reçois pas de nouvelles de ma part d'ici ce soir, avertis la police. »

Évidemment, quand il était arrivé à l'hôtel, ce n'était pas Goto qui l'attendait, mais deux de ses hommes de main. Ceux-ci dirent au journaliste qu'ils allaient l'emmener voir Goto. La proposition n'était pas négociable. Ils le firent monter dans une voiture et le conduisirent dans un immeuble à proximité. Au douzième étage, il y avait les bureaux de l'une des nombreuses sociétés-écrans dont se servait Goto. Mizoguchi n'avait pas du tout envie de se trouver là. Le boss yakuza, rusé, lui avait dit d'un air détaché: « Mes amis du Yamaguchi-gumi ont un problème avec la série d'articles que vous écrivez. Moi, je vous connais, je sais qui vous êtes, mais il y a malheureusement des gens incontrôlables dans l'organisation. »

Le mot utilisé par Goto pour décrire ces gens prétendument incontrôlables était *hanekaeri* (跳ね返り), un synonyme de « retour de bâton ». C'était un terme bien pratique, dans le vocabulaire d'un chef yakuza. On pouvait l'utiliser pour blâmer ses subordonnés de leur mauvaise conduite et échapper soi-même à toute responsabilité pour les actes qu'ils auraient commis. Le boss n'avait qu'à dire que ses soldats avaient agi de leur propre volonté, en faisant ce qu'ils croyaient profitable pour leur chef, sans avoir reçu le moindre ordre direct; ils étaient des *hanekaeri*.

Il y a bien une part de vérité dans l'idée qu'un jeune yakuza impétueux peut spontanément prendre les choses en main pour gagner gloire et célébrité au cours d'une guerre de gangs ou pour venger l'honneur de son chef si celui-ci a été bafoué. Mais dans ce cas, Goto avait voulu dire à Mizoguchi: « Si tu ne m'écoutes pas, on va te faire du mal et ce n'est pas moi qui en endosserai la responsabilité. »

Goto continua son discours par des menaces à peine voilées, tout en exprimant ses propres inquiétudes: « Je ne veux pas qu'il vous arrive malheur et je voudrais poursuivre ma vie de yakuza encore un peu. À partir de maintenant, quand vous écrirez sur le Yamaguchi-gumi, pourquoi ne pas me faire lire vos articles à l'avance? »

Mizoguchi lui apprit que sa série d'articles était terminée et qu'il écrivait à présent un livre. Goto, mécontent, exigea de voir le livre. Mizoguchi ne lui répondit pas franchement et laissa entendre que cela dépendrait de s'il avait ou non le temps de le lui montrer. Goto riposta en lui demandant: « N'y a-t-il pas un moyen pour vous d'en interrompre la publication ? » Alors Mizoguchi mentit, il prétendit que son livre était déjà imprimé.

Deux jours plus tard, tandis que Mizoguchi était à bord du Shinkansen, il reçut un coup de fil de Goto, qui exigeait que le journaliste lui montre le livre ou en annule la publication. Goto offrait de lui verser l'intégralité des royalties correspondant au premier tirage du livre. Mizoguchi, furieux, refusa. S'il acceptait l'offre de Goto, il deviendrait la risée des journalistes et sa carrière d'écrivain serait fichue.

« Disons que cette conversation n'a jamais eu lieu », conclut-il en raccrochant au nez de Goto.

Quelques semaines plus tard, alors qu'il quittait son bureau, Mizoguchi fut poignardé dans le dos par un membre du Yamaguchi-gumi Yamaken-gumi. L'assaillant avait clairement l'intention de le tuer, mais par chance, il manqua de peu ses organes vitaux. En 2006, le fils de Mizoguchi fut à son tour poignardé par des membres du Yamaguchi-gumi qui en avaient après son père. Les deux sbires furent arrêtés, mais pas leur chef. Mizoguchi poursuivit l'organisation et son boss en justice, réclamant des dommages et intérêts. Il gagna son procès. Lorsque Mizoguchi parle de l'agression de son fils, la colère dans sa voix est facilement perceptible. On peut sentir à quel point son indignation est vive. Les yakuzas ne sont pas censés s'en prendre aux innocents, au monde ordinaire. C'est une chose que font la Mafia italienne ou les gangsters russes. Pas les Japonais. Cela va à l'encontre du code.

Je l'ai rencontré plusieurs fois et je l'ai interviewé à deux reprises. C'est un homme humble. Sa maison ressemble à une petite forteresse, avec des caméras de sécurité et des doubles serrures. Il ne prend aucun risque. Un jour, il m'a donné quelques conseils autour d'un verre dans un petit bar près du *press club* des correspondants étrangers. Je crois qu'il avait pris du café et moi de l'alcool, ou bien c'est l'inverse.

Il m'a dit : « Je vous envie. Vous pouvez quitter cette île. Vous pouvez retourner en Amérique. Mais moi, je suis coincé ici. Cela signifie que je dois vivre avec les répercussions de ce que j'écris. Peut-être qu'un jour les yakuzas, ou du moins le Yamaguchi-gumi, disparaîtront et je n'aurais plus à surveiller mes arrières. Mais en attendant, je ne peux pas reculer. C'est mon devoir de leur tenir tête, de leur faire savoir qu'ils ne peuvent pas gagner la partie. Je ne peux pas non plus m'arrêter d'écrire.

– Pourquoi ne pouvez-vous pas vous arrêter d'écrire ? Si vous arrêtiez d'écrire, vous risqueriez de mourir d'ennui ? ai-je plaisanté.

– Ce n'est pas ça, fit-il en secouant la tête presque avec tristesse. Si je disparais de la conscience collective, si le public m'oublie, ou si je m'efface dans l'obscurité, alors les gens qui m'en veulent à mort feront en sorte que je disparaisse vraiment. Pour toujours. »

Il a levé les sourcils, haussé les épaules et ajouté : « Vous aussi, vous devriez garder cela à l'esprit. Vous avez déjà dépassé le stade où vous n'avez affaire aux plus dangereux d'entre eux que sur la page imprimée. Vous êtes passé dans leur monde. Vous aussi, vous êtes pratiquement coincé ici avec moi. »

Une vieille chanson m'est alors revenue, *Stuck in the Middle with You* (« Coincé au milieu avec toi »). J'ai commencé à l'entendre dans ma tête, alors que je songeais à là où j'en étais désormais arrivé dans ma vie. Moi et Mizoguchi.

Hanekaeri, ça peut être à la fois une action et une personne. C'est l'équivalent yakuza du mot civil *sontaku*. *Sontaku* (忖度), c'est un concept en japonais, presque l'équivalent de la télépathie au niveau social, que l'on pourrait traduire par

« deviner ce que ressent une autre personne » ou par « suivre les souhaits implicites d'une autre personne ». Par exemple, si vous êtes un sous-fifre chez les yakuzas et si votre patron s'adresse à vous et dit : « Ce membre du conseil municipal, Muramoto, m'inquiète beaucoup. Il bloque l'offre de notre entreprise pour ce projet de travaux publics. Le monde serait meilleur sans lui », vous aurez alors saisi, par *sontaku*, que votre boss veut, soit que vous tuiez Muramoto, soit que vous le neutralisiez, et donc vous agissez en conséquence. Aucun ordre direct susceptible de revenir hanter votre patron n'aura été émis. Si vous êtes un yakuza intelligent, comme Saigo, vous pourrez vous sortir de cette situation en jouant les suicidaires et en explicitant tout de suite les choses : « Alors, patron, vous voulez que je le descende ? » À ce moment-là, votre chef s'énervera et aboiera sans nul doute : « Je n'ai jamais dit ça, non. Oublie ça en vitesse. Tu es vraiment trop stupide. »

Le kanji de *sontaku* se compose de deux parties : 忖 signifie « procéder à une déduction » et 度 fait référence à la profondeur de cette déduction. Le terme a été en vogue en 2017, après qu'une quantité significative de bureaucrates ont pris d'eux-mêmes l'initiative de couvrir les forfaits du Premier ministre Shinzo Abe, prétendument sans en avoir reçu l'ordre. Les conspirations criminelles, c'est très difficile à prouver quand cela se fait par télépathie — et grâce à la modification frauduleuse et à la destruction massive de documents publics. L'éditeur japonais Jiyu Kokuminsha l'avait sélectionné comme le nouveau mot tendance de l'année 2017.

En un mot, le fait que Goto exprimait son mécontentement à mon égard était une manière déguisée de demander : « N'y a-t-il donc personne pour me débarrasser de cet importun ? »

Prononcer ce genre de phrase n'a rien d'anodin lorsqu'on est un soi-disant prêtre bouddhiste – tel que l'était Goto. Precision Man l'avait bien compris.

« Eh bien, le voilà, votre problème. Goto a toujours ses fidèles. Il a de l'argent, il a des relations et du pouvoir, et dans ce livre, il expose les bons procédés à appliquer aux gens "déplaisants" tels que vous. Et il fait savoir que, par le passé, il a généreusement récompensé tous ceux qui se sont occupés de ces gens. C'est une invitation à tous les *rōnin* (samouraï sans maître), aux anciens membres du Goto-gumi et aux yakuzas lettrés, pour leur dire qu'il aimerait qu'on s'occupe de vous et qu'il y a une récompense à la clé. Sauf que le texte se termine par un rire à la fin de sa phrase, pour qu'il puisse dire qu'il plaisantait, rien de plus. »

Il se pencha : « Je connais très bien cet homme. Il est rancunier. Il ne plaisante pas. Vous devriez considérer ce qu'il dit comme une véritable menace, et prendre cette menace au sérieux. »

Il poussa le livre de mon côté de la table : « Prenez-le. Je n'ai aucun besoin de 300 pages de ses vantardises et de ses affabulations. Mais vous, vous devez le lire. »

On discuta de choses et d'autres jusqu'à ce que l'addition arrive et que j'emporte le livre chez moi. En évitant de croiser mes colocataires, je montai au premier étage de la maison, posai les pieds sur mon bureau et me mis à lire. Si vous deviez résumer le parcours de Tadamasa Goto, né le 16 septembre 1943, le meilleur qualificatif que vous pourriez employer serait « déplaisant ». C'est une version japonaise particulière de l'adjectif *fuyukai* (不愉快), qui signifie littéralement « déplaisant », mais aussi « bilieux » et « grossier ». Ça peut sembler une description bien faible pour un homme que la police japonaise juge responsable d'innombrables crimes et de plusieurs meurtres. Goto n'a jamais été condamné pour meurtre – du moins, jusqu'à ce jour –, mais en 2006, ses hommes avaient poignardé à mort un agent immobilier et la police travaillait toujours sur cette affaire. On le soupçonnait d'être à l'origine de onze meurtres supplémentaires, même s'il n'existait aucune preuve tangible contre lui. Onze seulement, ça paraît un chiffre modeste pour un chef de gang, mais en réalité, combien de personnes est-il nécessaire de tuer avant que l'on vous considère comme un criminel psychopathe sans pitié ?

Déplaisant, oui.

En lisant ses Mémoires, où il s'autocongratulait abondamment, je réussis à voir comment ce type était devenu ce qu'il était. Sa mère était morte quand il n'avait que 2 ans et son père, un homme très honnête, était un alcoolique capable de devenir violent après un seul verre. Le plus jeune de quatre frères, il avait grandi dans une famille à problèmes et dans la pauvreté. Son grand-père était par contre extrêmement riche. Alors qu'il était devenu un adolescent délinquant, narcissique et tyrannique, un incident semblait l'avoir définitivement engagé sur la voie de la violence.

Quand j'avais 16 ans, on m'a jeté en prison quelques jours avec mes copains, parce qu'on s'était bagarrés et qu'on avait menacé des gens. Les autres membres de ma bande, dont j'étais le meneur incontesté, mangeaient tous des bentos fournis par leurs familles, et celles-ci sont venues les chercher quand on nous a libérés. Moi, je n'avais que la nourriture de la prison à manger et personne n'est venu me chercher à ma sortie. J'ai alors compris que je n'avais personne au monde sur qui je pouvais compter et j'ai juré de résoudre mes problèmes par moi-même, de mener mon existence comme je la voulais […] Je me suis aussi juré de ne plus jamais souffrir du manque d'argent. J'ai promis de mettre de côté la moitié de tous les 10 000 yens que je gagnerais, de sorte que la prochaine fois qu'on me jettera

en prison, je pourrais me payer mon propre bento et des sous-vêtements de rechange. Je me sentais très malheureux quand je comparais ma situation à celle de mes copains, mais cette humiliation s'est transformée en fierté. Une fierté à cause de ma personnalité et de mon désir d'indépendance. J'ai vécu de cette fierté jusqu'à ce jour, et je m'en suis tenu toute ma vie à mon serment au sujet de l'argent, même une fois entré dans les rangs des yakuzas, et je m'y tiens encore maintenant, même après avoir quitté leur monde.

Il déclarait ensuite s'être retiré des affaires, mais selon le département du Trésor américain, Goto était toujours un escroc qui faisait partie de la pègre. C'était un homme d'affaires prospère, dans la fleur de l'âge, avec à son service plus d'une centaine de sociétés-écrans réparties entre l'immobilier, le divertissement et la sphère financière. Même « à la retraite », il dirigeait un empire criminel au Cambodge. Un rapport de police de 2007 indiquait qu'au sommet de sa puissance Goto avait quatre maîtresses, dont une actrice vaguement célèbre, et près de 900 employés. À un moment donné, c'était le plus grand actionnaire individuel de Japan Airlines. Il avait trouvé une formule gagnante au tout début de sa carrière et l'avait conservée depuis lors.

Je suis resté sur mon territoire d'origine, j'ai construit le Goto-gumi en me battant contre d'autres gangs, en prenant sous l'aile de jeunes voyous des rues qui prétendaient se conduire en yakuzas. On les battait et on les forçait à s'excuser, puis on les faisait rejoindre notre gang.

Les temps avaient changé, mais ses méthodes restaient les mêmes. Il se liait d'amitié avec des politiciens, ou bien les soumettait au chantage, et faisait le sale boulot pour la Soka Gakkai, qui, comme par hasard, possédait son propre parti politique, le New Komeito. Il avait aidé à chasser les résidents du quartier pour construire le plus gigantesque et luxueux gratte-ciel de Tokyo, Roppongi Hills Mori Tower. Goto s'était élevé dans la vie, mais il n'avait jamais cessé d'être un voyou.

Ses Mémoires avaient été publiés après qu'il avait endossé en avril 2009 une sorte de gilet pare-balles virtuel en devenant publiquement prêtre bouddhiste Shingon. C'était une décision intelligente : même dans un Japon majoritairement laïque, tuer un prêtre, c'est mal vu. Et beaucoup de gens voulaient la mort de Goto, il avait de nombreux ennemis, même parmi les yakuzas. Et puis, tout le monde aime les histoires où un affreux devient gentil, c'est l'archétype absolu de la rédemption. Même quand ce n'est pas réel. Les magazines, qui avaient tous été informés de sa « conversion », avalèrent le poisson. L'épine dorsale de son livre consistait en une série d'entretiens fastidieux avec un journaliste expérimenté. Même ainsi, le livre ne faisait que dresser le portrait de Goto qu'il avait choisi de vous montrer, sur la base de ce qu'il était prêt à vous laisser entrevoir. Ce qu'il dévoilait bien involontairement, c'était qu'il n'avait aucun remords pour le malheur ou la douleur qu'il avait causés. La plupart des yakuzas aiment se considérer comme les *good guys*, les bons de l'histoire. Ce qui rendait Goto différent, c'était qu'il n'avait pas besoin de cette illusion. Il savait qu'il était le méchant et il s'en moquait. Tant qu'il gagnait et que quelqu'un d'autre perdait à sa place, tout allait bien pour lui en ce monde.

Si vous me demandiez : « Qu'est-ce qui a détruit les yakuzas ? », ma réponse tiendrait en deux mots : « Tadamasa Goto ». Il est presque à lui seul responsable de la destruction de cet empire criminel. Dans ses Mémoires, Goto abordait l'agression du réalisateur Jūzō Itami. « Bien sûr, je ne l'ai pas ordonnée, mais il le méritait, car son film se moquait de nous et était déplaisant. »

Fuyukai (不愉快). Jūzō Itami et moi : déplaisants.

L'agression du réalisateur avait montré au monde que les yakuzas n'étaient pas de nobles hors-la-loi, comme Robin des bois, mais juste des profiteurs organisés en clans. L'incident eut pour effet de décupler les efforts de la police pour les mettre hors de combat. L'ancien chef yakuza avait provoqué les deux catastrophes les plus destructrices venues frapper l'organisation en des décennies : les ordonnances d'exclusion du crime organisé et les clauses d'exclusion dans les contrats.

Quand Goto avait appris que son foie était sur le point de le lâcher, il avait vendu tous ses camarades yakuzas et avait devancé des centaines d'Américains sur la liste des bénéficiaires potentiels de greffes. Des hommes et des femmes respectueux de la loi et d'honnêtes travailleurs étaient morts en attendant qu'on leur trouve un foie, mais le boss du crime organisé, lui, avait survécu et s'en était tiré. Goto était un homme chanceux et puissant.

J'avoue qu'en lisant le livre de Goto j'éprouvais une sensation de malaise. Nulle part dans son livre le faux prêtre ne mentionnait son accord avec le FBI ni n'exprimait de remords à l'égard des personnes innocentes qui étaient mortes pour qu'il puisse vivre. À un moment donné, je balançai le livre au travers de la pièce et il atterrit dans le placard où je rangeais mon futon. C'était un salopard arrogant et, par-dessus le marché, un fanfaron, et le voir dénigrer sans cesse mon propre travail, tout en prenant bien garde à ne jamais me nommer, finit par m'énerver. Je n'avais aucun besoin des conseils en journalisme que pouvait me prodiguer un sac à merde bourré de mensonges comme lui. Bien entendu, après avoir balancé le livre dans le placard, je dus me lever et fouiller dans le tas où s'accumulaient pêle-mêle des serviettes dépliées, des vêtements, des chaussettes et mon *dogi* (uniforme) d'aikido pour retrouver ce foutu livre et reprendre ma lecture.

Je ne suis pas particulièrement courageux ni même une âme sensible, mais je sentais clairement pointer ses intentions sous ses mots. Alors, je me dis que la meilleure chose que je pouvais faire, c'était obtenir l'aide de son ennemi juré, Igari Toshihiro. Je pouvais peut-être obliger Goto à retirer ses menaces, ou bien faire interdire le livre, voire le forcer à insérer un droit de réponse dans le livre. Je n'avais qu'une vague idée de ce que l'on pouvait faire, mais Igari, lui, le saurait. Je décidai de lui écrire un e-mail pour lui exposer mon problème.

On était au début du mois de juillet 2010 quand un des officiers de la division du crime organisé du commissariat de Kitazawa, l'équipe chargée de me garder en vie, passa à l'improviste. C'était l'officier Osaki. Il ressemblait à un morse à moitié aveugle qui se serait métamorphosé en être humain, et il marchait de la même manière. Quelqu'un aurait vraiment dû lui dire que les lunettes carrées à monture dorée, ce n'était pas très esthétique sur un crâne rond et chauve, mais il ne m'appartenait pas de le faire. Malgré son apparence de morse, il avait une solide réputation dans la police et était connu pour sa capacité à amener les gens à livrer plus d'informations qu'ils ne l'auraient dû. Peut-être y parvenait-il parce qu'il semblait tellement inoffensif. Les gens le sous-estimaient toujours. Aussitôt qu'il se fut traîné à l'intérieur et affalé sur le canapé, il se mit au travail.

« Avez-vous lu le livre de Goto ?

— Oui, je l'ai lu.

— Alors, vous savez. Ce livre contient une sorte de menace contre vous, pas si habilement dissimulée. Vous voulez porter plainte ? »

Je soupirai.

« J'aimerais bien, mais relisez-le attentivement. Dans la partie où il profère cette menace, le texte indique qu'il rit. Alors, il pourra toujours dire que ce n'était qu'une blague. »

Je sortis mon exemplaire du livre et lui montrai la page. Il relut plusieurs fois les quelques lignes, son doigt courant sous les mots. Il prit un air déçu.

« C'étaient des interviews, non ? Si on avait l'enregistrement, on pourrait prouver que son intention était différente. Peut-être. »

Je fis oui de la tête.

« Eh bien, que dois-je faire, alors ? » lui demandai-je.

Il secoua la tête et y réfléchit.

« Nous sommes en train d'en discuter au QG. Ne faites rien pour l'instant. Mais surveillez vos arrières. Et fermez bien la porte à clé quand vous sortez. »

J'acquiesçai.

« Et quand vous êtes chez vous aussi », ajouta-t-il.

Je dois bien admettre qu'à l'époque je n'avais pas vraiment l'habitude de fermer ma porte à clé. Il y a beaucoup de gens qui ne prennent jamais la peine de verrouiller leur porte au Japon, mais vu ma situation, je n'aurais pas dû les imiter.

« Et aussi, triez plus soigneusement les bouteilles en plastique et les boîtes de conserve vides. Les bouteilles en plastique, c'est le samedi. Les boîtes en fer, le vendredi. Vos voisins se sont plaints. »

J'acceptai aussi de faire ça. J'allais lui proposer de consacrer désormais plus de temps à me brosser les dents, mais il aurait pu le prendre pour un sarcasme.

Il y a de bons côtés à être sous la protection de la police au Japon. On se sent en sécurité. Quelqu'un se soucie de savoir où vous allez et à quelle heure vous rentrez. Tous les jours, dans votre boîte aux lettres, parfois le soir, parfois le matin, il y a le petit mot jaune avec la photo de Pipo-kun qui vous prévient si quelque chose sort de l'ordinaire. Mais en général, « tout va très bien ». *Heion Buji* (平穏無事) : telle est la phrase exacte. Bien sûr, si vous appelez la police pour leur demander s'il se passe quelque chose de bizarre dans le quartier, ils vous répondent toujours : « *Heion Buji* », même si on vient de découvrir neuf corps sans tête dans l'appartement du voisin. Mais le quartier où je vivais était calme et paisible, pour autant que je sache.

Plus tard, ce même mois, le morse revint me voir avec son superviseur. Ils ne prévenaient jamais de leur passage ni ne prenaient rendez-vous. Ils débarquaient simplement à un moment de la journée, ce qui me convenait très bien. Cette fois-ci, autour d'un café, ils m'expliquèrent qu'ils pouvaient recevoir une plainte au pénal de ma part, mais qu'il y aurait peu de chances que les procureurs les suivent. Goto avait cessé d'être un yakuza. Il avait prétendu changer de vie pour devenir prêtre. Sa menace était suivie de la mention « Rires », donc ce qu'il avait dit pouvait passer pour une blague. Je les remerciai pour leurs efforts et leur demandai de me laisser un peu de temps pour y réfléchir. Je sentais que c'était le moment de faire appel à Igari-sensei. Je réécrivis plusieurs fois mon e-mail et expliquai la situation en détail. Je l'envoyai finalement le 5 août. La réponse de son bureau me parvint immédiatement.

Cher Jake,

C'est Suzuki du bureau d'Igari. Il est actuellement à l'étranger et sera de retour le 8, puis prendra des vacances le 11. Il peut vous rencontrer le 8, le jour de son retour. Faites-nous savoir si cela vous convient.

Je le vis donc le 8 août. C'était un dimanche ; il revenait du Brésil et s'était rendu directement de l'aéroport de Narita à son bureau pour m'y rencontrer. Nous nous étions parlé au début de l'été, quand je lui avais demandé s'il accepterait de participer à un documentaire sur les yakuzas auquel je travaillais pour une chaîne TV appartenant à News Corp. Il était bronzé, il avait l'air en forme et de bonne humeur. Il portait toujours un costume, même au beau milieu des étés difficilement supportables que connaît le Japon, et une chemise blanche immaculée qu'on aurait dit à peine sortie de la penderie.

Ce fut un soulagement de revoir son visage de bouledogue et ses cheveux noirs gominés. De sa voix grave et puissante, il me fit passer dans son bureau. Il y avait déjà un exemplaire du livre près de lui, avec des marque-pages et des Post-it qui en sortaient de tous côtés, comme si le livre explosait de papiers de couleur.

« J'ai besoin de votre aide pour gérer les retombées du livre », lui dis-je.

Il me comprit. Je craignais néanmoins d'avoir eu une réaction excessive. Ce n'était qu'un livre, après tout.

« Ce n'est pas seulement un livre. Il porte atteinte à votre honneur, à votre travail, et il vous menace. C'est une gifle en plein visage. Vous avez eu raison de venir me voir. Goto semble avoir tout fait pour s'éviter des poursuites pénales, dans la formulation de ses phrases, mais je doute que ce soit vraiment ce qu'il a dit au départ. Nous allons le découvrir. »

Après de longues discussions, lui et ses deux collègues tombèrent d'accord sur un plan. Igari connaissait des gens chez Takarijma Publishing. Il leur demanderait d'abord de retirer du livre toute menace, de corriger les informations fallacieuses et, s'ils ne le faisaient pas, il poursuivrait l'éditeur en justice. Il me fit remarquer que, vu la manière dont le texte était rédigé, il serait plus facile de poursuivre l'éditeur que de poursuivre Goto. Il suggéra que je poursuive pour un yen. Je lui demandai pourquoi.

« Cela montre que vous ne faites pas ça pour l'argent, et ça démontre aussi que vous pensez que le livre est un tas de merde sans aucune valeur. Un yen, c'est le montant juste. »

J'ai rigolé.

Les dernières paroles qu'il m'adressa furent : « Ce sera une longue bataille. Elle demandera de l'argent et du courage, et vous devrez les trouver par vous-même. Mais nous allons nous battre. »

Le 27 août, j'envoyai à son bureau un e-mail de suivi afin de voir comment les choses évoluaient. La réponse que je reçus provenait de l'un des collègues d'Igari. Il était au regret de m'informer qu'Igari était mort aux Philippines. Tout ce qu'il pouvait dire, c'est que, le 27 août, son corps avait été retrouvé dans sa maison de vacances à Manille, les poignets en apparence tailladés. L'heure de la mort était inconnue. On avait conclu à un suicide.

Avant sa mort, Igari travaillait sur son dernier livre, *Gekitotsu* (« Collision »). Il s'agit d'une œuvre étonnante qui tire à boulets rouges sur les yakuzas, les politiciens et autres individus qui leur sont liés en n'ayant pas peur de mentionner leurs vrais noms. Il écrivait : « Dans la mesure du possible, je me suis efforcé d'utiliser le vrai nom des personnes citées. Je suis conscient que cela entraîne un risque considérable pour moi. J'ai pris ce risque parce que je voulais écrire honnêtement sur mes combats contre les injustices cachées de notre société et sur les résultats de ces combats. Il est convenable d'écrire le nom de ceux que l'on a combattus. »

Avant de partir en vacances à Manille, il avait confié à son éditeur : « Je fouine dans des endroits dangereux. Je ne sais pas ce qui va m'arriver. Permettez-moi de signer le contrat d'édition dès maintenant. »

Je me rendis dans les bureaux d'Igari en septembre pour lui rendre hommage ; il n'y avait pas eu de funérailles officielles. On avait dressé un petit mémorial en son honneur dans son bureau, mais en dehors de ça, tout était à peu près comme il l'avait laissé. Sur son bureau, il y avait un article constellé de notes sur les combats truqués de l'Association de sumo. Sa secrétaire me dit : « Igari-san était vraiment heureux de prendre votre affaire. Il s'en est vanté devant tout le monde en riant : "Je représente un journaliste du *National Geographic* maintenant, ça fait de moi un avocat international !" »

Je pouvais très bien l'imaginer dire ça avec son rire profond et grondant.

Le chagrin est une drôle de chose. En voyant son bureau vide, pour la première fois, mes yeux se sont un peu embués. Je n'arrivais pas à croire qu'il s'était suicidé, surtout après avoir manifesté un enthousiasme aussi tonitruant pour mon affaire. Cela ne cadrait pas avec l'homme que je connaissais.

Ses associés reprirent les dossiers d'Igari et m'aidèrent à rédiger une lettre pour l'éditeur, en guise de prélude à une éventuelle action en justice. Je n'étais pas certain qu'ils resteraient à mes côtés si les choses devaient évoluer en ce sens, et je ne pouvais pas les blâmer pour ça. J'étais le dernier client dont Igari avait accepté de s'occuper et, juste après, on l'avait retrouvé mort. Parfois, on doit vraiment faire face tout seul.

Je me renseignai pour essayer d'en savoir un peu plus sur ce qui lui était arrivé. Personne ne me fournit ne serait-ce qu'une seule raison qui aurait expliqué qu'il mette fin à ses jours. Il y eut bien quelques articles pour spéculer sur le fait qu'on l'avait assassiné et que le meurtre avait été camouflé, mais aucun élément substantiel ne vint le prouver. Je parlai à son éditeur. Je parlai à ses amis. Je parlai à ses associés du cabinet d'avocats.

Une rumeur existait, selon laquelle il aurait eu des problèmes avec une jeune avocate et qu'elle allait le poursuivre pour harcèlement sexuel. Je ne suis jamais parvenu à vérifier cette rumeur. Mais c'est là une façon de tuer quelqu'un qui va bien aux yakuzas. Ils créent un scandale capable de justifier un suicide. Puis ils assassinent leur cible et font en sorte que ça ressemble à un suicide. Dans le cas d'Igari, il n'y avait pas de lettre de suicide. Pas même un mot écrit sur ordinateur et imprimé ensuite.

J'étais dans une impasse. J'allais avoir grand besoin d'aide et j'étais perdu. Je déteste demander des faveurs aux yakuzas. Je déteste devoir quelque chose à quelqu'un, parce que je me sens généralement obligé de payer mes dettes, peu importe le temps que cela prendra. Alors, peut-être que je n'allais pas demander une faveur, mais un simple conseil; demander un conseil et demander une faveur, ce n'est pas tout à fait la même chose; même si, en toute honnêteté, il faut avouer que, dans le monde des yakuzas, cela revient souvent au même. Il n'avait jamais été très facile pour moi de m'adresser à l'Ancien, qui était en quelque sorte mon bienfaiteur dans l'organisation, mais je le fis quand même. Le 11 septembre, je me rendis près d'un téléphone qu'on m'avait indiqué et il m'appela. La première phrase qu'il prononça, ce fut: «J'ai entendu dire que votre avocat était mort. Igari était un emmerdeur, mais c'était un homme courageux. Mes condoléances.»

Il semblait toujours avoir une longueur d'avance sur tout le monde, ou du moins sur moi.

«Oui, il est décédé et c'est pourquoi je vous appelle. J'ai une question rapide à vous poser. Avez-vous lu le livre de Goto?»

Il y eut une courte pause à l'autre bout du fil.

«Oui, nous l'avons tous lu. C'est une crapule sans honneur. Comment s'appelle ce truc italien?»

Je n'arrivai pas tout de suite à saisir le sens de sa question.

«Vous voulez dire, un truc de la mafia?

– Oui, le code du silence. L'"omeletta" ou quelque chose comme ça.

– L'omerta. La loi du silence.

– Oui, c'est ça, eh bien, il n'a aucune idée de ce que c'est. Et nous, nous ne savons pas quoi faire. Si c'était seulement ses propres affaires qu'il foutait en l'air, ce serait une chose. Mais il y a des trucs dans son livre que personne n'est censé savoir. Sauf que, comme c'est devenu un best-seller, le faire taire, ça pourrait attirer l'attention. Et puis, c'est un prêtre maintenant. C'est sa confession, pas vrai ?

– Ouais, si on veut. Je ne vois pas beaucoup de remords dans tout ça.

– Il vous envoie aussi quelques coups bas. Et vous savez certainement qu'il y a là une menace implicite.

– Je sais. J'avais engagé Igari-san pour régler le problème. Il allait exiger une rétractation de l'éditeur et ensuite nous pensions les poursuivre tous les deux en justice. »

Le silence au bout du fil fut si long que je crus que la communication avait été coupée.

« Quand cela ? Quand l'avez-vous engagé ?

– Le 8 août. Je suis le dernier client qu'il ait accepté. »

Quelqu'un d'autre aurait pu me demander si, d'après moi, Goto était responsable de la mort de mon avocat. À l'évidence, j'avais envisagé cette possibilité et, à l'évidence, lui aussi. Je n'avais même pas besoin de formuler la chose, car je savais qu'il avait compris.

« Laissez-moi le temps d'examiner cette question. Quoi qu'il en soit, le conseil aimerait s'entretenir avec lui, et moi aussi. Je serai à Tokyo la semaine prochaine. Pouvez-vous me retrouver au Grand Hyatt, dimanche ? »

Bien entendu, j'acceptai. À l'époque, le Grand Hyatt était l'un des rares endroits qui ne semblaient pas encore s'inquiéter de voir un chef yakuza séjourner là de temps à autre. Soit ils ignoraient qui venait loger chez eux, soit ils s'en moquaient. Il n'avait pas réservé à son nom, mais son lieutenant pour le territoire de Tokyo vint me retrouver à la

French Kitchen, au premier étage, dans la section fumeurs, et me conduisit à sa chambre. Il y avait là un paquet de cigarettes de ma marque préférée qui m'attendait, quelques *yatsuhashi* (souvenirs) de Kyoto et lui. Peut-être parce qu'on était un dimanche, il n'était pas en costume. Il se prélassait dans la pièce, vêtu d'un peignoir sombre, pieds nus et sans chaussons. La pièce était très vaste, divisée en deux parties, et il y avait une longue table. Je restai debout jusqu'à ce qu'il me fasse signe de m'asseoir.

Nous discutâmes un peu de l'évolution du monde. La tentative de chasser les yakuzas des marchés boursiers battait toujours son plein. Le DPJ, le Parti démocrate du Japon, prétendait avoir remporté le soutien du Yamaguchi-gumi, un sujet qu'il évoqua avec ironie, soulignant que tout le monde savait très bien qu'ils avaient dans leur poche l'un des membres du DPJ du Kansai. Tout le monde appelait celui-ci par son surnom, qui était « Kyoto ». Je n'abordai pas le grand sujet du moment, car je savais qu'il le ferait lui-même. Il ne me déçut pas.

« Votre avocat s'est penché sur une foule de choses qui mettent les gens mal à l'aise. Il s'est penché sur notre implication dans le sumo, notre implication dans le baseball, et son livre risque de fâcher beaucoup de monde, si jamais il est publié. Je vous dirai que je sais qu'il n'est pas mort de mort naturelle ; c'est vraiment là tout ce que je peux vous dire. Vos préoccupations au sujet de Goto sont bien enregistrées et, comme vous le savez, je n'ai aucune affection pour cet homme. Je lui ai fait comprendre qu'il ne serait pas dans son intérêt qu'il vous arrive quoi que ce soit. Aussi, vous pouvez respirer tranquillement, pour le moment. »

Et ce fut tout.

Je finis par obtenir une copie de l'autopsie d'Igari par la police philippine. Il avait été retrouvé mort dans sa chambre d'hôtel à Makati City le 27 août à 15 heures. À côté de son corps, il y avait un cutter, une tasse pleine de médicaments qui pouvaient être des somnifères, et un verre de vin. On l'avait trouvé le visage tourné vers le haut, étendu sur le lit. Son poignet gauche portait une plaie consécutive à une lacération. L'autopsie avait révélé que la cause de la mort était un infarctus du myocarde. Il n'avait pas été déterminé si le suicide était la raison de son décès ou non. Son frère, Tetsuro Igari, avait identifié le corps et celui-ci avait été incinéré. Les cendres avaient été rapatriées à Tokyo par avion. Jaime Masilang, chef de la division des homicides, avait pris des notes sur le rapport: la lacération sur le poignet gauche paraissait étrange. Elle n'était pas suffisante pour qu'Igari se vide de son sang et puis, qui irait essayer de se tuer avec un cutter? Mais si vous voulez simuler un suicide sans mettre du sang partout et surtout pas sur vous-même, ça peut être une bonne façon de procéder.

Un jour, j'avais demandé à Igari-san tandis que nous buvions du vin: «Avez-vous déjà été menacé? Avez-vous déjà eu peur pour votre vie?»

Il n'avait pas directement répondu à ma question.

«Je suis devenu procureur parce que je voulais que justice soit rendue en ce monde. Quand j'ai démissionné et quand je suis devenu avocat, je ne suis pas allé travailler pour les yakuzas, comme le font bon nombre d'ex-procureurs. J'ai continué à les combattre. Tous les yakuzas ne sont pas de mauvais bougres, mais 95 % d'entre eux sont des parasites pour la société. Ils exploitent les faibles, ils saignent à blanc les innocents, ils causent de grandes souffrances.

«Si vous capitulez, si vous vous enfuyez, vous serez poursuivi tout le restant de votre vie. Et si vous êtes poursuivi, ce qui vous poursuit finit toujours par vous rattraper. Si vous faites un pas en arrière, vous êtes mort. Vous ne pouvez que défendre vos positions et aller de l'avant. Parce que ce n'est pas seulement la bonne chose à faire, c'est la seule chose à faire. »

Igari-san n'était pas journaliste, pas plus qu'il n'était un saint. Mais il s'était battu pour la justice et pour la vérité, et en tant que journaliste d'investigation, j'ai toujours pensé que c'était exactement ce que notre travail exigeait. Vous me pardonnerez si ça vous paraît naïf. Je crois que si personne ne se dresse contre les forces antisociales dans le monde, alors nous serons tous perdants. Quand j'appelai l'éditeur d'Igari pour lui demander les raisons pour lesquelles Igari croyait sa vie en danger, je m'attendais à ce qu'il exprime des réticences pour me parler. Ce ne fut pas le cas. Il savait qui j'étais. « Igari a dit que vous étiez l'un des journalistes les plus dignes de confiance, les plus fous et les plus courageux qu'il connaissait. »

C'était le premier éloge que je recevais de la part d'un mort, et c'était plus que je ne méritais. Mais cela fit que je me sentis obligé de me montrer à la hauteur de ces paroles. Parfois, la meilleure façon d'honorer les morts, c'est de se battre pour la cause pour laquelle ils ont eux-mêmes combattu. C'était la seule façon que je connaissais de faire mon deuil. J'écrivis sa nécrologie pour le Comité de protection des journalistes. Il avait travaillé toute sa vie en tant que procureur, mais il était mort en excellent journaliste d'investigation, qui avait lutté pour la justice. Dans la postface de son livre, Igari avait écrit le texte qui suit. Je l'ai transcrit du mieux que j'ai pu, en me référant à ce dont je me souviens de la première version qu'il avait eu la gentillesse de me montrer.

J'ai essayé d'écrire ce livre en utilisant autant que possible des noms réels [et non des pseudonymes]. Je sais que c'est là un risque considérable pour moi.

Je suis bien conscient des risques que cette démarche comporte. Mais je voulais relater de manière aussi franche

que possible ma lutte contre les absurdités et les injustices de la société. Et pour ce faire, il était tout simplement naturel pour moi d'écrire sur mes adversaires en employant leurs vrais noms.

Sommes-nous devenus trop insensibles aux absurdités de notre société ? Nous sommes-nous trop repliés sur nous-mêmes, trop laissés préoccuper avant tout par ce que les autres pensent de nous ? Sommes-nous tombés sous l'influence coupable des puissants ? Avons-nous adopté une feinte indifférence face aux injustices qui nous entourent, par peur de contrarier les pouvoirs en place ?

Je me moque bien de savoir si tout le monde m'apprécie ou non. Je n'ai jamais flatté personne. J'ai toujours vécu de cette façon.

Parce que j'ai vécu une vie stupidement honnête, j'ai connu beaucoup d'imprévus, de désagréments et de grandes pertes. Mais il ne sert à rien de regretter cela maintenant.

À ma manière, j'ai voulu faire comprendre aux gens que la vie n'a de sens que si nous confirmons notre existence et vivons avec conviction. Si, quelques-uns de mes lecteurs pouvaient s'identifier à cela ou apprendre de mes expériences, ce serait un plaisir inattendu.

Avant de commencer à écrire ce que vous lisez à présent, j'ai relu ces mots à de nombreuses reprises. Même après sa mort, Igari avait encore beaucoup d'enseignements à me transmettre. Aujourd'hui, son livre est épuisé. J'en ai gardé un exemplaire. Peut-être viendra-t-il un moment où le destin deviendra inéluctable, mais je suis certain qu'avant cela nous avons un grand nombre de choix à faire dans nos vies. Je savais qu'Igari n'aurait jamais choisi de mourir ainsi. Sa mort mystérieuse à Manille n'était certainement pas la fin qu'il aurait envisagée pour lui-même. Peut-être avait-il senti que ça allait lui arriver. Sans revenir sur la façon dont il avait vécu, il avait écrit dans son livre, publié à titre posthume, le dernier chapitre de sa vie. Nous désirons tous être le maître de notre propre destin, et parfois nous y parvenons par tous les moyens nécessaires, si douloureux cela soit-il.

FU
SION

PARTIE 2

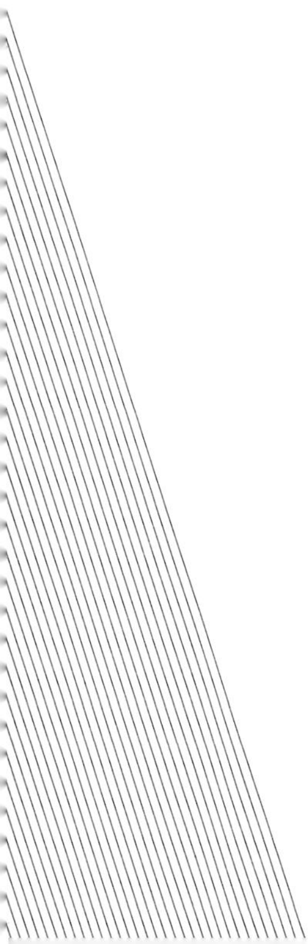

L'ENVELOPPE

11 mars 2011

Si vous ne voulez pas réellement connaître la réponse, alors ne posez pas la question. Beaucoup de gens pensent qu'ils veulent connaître la vérité, ou qu'ils devraient le vouloir, mais quand vous la leur apprenez, ils réagissent comme si vous les agressiez personnellement. Parfois, à l'annonce de la vérité, ils essaieront même de vous frapper, alors il faut apprendre à esquiver... ou à rendre les coups.

Quand les gens n'aiment pas le message qu'on leur délivre, ils ont tendance à confondre message et messager, et ils en veulent à ce dernier. C'est particulièrement vrai en ce qui concerne les journalistes, et ça l'est sans doute aussi, et depuis toujours, pour les détectives privés. Parfois, un client vous engagera pour déterminer si la compagnie avec laquelle il aimerait bien passer des accords est une société-écran des yakuzas. Mais si par malheur vous lui apprenez que oui, en effet, c'en est une, il vous mènera la vie dure à chaque pas pour vous empêcher de remettre votre rapport.

C'est un peu difficile à vivre, quand le travail qu'on vous demande de faire ne vous apporte que des ennuis. Parfois, votre employeur ne cherche pas à savoir s'il ne contrevient pas à la loi et ne se met pas en cheville avec des forces antisociales, il veut juste un alibi. C'est en 2011 que je me suis mis à me demander sérieusement si je voulais ou non continuer à être payé pour rechercher la vérité.

En 2011, le monde tel que je l'avais connu commença à s'effondrer. Sur les plans physique et métaphysique, comme sur celui de la métaphore, tout ce que je pensais avoir accompli devint tout à coup sans importance. Pendant des années, j'avais joué une main gagnante et, soudain, le gars qui tenait la banque me demandait de montrer mes cartes bluff, je me retrouvais obligé de me coucher et de laisser la banque remporter la mise. Le temps pour moi d'encaisser mes jetons et de quitter le Japon était peut-être enfin venu.

Tout commença le 11 mars. J'étais alors à New York, et non à Tokyo.

The Hardest Men In Town, « Les types les plus durs de la ville », c'était ça le nom du festival de films de yakuzas parrainé par la Japan Society of New York ; on m'y avait invité pour parler des différences entre les films de yakuzas et la réalité des choses.

J'eus même la chance de déjeuner avec Paul Schrader, le scénariste de *Taxi Driver* réalisé par Martin Scorsese, qui avait également écrit en 1975 *Yakuza*, ce film merveilleux et original de Sidney Pollack, avec Robert Mitchum et la star emblématique du cinéma yakuza : Ken Takakura, le Robert Redford japonais. Schrader me raconta avec passion pourquoi son film *Mishima*, sur le génie de la littérature japonaise Yukio Mishima, devenu un révolutionnaire culturiste d'extrême droite, n'avait jamais été projeté à Tokyo. Il me raconta que Ken Takakura avait accepté de jouer le rôle, mais avait ensuite dû se désister et s'excuser : « Les gens pour qui je travaille ne me permettront pas de jouer dans ce film. J'espère que vous le comprendrez. »

Mishima était homosexuel, ou bisexuel. Ce n'était pas une chose que les gens au Japon avaient envie de voir à l'écran.

J'étais même surpris de savoir que Ken avait accepté le rôle dans un premier temps. Après le déjeuner avec Schrader, du travail m'attendait. J'avais laissé des affaires en suspens, des rapports sur des sociétés que je devais terminer. Je remontai dans ma chambre sur le tard et téléphonai à mon patron à Tokyo, c'était le milieu de l'après-midi pour lui. Nous causâmes un petit peu, et puis il y eut une espèce de long bruit sourd.

« Je crois bien qu'on a un tremblement de terre », m'annonça-t-il platement.

Le bruit sourd devenait plus fort. Je pouvais entendre les employés du bureau qui discutaient entre eux, de plus en plus agités.

« Est-ce que tout va bien ?

— L'immeuble tout entier est secoué. C'est un sacré tremblement de terre.

— Peut-être que vous feriez mieux de sortir du bâtiment. Faites-moi savoir quand vous serez tous sains et saufs.

— Oui, entendu », a-t-il dit, et il a raccroché.

Je n'avais pas la moindre idée de ce qui pouvait bien se passer là-bas. J'ai consulté le site de NHK News sur mon iPhone. Les premières informations annonçaient un tremblement de terre très violent. J'essayai d'appeler mes colocataires à Tokyo. Toutes les lignes étaient occupées, ou coupées. Je passai l'heure qui suivit à regarder la catastrophe qui avait lieu de l'autre côté de l'océan se dérouler au ralenti.

À 14 h 46, un tremblement de terre de magnitude 9 s'était produit au large des côtes du Japon. Le tremblement de terre avait déclenché une catastrophe géologique, comme si on avait gagné le jackpot d'une machine de pachinko pour qu'en sorte une multitude de mauvaises nouvelles. Les secousses provoquèrent un tsunami plus haut que la Tokyo Tower. Il atteignit le Japon en une demi-heure. Les villes sur son passage furent rayées de la carte. Des milliers de personnes moururent ou disparurent tout simplement dans les eaux déchaînées. Puis les vagues allèrent s'écraser sur la centrale nucléaire de Fukushima Daiichi appartenant à la Tokyo Electric Power Company, la compagnie d'électricité de Tokyo. Selon plusieurs rapports, la centrale était dans un état critique et il existait même un risque majeur de fusion du réacteur nucléaire.

Je bondis dans un petit café à côté de la Japan Society, leur demandai d'allumer la télé et je me collai devant. De retour à l'hôtel, je me mis à envoyer une foule d'e-mails à des amis là-bas. Au moins, les e-mails semblaient passer. Twitter fonctionnait. Facebook, plus ou moins. Mais je n'arrivais à joindre personne par téléphone. À l'époque, on appelait encore les gens directement au lieu de leur envoyer des messages. Je ne connaissais personne qui vivait tout près de l'épicentre du tremblement de terre. C'était une sorte de soulagement, mais même si la tragédie ne me frappait pas personnellement, je saisissais la gravité de la catastrophe.

Au début, je réagis aux nouvelles avec calme et détachement. Je rédigeai une liste de personnes à contacter et leur écrivis les unes après les autres. J'avais déjà fait ça par le passé, mais cette fois, le désastre qui se profilait était d'une tout autre nature.

Petit à petit, mon estomac devint douloureux ; je m'étais tellement laissé absorber par les nouvelles que j'avais oublié de déjeuner et de dîner, et il n'y avait rien à manger dans ma chambre. J'avais une barre de céréales Zagnut dans mes bagages, j'en avalai une bouchée, mais je n'avais vraiment pas faim. Je laissai tomber des miettes de beurre de cacahouète et de noix de coco grillée sur le tapis. Je retournai devant l'ordinateur. Je martelai le clavier.

Des gens commençaient à m'écrire, à m'appeler. Est-ce que j'allais bien ? Le pire désastre survenu au cours de toutes mes décennies passées au Japon venait de se produire et je n'y étais même pas. D'une certaine façon, je suppose que mon timing était parfait, car la semaine dut être terrifiante pour ceux qui se trouvaient sur place.

Je voulais rentrer pour m'assurer que les gens que j'aimais étaient hors de danger, mais on avait fermé les aéroports. Rentrer à la maison allait se transformer en véritable odyssée. Une semaine plus tard, le seul vol qui pouvait me ramener au Japon partait de San Francisco. C'était un vol court, comparé à ceux qui partaient de New York. L'avion était pratiquement vide.

Selon toute probabilité, trois des réacteurs nucléaires de la centrale de Fukushima avaient déjà fondu. On avait évacué toute la zone autour de la centrale, désormais classée zone interdite. D'après les rumeurs, un nuage radioactif dérivait de Fushima vers Tokyo. La situation ne semblait pas du tout sous contrôle. Les informations disponibles étaient contradictoires et peu encourageantes. Un autre séisme encore plus important allait-il suivre le premier ? Aurais-je, par le plus grand des hasards, survécu à une catastrophe naturelle pour faire face à une catastrophe d'origine humaine ? Étais-je en train d'accomplir l'équivalent d'un voyage sans retour vers Tchernobyl ? Je m'efforçai de ne pas y penser.

J'avais une rangée pour moi tout seul dans l'avion. Des rangées entières pour moi tout seul, en fait. Je me promenai dans les allées en réfléchissant à ce que je devais faire. L'avion volait avec un équipage réduit. J'avais la sensation étrange de naviguer à bord d'un vaisseau fantôme. Les hôtesses de l'air disparaissaient par intermittence. Il n'y avait pas d'enfants qui pleurnichaient sur les sièges. L'avion était presque dans le noir. Quand on commença notre descente, on aurait dit que le pays entier était plongé dans l'obscurité. Quelques réacteurs nucléaires éteints pouvaient-ils perturber le système électrique à ce point ? Dans tout le Japon, les lumières avaient été réduites, on ne voyait qu'un nombre minuscule de points lumineux. Nous flottions à travers un champ de lucioles.

La première chose que je fis en descendant de l'avion à Narita, ce fut de me trouver un endroit où fumer une cigarette. Aussitôt que je l'allumai, je ressentis à la fois du soulagement et le sentiment d'une crainte étrange, doucereuse. Revenir de New York m'avait pris une semaine complète.

J'avais de la chance : quelqu'un m'attendait à l'arrivée. Saigo arriva pile à l'heure dans une Mercedes-Benz noire, son monstre gourmand qu'il refusait de remplacer. Sur le chemin du retour de l'aéroport, nous déposâmes un gros sac de fournitures (papier-toilette, couches, ramens instantanés, couvertures) à un boss yakuza de l'Inagawa-kai ; je savais qu'il les ferait porter là où on en aurait le plus besoin.

J'avais eu des difficultés à faire embarquer tous mes sacs à bord de l'avion. United Airlines avait bien failli me faire payer l'excédent de bagages. Le gars de l'enregistrement m'avait demandé pourquoi j'étais si chargé et je lui avais dit que j'apportais du matériel de secours pour les victimes du tremblement de terre. Il m'avait répondu : « Je viens du Chili où nous avons subi un séisme terrible il y a quelques années. Ce que vous faites est merveilleux. »

Il ne m'avait fait payer aucun supplément. C'était chic de sa part.

Quand j'arrivai chez moi à 23 heures, une enveloppe blanche format A4 m'attendait sur l'étagère en bois de l'entrée. À l'intérieur, il y avait les résultats de mon très onéreux bilan médical. J'ouvris l'enveloppe. Elle ne m'apportait pas de bonnes nouvelles. On m'avait trouvé une tumeur de 3,6 centimètres au foie, très probablement un cancer : « Veuillez nous contacter dès que possible pour un examen de suivi. »

Je relus la lettre deux fois, je regardai les résultats vingt fois. Les photos, les tableaux, les radios, les chiffres. Quel sens avait donc tout cela ? Si j'avais eu une boule de cristal dans les mains, la réponse flottant entre deux eaux troubles aurait été: « De piètres perspectives », ça, j'en étais persuadé.

Un bref instant, je songeai à écrire un mauvais poème, ou peut-être un haïku. Alors me revinrent les paroles immortelles du grand poète Bashō, qui avait dit un jour:

Est-ce un homme avisé,
Celui qui voit passer un éclair et ne se dit pas:
« La vie est éphémère » ?

J'emportai les résultats jusqu'à ma chambre. J'étais trop épuisé pour allumer correctement les lumières; je me contentai d'effleurer du bout des doigts la lampe TaoTronics sur le bureau, qui éclairait un coin de la pièce. Le geste déclencha une mini-avalanche de papiers.

Camille, ma colocataire française, une petite rousse aux cheveux bouclés que nous appelions Kami-sama, avait empilé sur mon bureau une partie de mon courrier et deux semaines entières de journaux. Elle avait rangé tout ça avec beaucoup de soin et moi, en deux secondes, j'avais tout renversé par négligence en tâtonnant pour mettre la lumière. Je parcourus rapidement les journaux: *Mainichi*, *Yomiuri*, *Asahi*, *Sankei*. C'était étonnant de voir à quel point la couverture de la catastrophe nucléaire par tous les quotidiens japonais se ressemblait; aucun ne parlait de la fusion des réacteurs, même si tout le monde savait qu'elle était en cours. Je survolai la une du *Yomiuri*: ils essayaient d'atténuer la situation. Je savais que Tepco était l'un de leurs plus gros annonceurs et bénéficiait d'un traitement de faveur.

Je cherchai un paquet de cigarettes aux clous de girofle dans les tiroirs de mon bureau, je l'ouvris et j'en allumai une. J'aspirai la fumée sucrée et écoutai crépiter les clous de girofle et le tabac. Le bout incandescent de la cigarette faisait quelques étincelles; je fis bien attention à ne pas mettre le feu à mes résultats d'examen. Je n'ai pas une parfaite maîtrise du vocabulaire médical japonais, mais je sais reconnaître un cancer du foie : j'avais déjà lu les rapports sur le cancer du foie de yakuzas, y compris celui de Tadamasa Goto. Les yakuzas attrapent souvent l'hépatite C et d'autres maladies hépatiques de ce genre à cause des aiguilles et alènes malpropres utilisées au cours de la confection d'un tatouage, ou encore à la suite des injections de méthamphétamines qu'ils s'envoient. Je savais donc lire les idéogrammes relatifs aux maladies du foie, dans leurs différentes variantes. Le caractère japonais qui désigne le foie est important. Il y a même un mot composé qui utilise ce caractère et signifie « ce qui est vraiment important ». Littéralement : le foie et le cœur. Voilà ce qui compte vraiment.

Qu'est-ce qui comptait vraiment, en définitive ? Après la lecture d'une seule feuille de papier, tout ce que je pouvais faire ou avais fait auparavant était devenu sans importance. Pendant le long vol de retour dans cet avion presque vide, je m'étais fait la remarque que, si les yakuzas constituaient un fléau pour la société japonaise, voire pour le monde en général, il existait des choses bien pires qu'eux. Parmi celles-ci, il y avait Tepco, multinationale japonaise qui exploitait les centrales nucléaires et mentait de façon éhontée au sujet de la catastrophe. Et sans doute qu'il fallait aussi citer les membres du gouvernement japonais, qui avaient laissé Tepco s'en donner à cœur joie pendant des décennies. Le mal véritable ne porte pas forcément de tatouage. Je fumai des cigarettes à la chaîne en essayant d'intégrer tout ça, basculant de l'apitoiement à la colère, de l'espoir à la peur.

Avant tout, il n'y avait là rien d'inexplicable. Mes raisons d'avoir attrapé un cancer étaient là, devant moi, entre mes doigts, et pourtant je continuais à fumer. Tout ça n'avait rien de très surprenant. Si on fume tout le temps, si on boit à l'excès, si on se place dans des situations de stress, si on fait rarement de l'exercice et si on ne dort pas assez, sauf quand on avale suffisamment de somnifères pour s'assommer quelques heures, on finira par se rendre malade.

Au moins, ce n'était pas un cancer de la prostate. J'allais peut-être mourir, mais en guise de consolation, je pourrais m'envoyer en l'air quelques mois de plus. Le sexe restait la seule activité non professionnelle que j'appréciais encore. Je me changeai les idées en lisant le reste des résultats. À part le cancer, j'étais plutôt en bonne santé pour un homme de 40 ans, très bientôt 41.

J'essayai de me calmer. Il ne s'agissait pas d'un diagnostic définitif, mais préliminaire. Je commençai à chercher dans le document les termes que je ne connaissais pas, l'un d'eux était « marqueur du cancer ». Quand je compris ce que ça signifiait, un indicateur de probabilités du cancer, et de quelle nature était le mien, et que je vis la valeur des chiffres sur le papier, je ressentis comme des turbulences. C'était peut-être une réplique sismique, une nouvelle secousse.

Je ne savais pas très bien ce que j'allais devoir faire ensuite. Je ne savais pas à qui en parler. Très vite, je décidai de ne rien dire, ni à ma femme, dont j'étais séparé, ni à mes enfants. Pourquoi leur donner une raison de s'inquiéter alors qu'ils n'auraient rien pu faire pour m'aider ? À mes yeux, partager une crise personnelle ne relève guère de la bienveillance. Parfois, on donne un fardeau à porter à quelqu'un juste pour se sentir mieux, sans lui donner aucun moyen de l'alléger. Plus une personne se soucie de vous, plus elle sera susceptible de s'inquiéter. Mais elle ne pourra rien faire de plus.

J'en parlerais à mon père. Il était pathologiste et médecin légiste. Il comprenait le cancer et la mort. Et il avait un bon sens de l'humour à ce sujet.

Je partis me balader dans le quartier, en fumant toujours. La supérette du coin, un 7-Eleven, était ouverte. À l'intérieur du magasin, l'éclairage était à demi éteint, et les rayons presque vides. Comme prévu, il n'y avait pas de papier-toilette. Quand un désastre survient au Japon, la première chose que les gens stockent, c'est le papier-toilette. De quoi lancer les blagues freudiennes sur la « rétention anale ». Personne n'en connaît exactement la raison, mais le phénomène s'était déjà produit auparavant. Une tradition japonaise. Peut-être que c'est pareil partout dans le monde : les crises transforment les gens en trous du cul égoïstes et la première chose à laquelle ils pensent, c'est s'occuper de leur propre cul. J'achetai des chips et de la boisson Mitsuya.

Quand j'avais commencé à travailler pour le *Yomiuri Shinbun*, on m'avait appris qu'un journaliste avisé ne buvait jamais seul : c'était la porte ouverte à l'alcoolisme et je souffrais déjà d'un vice qui n'était pas bon pour moi. Dix mille pensées se bousculaient dans ma tête, je n'arrivais pas à réfléchir, j'attendais un signe de l'univers pour savoir ce que je devais faire. Je choisis de ne pas rentrer directement chez moi après mon passage au 7-Eleven, mais d'aller boire au sanctuaire Hachimangu. Les énormes escaliers qui mènent au sanctuaire depuis le parc sont toujours un bon endroit pour s'asseoir et réfléchir un peu, tard dans la nuit. Je pourrais y trouver une consolation, si le lieu était ouvert. Je suis superstitieux et j'avais besoin d'un réconfort métaphysique.

Le sanctuaire était fermé, on ne distinguait pas la moindre étoile. Je m'assis sur les marches en béton, frissonnant un peu dans le froid, et je terminai ma boisson. Je fumai une autre cigarette. En rentrant chez moi, tout ce que je ressentais, c'était une sensation passagère de tremblements et de vertiges ; il y avait encore des secousses chaque jour et chaque nuit. Ce n'était pas si terrible, avait dit Camille, les secousses avaient été bien pires pendant mon absence. « Ce n'est pas mon année de chance », avait-elle ajouté.

Oui, cette année se révélait être une année de malchance. Pour tout le monde. Peut-être que moi, j'avais juste besoin de me trouver un porte-bonheur avant la consultation de lundi, pour éviter un mauvais diagnostic. Alors, les résultats changeraient. Cela n'avait aucun sens, mais c'était de la pensée magique. J'étais sûr d'avoir gardé un porte-bonheur quelque part, peut-être épinglé sur mon bureau en bois, peut-être caché sous les journaux. C'était soit celui qui tenait le mal à distance, soit celui qui garantissait la victoire. Je me demandais si la chance était comme une substance qui se régénérait. Je me souvenais vaguement qu'on était censé remplacer chaque année les talismans protecteurs et les breloques de ce genre. De toute évidence, je n'avais pas rendu un hommage assez appuyé aux dieux. Je le cherchais encore quand j'ai vu l'affiche. Je n'ai jamais été un grand fan des livres sur la spiritualité, mais j'avais gardé une citation de mon maître zen, que je considère plutôt comme un grand frère zen, écrite en calligraphie japonaise, sur une affichette punaisée au mur. Je n'étais pas certain qu'elle était de lui, mais ces mots m'avaient ému quand il me les avait dits, plus tôt dans l'année.

Il n'est jamais trop tard
Pour devenir ce que vous auriez pu
Devenir.
... Ou ce que vous vouliez devenir.

Oui, c'était un joli sentiment, mais peut-être bien que ce n'était pas la vérité. Peut-être que, parfois, il est trop tard pour devenir la personne que vous vouliez devenir.

Je pris l'affichette de la main gauche et je sortis sur le balcon. Tout était étrangement calme. On n'entendait pas un bruit, pas de conversation entre voisins, pas de passage de voitures, pas de trains au loin. C'était comme si quelqu'un avait pressé la touche SILENCE de la télécommande qui contrôlait le monde. Beaucoup de gens avaient déjà fui Tokyo, en se disant que l'accident nucléaire pourrait avoir des conséquences encore plus graves, qu'un nuage de radiations mortelles risquait de s'abattre sur la ville. Une grande quantité de *gaijin* avaient quitté le Japon pour des endroits plus sûrs, s'attirant les moqueries de ceux qui étaient restés et les surnommaient *flyjin*. Je ne les prenais pas pour des lâches ni des idiots. Personne ne savait vraiment ce qui était en train de se passer ici. Moi, je n'étais revenu que parce que j'avais du travail et des gens dont je devais prendre soin.

Il me restait deux cigarettes. Je mis l'avant-dernière dans ma bouche. Il y avait un seau d'eau en plastique bleu dans un coin du balcon, à côté d'un robinet. Par frustration, ou dans une sorte de crise de colère existentielle, je pris mon briquet et mis le feu à l'affichette, puis une fois qu'elle fut presque complètement brûlée, je la jetai dans le seau. J'avais bien quelques doutes sur l'utilité de ce que je venais de faire, mais bien entendu, une fois que vous avez incendié quelque chose, il est un peu tard pour avoir des regrets.

J'eus envie d'écouter de la musique déprimante, peut-être Miles Davis à ses débuts, tout en fumant la dernière cigarette de la nuit, mais les piles de mes écouteurs étaient mortes et je n'avais plus le courage de redescendre en chercher. Dans la nuit silencieuse, j'ai fumé ma Gudang jusqu'au bout et j'ai jeté le mégot dans le seau. Je suis rentré, j'ai fermé les portes antipluie derrière moi et j'ai avalé deux somnifères : de l'Halcion pour m'assommer et du nitrazépam pour me maintenir endormi. Alors que je sentais l'Halcion faire effet, je n'ai pas pu m'empêcher de repenser à l'affichette. Peut-être était-il vraiment trop tard pour changer quoi que ce soit.

COMMENT PRÉPARER UN COCKTAIL À BASE D'INJECTION PERCUTANÉE D'ÉTHANOL

Le 28 mars 2011, je fêtai mon 42e anniversaire par la lecture d'une IRM et la découverte d'un cancer du foie. Je me demandais si je verrais mon 43e anniversaire. Je devais également passer un scanner ce jour-là ; c'était la cerise sur le gâteau.

En fait, la journée avait commencé par un cupcake. Camille, ma colocataire, avait déposé pour moi sur la table un petit cupcake glacé en velours rouge avec une bougie dessus. C'était une gentille attention, même si elle avait écrit mon nom « Jack ». Elle m'appelait encore Jack, de temps à autre, même après des mois de vie commune. Ça ne me dérangeait pas vraiment. Peut-être qu'il n'y a pas beaucoup de Jake en France.

Ce matin-là, comme je faisais mon sac et cherchais mon costume avant d'aller à la clinique, j'eus le sentiment étrange que l'année avait pris le mauvais chemin à un moment donné. Ce n'était pas du tout l'année que j'avais prévue. Avais-je atterri dans le mauvais univers ?

Cette année avait pourtant bien commencé. En 2011, je profitais encore des retombées de la publication de *Tokyo Vice*. Je donnais des conférences dans des universités.

Je parlais devant des banquiers d'affaires moyennant finances. Je faisais de fréquents allers-retours entre les États-Unis et le Japon. J'étais même allé voir Michiel à San Francisco. Elle s'était inscrite avec bonheur à l'université de Monterey. Elle était en rémission. Il semblait bien que sa leucémie eût perdu la bataille. Même si appeler un traitement pour le cancer une « bataille » m'a toujours semblé relever de la pure stupidité. Le cancer n'est pas doué d'intelligence. Ce n'est pas un adversaire.

Michiel et moi passâmes un bon moment lorsque je vins lui rendre visite ; nous nous retrouvions comme au bon vieux temps. Nous partageâmes une merveilleuse soirée à l'Académie des sciences, qui organise des nocturnes avec de la musique, de l'alcool et un accès libre à l'aquarium. Nous dansâmes dans une petite boîte de nuit éphémère. À l'aquarium, elle me fit une imitation hilarante de la petite sirène Ariel se noyant et mourant, ce qui était sans nul doute de mauvais goût, mais m'avait bien amusé sur le moment. Nous réussîmes même à chanter ensemble quelques couplets d'*Under the Sea*. Mais, comme l'avait dit mon père un jour, personne n'a de la chance pour toujours.

En février 2011, quelques semaines après mon retour au Japon, Michiel m'écrivit : « Jake, tu ne devineras jamais ce que je vais te dire. En fait, si, tu vas probablement le deviner. La leucémie a fait son retour. Je vais peut-être devoir rentrer au Japon, car cette fois-ci, l'assurance ne couvrira peut-être pas tous mes frais. »

Elle avait un air joyeux dans son e-mail, mais quand elle me parla de vive voix au téléphone, je sentis une pointe de désespoir. Je la rassurai, je lui dis que tout irait bien pour elle. C'était une battante.

« Hé, tu auras toujours un travail auprès de moi, lui dis-je. Vois ça comme une bonne occasion de reprendre le boulot et de te faire de l'argent grâce aux diligences raisonnables. »

Le marché de la diligence raisonnable restait solide. À un moment, le choc Lehman Brothers l'avait temporairement pulvérisé, mais en 2011, les gens investissaient à nouveau au Japon. Beaucoup de travail m'attendait. Beaucoup de travail à partager avec Michiel. Sauf qu'elle serait coincée à l'hôpital. En février, je n'imaginais pas non plus que je devrais moi aussi passer beaucoup de temps à l'hôpital.

Je me retrouvai donc à 18 heures dans une clinique très chic, le jour de mon anniversaire, allongé sur une table au milieu d'une pièce aux lumières tamisées, à écouter trois médecins discuter de la meilleure façon de retirer de mon foie une tumeur de 3,6 centimètres. Étant donné qu'elle était toute proche d'une artère principale et dépassait presque, ils estimaient que plus vite ils l'empêcheraient de se propager, plus il y aurait de chances qu'elle ne se métastase pas, si ce n'était pas déjà fait. Comme cela m'arrivait souvent, aucun d'entre eux ne semblait savoir que je parlais et comprenais le japonais. J'aurais tout aussi bien pu être un chien dans le cabinet d'un vétérinaire.

Je ne fis pas d'efforts pour leur indiquer que je comprenais parfaitement le japonais. Je voulais connaître la vérité, même si celle-ci était brutale. Les médecins japonais n'ont pas pour habitude d'annoncer à leurs patients qu'ils ont un cancer. Ils ont de bonnes raisons pour ça. Ils redoutent que, s'ils disent la vérité au patient, celui-ci ne se suicide par désespoir même si un traitement aurait pu le sauver. Ils craignent que le mot *gan* (cancer) lui-même n'ôte tout espoir de guérison aux malades. Et curieusement, on prévient donc les familles avant le patient. Pour ma part, je voulais savoir exactement quel était mon état et quelles seraient mes options. Ainsi, après avoir pris rendez-vous des jours à l'avance, aussitôt que je suis entré à la clinique, je n'ai plus prononcé que le minimum de mots et me suis efforcé de ne parler qu'en anglais.

La matinée avait été longue ; il avait été nécessaire de prendre une foule de décisions. Comment doit-on s'habiller pour un rendez-vous médical quand on s'attend à recevoir un diagnostic terrifiant ? J'avais décidé de mettre un costume sombre, une chemise blanche de style Oxford et une cravate bleue. Le Japon est encore un pays où porter un costume poussera les gens à vous prendre au sérieux, ou à se dire que, grâce à votre bonne éducation, vous savez que revêtir un costume montrera que vous saisissez la gravité de la situation. Avoir enfilé un costume, boutonné ma chemise et noué un nœud coulant bien fait autour de mon cou me donnait l'impression de contrôler un peu mieux la situation. Il existe de nombreuses façons de nouer une cravate, mais moi, je ne connais que le nœud oriental. Le nom de cette méthode a probablement été changé en quelque chose de plus politiquement correct, mais c'est la plus simple de toutes. Vous commencez par l'envers de la cravate et vous placez l'extrémité la plus large de la cravate en dessous de la plus étroite. Glissez la lame large sous la lame étroite, faites une boucle vers le haut, dépassez l'intersection. Tirez la lame large vers le bas à travers le nœud coulissant et serrez au plus juste. La plupart du temps, je ne peux réussir ce truc correctement que si je pense à tout autre chose. J'étais sur le point de quitter la maison et je me regardais dans le miroir de l'entrée quand je me suis souvenu qu'on m'avait fait cadeau d'une étrange cravate à l'époque où je travaillais au *Yomiuri Shinbun*. Elle était ornée du logo des Yomiuri Giants, subtilement intégré dans ses motifs. On ne pouvait le voir que si on regardait de près sous une lumière vive. Je songeai une seconde à changer de cravate, mais je n'avais plus le temps. De toutes les façons, mon passé allait rester pendu autour de mon cou.

Après la catastrophe nucléaire, la Ville de Tokyo s'était lancée dans les économies d'énergie ; peut-être que tout le monde s'était dit qu'avec quelques réacteurs nucléaires hors service on risquait de tomber à court d'électricité. Pour des raisons qui m'ont toujours échappé, on maintenait à peu près tout dans une semi-obscurité. En sortant de l'ascenseur de la clinique, j'ai eu l'impression que l'établissement était fermé. Je ne voyais personne derrière le comptoir d'accueil de l'étage, pas un patient non plus n'attendait pour prendre un rendez-vous. La seule lumière sur ce palier provenait du distributeur automatique de boissons planté dans un coin. Est-ce que je m'étais trompé d'endroit ?

Mais quand je suis arrivé au niveau de la réception, les détecteurs de mouvement ont allumé une lampe et éclairé une femme derrière le comptoir qui portait un uniforme d'infirmière des plus classiques, comprenant même le chapeau. La seule concession à la mode actuelle était un pull bleu passé par-dessus l'uniforme. Elle s'adressa tout de suite à moi.

« Adelstein-san, nous vous attendions. »

L'endroit était complètement vide. Dans le couloir qui conduisait à la salle où m'attendaient les médecins, des lumières s'allumaient puis s'éteignaient sur notre passage. J'entendais mes pas, le claquement des talons hauts de l'infirmière, le clic-clac des lampes qui s'allumaient et s'éteignaient.

Cela faisait des semaines que les réacteurs de Fukushima avaient explosé et la presse comme le gouvernement refusaient toujours de reconnaître qu'une fusion nucléaire avait eu lieu.

Quand j'ouvris la porte de la salle d'examen, je vis que trois médecins m'attendaient. C'était une chance, je suppose. Aucun autre patient n'avait pris rendez-vous à cette heure-là, ou peut-être même ce jour-là, et donc, ils avaient du temps libre pour me recevoir. Il y avait un médecin d'âge mûr, avec une barbe blanche et beaucoup de gomina dans ses cheveux poivre et sel. Un médecin d'âge moyen, aux cheveux courts, qui portait un polo sous sa blouse ouverte et semblait passer beaucoup de temps à la salle de sport. Un médecin jeune, grand et mince, avec des lunettes carrées à monture d'acier et une coupe de cheveux dans le pur style Beatles. Une fine équipe. Le médecin d'âge moyen, à peine plus âgé que moi, me salua en bon anglais. Les deux autres hochèrent la tête. Ils m'expliquèrent les résultats obtenus jusque-là et la suite du processus. Ensuite, je passai une batterie de tests.

Je songeais à ce qui pouvait m'arriver. Et si j'avais besoin d'une greffe du foie ? Pour ce foutu bouddha, ce serait vraiment une sacrée ironie. Et je ferais quoi, en ce cas ? Je n'étais pas un bon candidat pour une greffe de foie, je n'étais même pas un riche gangster avec des contacts haut placés. Est-ce que je pourrais faire chanter le chirurgien de Goto, histoire qu'il me place tout en haut de la liste ? Faire du chantage à un riche docteur ne me posait pas de problème, en revanche, passer en tête de liste, ça signifiait que quelqu'un qui méritait plus que moi une greffe allait sans doute mourir.

J'avais reçu une copie du rapport interne de l'UCLA sur la décision de remonter Goto en tête de liste. L'argumentation ressemblait à un ramassis de conneries et un membre de l'équipe médicale m'avait dit que le chirurgien qui l'avait opéré avait usé de son influence pour peser sur la décision. Qui pouvait en avoir la certitude absolue ? De mon côté, je ne pensais pas que j'aurais autant de chance que Goto. J'y réfléchissais, assis tout seul dans le parc à me geler les fesses le temps de la pause déjeuner, en vidant une canette de café Boss et en me disant que j'aurais aimé avoir un endroit où aller. À mon retour, on me dit que le trio avait décidé que je devais repasser un scanner pour s'assurer à 100 % qu'il s'agissait d'une tumeur ; j'acceptai, évidemment.

Il y eut une discussion pour savoir si ce serait une bonne idée ou non de faire une biopsie. Le médecin âgé se caressait la barbe; il finit par dire: « Le test sanguin d'AFP, la tomodensitométrie et l'IRM indiquent tous un CHC. Les autres résultats des tests sont typiques d'un CHC et regardez donc cette chose: elle est énorme. »

Je pensais demander à mon père ce que tout ça voulait dire, alors je pris mentalement des notes. Alpha-foetoprotéine. Tomodensitométrie. Carcinome hépatocellulaire. Toutes ces années passées à picoler avec des flics et des voyous en prenant des notes mentales pour écrire mes articles plus tard... Elles allaient bien me servir. Je gravai tout dans mon cerveau.

Je savais ce qu'était une biopsie, bien entendu. Mon père avait travaillé quelques années à l'Ellis Fischel Cancer Hospital; il faisait encore des « coupes congelées » du temps où je faisais mes études. En tout cas, l'absence de biopsie me paraissait une bonne chose. Moins on se lançait dans la chirurgie, mieux ça valait pour moi.

Et donc, je les écoutais discuter de toutes les solutions possibles. Le médecin âgé, lui, pensait qu'une opération serait le meilleur choix possible. La tumeur semblait localisée et primitive. Un chirurgien habile pourrait procéder à son ablation en causant au foie un minimum de dommages. Le jeune médecin était partisan d'une ablation par radiofréquence, même s'il n'était pas absolument certain que ce soit la solution idéale pour une tumeur d'une si grande taille. Le plus âgé n'était pas convaincu.

« Je ne pense pas que cette méthode ait fait ses preuves. C'est une solution audacieuse, mais parviendra-t-elle à éradiquer toute trace de cancer ? »

Le médecin à l'allure sportive interrompit leur bavardage.

« Tentons une injection percutanée d'éthanol. C'est la technique idéale. Ce n'est pas intrusif, c'est rapide et son cas semble parfaitement adapté pour ça. J'ai déjà utilisé cette technique et elle a bien fonctionné. »

Il avait l'air rudement confiant. C'est alors que je levai la main et m'adressai à eux en japonais.

« Cette histoire d'injection percutanée d'éthanol, ça m'a tout l'air génial, de quoi s'agit-il au juste ? »

En entendant ça, l'aîné et le cadet des médecins sursautèrent en chœur. Leur visage adopta une expression inimitable de sidération et de surprise, dans le genre « Bah, merde alors, le chien parle ! » Andrew Morse, journaliste au *Wall Street Journal*, avait inventé cette phrase pour décrire les réactions qu'il obtenait lorsqu'il posait des questions aux fonctionnaires du ministère de l'Économie, du Commerce et de l'Industrie. Le médecin très sportif, lui, ne resta pas bouche bée, il se contenta de rire. Il passa immédiatement au japonais.

« Ce que l'on fait dans cette procédure, me dit-il en appuyant doucement du bout de l'index à l'endroit où se trouvait mon foie, c'est injecter de l'alcool pur à 100 % dans votre foie, là où se trouve la tumeur. C'est de l'éthanol. La tumeur va mourir, mais les tissus voisins resteront intacts. On prend une aiguille très fine, on utilise des ultrasons ou un autre système de ce genre pour la guider à travers la peau jusqu'à sa cible, et on injecte l'alcool directement dans votre foie. Cela prend généralement cinq ou six séances. »

Tout ça ressemblait vraiment à une idée délirante, un peu comme l'homéopathie, par exemple. Si on se disait que la consommation d'alcool en grande quantité était probablement à l'origine, du moins en partie, de ce cancer du foie, le traiter avec des injections d'alcool avait l'air d'une gigantesque blague. Ce n'était pas exactement comme traiter le cancer du poumon avec de la fumée de cigarette, mais ça n'en était pas si loin non plus.

« Est-ce douloureux ? »

Il pencha la tête de côté. « En principe, non. Votre tumeur est en quelque sorte enveloppée de tissu cicatriciel. Si elle ne s'étend pas au-delà de la zone cible, vous ne devriez rien sentir. Même si elle devait s'échapper et atteindre la surface du foie, les effets pourront se limiter à de la fièvre et des douleurs. Ça ne vous fera certainement pas aussi mal qu'une opération. »

Son aîné acquiesça. Tandis que le médecin très sportif m'en expliquait un peu plus, le jeune ami de la radiofréquence émit une petite objection qui, en temps normal, aurait pu avoir d'énormes répercussions.

« Le ministère de la Santé, du Travail et des Affaires sociales n'autorise l'injection percutanée d'éthanol que pour les tumeurs dont le diamètre est inférieur à 3 centimètres, dit-il. Ce patient ne remplit pas les conditions requises pour cette procédure. »

S'ensuivit un silence. Un millier de choses me traversèrent l'esprit, mais toutes se résumaient à un constat simple et brutal : j'étais probablement foutu.

Alors, une chose extraordinaire se produisit. Le docteur très sportif reprit l'IRM, les scans et les différents dossiers et jeta un coup d'œil à mes résultats d'analyses. Puis il regarda ses deux collègues et dit : « Eh bien, vous savez, à la lumière de ce que nous avons à présent appris, je pense que nous devrions revoir nos conclusions. »

Le temps qu'il modifie mon dossier et rentre ses nouvelles données sur l'ordinateur devant lui, juste par la magie d'un léger cliquetis de touches, le diamètre de ma tumeur avait tout à coup rétréci à 2,9 centimètres. Il montra l'écran de l'ordinateur aux deux médecins. Tous deux eurent un haussement d'épaules et hochèrent la tête. Le médecin le plus âgé me sourit et dit :

« Eh bien, on est tout juste en dessous du seuil des directives. Nous devons commencer le traitement dès que possible. Nous allons vous inscrire dans un hôpital pour la semaine prochaine. Pourrez-vous y aller ? »

Le docteur très sportif me lança un coup d'œil en haussant un sourcil, comme pour me dire : « C'est ta dernière chance, mon gars. »

Ça, je le comprenais sans aucun mal.

« Oui, dis-je. Je n'ai rien de prévu. Fixez-moi un rendez-vous. »

Et ce fut tout. Je me confondis en remerciements pour le temps qu'ils m'avaient accordé. Ils me demandèrent alors ce que je faisais dans la vie. Nous discutâmes aussi de base-ball, de l'accident nucléaire, des économies d'énergie, des étrangers qui s'enfuyaient et de Tepco. Le médecin le plus jeune finit par s'éclipser dans une autre pièce et le médecin le plus âgé le suivit peu après. Je m'apprêtais à remercier le docteur très sportif de s'être donné autant de mal pour s'assurer que je pourrais me faire soigner. Il parut sentir ce que j'allais dire et prit la parole avant moi.

« Il existe de nombreuses méthodes pour guérir un cancer. Presque toutes fonctionnent. Le seul problème, c'est qu'en éliminant le cancer, ces traitements tuent généralement le patient. Je sais que celui-ci est efficace, et j'espère qu'il le sera pour vous. C'est le meilleur scénario possible. Mais il ne faut surtout pas manquer un seul rendez-vous et il faudra écouter attentivement ce que les médecins vous diront. Vous pouvez revenir vers moi à tout moment. »

Il me donna sa carte. Je lui donnai la mienne.

Peu après, le secrétaire médical me remettait la facture. Elle s'élevait à environ 11 000 yens [100 euros] et comprenait l'IRM, le scanner, les analyses de sang et le temps passé en compagnie des médecins. Le système de santé publique japonais est vraiment incroyable. Je ne peux même pas imaginer combien ça m'aurait coûté aux États-Unis.

Je quittai les lieux en emportant mes résultats d'analyses médicales gravées sur un CD et avec la date de mon prochain rendez-vous déjà notée sur la carte de la clinique. Une fois chez moi, je fis la copie des données et des photos et j'envoyai le tout à mon père pour avoir une seconde opinion. Il partageait celle du médecin japonais : dans mon cas, l'injection percutanée d'éthanol était le meilleur traitement possible. Il n'y avait aucune garantie que ça allait marcher, me dit-il, mais très peu de chances que ça aggrave mon état. Le meilleur choix possible, donc.

Après avoir lu la réponse de mon père, j'enlevai ma cravate et l'accrochai au portemanteau, puis je rampai jusqu'à ma chambre et éteignis la lumière. Je n'avais rien fait de la journée et pourtant je me sentais incroyablement fatigué. J'avais la sensation que je pouvais encore sentir le produit injecté pour faire le scanner tournoyer dans mes veines. J'étais épuisé, mais le sommeil ne venait pas. Je me redressai et m'assis sur mon futon pour lire un recueil de dictons attribués à Dōgen Zenji, le fondateur du bouddhisme zen Sōtō. J'avais décidé de lire ce livre dans l'espoir qu'il m'aiderait à trouver une petite part du calme et de l'équanimité de ce maître zen, face à ce qui, à mes yeux, ressemblait à une mort franchement prématurée. J'y avais souligné quelques passages qui me parlaient particulièrement.

Toutes choses sont impermanentes.
Ce qui est né mourra aussi.
Il n'y a pas de rencontre sans séparation.
Rien n'est gagné qui ne sera perdu.
Rien n'est créé qui ne sera brisé.
Le temps file et nous dépasse comme une flèche lâchée dans le vide.
Tout est évanescent.

Dis-moi...
Dans ce monde, existe-t-il...
Existe-t-il une seule chose qui ne soit pas éphémère ?

Eh non. La réponse, c'est un grand non. Dōgen, tu as bien vendu tes arguments.

On peut atteindre l'illumination de plusieurs façons différentes, ou du moins, c'est ce que j'ai lu. L'une d'elles est le bouddhisme tantrique, où l'on se libère du désir par le désir. Voilà une idée qui m'a toujours semblé séduisante : vaincre le désir sexuel en ayant un grand nombre de relations sexuelles lentes et longues. Il y avait un aspect tantrique au traitement qu'on me proposait. Pensez-y une seconde : on allait guérir mon cancer du foie en m'injectant de l'alcool dans le foie. Et je pensais évidemment que ma consommation excessive d'alcool avait joué son rôle dans l'apparition de cette tumeur.

Combattre le feu par le feu. Le poison par le poison. À ce stade, j'étais prêt à tout essayer. J'avais passé tellement d'années à redouter de mourir sous les coups d'un yakuza furieux que jamais je ne m'étais attendu à ce que, au final, mon pire ennemi, ce soit moi-même. Mais bientôt je découvrirais que, grâce à l'un de mes récents articles, un grand nombre de yakuzas ne me voyaient plus comme un ennemi, mais au contraire comme leur ami. Les choses prenaient une tournure plutôt étrange.

YAKUZAS À LA RESCOUSSE

Parfois, des gens fondamentalement mauvais font de bonnes actions ; ça ne signifie pas pour autant qu'ils sont tout à coup devenus des gens bien. Et parfois, il y a des gens gentils qui se comportent comme des salauds, mais ça ne signifie pas pour autant qu'ils ont basculé du mauvais côté ni que c'étaient des ordures dès le début. L'adversité a le don de faire ressortir le meilleur et le pire chez les humains.

Les yakuzas se posent toujours en bons Samaritains, prêts à combattre les puissants, à protéger les faibles et à venir en aide à ceux qui souffrent, quand surviennent des catastrophes. Parfois, ils agissent selon ces bons principes et se comportent comme des boy-scouts un peu voyous, ce qui a toujours été leur véritable nature, à les en croire.

Juste après le 11 mars 2011, le Japon vécut l'un des rares moments où les yakuzas se conduisirent en bienfaiteurs de la société. Déjà, à la suite du tremblement de terre de Kobe en 1995, le Yamaguchi-gumi avait le premier, bien plus vite que le gouvernement, apporté de l'aide aux personnes démunies qui en avaient le plus besoin. Ils avaient distribué, avant la Croix-Rouge, de la soupe, des couvertures chaudes, des lits de fortune, des couches et autres produits de première nécessité.

Bien sûr, ça les avait un peu aidés d'avoir sous la main des sommes d'argent considérables issues de l'extorsion de fonds, soutirées aux entrepreneurs locaux et aux innombrables entreprises illégales du pays. C'était facile pour eux de se montrer généreux. Ils bénéficiaient également d'un leadership solide, maîtrisaient la logistique industrielle et s'étaient toujours tenus à l'écart des formalités officielles. Pas besoin de reçus ! Pas besoin d'approbation collégiale ! Pas besoin de paperasse ! Kobe était leur territoire et ils avaient profité de l'occasion pour montrer au pays qu'ils y occupaient une place de premier choix, qu'ils n'étaient pas seulement des parasites, mais pouvaient parfois fournir ce dont les autres avaient besoin. Bien entendu, ce travail désintéressé n'était pas mauvais sur le plan des relations publiques, c'était même un des aspects les mieux calculés de l'affaire, mais il existait aussi chez eux un réel souci du bien-être de la population locale.

En 1995, on m'avait envoyé couvrir le tremblement de terre de Kobe. J'avais alors parlé à des membres du Yamaguchi-gumi et discuté avec eux du travail qu'ils accomplissaient. J'avais aussi parlé aux habitants de la ville. Je me souviens que, dans le chaos qui avait suivi le tremblement de terre, certaines factions du Yamaguchi-gumi en avaient profité pour éliminer leurs rivaux et enterrer les corps des adversaires assassinés sous les décombres. Quand une belle occasion se présente à vous, à quoi bon hésiter ? À part ces quelques meurtres entre yakuzas, le Yamaguchi-gumi avait surtout fait un excellent boulot en aidant les gens du coin. Par la suite, ils s'étaient pendant des années servis de ces actes de charité pour justifier leur propre existence. Pourtant, ça ne signifiait pas que les gars tout en bas de l'échelle avaient manqué de sincérité dans leurs efforts.

Quelques heures après le tremblement de terre du 11 mars, je me suis dit que les yakuzas allaient à nouveau voler à la rescousse des plus démunis. Je ne me trompais pas.

Juste après la catastrophe, alors que je me trouvais encore à New York et que j'essayais de rentrer à Tokyo, le rédacteur en chef de *The Daily Beast*, Lucas Wittman, m'envoya un e-mail. Il avait eu mon contact par mon éditeur américain. *The Daily Beast*, qui faisait encore vaguement partie du groupe *Newsweek* à l'époque, voulait quelqu'un pour couvrir la catastrophe, et ils étaient preneurs de tout ce que je pourrais leur apporter. Je lui proposai un article sur les « yakuzas à la rescousse ». Je lui expliquai ceci au téléphone : « Il faut bien connaître la place qu'occupent les yakuzas dans la société japonaise, si on veut comprendre pourquoi ils se retrouvent à jouer un rôle utile pour préserver la paix et apporter de l'aide humanitaire. »

Je lui dis qu'il y avait environ 80 000 yakuzas au Japon, et que si l'on additionnait leurs propres sociétés, les industries affiliées et leurs partenaires, la mafia représentait presque l'équivalent d'une seconde armée. Saigo et quelques-unes de mes sources au Japon me confirmèrent que les yakuzas apportaient bien leur contribution au pays pour l'aider à se relever du désastre. Je lançai une volée d'appels téléphoniques et d'e-mails pour rattraper mon retard. Twitter fonctionnait bien, alors que les lignes téléphoniques étaient toujours coupées. Internet était désormais devenu un moyen de communication plus fiable que le réseau téléphonique.

L'Inagawa-kai, qui comptait 10 000 hommes, avec des bureaux dans tout le Japon et un pied dans la région de Fukushima, était divisé en factions et la faction de Tokyo – connue sous le nom de Kanagawa – faisait le plus gros du travail. L'Inagawa-kai avait déjà apporté beaucoup de ravitaillement à Fukushima et à Ibaraki, mais n'en étaient qu'au début de leurs actions humanitaires. Les marchandises déposées comprenaient des nouilles instantanées, des germes de soja, des couches, du thé et de l'eau potable. Il fallait douze heures depuis Tokyo pour accéder à la région dévastée en empruntant de petites routes, puis en traversant des zones interdites hautement radioactives, sans aucune protection et sans iodure de potassium à leur disposition. En général, 100 à 150 membres partaient pour chaque mission avec un minimum de 20 camions à la fois.

Ils ne tenaient même pas le compte du nombre de tonnes de matériel qu'ils transportaient. L'Inagawa-kai dans son ensemble avait véhiculé plus de 100 tonnes de fournitures dans la seule région du Tōhoku.

Je ne doutais pas des efforts de mes interlocuteurs pour fournir de l'aide, mais je devais en apporter des preuves à mon rédacteur en chef. J'appelai le boss d'un groupe de yakuzas de rang inférieur à Tokyo, M. Violet, que tout le monde aimait bien. Enfin, tout le monde, excepté ses ennemis.

« Hé, je trouve que ce que vous faites là-bas, c'est vraiment génial. J'aimerais bien écrire à ce sujet. Est-ce que vous avez des photos que je pourrais utiliser ?

– Des photos ? Peut-être qu'on en a, oui. Ou alors des vidéos. Mais vous ne pouvez pas les utiliser. On se retrouverait dans la merde. On essaie de garder tout ça secret, pour que les flics ne s'en mêlent pas.

– Je pense qu'ils vont assez vite s'apercevoir de ce qui se passe.

– Hm. Ouais. C'est probable. »

Il y eut une longue pause.

« Vous voulez publier votre article, là, tout de suite ?

– Non, dans quelques jours seulement. Est-ce que ça vous laissera le temps de faire ce que vous avez l'intention de faire, en matière d'intervention sur le terrain ?

– Peut-être, oui. Je vous enverrai des images. Tout ça est vraiment très cool ! Certains de nos gars ont même porté des combinaisons de l'Inagawa-Kai sur le terrain. Mais c'était un peu trop voyant. Vous saisissez ? »

J'avais vu ces combinaisons, alors oui, je saisissais tout à fait. J'envoyai les images à Lucas, avec des instructions précises et une liste de précautions à prendre avant de les utiliser. Je me mis aussi à collecter tous les éléments possibles sur les efforts des yakuzas de l'autre côté de l'océan, avec l'aide de mes sources, des flics, de contacts sur place et, le plus étonnant, d'un grand nombre de yakuzas. C'était important pour moi de me faire une idée précise du rôle qu'ils jouaient dans les opérations de sauvetage, puisqu'ils avaient été les premiers arrivés sur les lieux. Je reçus des photos d'eux en train d'intervenir dans une des villes touchées et je parlai à des gens qui avaient réussi à s'enfuir. Un de mes amis, un journaliste local, avait lui aussi été présent sur place.

Le 12 mars, vers minuit, moins de vingt-quatre heures après le tremblement de terre dévastateur qui avait frappé la région du Tōhoku, des camions transportant une cinquantaine de tonnes de provisions arrivèrent devant l'hôtel de ville d'Hitachinaka, dans la préfecture d'Ibaraki. Une centaine de gars commencèrent aussitôt à décharger les cartons. Ce n'était pas la Croix-Rouge : ils faisaient partie de l'Inagawa-kai, même s'ils essayaient tous de cacher leur appartenance au gang. Manches longues pour dissimuler leurs tatouages sophistiqués, gants sur des mains auxquelles il manquait un doigt, aucun emblème visible de l'Inagawa-kai – des boisseaux de riz avec le mont Fuji en arrière-plan. Certains membres de l'organisation avaient les insignes de leur gang tatoués sur la poitrine, mais ça ne se voyait pas. Bien évidemment, personne ne sortirait torse nu ce soir-là.

Ils avaient choisi d'opérer sous le couvert de la nuit, pour éviter que leurs actions ne deviennent publiques. Depuis que Takaharu Ando, chef de l'Agence nationale de la police, avait déclaré la guerre au crime organisé, le 30 septembre 2009, la situation était difficile pour les associations criminelles du Japon non illégales, mais soumises à régulation.

L'Inagawa-kai savait parfaitement que n'importe quelle opération très médiatisée, même si elle partait d'intentions charitables, pouvait entraîner une réaction policière très sévère.

Les employés de la mairie d'Hitachinaka, eux, savaient qui étaient ces hommes. Mais pas un seul ne refusa cette livraison et l'un d'eux filma même le déchargement de la cargaison. Après tout, personne d'autre n'avait l'air prêt à leur apporter de l'aide. Les routes principales étaient éventrées ou coupées, l'électricité ne fonctionnait plus, les canalisations des égouts avaient explosé, le musée historique s'était écroulé, plus de 1000 maisons étaient endommagées et, le 13 mars, plus de 9000 personnes s'entasseraient déjà dans les 68 abris dispersés à travers la ville.

Dans la vidéo que je visionnai, les gangsters déchargeaient les biens de première nécessité devant l'hôtel de ville à peu près intact. Ils faisaient du bruit, mais ils se déplaçaient vite. Ils firent des signes de tête pour saluer les fonctionnaires qui les regardaient, et puis ils repartirent. Le lendemain, 200 membres de l'Inagawa-kai arrivèrent dans 30 camions et déposèrent 100 tonnes de nourriture et de ravitaillement devant l'hôtel de ville de Kasumigaura, dans la préfecture d'Ibaraki. Cette fois-ci, ils apportaient deux fois plus de couvertures. Ils passèrent deux heures à décharger leurs provisions devant l'hôtel de ville, puis ils s'en allèrent bien tranquillement. Voilà qui était vraiment remarquable.

Le tremblement de terre secoua le pays sur tous les plans : politique, économique, social. La lenteur du gouvernement japonais à gérer la crise et l'incapacité criminelle de Tepco firent trembler de colère le pays entier. Et pendant que les officiels japonais cherchaient des solutions, rejetant l'aide américaine, mais ne mettant pas non plus à contribution leurs forces d'autodéfense nationales, l'unique armée du pays, les yakuzas, prit le relais.

Dans les zones les moins peuplées et les régions les plus rurales du Japon, là où la police était en nombre insuffisant, avant comme après la catastrophe, les yakuzas firent également office de forces de police. Les comptes rendus de la catastrophe, au Japon et à l'étranger, insistaient sur l'absence de pillages, de vols ou de crimes à la suite du chaos causé par le tsunami. Ce n'était pas tout à fait vrai. Dans les boutiques de quartier laissées vides, les distributeurs automatiques de billets furent arrachés des murs et détruits et on déroba l'argent liquide qu'ils contenaient. Dans les grands abris temporaires mal éclairés où se massaient les réfugiés, il y eut des bagarres, des vols et des agressions sexuelles.

Techniquement, les yakuzas ne sont pas autorisés à commettre des crimes dans la rue. Le viol leur est également interdit. Les yakuzas désapprouvent les vols de sacs à main à l'arraché, les cambriolages, les effractions, les agressions, tous ces crimes qui, en règle générale, mettent la population mal à l'aise. En revanche, le chantage et l'extorsion sont largement admis. Un jour, j'avais posé la question à un chef de l'Inagawa-kai :

« Pourquoi le chantage et l'extorsion ne sont-ils pas interdits ?

– S'il y a dans votre vie une chose qui nous permet de vous faire chanter, alors c'est que vous méritez cette punition. C'est ça, la justice sociale. »

Les yakuzas font régner la paix et l'ordre de manière brutale sur leur territoire. C'est dans leur propre intérêt. Si les gens ont peur de visiter les quartiers où on trouve les sex-shops, les salles de jeu illégales, les clubs de strip-tease et les bars à hôtesses, les yakuzas perdent de l'argent. Maintenir la paix publique est une stratégie payante. Aussi, les gangs de yakuzas de Tokyo, de Fukushima, de Miyagi, de Chiba et d'autres parties du Japon avaient déjà déployé leurs soldats, qui patrouillaient les rues à la recherche de criminels, de pillards ou de profiteurs. Les yakuzas formaient à eux seuls la « présence policière » la plus visible dans les régions les moins peuplées de la préfecture de Miyagi.

En envoyant 960 de ses membres dans les zones touchées par la catastrophe, en particulier dans les secteurs d'Iwate, de Miyagi et de Fukushima, le Yamaguchi-gumi avait tenu lieu de force de police auxiliaire, capable de maintenir l'ordre dans les abris de fortune et les quartiers dévastés. En interne, on se référait à eux sous l'appellation de « forces de maintien de la paix du Yamaguchi-gumi ». Pour dissuader les petits criminels ou les délinquants sexuels, on demandait aux yakuzas de laisser leurs tatouages apparents et de se promener un peu partout dans les refuges, de façon à bien montrer qu'ils appartenaient aux gangs. Jusqu'au 21 mars, dans les abris temporaires, la présence du Yamaguchi-gumi fut plus importante que celle de la police. Début avril, le gouvernement envoya des agents de la police métropolitaine de Tokyo et d'autres services divers dans les zones sinistrées. Il est plutôt ironique de constater que, dans le chaos de l'après-séisme, l'une des toutes premières fonctions des yakuzas a été de faire respecter la loi.

Tous les clans de yakuzas s'étaient mobilisés pour venir en aide aux gens. Le Sumiyoshi-kai de Tokyo ouvrit ses bureaux aux personnes bloquées à Tokyo, le Matsuba-kai rassembla 100 camions et 121 chauffeurs pour transporter de l'eau, des couvertures et autres produits de première nécessité dans les secteurs touchés, les membres du Kyokuto-kai expédièrent des vivres et se rendirent eux-mêmes sur place pour distribuer des repas chauds. Matsuyama Shinichi, le président du Kyokuto-kai, avait déclaré un jour à propos des règles qui régissent la vie d'un yakuza : « La chose la plus importante, c'est d'aider les faibles. La deuxième, de remplir ses obligations et de rester fidèle à ses sentiments. La dernière est de ne trahir personne. » Au cours de ses trois visites dans les zones touchées par le séisme, un membre du Kyokuto-kai se fit l'écho de ces paroles : « Nous ne pouvons faire que ce que nous savons faire. Nous cuisinons habituellement les *yakisoba* (nouilles sautées) pendant les festivals. C'est une vraie tragédie de devoir prendre les ustensiles et les aliments réservés à ces événements heureux, comme le festival de Sanja, pour en faire bénéficier ceux qui sont dans le malheur et pleurent leurs proches et leurs foyers. Ce n'est pas une occasion joyeuse. Les mots nous manquent. Un accueil chaleureux semble déplacé, tout comme le silence. »

Mais de toute évidence, le groupe le plus efficace et le plus rapide pour secourir les victimes, c'était le Yamaguchi-gumi, qui avait une longue histoire en matière de secours d'urgence après les catastrophes. En 1964, près d'un tiers de l'organisation s'était mobilisée lors du tremblement de terre de Niigata pour acheminer de la nourriture, de l'eau, des radios et du matériel médical dans toute la région. En 1995, après le tremblement de terre survenu à Kobe, le gang, qui avait son siège là-bas, avait rassemblé du ravitaillement dans tout le pays et l'avait transporté jusqu'à la ville détruite, distribuant des repas chauds depuis ses propres bureaux. Ils patrouillaient les rues pour empêcher les pillages, et on les applaudissait pour avoir apporté des provisions aux plus démunis, de façon bien plus efficace que les autorités d'État. Ils faisaient fonctionner des cantines de fortune, cuisinaient des plats chauds dans les locaux de leur quartier général et proposaient des biens de première nécessité à tous ceux qui venaient les voir. L'un de leurs efforts les plus extravagants avait consisté à forer un puits juste au pied de leur quartier général afin de proposer de l'eau potable aux habitants. En définitive, ils avaient gagné le soutien et l'affection des habitants de Kobe. Les opérations de secours leur avaient aussi servi de tremplin pour une sensationnelle campagne de relations publiques. Le 16 juillet 2007, après le tremblement de terre de Niigata Chūetsu qui avait été à l'origine d'un autre accident nucléaire pour Tepco, quelque temps déjà avant la fusion de Fukushima, le Yamaguchi-gumi n'avait certes rien pu faire pour chasser les radiations, mais il avait veillé à ce que la famine ne frappe jamais la population.

Cette fois aussi, le Yamaguchi-gumi avait envoyé des camions et des hommes dans la région. Ils avaient mis en place des soupes populaires, fourni des couvertures, de l'eau et des provisions. Les associations locales de commerçants et les refuges d'urgence, et même les directeurs d'école, avaient en retour adressé aux yakuzas des lettres de remerciements.

À l'inverse de beaucoup d'agences gouvernementales du Japon, dans lesquelles la mutation fréquente du personnel détruisait tout sens de la continuité et tout avantage découlant du cumul des connaissances, le Yamaguchi-gumi avait très bien su tirer les enseignements des erreurs passées. Sous l'ère Clinton, alors que la FEMA (Federal Emergency Management Agency) fonctionnait encore très bien et offrait un excellent modèle pour les interventions d'urgence, l'un de ses formateurs les plus expérimentés s'était rendu au Japon pour partager son expertise. Il avait fait remarquer qu'elle serait finalement peu utile au Japon : « Je peux former ces personnes, mais à peine auront-elles assimilé les protocoles et appris la façon adéquate de réagir, qu'elles seront transférées autre part. De ce fait, il semble impossible de poser la moindre base solide pour prévenir les futures situations de crise qui pourraient survenir. »

À cet égard, le Yamaguchi-gumi ressemblait à la FEMA de l'ère Clinton, dans un pays qui n'avait aucun organisme de prévention de ce genre. Un des chefs du Yamaguchi-gumi avait lui-même conduit jusqu'à la préfecture d'Ibaraki deux camions remplis de plusieurs tonnes de bouteilles d'eau minérale et d'assez de nourriture pour environ 800 personnes.

Il me montra fièrement des photos de lui en train de préparer des *yakisoba* pour les réfugiés d'un des abris. Il m'expliqua pourquoi le Yamaguchi-gumi était devenu très efficace quand il s'agissait d'apporter les premiers secours.

« Il faut savoir ce dont les gens ont besoin. Voilà les choses qui manquaient, du lait maternisé, des couches pour les bébés et pour les gens très âgés. Il y a une très importante population de personnes âgées, là-bas. »

Sur la base des catastrophes passées, l'organisation avait dressé une liste de tous les biens essentiels à fournir : nourriture, eau, vêtements chauds de toutes tailles, tampons hygiéniques. Non seulement du lait en poudre ordinaire, mais aussi plusieurs marques spéciales pour les enfants allergiques. Il fallait des imperméables, des doudounes, des réchauds de camping fonctionnant au kérosène et du combustible. Le printemps n'arrive qu'assez tard dans le Tōhoku. Souvent, un froid glacial peut s'installer pendant des jours et des nuits. Les vents sont violents. La température dépasse rarement 0 °C et descend régulièrement à – 3 °C après le coucher du soleil.

Les soldats du clan avaient reçu l'ordre de ne pas se fournir uniquement auprès des supermarchés des chaînes nationales, mais d'acheter aussi dans les petits magasins de proximité. La consigne était également de ne pas prendre trop de marchandises à la fois, afin que les boutiques locales ne se retrouvent pas à court. Il y avait donc un équilibre délicat à préserver. Le Yamaguchi-gumi, sous surveillance de la police, utilisait des *kyoseisha* (coopératives) pour une grande partie de ces achats.

Les membres du gang qui partaient en mission de secours prenaient tous grand soin de cacher leurs tatouages et leurs doigts coupés, comme chez l'Inagawa-kai. L'organisation de l'aide aux victimes incombait en majeure partie au chef par intérim de la faction Takumi-gumi, Tadashi Irie. Tadashi Irie est un génie de la finance et un très bon organisateur. Le chef du Yamaguchi-gumi Okuura-gumi d'Osaka, lui, affréta plusieurs camions de fournitures, envoyant ses 200 subordonnés dans les zones touchées. Il avait aussi fait installer des bains temporaires dans la préfecture de Miyagi et préparé lui-même des repas chauds pour les servir aux personnes déplacées.

Le dirigeant de la Sumiyoshi-kai, un gangster professionnel spécialisé dans l'extorsion de fonds, me raconta très simplement ces efforts : « Dans des moments comme celui-ci, les divisions sociétales n'ont plus de sens. Les yakuzas et les civils, ou les étrangers et les Japonais, ça n'existe plus. Nous sommes tous des Japonais. Nous vivons ici tous ensemble. Il y aura certainement de l'argent à se faire, à l'avenir. Mais pour l'instant, il s'agit seulement de sauver des vies et de s'entraider. La plupart des yakuzas sont des déchets humains. À peine 5 % d'entre eux observent nos règles. Mais dans ces moments-là, nous faisons de notre mieux. C'est l'un des rares moments où nous pouvons être meilleurs que nous ne le sommes habituellement. »

Même un haut gradé de la police d'Ibaraki, s'exprimant sous couvert d'anonymat, en convenait : « Je me sens obligé de rendre hommage aux yakuzas. Ils sont descendus sur le terrain dès le premier jour, ils ont apporté leur aide là où d'autres ne pouvaient pas ou ne voulaient pas se rendre. La loi peut devenir une épée à double tranchant, parfois même elle peut entraver les efforts des secouristes. Alors, il arrive que les hors-la-loi se trouvent en mesure d'agir plus rapidement que la loi. Ça a été le cas ici. »

D'autres membres de la police voyaient les choses différemment. « Un des éléments de cette situation, c'est qu'elle implique une collecte de fonds, expliqua un inspecteur d'Osaka de la brigade antigang. Les membres de la mafia savent très bien collecter de l'argent pour les funérailles de leurs camarades, ou pour toutes sortes d'événements. Ils demandent aux membres du gang d'un rang inférieur de participer à la collecte et, ainsi, ils réunissent de grosses sommes. Ils n'ont pas agi différemment dans ce cas précis. C'est simplement l'un des meilleurs moyens de s'approprier des sommes énormes sous notre nez. J'ai du mal à croire que toutes ces sommes récupérées seront consacrées à aider les victimes. Environ 10 % de l'argent finira sur les comptes du quartier général ou dans les poches de certains des boss. C'est aussi une entreprise de blanchiment d'argent. »

Je n'en doutais pas une seconde.

The Daily Beast publia mon article le 18 mars. Il remporta un énorme succès et eut bien plus de lecteurs que je ne l'aurais prévu. Pour moi, il ne contenait rien de si extraordinaire ou d'inattendu, mais pour qui ne connaîssait pas le Japon, sa lecture devait être passionnante ou, du moins, surprenante.

Les médias japonais donnèrent de l'écho à mon papier, tout comme les médias étrangers, d'ailleurs. Certains d'entre eux mirent du temps à obtenir une vérification factuelle. La police ne voulait certainement pas donner un coup de chapeau aux yakuzas. Et les yakuzas, déjà dans le collimateur des flics et du gouvernement avant cette histoire, ne voulaient pas les agacer encore plus en se montrant ouvertement les plus compétents du lot.

Un boss de l'Inagawa-kai qui m'avait aidé à écrire l'article fut convoqué au siège de l'organisation par Kazuo Uchibori. Uchibori était furieux de voir que l'article attirait autant l'attention ; ma source pensait qu'elle devrait peut-être offrir un de ses doigts à Uchibori en guise d'excuses. Je me sentais plutôt mal à l'aise, car je n'avais pas prévu que les choses pourraient tourner de cette façon. Alors, je demandai à un autre de mes contacts de murmurer quelque chose à l'oreille d'Uchibori : « Mais au fond, est-ce que ce n'est pas une bonne publicité, tout ça ? N'est-ce pas là exactement ce qu'on est censés faire ? »

En définitive, ma source, qui ne donna jamais mon nom en dépit du fait que beaucoup de gens savaient qu'on se connaissait, garda tous ses doigts. Pour couronner le tout, elle reçut d'Uchibori de rares éloges et une simple réprimande qui l'incitait à ne pas trop parler à la presse.

Quant à mon article, il fut traduit en japonais par des gens que je ne connaissais pas, après quoi, deux versions différentes du texte se propagèrent sur Internet. Tomohiko Suzuki m'interviewa dans le fanzine mensuel sur les yakuzas *Jitsuwa Jiho* du 17 avril 2011, et écrivit un article de trois pages. Il rappela même mon rôle dans l'expulsion de Tadamasa Goto des rangs des yakuzas, ce dont je me serais bien passé. C'était encore un sujet délicat.

Je n'avais pas l'habitude de me voir félicité dans un fanzine yakuza, au motif que j'étais un journaliste à l'esprit juste et équitable. Je dois avouer que les traductions spontanées et l'attention suscitée par cet article changèrent ma vie. Dans toute ma carrière, je n'avais jamais eu plus de vingt bonnes sources dans le milieu des yakuzas, ou proches de celui-ci. Mais ils lurent tous l'article et l'aimèrent de façon unanime. J'avais pourtant bien écrit que les yakuzas ne restituaient, au fil des années, qu'une partie de l'argent soutiré aux habitants. Peut-être que même les yakuzas ont besoin qu'on leur passe la main dans le dos. Ils n'échappent pas à l'éternel besoin de reconnaissance de l'être humain. Les méchants, ce sont toujours les autres.

Le 20 mars, deux jours après la publication de l'article de *The Daily Beast*, l'Ancien m'appela d'Osaka. À ce moment-là, le Yamaguchi-gumi avait engagé des gens pour surveiller tout ce qui s'écrivait à leur sujet. Ça n'avait d'ailleurs rien de très surprenant. On lui en avait remis une traduction.

«C'est du bon travail, Jake-san. Nous avons fait profil bas cette fois-ci, mais honnêtement, cette publicité ne nous fait pas de mal. En vérité, elle nous aide même.» Il rit de sa propre plaisanterie. «On ne peut pas non plus s'imaginer que nous sommes particulièrement désireux qu'on nous fasse de la publicité... mais vous, ça pourrait bien être votre cas, en revanche.» Ça nous fit tous les deux bien rigoler.

Il me remercia donc d'avoir attiré l'attention sur tout le bien que les yakuzas pouvaient parfois faire aux autres. Je lui fis remarquer un passage de l'article qui donnait des élément un peu différents.

Le *ninkyodo,* selon les spécialistes de l'histoire des yakuzas, est une philosophie qui valorise l'humanité, la justice et le devoir et qui interdit de regarder les autres souffrir ou avoir des ennuis sans rien faire. Les adeptes de la «voie» sont censés mettre leur propre vie en jeu et se sacrifier pour aider les faibles et les personnes en difficulté. Les yakuzas simplifient souvent cette idée en disant que cela équivaut à «aider les faibles» et «combattre les forts», en théorie. En pratique, le réalisateur Itami Jūzō, agressé par des membres du Yamaguchi-gumi Goto-gumi à cause de ses films qui ont fait d'eux une peinture très caustique, a déclaré un jour: «Les yakuzas ne font qu'exploiter les faibles et les membres les plus défavorisés de la société, et fuient quiconque sera assez fort pour leur tenir tête et s'opposer à leurs tentatives d'extorsion permanentes.» Il avait en grande partie raison, je crois.... De toute évidence, la plupart des yakuzas ne sont que des sociopathes organisés en clans qui se contentent de respecter leurs propres règles du bout des lèvres. L'Ancien se mit à rire: «Goto a toujours été et restera toujours une sous-merde de dernier ordre. Il incarne le pire des yakuzas. Cependant, vous avez écrit quelque chose de réfléchi. Vous avez dit que nous accordons de la valeur au *giri* (la réciprocité), du moins que les meilleurs d'entre nous le font, et vous savez très bien que c'est parfois vrai. »

Ce qu'il disait était juste. La principale raison pour laquelle j'avais survécu, c'était parce qu'il avait couvert mes arrières. Je ne le lui avais jamais demandé, et il ne m'avait jamais explicitement offert sa protection, mais j'avais compris qu'il l'avait fait.

« Oui, je sais que c'est vrai, lui dis-je, et je le comprends. C'est pourquoi l'article ne vous a pas déplu, ni à vous ni aux autres yakuzas. »

Tout en parlant, nous évoquâmes la situation à Tokyo et à Fukushima. Quand je lui parlai de mon reportage sur Tepco, cela l'intéressa.

« Ces gens sont mille fois pires que nous ne le serons jamais », déclara-t-il. Il était bien difficile de ne pas tomber d'accord avec lui. Je songeai à mentionner mon cancer, mais je décidai de garder ça pour moi. La chimiothérapie, c'était dur, mais c'était mon fardeau personnel. Et puis, il aurait pu s'imaginer que je cherchais à lui soutirer la promesse d'un nouveau foie, et je ne voulais vraiment pas avoir l'air de lui demander une telle faveur. Il me posa une autre question : « Quand allez-vous écrire quelque chose au sujet de Tepco et de la catastrophe de Fukushima ? »

J'y réfléchis une seconde.

« Dès que j'en aurai appris assez pour avoir quelque chose de pertinent à raconter sur ce sujet. Je ne connais rien à l'énergie nucléaire. J'ai besoin de me documenter.

– Eh bien, dit-il en prenant une profonde inspiration, vous devez savoir que la mafia et l'industrie nucléaire entretiennent des liens très profonds. Il fut un temps où Tepco nous versait des sommes énormes pour s'assurer que des journalistes dans votre genre ne lui feraient pas d'ennuis en écrivant des choses qui pourraient lui causer du tort. »

Ce qu'il sous-entendait m'intriguait, bien sûr, mais il poursuivit sans perdre une seconde. « Mais oui, c'est évident, et sans vouloir le moins du monde manquer de respect à votre belle profession, pendant des décennies, vous aussi, dans les médias, vous avez été ravis de tourner les yeux de l'autre côté, en échange de l'argent que Tepco vous versait généreusement pour faire sa publicité. L'énergie nucléaire corrompt et salit tout ce qu'elle touche. Yakuzas, Tepco, politiciens corrompus, tous, nous faisons partie de cet empire des ténèbres. J'espère que vous pourrez faire un peu de lumière sur tout ça. »

J'allais certainement essayer.

L'EMPIRE DES TÉNÈBRES

En temps normal, si vous dirigez une compagnie d'électricité, et si votre négligence criminelle provoque une putain de catastrophe nucléaire, vous allez vite vous retrouver hors circuit. La Tepco allait-elle se voir démantelée ? Était-elle directement responsable de l'accident ? Que lui réservait l'avenir ? Beaucoup d'investisseurs étrangers possédaient des parts de Tepco et voulaient le savoir ; Oldman aussi. Dans la semaine qui suivit la catastrophe, il me demanda de procéder à une diligence raisonnable approfondie. Mais pour une fois, j'insistai pour qu'on me donne l'autorisation d'utiliser en dehors de mon rapport les informations que mon enquête mettrait à jour. Oldman ne fut guère ravi de ma demande. Il me le dit dans un café à une station de métro de son bureau.

« Jake, c'est une demande très inhabituelle.

– Eh bien, nous vivons des temps inhabituels. J'ai besoin de pouvoir écrire des articles sur ce sujet. C'est important.

– Très bien, je comprends. Je vais convaincre les rapiats et les types qui tirent les ficelles là-haut qu'il y a une méthode réfléchie derrière votre folie apparente. Il y aura cependant quelques règles à respecter. »

Les règles s'avérèrent toutes simples. Après avoir remis mon rapport final, je devrais attendre deux mois avant d'écrire tout article. Ça leur laissait l'« exclusivité » temporaire de mon travail. L'accord me semblait équitable. J'allais avoir besoin de beaucoup d'argent pour financer mon enquête et j'acceptai donc leurs exigences. Avec les années, le journalisme d'investigation avait connu un déclin rapide aux États-Unis tout comme au Japon, car il faut pas mal d'argent pour effectuer correctement ce travail et, de l'argent, les journaux n'en ont pas. C'est beaucoup plus facile de raconter des histoires de crimes crapuleux et de potins sur les célébrités. Aucun risque là-dedans, et souvent des dépenses très faibles. J'étais content d'obtenir le soutien financier nécessaire à une plongée en profondeur chez Tepco, juste parce que le client voulait savoir si la compagnie allait s'écrouler. Ça, c'était de la bonne synergie.

L'obstacle majeur que j'allais rencontrer dans mon enquête sur les événements de Fukushima, c'était que je ne connaissais rien à l'énergie nucléaire. Je ne savais pas comment opérait une centrale nucléaire ni comment une fusion de réacteur se produisait. C'est là l'une des joies et l'un des défis du métier de journaliste : devoir apprendre une foule de choses dont on ne savait rien jusque-là.

Me sentir très mal presque toute la semaine me fut également d'une aide non négligeable. Je ne pouvais pas avoir tellement de vie sociale. Fin avril, j'avais entamé la chimiothérapie. L'éthanol percutané semblait avoir fonctionné. Pourtant, mon marqueur de cancer n'avait pas diminué et, même si la tumeur avait été éradiquée par le traitement, on m'avait proposé de vérifier que les moindres cellules cancéreuses restantes étaient bel et bien éliminées. J'avais accepté la proposition. Si on m'avait suggéré une radiothérapie, en revanche, je ne sais pas si j'aurais accepté. Je passais déjà un temps fou à me renseigner sur les radiations et leurs effets néfastes et je n'avais pas tellement envie de vivre avec le sujet 24 heures sur 24.

Je m'étais acheté quelques livres pour enfants sur l'énergie nucléaire et sur les dangers de cette industrie. Des livres abondamment illustrés et bien écrits, avec la *furigana* (prononciation) pour tous les mots de vocabulaire.

J'essayai de retrouver les articles critiquant l'industrie nucléaire et les comptes rendus des catastrophes antérieures à l'accident de Fukushima, dont certaines m'avaient laissé quelques souvenirs. C'est en parcourant Amazon à la recherche de quelque chose à me mettre sous la dent que je trouvai, enfoui dans les dernières pages de résultats, un ouvrage intitulé *Tokyo Electric Power Company : les ténèbres d'un empire*. Il ne s'était apparemment vendu qu'à 3000 exemplaires. Il n'y avait pas de critiques en ligne au moment où je consultai la page et l'ouvrage était épuisé. Je commandai un exemplaire d'occasion.

Le livre avait été publié en octobre 2007 et son auteur se nommait Katsunobu Onda. Ce journaliste, né en 1943, était un vétéran du grand reportage. Il avait suivi les questions d'énergie nucléaire pour le *Weekly Gendai* et d'autres revues pendant trente ans. Son livre portait sur l'incendie de la centrale nucléaire Tepco de Kashiwazaki-Kariwa, provoqué par un tremblement de terre survenu le 16 juillet 2007 dans la préfecture de Niigata, ainsi que sur la fuite de radiations et la dissimulation volontaire des faits qui avaient suivi. C'était un livre extrêmement percutant qui attaquait Tepco et l'énergie nucléaire. Ce document constituait une ressource précieuse pour moi, car on y trouvait des informations sur Tepco et des témoignages de professionnels du nucléaire réunis par M. Onda. Plusieurs éléments de réponse de Tepco au tremblement de terre en mer de Chūetsu semblaient indiquer que la compagnie avait anticipé l'accident nucléaire de Fukushima Daiichi. À bien des égards, elle avait même prédit la catastrophe avant que celle-ci ne se produise.

Onda avait mis ses trois décennies d'expérience personnelle dans son enquête sur Tepco et sur l'énergie nucléaire au Japon. Il me serait impossible d'en apprendre plus que lui dans le bref laps de temps dont je disposais pour ma propre enquête. Je devais le rencontrer. J'écrivis une lettre très polie à son éditeur qui accepta de me fixer un rendez-vous.

Quelque chose d'autre me fascinait dans ce livre. De bien des façons, c'était pratiquement une biographie de Tepco en tant qu'entité, voire en tant que personne à part entière. Le documentaire intitulé *La Corporation* avait montré que de nombreuses entreprises étaient dotées d'une personnalité propre et que, presque toujours, cette personnalité était sociopathe. Tepco paraissait à ce titre l'incarnation même de la cruauté, de la cupidité et du mal. À maintes reprises, M. Onda montrait comment la compagnie avait dissimulé des erreurs fatales et des accidents et avait tout fait pour que ses propres employés ignorent ce qui se passait réellement.

Au premier coup d'œil, Onda m'eut tout l'air de l'homme le plus gris que j'aie jamais rencontré. Ses cheveux étaient gris, sa peau était grise, la monture de ses lunettes était grise. On aurait dit qu'il était tombé sur un succube qui avait aspiré toute son énergie vitale, le laissant à peine en vie. Il portait un costume sombre et un polo fantaisie. J'eus un instant d'hésitation avant de lui serrer la main, comme s'il pouvait à son tour aspirer malencontreusement toute mon énergie. Mais une fois que nous nous fûmes assis et qu'il commença à me parler de son livre et de son enquête, son regard s'illumina et, d'un seul coup, il revint à la vie. C'est au cours de cette conversation que j'entendis pour la première fois l'expression « mafia du nucléaire ».

Ce terme ne se référait pas au fait que des yakuzas, ou d'anciens yakuzas, effectuaient souvent les travaux les plus pénibles dans les centrales nucléaires ou embauchaient les ouvriers destinés à faire fonctionner ces centrales. L'expression faisait référence à la collusion entre Tepco, les politiciens, les sociétés de sécurité privée et d'autres grandes entreprises ayant elles-mêmes des intérêts particuliers sur ce marché. Les États-Unis ont leur complexe militaro-industriel, contre lequel Eisenhower nous a mis en garde avant de s'évanouir dans le soleil couchant, et apparemment le Japon a son complexe nucléo-industriel, autrement dit, sa mafia du nucléaire. Celle-ci est si profondément ancrée dans le paysage japonais qu'il paraît difficile d'imaginer la voir disparaître un jour. Ou peut-être perdurera-t-elle aussi longtemps qu'il le faudra pour venir à bout des effets de la catastrophe de Fukushima. Cinquante ans de plus, alors.

Je lui fis des éloges sur son livre et lui demandai en toute franchise pourquoi il n'en avait pas vendu plus d'exemplaires. Il croisa les bras, se pencha en arrière sur sa chaise et me parla comme à un petit enfant à qui on annoncerait que le père Noël n'existe pas.

« Parce qu'aucun journal n'a fait la promotion du livre. Aucun grand magazine ne l'a chroniqué. Il n'y a pas eu la moindre couverture télévisée. Voulez-vous savoir pourquoi ? »

Je fis signe que oui.

« Parce que Tepco est l'un des plus gros annonceurs du Japon. Les médias font partie de cette mafia du nucléaire, ce sont des parasites nourris sur le budget opérationnel de Tepco. Les médias ont joué un rôle central pour que le public accepte l'énergie nucléaire et ils ont fait tout leur possible pour dissimuler chaque accident, chaque catastrophe, chaque acte inhumain ou chaque crime lié à l'industrie nucléaire. Les chiffres sont phénoménaux. Tepco dépense à elle seule l'équivalent de 300 millions de dollars chaque année en publicité, une somme en majorité destinée à la presse. Sans même parler de l'argent utilisé pour arroser les journalistes tels que vous-même, à l'époque où vous travailliez pour un quotidien national et pouviez très bien recevoir des cadeaux et des invitations à des dîners luxueux accompagnés de vins fins. »

Alors qu'il disait cela, je me souvins d'avoir mangé un excellent steak de Kobe lors d'un dîner avec des représentants de Tepco à Saitama, vers 1998. Ils avaient payé la note, et moi j'avais dégusté. En retour, j'avais écrit quelque chose.

Eh bien, j'avais mangé sur le dos de la bête et maintenant, le temps était venu de faire amende honorable. Je savais où je publierais mon premier article. Mais je ne savais pas quand je le ferais. Avec l'aide d'Onda, je commençai à me préparer pour ce jour. Je rencontrai d'anciens ouvriers et employés du nucléaire. Je mis la main sur un Américain qui avait dénoncé des malversations à la centrale de Fukushima. Je parlai à des ingénieurs qui avaient travaillé sur place. Et je conversai avec des yakuzas de plusieurs factions différentes. Les yakuzas fournissaient de la main-d'œuvre à la plupart des centrales nucléaires. Et puis Saigo m'aida à retrouver un ouvrier présent sur le site le jour même du tremblement de terre, au début de la fusion des réacteurs.

J'allais écrire cet article pour *The Atlantic Wire*.

C'était une époque étrange pour ceux qui vivaient au Japon. Chaque soir, la NHK annonçait les niveaux de radiation des grandes villes du pays, de façon aussi régulière que les prévisions météo. Un autre moment attendu des journaux télévisés était la prise de parole de Tepco : elle avouait tous les jours rencontrer de nouveaux problèmes, puis faisait ses excuses. Chaque jour apportait son lot de fuites de radiations, d'erreurs commises dans la centrale, de dissimulations et de malversations de la part de Tepco. Des livres très critiques envers l'entreprise et ses méthodes devinrent vite des best-sellers. Peu à peu, des voix au sein du gouvernement japonais et à l'extérieur de celui-ci commencèrent à suggérer que le moment était venu de démanteler l'entreprise et de placer les centrales sous contrôle direct du gouvernement.

Pour moi, Tepco était devenue le symbole de tout ce qui n'allait pas dans la société japonaise : népotisme, collusion, corruption, embourgeoisement, faiblesse de la règlementation et entropie. Bien qu'elle fût sous le feu des projecteurs suite à la pire catastrophe nucléaire survenue depuis Tchernobyl, Tepco continua à se livrer à des pratiques douteuses et parvint à échapper à la faillite lors d'une série de réunions à huis clos avec des politiciens. En niant sa propre culpabilité, elle réussit à transférer une partie du fardeau financier des réparations vers les contribuables, autant d'actes qui montraient que Tepco gardait un pouvoir considérable dans la sphère politique, même si elle avait perdu une partie de ses capacités à produire de l'énergie nucléaire.

Pendant des mois, Tepco insista sur le fait que la catastrophe nucléaire avait été provoquée par le raz-de-marée sans précédent qui avait noyé les générateurs de secours, retardant ainsi le processus de refroidissement.

M. Onda me confia qu'il avait éprouvé une curieuse sensation de déjà-vu lors des premières conférences de presse, en entendant affirmer que l'accident était *soteigai* (imprévisible).

« C'est exactement la même phrase qui a été prononcée en juillet 2007, quand un tremblement de terre de magnitude 6,8 à Niigata a entraîné une fuite de radiations à la centrale de Kashiwazaki-Kariwa, puis un incendie que Tepco n'a pas réussi à éteindre rapidement, fit-il remarquer. Qu'un raz-de-marée puisse provoquer la fusion des réacteurs n'est pas une situation imprévisible non plus : les membres de la diète de Fukushima [le corps législatif local] en avaient averti la compagnie dès 2007. »

Tepco, qui était à l'origine un service public jusqu'à ce qu'elle soit privatisée en 1951, avait bénéficié pendant plus d'un demi-siècle d'une règlementation gouvernementale laxiste, d'un statut de monopole *de facto* dans le secteur de l'électricité (et de la sécurité inhérente à une telle position privilégiée), et enfin d'une image de plus en plus intouchable, renforcée par chaque scandale resté quasiment impuni. Son siège social était probablement en Teflon.

Malgré ces nombreux accidents, au fil des ans, Tepco avait réussi à se protéger d'enquêtes rigoureuses et de toute réprimande. Elle y était parvenue, en partie, parce qu'elle avait soufflé le chaud et le froid dans les médias japonais. Tepco dépensait chaque année près d'un demi-milliard de dollars en publicité. Elle engageait des fonctionnaires en retraite de l'Agence nationale de la police et d'anciens employés du ministère de l'Économie, du Commerce et de l'Industrie (METI) comme « conseillers spéciaux ». Par le biais de contacts politiques, de menaces et d'une presse complaisante, elle avait réussi à se maintenir. Pourtant, bien avant 2011, de nombreux signes indiquaient déjà que Tepco était une compagnie incompétente et corrompue.

En juin 2000, Kei Sugaoka, un ingénieur américano-japonais ayant travaillé sur le site de Fukushima, avait dénoncé des décennies de dissimulations et de pratiques dangereuses de la part de Tepco dans une lettre adressée au METI. Onda avait écrit à ce propos, et je réussis à retrouver Sugaoka et à obtenir une copie de sa lettre originale. La lettre, qui détaillait une partie de son travail à Fukushima en tant qu'inspecteur pour la General Electric, firme qui avait participé à la construction de la centrale, rapportait ceci :

« J'ai effectué pour Tepco une inspection visuelle de la sécheuse de vapeur – une pièce essentielle du réacteur – sur le site de l'unité n° 1 de Fukushima ; la sécheuse a été inspectée et on l'a trouvée fissurée au point de devoir être remplacée par un nouvel appareil, ce qui allait coûter très cher à la Tokyo Electric Power Company. » Puis venait la preuve la plus accablante : « Nous avons soumis à Tepco les bandes [vidéo] qui allaient être envoyées au METI, dont le montage omettait intentionnellement toute image des fissures à la demande directe de Tepco. »

Sugaoka avait refusé d'accéder à la demande de monter lui-même les vidéos, au prétexte qu'il s'agissait là d'une infraction pénale. « Je n'étais pas disposé à mentir. Cela faisait de moi un fauteur de troubles. Le mensonge était une pratique courante chez Tepco, et peut-être dans la majeure partie de l'industrie du nucléaire. »

Cette lettre n'avait suscité aucune réaction de la part du gouvernement jusqu'en 2002, au moment où une nouvelle enquête révéla que, depuis plus de deux décennies, la compagnie falsifiait systématiquement les données concernant ses centrales nucléaires. Plus précisément, on trouva 29 cas de données altérées relatives à des fissures présentes dans les dispositifs structurels du cœur d'au moins 13 réacteurs. En ce qui concernait le retard de réaction, le ministre de l'Économie de l'époque fit remarquer : « Prendre deux ans (pour mener une enquête gouvernementale) est trop long au regard du simple bon sens. Elle aurait dû se voir menée beaucoup plus rapidement. »

Après le scandale de 2002, on mit les réacteurs nucléaires à l'arrêt pour les soumettre à une inspection. Malheureusement, l'étendue des mesures prises pour lutter contre les comportements délictueux de Tepco se limita à cela. L'Agence de sûreté nucléaire et industrielle (NISA), qui faisait partie du METI, ne déposa pas de plainte au pénal contre Tepco, au motif curieux et peu pertinent que les fissures avaient été réparées. C'est à peu près comme si la police laissait partir un criminel accusé de tentative de meurtre parce qu'il n'a pas réussi à tuer sa victime.

Le président, le vice-président et le président du conseil d'administration démissionnèrent tous à la suite du scandale, sacrifice qui ne semble pas si lourd si l'on considère qu'ils continuèrent à œuvrer pour la société en tant que conseillers. À l'époque, on pensait que la première des dissimulations ne remontait qu'à 1986. Toutefois, lors d'une enquête menée en 2007, Tepco reconnut 199 autres cas « impliquant la transmission de données techniques fallacieuses aux autorités ». Malheureusement, les réformes mises en place après ces enquêtes arrivèrent trop tard. Seulement quelques mois après, le 16 juillet 2007, un puissant séisme frappa la côte nord-ouest du Japon, provoquant des dysfonctionnements à la centrale de Kashiwazaki-Kariwa. Le tremblement de terre provoqua des fuites de radioactivité, des ruptures de conduites et des incendies, phénomènes contre lesquels la centrale n'était pas préparée. Tepco admit par la suite que la compagnie savait que la ligne de faille située sous la centrale était capable de causer un tremblement de terre de magnitude 7. La centrale n'avait été conçue que pour supporter un séisme d'une magnitude de 6,5.

Au-delà de sa posture médiatique habituelle et d'un ou deux cadres sacrifiés pour l'occasion, la compagnie Tepco ne fut jugée responsable d'aucun de ces incidents, car dans le cas de l'industrie de l'énergie, de telles infractions bénéficient de la prescription au bout de trois ans seulement. Le 29 mars 2007, le METI réagit à la mauvaise publicité en passant dans les principaux journaux des annonces en pleine page promettant que le Japon deviendrait la nation la plus sûre et la mieux protégée au monde sur le plan nucléaire. Akira Amari, le ministre du METI de l'époque, s'attribua tout le mérite d'avoir forcé Tepco à avouer ses falsifications de données et ses mensonges passés. De fait, son propre nom apparaissait dans une police de caractères presque aussi grande que celle du ministère. Les publicités annonçaient que toutes les procédures irrégulières seraient bannies, qu'aucune falsification ou tromperie ne serait plus autorisée, que toutes les informations relatives aux anomalies ou aux accidents seraient fournies aux parties concernées et que la sécurité des installations constituerait la priorité numéro un. Le 12 mars 2011, tout le monde eut la confirmation que ces annonces avaient elles aussi été des mensonges, et même des mensonges très coûteux. Le ministère avait dépensé environ 30 millions de yens [250 000 euros] pour diffuser ces messages.

M. Sugaoka se moquait de l'utilisation qu'avait faite la compagnie des termes « sans précédent » pour décrire la toute récente catastrophe.

« Tepco a sciemment utilisé des équipements mal conçus et défectueux pendant plus de dix ans et a falsifié des images vidéo montrant qu'ils souffraient de problèmes importants. Pourquoi s'étonner si les réacteurs finissent par tomber en panne ? L'enceinte de confinement n'a jamais été conçue pour résister aux tremblements de terre. L'unité n° 1 a 40 ans d'âge, on aurait dû l'arrêter il y a dix ans déjà. À quoi pensait donc le gouvernement japonais quand il a donné son autorisation pour prolonger la durée de vie du réacteur de dix années encore ? Le simple fait que Tepco ait eu l'audace de demander une telle chose démontre à quel point ses liens avec le gouvernement japonais sont étroits. »

Sugaoka se révéla une source précieuse pour dévoiler tout ce qui était pourri dans l'empire Tepco. Je l'interviewai pour la première fois au téléphone le 23 mai.

« Il y avait une grande quantité de problèmes à la centrale et l'approche adoptée pour les résoudre était au mieux parcellaire. La plupart des travaux de nature critique, comme les travaux de construction, les travaux d'inspection et les travaux de soudure, étaient sous-traités par des sociétés peu compétentes en matière de radiations nucléaires. Je n'ai pas souvenir d'un seul exercice de simulation de catastrophe. Les employés de Tepco n'ont jamais mis les mains dans le cambouis. »

Sugaoka expliqua également avoir constaté que certains de ses collègues à l'usine avaient des liens avec la mafia: « Quand nous entrions dans la centrale, nous commencions tous par nous changer. Les équipes de nettoyage se composaient de types couverts de tatouages, c'était une vraie bande de brutes. »

Des sources policières confirmèrent que l'une des sociétés fournissant des ouvriers à l'usine, M-Kogyo, dont le siège se trouve dans la préfecture de Fukuoka, était une société-écran du Kudokai, une association criminelle organisée. Un ancien chef yakuza déclara: « Nous avons toujours été impliqués dans le recrutement de travailleurs pour Tepco. C'est un boulot sale et dangereux et les seules personnes qui veulent bien le faire, ce sont des sans-abri, des yakuzas, des bannis du clan ou des gens tellement endettés qu'ils ne voient aucun autre moyen de rembourser leurs dettes. »

Les employés ordinaires recevaient des combinaisons plus résistantes aux radiations que celles qui étaient remises aux recrues des gangs, souvent des illettrés, alors que yakuzas et journaliers, plus vulnérables sur le plan juridique, effectuaient en général les travaux les plus dangereux.

Sous le couvert de l'anonymat, un cadre de Tepco compara la hiérarchie de l'entreprise à celle qui avait été mise en place dans les plantations par les propriétaires d'esclaves. Les personnes affectées aux réacteurs nucléaires bénéficiaient d'avantages spéciaux, de meilleures conditions de sécurité et de contrôles plus stricts du niveau de radiations, alors que les ouvriers engagés par les centrales étaient considérés comme des sous-hommes.

« Si vous exprimez des inquiétudes au sujet de la façon dont ces ouvriers non qualifiés sont traités dans les centrales, on finit par vous considérer comme un fauteur de troubles, ou même comme un danger potentiel pour la compagnie. Il est même tabou d'évoquer la question. » Il me dit que

Tepco comptait environ 10 000 employés dans ses installations nucléaires et 70 000 travailleurs à temps partiel pour le travail le plus pénible. Cela ne correspondait pas du tout aux chiffres officiels dont je disposais à l'époque, mais je commençais à comprendre que les chiffres officiels de Tepco ne voulaient pas dire grand-chose.

Tepco n'avait pas bien géré la catastrophe nucléaire, ni dans la réalité des choses ni sur le plan des relations publiques. Au départ, la compagnie avait nié l'existence de toute fusion des réacteurs. Le 12 mai, elle avait confirmé les soupçons des experts indépendants, à savoir qu'une telle fusion avait bien eu lieu et qu'elle s'était probablement produite dès les premiers jours du séisme. C'était l'annonce de l'arrivée imminente d'une délégation d'enquêteurs de l'Agence internationale de l'énergie atomique au Japon qui avait motivé cet aveu. Tepco avait « découvert » qu'il y avait eu non seulement fusion, mais aussi perforation des cuves : les barres de combustible avaient fondu et ouvert une brèche dans l'enceinte de confinement. Le président de la société, Masataka Shimizu, avait démissionné pour « assumer ses responsabilités ». Sauter à l'intérieur d'un réacteur nucléaire aurait été un meilleur moyen pour lui de faire cela.

L'étendue des dégâts était extraordinaire. Quatre-vingt-dix-mille personnes avaient déjà été évacuées après le séisme de magnitude 9 et le tsunami consécutif qui avaient provoqué le désastre nucléaire. Ce nombre augmenta encore lorsque des « points chauds » de radiations apparurent à plus de 20 kilomètres de la zone d'évacuation. Bien que 30 % de l'énergie du Japon fût produite par des installations nucléaires, les retombées de la catastrophe suscitaient des discussions sur l'abandon pur et simple des programmes d'énergie nucléaire du pays. Nombre de commentateurs se demandaient si nous l'on devait continuer à confier à une société privée l'exploitation d'une source d'énergie si terriblement dangereuse.

Je travaillais depuis des mois maintenant sur la catastrophe et sur l'empire des ténèbres de Tepco. Ma partenaire Stephanie Nakajima et moi, nous comparâmes nos notes, nous vérifiâmes nos dates, puis nous allâmes raconter toute notre histoire à Gabriel Snyder, notre merveilleux rédacteur en chef à *The Atlantic Wire.* Il nous donna son feu vert. L'article fut publié le 23 juin 2011. C'était la première enquête substantielle que je rédigeais sur l'accident nucléaire et elle contenait des informations que personne n'avait encore dénichées. Le nom de Sugaoka n'apparaissait dans aucun des rapports que j'avais lus et l'implication des yakuzas dans l'industrie nucléaire japonaise était un tel tabou qu'aucun journal national ne se risquait à en parler. Il semblait bien que Tepco allait finalement devoir affronter les conséquences de ses erreurs.

Quelques mois après la catastrophe, la division des enquêtes spéciales du bureau du procureur de Tokyo ouvrit une enquête préliminaire sur Tepco pour négligence criminelle ayant entraîné la mort et/ou l'incapacité. En parallèle, le Bureau des normes du travail enquêtait sur Tepco pour violation du droit du travail. Une source du ministère de la Justice proche de l'enquête me déclara à l'époque : « Il semble désormais très clair que Tepco savait qu'un séisme endommagerait fort probablement les réacteurs et entraînerait une fusion. Ils n'ont pris aucune mesure préventive et leur réponse après le séisme a été la négligence et l'insouciance ; selon la loi japonaise, ils seront tenus pénalement responsables de ces actes. La question est de savoir qui endossera cette responsabilité et jusqu'où ira l'enquête. »

Bien sûr, c'était là une vision optimiste des choses.

Il me restait encore un mystère à résoudre, et celui-ci m'avait préoccupé dès la fin du mois de mars, quand j'avais commencé à interviewer des travailleurs qui se trouvaient sur place au moment de la catastrophe. Les ouvriers avaient déclaré que, avant même l'arrivée du tsunami, le séisme avait paralysé le réacteur en fin de vie de l'unité n° 1 et qu'il était possible que la fusion ait commencé dès ce moment.

Si vous ne le savez pas déjà à ce stade, voici une info intéressante : le Japon est situé pile sur la ceinture de feu. La ceinture de feu du Pacifique est une longue zone en forme de fer à cheval, très active sur le plan sismique et constellée de volcans, d'épicentres de séismes et de points de rencontre entre plaques tectoniques. En raison de sa situation géographique, le Japon est donc un endroit épouvantable pour y construire des centrales nucléaires, car la zone est propice à une profusion de tremblements de terre, d'éruptions volcaniques, de raz-de-marée et autres catastrophes naturelles diverses. C'est l'équivalent géographique d'un alcoolique en voie de désintoxication qui irait travailler toutes les nuits à Golden-Gai, le minuscule quartier de Shinjuku qui regorge de bars et de débits de boissons de toutes sortes.

Oui, le Japon est un très mauvais endroit pour y exploiter l'énergie nucléaire, ça ne fait pas le moindre doute, mais la première grande question qui restait sans réponse était la suivante : quels dégâts avaient été causés aux réacteurs par le tremblement de terre, et par lui seul ?

C'était la grande inconnue de cette catastrophe nucléaire qui est encore en cours. Je n'utilise pas les termes « en cours » à la légère. L'accident nucléaire de Fukushima est toujours en cours aujourd'hui. Imaginez ce qui se passerait si Tepco se retrouvait incapable de pomper de l'eau dans le cœur du réacteur pendant ne serait-ce qu'une journée entière.

Ma seconde grande question, et c'était presque une version plus affinée de la première : quelle était l'ampleur réelle des dégâts infligés par le séisme du 11 mars aux réacteurs de Fukushima Daiichi dans les quarante minutes qui avaient précédé l'arrivée du tsunami destructeur ? Tout dépendait de cette réponse. Si le tremblement de terre avait causé à lui seul des dommages structurels si importants qu'une fusion des réacteurs devenait inévitable, tous les autres réacteurs similaires du Japon étaient à hauts risques. Plusieurs sources m'expliquèrent que c'était le cas. David McNeill, un journaliste de *The Independent*, avait lui aussi recueilli des informations analogues. Nous décidâmes d'unir nos forces.

Au fil de tous ces mois de mensonges et de désinformation, une version de l'histoire avait été martelée à l'envi : « Le tremblement de terre a coupé l'alimentation électrique de la centrale, interrompant le refroidissement des réacteurs », avait déclaré Yukio Edano, le porte-parole du gouvernement, au cours d'une conférence de presse à Tokyo, le 15 mars. Le récit se résumait donc à ceci : « Après le tremblement de terre, le tsunami, un événement unique et imprévisible par nature, a ensuite emporté les générateurs de secours de la centrale, arrêtant tout refroidissement et déclenchant la cascade d'événements qui devait provoquer la première triple fusion au monde. »

Chaque fois que Tepco ou le gouvernement japonais discutaient publiquement de l'accident, ils répétaient le terme *soteigai* comme une sorte de mantra ou une formule magique. On aurait dit que s'ils le prononçaient un assez grand nombre de fois, nul ne pourrait les tenir responsables de la catastrophe. Et bien sûr, la catastrophe était ce raz-de-marée « imprévisible » qui avait mis hors service les générateurs électriques, et par conséquent provoqué le désastre nucléaire.

Mais qu'en était-il des conduites de recirculation et de refroidissement ? N'auraient-elles pas éclaté et subi des fuites, ne se seraient-elles pas brisées complètement à la suite du séisme, bien avant que le raz-de-marée n'atteigne les installations, bien avant que l'électricité ne soit coupée ? Cela n'aurait guère étonné ceux qui connaissaient bien l'unité n° 1, vieille de 40 ans, le grand-père des réacteurs nucléaires encore en service au Japon.

Nous parlâmes à plusieurs employés de la centrale qui nous rapportèrent la même version des événements : de sérieux dommages avaient été constatés aux conduites et à au moins un des réacteurs avant même le passage du tsunami. Tous voulurent rester anonymes, parce qu'ils travaillaient encore à la centrale ou gardaient des liens avec Tepco. L'un d'eux, un ingénieur d'une vingtaine d'années chargé de la maintenance qui se trouvait dans le complexe de Fukushima le 11 mars, se souvenait de sifflements et de fuites dans les tuyaux.

« J'ai personnellement vu des tuyaux se dessouder et je suppose que beaucoup d'autres ont dû casser dans toute la centrale. Il ne fait aucun doute que le séisme a causé de gros dégâts à l'intérieur de la centrale. Il y a eu à coup sûr des fuites, mais nous ne savons pas sur quels tuyaux exactement, cela doit encore faire l'objet d'une enquête. »

Un deuxième employé, un technicien d'une bonne trentaine d'années qui se trouvait lui aussi sur le site au moment du tremblement de terre, nous raconta ceci :

« On a eu l'impression que le séisme nous avait frappés en deux temps. Le premier choc a été si intense qu'on pouvait voir le bâtiment trembler, les tuyaux se déformer, et en quelques minutes, des tuyaux ont éclaté. Certains se sont détachés des murs. D'autres se sont brisés en plusieurs morceaux. Je suis presque certain que des bouteilles d'oxygène stockées sur le site ont explosé, même si je ne l'ai pas vu moi-même. Quelqu'un a crié que nous devrions tous évacuer et j'étais du même avis. Mais au moment de partir, j'ai été pris d'une inquiétude terrible, car on m'a dit, et j'ai pu le constater de mes yeux, que plusieurs conduites s'étaient fracturées, et parmi celles-ci des tuyaux d'approvisionnement en eau froide.

Cela signifiait que le liquide de refroidissement ne pouvait plus atteindre le cœur du réacteur. Si on ne peut pas pomper assez de liquide de refroidissement dans le cœur, celui-ci fondra. Pas besoin d'être un spécialiste du nucléaire pour comprendre ça.»

Alors qu'il se dirigeait vers sa voiture, il avait pu constater que les murs du bâtiment qui abritait le réacteur n° 1 avaient déjà commencé à s'effondrer. «Il y avait des trous dedans. Dans les premières minutes, personne ne pensait à l'arrivée d'un tsunami. On pensait seulement à survivre.»

Un troisième employé arrivait en retard au travail quand le séisme avait frappé. «J'étais dans un des bâtiments à proximité quand la terre a tremblé. Après la deuxième onde de choc, j'ai entendu une forte explosion, presque assourdissante. J'ai regardé par la fenêtre et j'ai vu de la fumée blanche s'échapper du réacteur n° 1. Je me suis dit: "C'est la fin."»

Il n'avait pas songé à fuir. Pas tout de suite. Il lui restait du travail à faire. Quand cet homme était arrivé à son bureau, entre cinq et quinze minutes plus tard, le superviseur avait ordonné l'évacuation de la centrale en expliquant: «Certains réservoirs de gaz dans le réacteur n° 1 ont explosé, c'est probablement les réservoirs d'oxygène. En plus de cela, il y a eu quelques dommages structurels, des tuyaux ont éclaté. Une fusion n'est pas impossible. Allez-vous mettre à l'abri immédiatement.»

Cependant, comme les employés se préparaient à partir, l'alerte au tsunami s'était déclenché. De nombreux ouvriers et employés se réfugièrent au dernier étage d'un immeuble proche du site pour y attendre les secours.

Les motifs de la réticence des autorités à admettre que le séisme lui-même avait causé des dommages structurels directs au réacteur n° 1 sont évidents.

Onda l'expliquait ainsi: «Si Tepco et le gouvernement japonais font l'aveu qu'un séisme peut causer des dommages directs aux réacteurs, cela engendre des doutes sur la sécurité de chacun des réacteurs qu'ils exploitent. Ils maintiennent en fonction un certain nombre de réacteurs vétustes qui présentent tous les mêmes problèmes, la même usure des tuyauteries. » Il ajoutait : « J'ai passé des décennies à faire des recherches sur Tepco et ses centrales nucléaires et ce que j'ai découvert, et ce que les rapports officiels du gouvernement confirment, c'est qu'un réacteur nucléaire n'est pas plus solide que son maillon le plus faible, et ce maillon faible, c'est la tuyauterie. »

Au cours de ses recherches, M. Onda avait discuté avec plusieurs ingénieurs employés dans les centrales de Tepco. L'un d'entre eux lui avait expliqué que, bien souvent, la tuyauterie qu'on leur fournissait pour l'installation ne s'emboîtait pas bien, car elle ne correspondait pas à ce qui avait été prévu dans les plans d'origine. Dans ces cas-là, la seule solution pour eux consistait à utiliser de l'équipement lourd pour rapprocher suffisamment les tuyaux les uns des autres et les souder. L'inspection de la tuyauterie était généralement superficielle et effectuée par simples contrôles visuels ; la face arrière des tuyaux, plus difficile à examiner, ne faisait même souvent l'objet d'aucune vérification. Puisque ces inspections n'apportaient que très peu de résultats, il était facile de les ignorer complètement. Les travaux de réparation étaient effectués à la va-vite. Personne ne voulait s'exposer aux radiations plus longtemps que nécessaire.

Onda poursuivit : « La première fois que j'ai visité la centrale de Fukushima, c'était une vraie toile d'araignée de tuyaux. Des tuyaux sur les murs, des tuyaux au plafond, des tuyaux sur le sol. On était obligés de marcher dessus, de se baisser pour passer en dessous et parfois, on se cognait la tête dedans. À l'intérieur de la centrale, c'était un labyrinthe de tuyaux. »

Selon M. Onda, il n'était pas très difficile de comprendre ce qui s'était passé dans l'unité n° 1, et peut-être même aussi dans les autres réacteurs: « Les tuyaux, qui régulent la température du réacteur et acheminent le liquide de refroidissement, sont les veines et les artères d'une centrale; son cœur est comme notre propre cœur. Si les tuyaux éclatent, les éléments vitaux n'atteignent plus le cœur et une crise cardiaque se produit, en termes de réaction nucléaire: une fusion. Pour utiliser un vocabulaire très simple, on ne peut plus refroidir le cœur d'un réacteur si les tuyaux qui lui amènent le liquide de refroidissement et régulent la chaleur se rompent. »

Tooru Hasuike, employé de Tepco de 1977 à 2009 et ancien responsable général de la sécurité de Fukushima, avait également remarqué: « Les plans d'intervention d'urgence en cas de catastrophe nucléaire à la centrale de Fukushima ne faisaient pas mention de l'utilisation d'eau de mer pour refroidir le cœur du réacteur. Pomper de l'eau de mer dans le cœur, cela équivaut à détruire le réacteur. La seule raison de faire cela, c'est si ni eau, ni liquide de refroidissement, ni rien d'autre que l'eau de mer n'est disponible. »

Les problèmes liés aux tuyaux fissurés, à leur état d'usure, aux réparations de fortune et au système de refroidissement étaient déjà signalés depuis des années. En septembre 2002, Tepco admit avoir masqué des informations au sujet de fissures dans des tuyaux d'une importance critique, ce qui venait s'ajouter aux falsifications dévoilées auparavant. Dans son analyse de la tentative de dissimulation, le Citizen's Nuclear Information Center écrivit: « Les données dissimulées concernaient des fissures dans les parties du réacteur appartenant au circuit de recirculation. La fonction de ces tuyaux est de siphonner la chaleur du réacteur. Si ces tuyaux venaient à se briser, il en résulterait un accident grave, car le liquide de refroidissement s'en échapperait. Du point de vue de la sécurité, il s'agit donc d'équipements matériels très importants. Des fissures ont été découvertes à la centrale de Fukushima Daiichi dans le réacteur n° 1, le réacteur n° 2, le réacteur n° 3, le réacteur n° 4 et le réacteur n° 5. »

Les fissures dans les tuyaux n'étaient pas dues aux dommages causés par le séisme ; elles provenaient simplement de l'usure due à une utilisation prolongée. Le 2 mars, neuf jours avant la fusion, la NISA avait adressé à Tepco un avertissement pour omission d'inspection des équipements matériels critiques de la centrale, notamment les pompes de recirculation. Tepco avait reçu l'ordre de procéder aux inspections, d'effectuer les réparations nécessaires et de remettre un rapport à la NISA le 2 juin. Il semble qu'aucun rapport de cette sorte n'ait jamais été rendu.

Avant l'aube du 12 mars, les niveaux d'eau du réacteur commencèrent à chuter et l'intensité des radiations se mit à augmenter. La fusion avait déjà commencé. Le communiqué de presse de Tepco publié peu après 4 heures du matin le 12 mars indiquait : « La pression dans l'enceinte de confinement reste élevée, mais stable. » Noyée dans le texte du communiqué, il y avait aussi une information qui échappa à la plupart des gens : « Le système d'urgence de recirculation d'eau qui refroidissait la vapeur à l'intérieur du cœur a cessé de fonctionner. »

Selon le *Chunichi Shinbun* et d'autres sources encore, quelques heures après le tremblement de terre, des niveaux de radiation tout à fait anormaux avaient été mesurés dans le bâtiment du réacteur n° 1. Ces niveaux étaient si extrêmes que s'y retrouver exposé pendant une seule journée aurait été fatal à n'importe qui.

Le niveau d'eau dans le réacteur était déjà alors en train de s'amenuiser. Au mois de mai, après que le gouvernement japonais eut forcé Tepco à publier des centaines de pages de documents relatifs à l'accident, Bloomberg a rapporté qu'une alarme aux radiations s'était déclenchée à 1,5 kilomètre du réacteur n° 1 le 11 mars, à 15 h 29 – soit quelques minutes avant que le tsunami n'atteigne la centrale.

Tepco n'avait pas réfuté la possibilité qu'une fuite importante de radiations ait eu lieu avant la panne de courant. Elle avait cependant affirmé que l'alarme avait tout simplement pu connaître un défaut de fonctionnement.

Ce que l'on sait avec certitude, c'est que le 11 mars, à 21 h 51, sur ordre du P-DG de Tepco, l'intérieur du bâtiment qui abritait le réacteur avait été interdit d'accès. Vers 23 heures, les niveaux de rayonnement à l'intérieur du bâtiment des turbines, mitoyen de celui du réacteur, atteignirent une intensité de 0,5 à 1,2 Sievert par heure. La fusion était déjà en train de se produire.

Curieusement, alors que Tepco justifia par la suite de façon répétée la fusion par le tsunami et la panne consécutive des systèmes électriques d'urgence, lors de la conférence de presse de Tepco plus tôt dans la journée à 19 h 47, le porte-parole répondit aux questions de la presse sur les systèmes de refroidissement en affirmant que, même privés d'électricité, les systèmes d'urgence de circulation d'eau et de refroidissement automatique du cœur du réacteur pourraient fonctionner.

Le 12 mars, entre 4 et 6 heures du matin, Masao Yoshida, le directeur de la centrale, décida que le moment était venu de pomper de l'eau de mer dans le cœur du réacteur et il en informa Tepco. L'eau de mer ne fut injectée que plusieurs heures après l'explosion d'hydrogène, vers 20 heures le même jour. À ce moment-là, il était probablement déjà trop tard.

Le 15 mai, Tepco reconnut au moins une partie de ces accusations dans un rapport intitulé *Reactor Core Status of Fukushima Daiichi Nuclear Power Station Unit One*. Le rapport indiquait que les installations clés, y compris la tuyauterie, pouvaient avoir subi des dommages avant le tsunami.

Shaun Burnie, un consultant indépendant spécialisé dans les déchets nucléaires, commenta le rapport en ces termes : « Il soulève des questions fondamentales [sur la sécurité] de tous les réacteurs situés dans des zones à haut risque sismique. »

Comme le soulignait Burnie, Tepco avait également admis une fusion massive du combustible seize heures après la perte du liquide de refroidissement et sept à huit heures avant l'explosion de l'unité n° 1. « Dans la mesure où ils devaient savoir tout cela, leur décision de déverser des volumes d'eau très importants à l'intérieur de la centrale ne pouvait que garantir une contamination supplémentaire massive – y compris par le biais de fuites dans l'océan. »

Nul ne sait exactement l'ampleur des dégâts que le séisme a causés à la centrale, ni si les dégâts subis expliquent à eux seuls la fusion du réacteur. Cependant, tous les témoignages et les données de Tepco font état de dégâts importants. Et cela, malgré le fait que les secousses subies par la centrale au cours du séisme ne dépassaient pas le cadre prévu et validé lors de sa conception.

Tepco allait finir par avouer la vérité, mais de façon accidentelle, et plusieurs années plus tard. Il faut également souligner que ce tsunami imprévisible était un événement qu'elle avait prévu bien des années avant l'accident. Elle avait ignoré tous les avertissements reçus et choisi de mentir.

En octobre 2012, dans un rapport sur la catastrophe, la compagnie admit qu'elle avait rechigné à examiner les risques qu'aurait présentés un raz-de-marée de grande ampleur. Pour essayer de regagner la confiance perdue, Tepco manifestait tout d'un coup un souci de transparence en avouant qu'elle avait redouté que les pressions exercées par l'opinion publique ne la forcent à fermer ses centrales, si jamais elle avouait l'existence de tels risques. C'était là un mensonge calculé. La compagnie craignait une mauvaise publicité, certes, mais elle avait bel et bien étudié les risques en cas de tsunami ; elle avait simplement décidé de ne rien faire pour les parer. Alors que les habitants de la région poursuivaient Tepco pour dommages et intérêts, la sinistre vérité se révélait peu à peu.

Le 29 janvier 2018, le *Mainichi Newspaper* publia un rapport qui documentait le refus de Tepco en 2002 d'examiner la menace d'un tsunami. En 2006, l'Agence de sûreté nucléaire avait demandé à Tepco de prévoir les conséquences d'un tsunami massif dépassant les prévisions de la compagnie. Celle-ci avait refusé. Elle avait fini par procéder à une évaluation des risques en 2008, qui arrivait à la conclusion que des vagues allant jusqu'à 15,7 mètres de haut pourraient un jour frapper la centrale de Fukushima, mais elle n'avait rien fait pour autant. Des documents juridiques donnent aussi à penser que les dirigeants de Tepco savaient qu'un raz-de-marée pourrait mettre hors service leurs générateurs à basse puissance, mais avaient décidé que cela leur coûterait trop cher de les déplacer.

Hiroyuki Kawai, un avocat humanitaire à l'origine du Réseau national d'avocats pour les plaintes contre les centrales nucléaires, m'a déclaré ceci : « Tepco connaissait la possibilité que survienne un tsunami de grande ampleur, mais n'a rien fait. L'idée que, en cas d'une catastrophe difficilement prévisible, personne n'est responsable est fausse. »

Selon lui, il existe bel et bien un moyen de désigner des personnes responsables en de tels cas : il suffirait de rendre les exploitants des centrales pénalement responsables en cas de négligence. L'épée de Damoclès de la prison pourrait les aider à envisager plus sérieusement leur métier et à bien réfléchir à deux fois avant de faire des économies de bouts de chandelle.

Je n'ai jamais laissé tomber cette histoire. Parce que la mafia nucléaire du Japon et son insistance à faire rouvrir les centrales nucléaires encore existantes présentent toujours un réel danger pour ceux qui vivent dans ce pays. Aucun tsunami de désinformation ne pourra jamais cacher cette vérité.

Au cours de l'été 2021, j'ai eu le sentiment que mes pires craintes se confirmaient. Et si je vous disais que les mesures de sécurité en matière de nucléaire prises par le Japon après la catastrophe de Fukushima étaient pratiquement vides de sens ? Pourquoi ? Parce que le gouvernement et les organismes de régulation n'ont même pas examiné la « boîte noire » de l'accident. Parce que Tepco la leur a cachée.

« Il existe une très forte possibilité de voir une autre catastrophe nucléaire se produire au Japon, car on ne peut faire aucune confiance à Tepco », m'a confié à l'été 2021 Toshio Kimura, un ancien ingénieur du nucléaire qui avait prédit la catastrophe de 2011 six ans avant qu'elle n'advienne. Ce qu'il dit aussi, c'est que la plupart des mesures de précaution adoptées après le tremblement de terre ne possèdent aucune portée réelle.

En 2012, une commission d'enquête parlementaire a déclaré que, « bien que déclenchée par des événements cataclysmiques », la catastrophe était de « nature profondément humaine » et qu'on pouvait en trouver l'origine dans une « multitude d'erreurs et de négligences volontaires qui laissaient la centrale de Fukushima sans aucune préparation pour des événements de ce type ». L'héritage de cette négligence perdure depuis plus d'une décennie à présent. Et les choses n'ont connu qu'une bien faible amélioration.

Au printemps 2021, l'autorité nucléaire japonaise a effectivement interdit à Tepco de redémarrer sa centrale sur la côte de la mer du Japon après que le complexe s'est révélé criblé de failles de sécurité majeures et que les inspecteurs ont découvert une volonté de dissimuler ces défauts de sécurité. C'est la suite logique des choses.

Mais les efforts de dissimulation de Tepco n'ont pas empêché de mettre au jour quelque chose qui devrait effrayer tout le monde, au Japon comme ailleurs, à plus forte raison lorsque le pays se prépare à étendre la durée d'utilisation des réacteurs à soixante ans. Tepco a dissimulé le fait qu'un tremblement de terre seul – sans tsunami – était capable de causer la fission d'un réacteur nucléaire.

M. Kimura affirme lui aussi que, s'il est fort probable que le tsunami ait provoqué la fusion de deux des réacteurs, celle-ci avait commencé dans le réacteur n° 1 bien avant le raz-de-marée.

Après la catastrophe du 11-mars*, Tepco mena son enquête interne sur l'accident et fit publier un rapport de 800 pages, accompagné de 2 000 pages de données. Lorsque Kimura avait examiné le rapport, il avait constaté que certaines des données les plus importantes avaient été omises.

« Il existe un dispositif qui mesure le débit d'eau dans le cœur du réacteur et aucune des données de celui-ci n'a été incluse. S'il s'agissait d'un avion, ce dispositif serait l'équivalent de l'enregistreur de vol ou d'un enregistreur vocal, les données qu'il contient sont cruciales. »

Tepco prétendait avoir publié toutes les données relatives à l'accident, mais bien sûr, c'était un mensonge. Ce n'est qu'après que Naomi Hirose devint présidente de Tepco au cours de l'été 2012 que Kimura parvint à accéder aux informations manquantes. Après avoir analysé les données, Kimura se rendit compte que, dans la minute et les vingt secondes qui avaient suivi le tremblement de terre, le liquide de refroidissement

* Au Japon, les termes « 3/11 » ou « 11-mars » sont devenus des raccourcis qui désignent la série d'événements désastreux qui ont secoué le pays le 11 mars 2011 et les jours suivants. Tout comme le terme « 9/11 » a pris un sens immédiatement reconnaissable aux États-Unis, au Japon, lorsque vous dites « 3/11 », tout le monde sait de quoi vous parlez. *(N. d. A.)*

s'était arrêté de couler dans le réacteur et qu'il était de ce fait devenu impossible de refroidir le combustible nucléaire.

« C'est ce qu'on appelle un "assèchement". La conclusion logique, c'est que, dans le cas du réacteur n° 1, qui avait plus de 40 ans d'existence, la cause de la fusion n'a pas été le raz-de-marée, mais la secousse du séisme lui-même. »

Une minute et vingt secondes après le tremblement de terre, la fusion du réacteur n° 1 avait déjà commencé.

Le physicien nucléaire Ryoji Okamoto, dans un article publié dans le numéro de mars 2013 du *Journal of Japanese Scientists*, cite de multiples sources qui témoignent que le séisme a joué à lui seul un rôle déterminant dans la catastrophe nucléaire. Il affirme : « Si l'influence du tremblement de terre [sur la fusion] a été majeure, alors nous devons procéder à une réévaluation en profondeur des directives relatives aux centrales nucléaires censées résister aux séismes – et la rédaction de nouvelles directives de sécurité est inévitable. »

En vérité, toute la législation japonaise sur le nucléaire datant d'après le 11-mars a été élaborée en négligeant le fait qu'un séisme peut à lui seul provoquer une fusion nucléaire. Et cela, parce que des données essentielles ont été dissimulées aux enquêteurs et au Parlement japonais.

N'oublions pas que 53 % du public japonais, soit la majorité, est opposé au redémarrage des réacteurs nucléaires. Seule la « mafia du nucléaire » est déterminée à revenir à la situation d'avant 2011.

Les faits sont si graves que deux anciens Premiers ministres issus de partis rivaux ont tenu en mars 2021 une conférence de presse commune pour appeler le Japon à abandonner l'énergie nucléaire.

Mais le problème ne concerne plus seulement le Japon. D'ici deux ans, le pays va commencer à déverser dans l'océan les déchets radioactifs que continue de produire son accident nucléaire de 2011, et même si le Japon nous assure que l'eau sera très sûre, peut-on vraiment se fier à lui ? Dans une annonce toute récente, le gouvernement a affirmé que les niveaux de tritium contenus dans l'eau ne présenteront aucun danger, mais il s'est bien gardé de mentionner le fait qu'une grande partie de l'« eau traitée » directement sur le site contient des niveaux mortels d'autres composants radioactifs.

Qu'arrivera-t-il aux habitants du Japon et à ceux des pays qui partagent le même océan qu'eux, quand le prochain accident nucléaire arrivera ? Il est possible qu'il ne soit qu'à un séisme de nous et tout semble indiquer qu'on ne peut se fier ni à Tepco, ni au gouvernement qui devrait la contrôler.

Le premier grand mensonge du gouvernement japonais a été de prétendre que l'énergie nucléaire était sûre et sans danger. Son second grand mensonge a été d'affirmer que la fusion des réacteurs à Fukushima avait été provoquée par le raz-de-marée alors que, dans le réacteur n° 1 au moins, le séisme en était la cause. En conséquence, malgré toutes les nouvelles réglementations adoptées après le tsunami, l'énergie nucléaire au Japon n'est toujours pas sûre. La vulnérabilité des centrales aux tremblements de terre a été ignorée. Partout au Japon, les centrales nucléaires sont pareilles à des bombes à retardement provisoirement désactivées. Et les vieillards corrompus qui dirigent ce pays sont absolument déterminés à remettre ces horloges en marche, pour leur propre bénéfice et pour celui de leurs bons amis. Ils se disent qu'ils ne vivront peut-être pas assez vieux pour voir tout ça partir en sucette une fois de plus. Ou peut-être que, tout simplement, ils s'en moquent.

Le problème avec les révisionnistes de l'histoire, c'est qu'ils ne tirent jamais d'enseignements de leurs erreurs, car ils sont trop occupés à réécrire le passé pour prêter attention au présent. L'élite japonaise qui dirige ce pays nous entraîne vers le futur en marchant à reculons. Comment cela pourrait-il se terminer bien ?

Mais dans le fond, si on y réfléchit, il y a très peu de choses qui se terminent bien.

TASOGARE 黄昏
QUI VA LÀ ?

Toutes les choses ont une fin et, heureusement pour moi, à la fin août 2011, j'arrêtai la chimiothérapie. Il n'y avait pas eu que des mauvais côtés. C'est étrange de dire ça à propos du cancer ou de la chimio, mais ils avaient eu des bienfaits curieux et inattendus. J'avais perdu beaucoup de poids. C'était la première fois depuis des années que je pouvais rentrer dans un jean de taille 42. Ma libido s'était calmée, ce qui allait aussi m'éviter quelques problèmes. Les médecins m'avaient également prévenu qu'il existait un risque que la chimiothérapie me rende stérile, et ils avaient eu raison. Pensez aux économies en préservatifs réalisées sur toute une vie grâce à ça ! *Banzaï.*

Je rentrais chez moi dans le Missouri entre mes séances de chimio et mon travail de diligence raisonnable, que je ne pouvais abandonner parce qu'il payait les factures. Je passais du temps à traîner en famille. Mes enfants, Beni et Ray, étaient simplement géniaux, encore préadolescents et agités, sans jamais aller trop loin. Ils avaient essentiellement grandi aux États-Unis. Heureusement, les missions de diligence raisonnable m'avaient permis de venir les voir souvent. J'étais reconnaissant pour tout cela. J'avais décidé de ne pas leur parler de mon cancer. Il m'arrivait de me sentir faible pendant plusieurs jours, mais j'essayais toujours de programmer mes voyages quand j'arrivais à la fin d'une série de séances de chimiothérapie, avant que la suivante n'arrive. Mais les choses étant ce qu'elles étaient, je passais aussi beaucoup de temps au Japon et, en majeure partie, avec Michiel.

J'ai remarqué qu'au bout d'un certain temps une lassitude s'installe chez les proches des malades. Moins de gens viennent vous voir. Ils vous écrivent, vous envoient des cartes postales ou promettent de vous rendre visite, mais ne le feront pas. Cela ne dérangeait pas Michiel le moins du monde. Je pensais que moi, ça me gênerait. Je ne parlai pas à grand monde de mon cancer du foie avant la fin des traitement.

Nous passions beaucoup de temps ensemble, Michiel et moi, dans sa chambre d'hôpital à la faculté de médecine de l'université St Marianna à Kawasaki. Je finis par très bien connaître cet hôpital. Après une nouvelle rechute de sa leucémie, elle y passa une grande partie de l'année 2009. En fait, je connaissais par cœur le numéro de sa chambre dans le service des maladies du sang.

Chaque fois que j'allais lui rendre visite, elle était en train de faire du yoga sur son lit. Partout dans le monde, les hôpitaux dégagent une odeur désagréable, terriblement aseptisée. Elle masque l'odeur des morts, des mourants et des malades. Un été, je m'étais porté volontaire comme aide-soignant à l'hôpital pour vétérans Harry S. Truman, où mon père était le chef du service de pathologie. Au bout d'un certain temps, je commençai à reconnaître l'odeur des malades en phase terminale. Ce n'était pas une odeur nauséabonde, mais ce n'était pas un parfum agréable non plus. Michiel n'avait jamais de chambre pour elle seule et les gens allaient et venaient autour d'elle. Parfois, ils étaient très souffrants.

À cause de la chimio, elle avait développé des allergies. Les désodorisants la rendaient malade. Le gluten lui donnait la nausée. Chaque fois que j'allais aux États-Unis, je lui rapportais des sacs de biscuits, de céréales et de snacks sans gluten. Elle m'en était toujours reconnaissante à outrance, mais avec elle, ce n'était jamais de la comédie. Mimi était comme ça.

Je décidai de lui fabriquer un désodorisant biologique. Je dénichai une recette dans un magazine new age, intitulé *Real Simple*, eh bien, peut-être que la recette était très simple, mais c'était tout de même un peu compliqué. Il me fallait du marc de café (sec), de la cannelle, du gingembre séché et des copeaux de bois de santal. Le bois de santal était cher, mais je connaissais quelqu'un qui en avait. C'était Ryōgen (良元), mon propriétaire il y a des décennies et, faute d'une meilleure terminologie, mon maître zen. Je passai le voir à l'improviste.

Il avait rencontré Michiel, une fois, et fut attristé d'apprendre son état de santé. En entrant dans le temple, il m'invita à me rendre dans la pièce au premier étage, avant la salle principale et en diagonale par rapport aux escaliers. Sa bouilloire et sa théière étaient posées sur la longue table, comme de coutume. Des papiers, des bulletins d'information et des enveloppes étaient empilés là de façon semi-ordonnée. Je lui expliquai mon projet de fabriquer un désodorisant maison.

Il me fit attendre un instant pendant qu'il passait à l'arrière du temple, derrière l'autel bouddhiste, et qu'il fouillait pour trouver du bois de santal.

« C'est vraiment gentil de ta part. Les hôpitaux sont des endroits tristes et l'atmosphère y est horrible. Le bois de santal va purifier l'atmosphère et lui apporter un peu de sérénité.

– Oui, je l'espère.

– Voilà, me dit-il en me tendant un sac plein de copeaux de bois de santal.

– Merci beaucoup », répondis-je en le prenant et en inclinant le buste.

En japonais normal, ma réponse aurait dû être : « Non, c'est trop » ou : « En êtes-vous certain ? »

Mais cette formalité fausse agaçait énormément Ryōgen.

Si vous lui aviez demandé : « Ce n'est pas un problème pour vous, vraiment ? », il aurait probablement répondu : « Si, c'est un problème, dans le fond. Allez, rendez-moi ça. » Ou : « Je ne vous l'aurais pas offert si je ne le pensais pas. Dites juste merci et prenez-le. »

Je connaissais la chanson.

« Que va-t-il lui arriver maintenant ? me demanda-t-il.

– Elle va probablement recevoir une greffe de moelle osseuse de sa mère. La théorie, c'est que sa dernière greffe de moelle osseuse, qui provenait de son frère, a trop bien réussi. La moelle était si parfaitement compatible que son système immunitaire n'a pas été assez stimulé pour combattre l'invasion suivante de la leucémie. C'est pourquoi ils espèrent que celle-ci fonctionnera mieux. Ses globules blancs doivent être éliminés avant la greffe. Pour que l'opération se passe bien.

– Combien de greffes de moelle osseuse a-t-elle subies jusqu'à présent ?

– Deux, je crois.

– Ah.

– Quoi, ah ?

– Alors, probablement qu'elle va mourir cette fois. Son temps dans cette incarnation touche peut-être à sa fin. J'espère qu'elle survivra. »

Il prononça cette phrase avec autant de détachement que s'il avait dit : « On dirait que la journée de demain sera froide et venteuse. Mettez votre manteau. » C'était sa façon de parler.

« J'espère aussi qu'elle survivra. Elle a survécu à trois rechutes. Les miracles arrivent.

– Parfois, oui », prononça-t-il en détournant les yeux et en me versant une tasse de thé. Je la bus, le remerciai à nouveau et m'en allai. La distance à parcourir jusqu'à la gare était très courte. Ryōgen ne prenait jamais de gants. Ses paroles étaient d'une franchise brutale, chose inhabituelle dans la société japonaise. Mais s'il savait se montrer d'une franchise brutale, ça ne signifiait pas qu'il avait toujours raison.

Bien que je ne sois pas très habile de mes mains, en suivant les instructions, je parvins à moudre, écraser et pulvériser les ingrédients pour créer un agréable pot-pourri. Mimi adora ce désodorisant fait maison. Mais il y avait des règles pour ces choses à l'hôpital, et je finis par devoir l'enfermer dans des petits sachets. Au Japon, on les appelle *nioi bukuro*. Elle en gardait un sous son oreiller et en mettait secrètement un autre dans le climatiseur, qui servait aussi de chauffage, pour que le parfum se diffuse doucement. Cela rendait la pièce plus agréable, d'une façon subtile.

Généralement, pour aller la voir, je prenais un taxi, ou parfois Saigo me conduisait. J'appris à combattre le mal des transports et à écrire proprement. Je travaillais aussi sur le chemin du retour. Quand je prenais le train, je calais bien mes horaires de façon à pouvoir être assis pour lire ou écrire pendant le trajet. Je rendis grâce aussi à l'hôpital quand ils installèrent enfin le Wi-Fi. En 2009, on ne pouvait communiquer que par SMS sur son téléphone portable, qui était encore loin d'être un smartphone. Je finis par lui acheter un routeur Wi-Fi mobile pour qu'elle puisse communiquer avec ses amis et, bien entendu, avec moi, et nous avons aussi enfin pu devenir amis sur Facebook. Merci Zuck.

Mais entre avril et juillet 2011, près de deux ans plus tard, nous nous retrouvions de nouveau au même point. Il y avait une sorte de sentiment de déjà-vu, comme un rêve qui se répète. Alors que moi, j'allais mieux, l'état de Mimi alternait entre amélioration et aggravation. Les médicaments réussissaient à empêcher la maladie d'approcher trop près, mais il fallait s'attaquer directement à la leucémie elle-même.

Alors, on jouait à des jeux de société, on partageait des livres, on regardait des films. Elle commença à préparer son mémoire de maîtrise. Je me rappelle un après-midi de mai où nous nous étions éclipsés dans un parc du voisinage pour discuter de son avenir. Elle semblait un peu abattue.

« Qu'est-ce qui se passe, Mimi ?

– Jake, me dit-elle en soupirant, je songe à changer de sujet d'étude. Je ne crois pas que je vais me focaliser sur le trafic des êtres humains au Japon. Ça ne semble plus aussi pertinent que quand j'ai commencé.

– OK. Je crois que c'est probablement une sage décision.

– Tu n'es pas trop déçu ?

– Non, pas du tout. Je te comprends. »

Beaucoup de choses s'étaient passées depuis que, en mars 2007, je lui avais rédigé une lettre de recommandation pour son inscription à l'école supérieure de politique internationale de l'Institut d'études internationales de Monterey. Dans son dossier de candidature, Michiel avait écrit :

> ***J'aspire à une carrière dans une organisation internationale telle que l'OIM (Organisation internationale pour les migrations) où je pourrais me battre pour ma passion de toujours : la lutte contre la traite des êtres humains. Non seulement je la trouve personnellement odieuse, mais intellectuellement, c'est une terrible exploitation par le travail qui prive des femmes, des hommes et des enfants de leur liberté et de leur dignité. En fait, l'expression « traite des êtres humains » est trop polie. « Esclavage moderne » est une expression plus appropriée. Peut-être que si l'on utilisait ce terme, davantage***

de personnes partageraient ma véhémence à son égard et la combattraient.

J'ai travaillé sur le terrain avec une organisation non gouvernementale appelée la Fondation pour l'Asie, qui aide les victimes de la traite des êtres humains au Japon en les guidant vers des refuges, en les mettant en contact avec leurs familles et en organisant pour elles des vols de retour si elles le souhaitent.

J'ai également adopté une approche de sensibilisation du public. J'ai participé à l'organisation de séminaires avec la Fondation pour rendre publique la situation actuelle. Les Japonais, dans leur grande majorité, n'ont pas la moindre idée qu'ils vivent dans le pays qui est la plus importante destination pour les victimes de la traite.

Pire encore, la plupart méprisent ces étrangers qui occupent des emplois subalternes, sans savoir qu'on les a trompés pour les amener au Japon, qu'on leur a retiré leur passeport à leur arrivée, qu'ils ont été contraints de s'endetter, qu'ils ne sont pas payés pour leurs services et qu'ils vivent sous la menace qu'on tue toute leur famille s'ils essaient de s'enfuir.

Tout cela était encore vrai en 2007. Mais à présent, nous étions en 2011. À ma façon, j'avais mené une guerre contre la traite des êtres humains au Japon et Michiel avait été un compagnon d'armes pour moi. À vrai dire, ce n'est pas moi seul qui avais mené cette guerre, mais nous deux. Elle m'avait aidé à obtenir une copie du rapport de l'Organisation internationale du travail (OIT) sur la traite des êtres humains au Japon en 2005. Le gouvernement japonais avait payé pour ces recherches, mais une fois qu'il avait pris connaissance du rapport, il avait dit à l'OIT de l'enterrer et de ne pas le rendre public. Il s'agissait d'une mise en accusation cinglante du Japon, au titre de son manque d'intérêt envers l'aide à apporter aux victimes de la traite et de son incapacité chronique à poursuivre les criminels sans scrupules qui dirigent ces opérations. Ce passage en particulier mettait le doigt sur l'essentiel :

> ***L'engagement du Japon en faveur de politiques migratoires rigides et sa position ferme contre l'immigration illégale ont peut-être contribué à son hésitation à reconnaître et à combattre la traite en général. Il est difficile de définir clairement la traite des êtres humains, le trafic de personnes et l'immigration clandestine lorsqu'il s'agit de cas concrets, en grande partie à cause de la nature clandestine de ces activités. De même, les victimes de la traite sont souvent perçues comme des candidats volontaires à l'immigration illégale, ce qui leur enlève tout droit à la protection.***
>
> ***Bien qu'il existe un consensus international sur le fait que l'on doit considérer ces victimes sous ce statut et qu'elles doivent bénéficier d'une protection et d'une aide à l'insertion appropriées, dans la pratique, elles font encore très souvent l'objet d'arrestations, de détentions et d'expulsions en tant qu'immigrants illégaux.***
>
> ***Les victimes supportent souvent tous les coûts des tromperies qu'elles ont subies, tandis que les trafiquants conservent leurs bénéfices et sont rarement poursuivis.***

Michiel et moi avions lu la totalité du rapport dans un laps de temps très court et avions choisi les parties les plus importantes pour les traduire. J'avais écrit un article pour le *Yomiuri Shinbun* qui avait fait la une. Tout cela était si embarrassant pour le gouvernement qu'il retarda l'annonce de ses mesures de lutte contre le trafic d'êtres humains et, en conséquence, les renforça.

Michiel m'avait aussi apporté une aide incroyable pour mettre au point le rapport demandé par le département d'État américain sur la traite des êtres humains au Japon de 2006 à 2008. Cela me faisait penser aux années passées à ses côtés depuis que j'avais fait sa connaissance et à l'alliée précieuse qu'elle avait été pour moi en toutes choses. Je me souvins qu'elle avait invectivé un représentant du département d'État américain qui ne comprenait pas que la plupart des activités sexuelles au Japon étaient légales et que le fait de ranger ces activités parmi les sous-catégories de la traite rendait un très mauvais service aux véritables victimes comme aux travailleurs du sexe. Nous avions fait du bon travail, à l'époque. Et les choses avaient changé.

La traite des êtres humains, du moins la traite à des fins sexuelles, n'avait certes pas complètement disparu du Japon, mais, en 2011, elle s'était progressivement réduite. Le coût était trop élevé pour le crime organisé. Les gangs s'étaient pour la plupart retirés de cette activité. Même le projet Polaris au Japon, spécialisé dans la lutte contre l'immigration à des fins d'exploitation, avait fini par tourner ses efforts vers le trafic intérieur : la traite de travailleurs exploités de nationalité japonaise.

Je serrai Michiel dans mes bras alors que nous étions assis sur le banc.

« Michiel, vois les choses comme ça. On a gagné, d'une certaine façon. Le projet Polaris Japon. La Fondation pour l'Asie. Le département d'État américain. L'organisation Help. Les flics et la poignée de législateurs qui ont vraiment voulu s'en occuper. Nos efforts à tous ont vraiment changé les choses. »

Elle me tapa dans la main, paume ouverte, un vrai *high-five*.

« Eh bien, je suppose que c'est vrai. Tu as changé les choses. Tu as fait la différence.

— Non, tu étais avec moi à chaque étape du processus. Nous deux, on a changé les choses. Nous l'avons fait. Pas que je veuille vraiment citer George Bush, mais allez, c'est plus ou moins "mission accomplie". Il y aura de nouvelles batailles à mener. De nouvelles causes à soutenir. De nouvelles façons de rendre le monde meilleur. C'est normal de bifurquer. Tu trouveras quelque chose qui te convient. »

Et alors, elle enfouit son visage dans mon épaule et se mit à pleurer, des larmes de joie. Comme si elle était soulagée. C'était un joli moment. Nous avions contribué à soulager beaucoup de souffrances en ce monde et à mettre hors de combat quelques sales types, ou du moins à couper leurs sources de revenus. Il faut savoir savourer ses victoires, quand on en remporte. La plupart du temps, quand on lutte contre les maux de ce monde, on perd.

Quand nous revînmes à l'hôpital, Michiel contacta son mentor et conseiller, le professeur Tsuneo Akaha, pour lui faire savoir qu'elle changeait d'orientation. Elle en était heureuse et je l'étais moi aussi pour elle.

Je continuais à lui livrer de la nourriture sans gluten en provenance des États-Unis. Je refusais beaucoup de travail de diligence raisonnable. J'avais mis de l'argent de côté. Je mis de l'ordre dans ma maison. Je la redécorai. Je visitais des musées. Je dormais beaucoup. Et j'allais voir Mimi quand elle pouvait me recevoir. Je faisais souvent des allers-retours aux États-Unis à ce moment-là. Je voulais passer du temps avec Beni et Ray, au cas où je vienne à en manquer un jour.

À l'automne 2011, je me promenais au centre commercial avec Beni. On fit une halte dans son magasin de babioles préféré, Claire's Place, où elle s'achetait des serre-tête et des boucles d'oreilles et tous ces trucs qu'une enfant de 11 ans aime posséder et partager avec ses amis. Je repérai un curieux petit collier à 9,99 dollars qui représentait le yin et le yang, le symbole de la paix et de l'équilibre en Extrême-Orient, surtout dans le taoïsme. Sur le côté blanc était tracé un B en noir, et sur le côté noir un FF en blanc. On pouvait séparer le collier en deux et le remettre en place parce que les deux moitiés étaient magnétiques. Je ne savais pas ce que signifiait BFF parce que j'étais un ringard et déjà à trois décennies d'écart de mes 11 ans. Je demandai à Beni de me faire la traduction. Elle me lança un regard qui me foudroya sur place.

« Papa, BFF, ça veut dire "Best Friends Forever". Tu prends une moitié et tu donnes l'autre moitié à ton BFF. C'est comme ça que ça marche.

— Est-ce que tu as un BFF ?

— Peut-être Leila, mais je ne suis pas sûr. Je pourrais bien en avoir deux.

— Deux ?

— Techniquement parlant, tu peux en avoir plus d'un, papa.

— Oh, techniquement parlant », répliquai-je.

Elle ne capta pas la pointe de sarcasme dans ma réponse.

« Ça veut dire "d'une certaine façon". Probable qu'on doive avoir un seul meilleur ami, mais certains en ont deux. Tu as déjà de la chance si tu en as un. »

J'étais un type chanceux. J'achetai le collier.

C'était un cadeau de pacotille, mais j'espérais qu'il plairait à Michiel. Nous étions tous les deux des fanas de philosophie orientale et elle en avait lu beaucoup au fil des ans. Selon certaines écoles de taoïsme, « le yin et le yang sont des forces opposées dépendantes qui s'écoulent au fil d'un cycle naturel, en cherchant toujours l'équilibre. Bien qu'elles soient opposées, elles ne sont pas en opposition l'une avec l'autre. Elles font partie du tao et ne sont que deux aspects d'une même réalité. Chacune contient la graine de l'autre : c'est pourquoi nous voyons une tache noire du yin dans le blanc du yang, et vice versa ».

Quand je retournai rendre visite à Michiel à l'hôpital, je sortis la boîte et lui montrai le collier. J'entrepris ensuite de lui expliquer de quoi il s'agissait. Elle m'arrêta tout net en riant : « Jake, j'ai été moi aussi une petite fille de 11 ans, à une époque. Je sais ce qu'est un BFF ! Tu es si bête. »

Je séparai le collier en deux et en plaçai une moitié autour de son cou, et ensuite j'essayai d'enfiler ma propre moitié, mais mes doigts étaient un peu engourdis. Elle le fit pour moi. Puis on se pencha l'un vers l'autre et on fit se rejoindre nos deux moitiés plusieurs fois de suite, pour s'assurer que l'aimant fonctionnait bien. Il y eut un déclic agréable. Je me sentais plus heureux que je ne l'avais été depuis des mois. C'étaient les 9,99 dollars les plus sensationnels que j'avais jamais dépensés.

Nous étions tous les deux des personnes très différentes et pourtant très semblables. Peut-être que nous avions grandi de cette façon. Elle, c'était le yin (la femme, le principe de la lumière) et moi, j'étais le yang (l'homme, le principe de l'obscurité). Mais en réalité, je pense qu'elle était beaucoup plus forte que moi. Elle était le yin, mais elle possédait un sens de l'humour très noir.

Début octobre, alors que nous nous promenions dans l'enceinte de l'hôpital, Mimi me prit à part pour avoir une « conversation sérieuse ». Je me souviens que le temps se rafraîchissait tout juste et que pointait cette étrange et merveilleuse partie du crépuscule connue sous le nom de *tasogare*.

Le *tasogare* désigne ce court moment où l'on passe du jour à la nuit, où l'on peut distinguer les silhouettes des personnes qui marchent vers nous, mais pas leur visage. Le mot vient du vieux japonais et signifie : « Qui va là ? »

Pendant des mois, j'avais parfois interrompu nos promenades pour aller fumer une petite cigarette. Je ne le fis pas ce jour-là. J'avais arrêté de fumer le 1er octobre, le jour où les ordonnances d'exclusion du crime organisé étaient entrées en vigueur. Michiel m'avait aidé à préparer un article sur ce sujet pour *The Atlantic Wire*.

J'avais compris que ce serait une grosse affaire. Tout le Japon allait devenir beaucoup moins accueillant pour les yakuzas ; c'était le début du « grand frisson ». Les lois variaient dans leurs détails, mais elles rendaient toutes criminels le partage des profits avec les yakuzas ou le simple fait de les rémunérer. En d'autres termes, versez de l'argent aux yakuzas pour votre protection ou utilisez-les pour faciliter vos affaires, et vous serez vous-même traité comme un criminel. Vous pourrez recevoir un avertissement, mais si vous persistez à faire des affaires avec les yakuzas, votre nom sera révélé au grand jour, vous serez condamné à une amende, ou à une peine de prison, ou à tout cela à la fois. C'était le début de la fin pour les yakuzas. Ils étaient sur le point de disparaître. Je pouvais le sentir. Tout comme lutter contre le trafic des êtres humains au Japon, se battre contre eux revenait à participer à une guerre presque terminée. Partir en croisade contre les yakuzas ne ferait qu'accélérer un processus désormais inévitable. Qui va là ? Les yakuzas. Mais pas pour longtemps.

L'automne était un long *tasogare* : *tasogare* des yakuzas ; *tasogare* du trafic d'êtres humains ; *tasogare* de la saison. L'été s'en allait, l'automne arrivait. L'hiver n'était plus loin.

J'avais passé toute la nuit à travailler sur l'article et, au matin du 1er, j'avais aussitôt allumé une cigarette aux clous de girofle. Je ne sentais même pas son goût et je pensai que le paquet était éventé. J'en allumai une autre. Même chose. Alors, j'ouvris un paquet neuf. Rien de plus. À ce moment-là, je me rendis compte que mon visage était tout engourdi. Je courus jusqu'à une clinique ouverte le matin, j'expliquai mes symptômes et le médecin me fit immédiatement prendre de l'aspirine. Il suggéra que je venais de faire un AVC. Cela arrive quand un vaisseau sanguin se bouche et prive d'oxygène une partie du cerveau. On observe parfois cela chez les gros fumeurs. J'avais compris l'allusion. J'arrêtai de fumer.

Alors que nous nous promenions, Michiel me demanda si je voulais fumer. Je lui dis que j'avais arrêté et lui expliquai pourquoi. Elle était ravie d'entendre ça.

« Oh, mon Dieu, Jake. J'ai cru que tu n'arrêterais jamais.

– Mimi, j'ai cru que jamais tu ne serais capable de ne pas me dire d'arrêter et pourtant tu ne l'as jamais fait. Tu ne m'as jamais rien dit à ce sujet.

– Est-ce que tu m'aurais-tu écouté ?

– Sans doute non.

– Eh bien, écoute-moi maintenant. »

Michiel prit ma main.

« Jake, tu te souviens que j'ai dit que je voulais qu'on ait une discussion sérieuse, tous les deux.

– Oui, et depuis, je l'évite. »

Elle ne rit pas.

« Jake, tu vas beaucoup mieux. Tu dois te remettre au travail. Tu ne peux pas passer tout ton temps ici avec moi. L'hôpital, c'est pour les malades et toi, tu vas bien maintenant. »

Je protestai. Elle hocha la tête et tint le cap.

« Moi aussi, j'adore que tu sois là. Mais tu es un écrivain. Voilà ce que tu es. Alors, il est temps de te remettre à écrire. Et je serai là pour te soutenir. Comme au bon vieux temps. »

Je me résolus donc à accepter l'idée que je n'allais pas mourir de sitôt et je me remis au travail. Il y avait beaucoup à faire. Je passai encore beaucoup de temps avec Mimi à l'hôpital. En plus de regarder des films et de faire du yoga sur son lit, nous discutions des livres que nous lisions et nous faisions des promenades. Le yoga n'avait rien de facile pour moi. Michiel se moquait et disait que j'étais l'être humain le plus raide de toute la planète.

Je lui apportais beaucoup de magazines. Je me mis à les lire moi-même dans l'avion. *Cosmopolitan. Women's Health. Bitch* – qui n'est pas du tout ce que vous imaginez. *Elle.* Et bien sûr,

The New Yorker. Je développai un certain penchant pour *Cosmo*. Nous faisions même les quiz ensemble, de temps en temps.

Parfois, nous nous échappions de l'enceinte de l'hôpital. Pour quelques heures au moins. Tout dépendait de son traitement médical du moment. Je travaillais sur mes rapports de diligence raisonnable pendant le trajet vers l'hôpital et, ensuite, nous les examinions dans sa chambre. Et puis en novembre, quelque chose de magique se produisit.

On dit que lorsque vous atteignez le *satori* (la grande illumination), cela vous frappe comme un éclair, sans prévenir. Tant que vous ne l'aurez pas atteint, vous ne pourrez pas vraiment savoir de quelle manière ça se passe. Je sais que mon expérience la plus proche de cet état a eu lieu au cours de la nuit du 8 novembre 2011, alors que j'étais assis au bord du lit d'hôpital de Mimi, sa tête posée contre la mienne, et que nous regardions ensemble *The Adjustment Bureau (L'Agence)*. Ce film figurait depuis longtemps sur sa liste. Je voulais le voir aussi, et avec elle. Philip K. Dick, qui a écrit la nouvelle dont est tiré le film, est l'un de mes auteurs préférés. Pendant que nous regardions *The Adjustment Bureau*, il y eut un instant où j'eus l'impression de voir Michiel pour la première fois. Après tant d'années, je continuais à la voir telle que je me la rappelais, et non comme la femme extraordinaire qu'elle était devenue. La chimiothérapie avait rendu ses longs cheveux prématurément gris, mais son sourire et l'étincelle dans ses yeux n'avaient pas du tout changé. Elle n'était plus Mimi-chan. Elle n'était plus l'étudiante idéaliste et enthousiaste aux bonnes joues et au grand sourire. Elle n'était plus Annie, la petite orpheline. Elle était plus vivante que jamais, malgré la quatrième rechute de sa leucémie. C'était une femme qui avait souffert, enduré, survécu et qui s'était épanouie. C'était une belle femme. Son sourire était éthéré et mystique. Elle rayonnait. Cependant, cette impression était peut-être due à la lumière du soleil qui filtrait par la fenêtre: c'est ce que les photographes appellent l'« heure magique ».

« Mimi, lui dis-je en la poussant gentiment de côté, qu'est-ce que tu as pensé du film ? Tu t'es assoupie ? »

Elle me répondit d'un air endormi : « Non, je ne me suis pas assoupie, Jake. J'ai adoré le film.

– Qu'est-ce que tu as aimé ?

– Tu me promets de ne pas rire ?

– Je te promets de ne pas rire, sauf si tu me dis que tu aimes Matt Damon. »

Elle gloussa, mais n'ajouta rien d'autre.

« Allez. Ne me tiens pas en haleine.

– Je l'ai aimé parce que je crois aux anges, aux *tenshi*. J'y crois, vraiment. Et je les ai vus. Parfois même, je leur écris, dans mon journal intime.

– *Tenshi ?* »

Je demandai ça en japonais, une habitude que l'on prend quand on est bilingue et que ses amis le sont aussi. Après avoir entendu le mot en anglais, on le répète en japonais, juste pour être sûr de l'avoir bien entendu.

« Oui. *Tenshi na no yo.* »

Je ne pouvais pas lui faire une réponse moqueuse, car je la sentais très sincère. Elle avait survécu trois fois à la maladie. Si quelqu'un avait bel et bien vu un ange, c'était certainement elle. Après avoir pris une profonde inspiration, je passai un moment à réfléchir. Je lui pris la main.

« Je trouve ça magnifique. C'est merveilleux. Non, je ne rigole pas. Je n'en ai jamais vu et je n'y crois pas, mais je suis ouvert à cette possibilité. »

Elle serra un peu plus ma main.

« Qu'as-tu pensé du film, toi, Jake ? Tu l'as aimé, toi aussi ?

– Il s'éloigne de l'histoire originale de K. Dick.

– Absolument. Mais je me demandais si tu aimais ? Si ça t'avait plu ? Sincèrement. Dis-moi ce que tu en penses. »

Je tâtonnai pour trouver les mots justes, en caressant délicatement le collier au symbole yin passé autour de son cou, puis je me lançai : « Je pense que notre monde à nous a besoin d'un ajustement. »

Elle leva les yeux vers moi, nos regards se croisèrent et nous nous penchâmes tous les deux l'un vers l'autre. Nos lèvres se rencontrèrent. Elle avait un parfum de bois de santal. Ce n'était pas les sachets que j'avais fabriqués pour elle, c'était juste elle. En toute honnêteté, je n'y avais jamais vraiment pensé, mais j'aurais pu imaginer que Michiel aurait plutôt eu le goût des fraises et de la crème. Son baiser était sucre à la cannelle, aux épices, au piment rouge et au caramel salé.

En tant qu'écrivain, j'ai honte d'avouer que je n'avais aucune phrase éblouissante prête pour l'occasion. Je réussis tout juste à marmonner : « Ah ben, ça alors, bordel de Zeus. »

Et elle fit semblant d'être choquée.

« Quel langage, Jake ! »

Nous nous embrassâmes une fois de plus. Je grommelai : « Vraiment, on ne devrait pas faire ça.

— Mais on le fait », murmura-t-elle en retour.

Je ne savais pas du tout où tout cela allait nous mener, et je ne voulais même pas y penser. Elle me prit dans ses bras et me serra contre elle, j'en fis autant. Le monde se tut. Le dernier rayon du soleil éclaira son visage et je peux vous jurer qu'il se refléta dans ses yeux en jetant un pur éclair de lumière. Impossible d'imaginer une plus belle mise en scène.

« Mimi, lui dis-je, enfuyons-nous d'ici. »

Et c'est ce que nous fîmes. Nous tirâmes les rideaux de son lit et nous partîmes dans la nuit. Ce fut une nuit extraordinaire. Je nous louai la meilleure chambre disponible du *love hotel* le plus proche. C'était le Ritz des *love hotels*, lui assurai-je. On prit un bain moussant dans le jacuzzi tout illuminé. On se commanda une pizza, même si celle-ci n'était pas sans gluten. On s'interrogea gravement pour déterminer si les lumières de la baignoire s'allumaient selon un schéma discernable ou non. On tripota le *body sonic*, une espèce de haut-parleur intégré au lit, qui le faisait vibrer. On écouta toutes sortes de musiques, et même de la musique gamelan d'Indonésie, sur les nombreuses chaînes musicales disponibles. Elle me dit qu'elle avait acheté un album d'Adele que j'allais vraiment aimer.

« On peut peut-être trouver une chaîne qui le passe ? »

Pas de chance. Il n'y avait pas de chaîne spécialement consacrée à Adele. J'ai proposé qu'on mette une de ses chansons sur mon iPad.

« Je vais l'acheter sur iTunes et on pourra l'écouter ! C'est quoi sa meilleure chanson ?

– Oh, ça doit être *Rolling in the Deep*.

– Vraiment ? Quelle surprise !

– Pourquoi ?

– Elle ne vit même pas au Japon et elle écrit des chansons sur les *love hotels*. »

Michiel me jeta un oreiller qui atterrit pile à l'arrière de ma tête. C'était une super-chanson. Et puis, on se jeta dans le grand bain. On s'endormit ensemble et on se réveilla et on se rendormit. Il n'y avait absolument rien de gênant là-dedans. C'était tout aussi naturel que de plonger dans une piscine un beau jour d'été. Pendant que nous récupérions sur le canapé – moi, j'étais épuisé, mais elle, elle avait reçu tellement de stéroïdes qu'elle débordait d'une énergie sans limites –, je lui parlai de l'affaire MEG, dans laquelle un groupe de criminels astucieux avait caché des caméras dans des *love hotels*, filmé les couples en train de faire l'amour, puis revendu les images en VHS dans les sex-shops à travers tout le pays.

« Tu es si romantique, Jake, roucoula-t-elle en me regardant, sarcastique, la tête sur ma poitrine et le menton sur ses mains.

– Je ne fais que partager avec toi ma vaste connaissance des *love hotels.* »

Elle leva ses fins sourcils rouges, prenant un faux air fâché.

« Désolé ! C'est un des risques du métier ! »

Elle souri et me tapa sur la poitrine avec un doigt.

« Eh bien, Jake, si on est filmés, tu ne crois pas qu'on devrait donner le meilleur de nous-mêmes ? Allez, secoue-toi. C'est l'heure du grand show, *ne.* »

Elle s'endormit vers 4 heures du matin et je la laissai se reposer un peu. Je devais la ramener en douce à l'hôpital pour 6 heures. Je me souviens de l'avoir regardée, roulée en boule, le sourire aux lèvres, avec le gamelan qui jouait encore sa musique, et avoir attendu qu'une vague de culpabilité et de regret me submerge. Elle ne vint jamais.

Tout semblait aller pour le mieux dans le meilleur des mondes. Et pendant que je caressais ses cheveux roux striés de gris, elle se rapprocha de moi et nous nous endormîmes tous les deux. Finalement, je réussis à la ramener à l'hôpital juste à temps. Je crois que nous avons prétexté une promenade matinale. Nous étions de retour à 5 h 55. Une infirmière nous fit remarquer : « Il est bien trop tôt pour les heures de visite. Néanmoins, je vais laisser passer, pour cette fois. »

Plutôt que de marcher sur des œufs dans notre nouvelle relation, nous l'avons vécue pleinement sans arrière-pensée et sans en parler. Au Japon, les gens excellent quand il s'agit de vivre dans les zones grises. Aucun de nous ne discuta de ce que l'avenir pouvait nous réserver, ni même du détail de notre relation.

Allions-nous officialiser notre relation ? Ou bien est-ce que nous ne faisions que nous voir pour passer du bon temps ? Étions-nous de simples *sex friends* ? Je n'en étais pas très sûr, mais je ne posai pas la question. Il n'y avait rien de changé entre nous, excepté notre nouvelle intimité physique et le fait que enfin, je l'appréciais autant qu'elle m'avait apprécié pendant presque dix ans. Du mieux que de l'avais pu, j'avais été là pour elle quand elle souffrait, en faisant preuve d'empathie et en l'aidant dès que je le pouvais, et elle en avait fait de même pour moi. J'étais heureux pour elle quand elle était heureuse, et elle ressentait la même chose pour moi. Il n'y avait rien de très compliqué dans tout ça.

Michiel avait un côté espiègle que beaucoup de gens ignoraient, et j'aimais aussi cet aspect de sa personnalité. Au lycée, elle avait fugué à Hawaï avec des amis après avoir fait croire à ses parents qu'il s'agissait d'un voyage scolaire ; elle avait même fabriqué une fausse brochure qui expliquait tout l'itinéraire. Elle s'en serait peut-être tirée si elle n'avait pas fait l'erreur de répondre au téléphone. Ses parents avaient été horrifiés et elle avait été punie pendant des semaines.

J'avais toujours imaginé que c'était une sainte-nitouche, mais quand elle me raconta cette histoire d'un ton penaud, je me mis à rire aux éclats.

« Michiel, tu es un véritable arnaqueur. Ou plutôt, une arnaqueuse !

– Jake, je me sentais si mal. Mes parents étaient en colère et je les avais déçus. C'est la dernière fois que j'ai fait un truc pareil. »

Je lui assurai que, parmi tous les crimes du monde, celui-ci se classait très bas sur l'échelle, mais je lui décernai tout de même un A pour récompenser ses efforts. Nous vécûmes à peu près quatre jours de bonheur avant que je ne retourne dans le monde réel pour reprendre le travail.

Nous avions parlé comme jamais auparavant et avions abordé des sujets dont nous n'aurions jamais discuté en temps normal. Elle voulait avoir des enfants, mais les leucémies successives rendaient très peu probable qu'elle puisse en avoir un jour de façon naturelle. Je lui dis que l'adoption restait toujours un choix possible. Je faillis ajouter dans le fil de la conversation : « On pourrait adopter des enfants », mais je me retins.

Les médecins tentaient de préparer Michiel à une chimiothérapie de plus, indispensable pour tenir la leucémie sous contrôle, et ils durent lui poser un port. La plaie laissée par le cathéter s'infecta. Le 17 novembre, sa température grimpa à 40 °C. Pendant toute la semaine, elle fut secouée de frissons violents. Puis la fièvre retomba. Le 22, elle fut autorisée à rentrer chez elle pour quelques jours. On s'arrangea pour sortir quelques heures par jour. On se fabriquait une deuxième vie rien qu'à nous. Elle ne restait jamais hors de l'hôpital très longtemps. On y retournait, on s'enregistrait, on mangeait chinois au restaurant de l'hôpital. Un soir, après le dîner, alors que nous nous promenions à l'extérieur en nous tenant discrètement par la main, elle se pencha vers moi et me dit : « *Ne, ne*, j'ai une question pour toi.

— Vas-y. »

Et puis, un sourire malicieux sur le visage et me serrant de près, comme si elle allait me confier un grand secret, elle murmura :

« À ton avis, lequel mourra en premier : moi, toi ou notre relation amoureuse ? »

Il me fallut une seconde pour intégrer ce qu'elle avait dit, mais elle rejetait déjà la tête en arrière en riant si fort qu'elle arrivait à peine à respirer. Je la rapprochai doucement de moi.

« Oh, à tous les coups et sans hésiter une seconde, notre relation amoureuse. Je suis un lourdaud incorrigible. Bien sûr, je vais tout faire foirer.

— Oui, probablement. Donc on va vivre ?

– On va vivre et je pourrai te lancer : "Tu vois, je te l'avais bien dit."

– Ce serait vraiment bien, Jake. S'il te plaît, dis-moi que nous serons toujours amis, avec ou sans les avantages. »

Nous allâmes nous asseoir sur un banc et je passai mes bras autour d'elle, elle s'appuya contre moi. Je lui assurai que, quoi qu'il arrive, nous resterions toujours, à tout jamais, des amis, de quelque manière que ce soit.

« Michiel, tu étais déjà la personne la plus importante dans ma vie, avant même qu'on s'embrasse, et même si on ne s'embrassait plus jamais, ça ne changerait rien. Chaque jour avec toi est une bénédiction. »

Elle dessina un kanji sur ma main avec son doigt, mais je n'arrivai pas à le lire. Nous restâmes encore assis là un petit moment, dans un silence agréable. Le silence de deux personnes qui se connaissent si bien qu'elles n'ont plus besoin de dire le moindre mot.

Puis nous sommes retournés à l'hôpital et avons pris place à une table de la cafétéria, essayant de comprendre pourquoi les obligations convertibles à taux d'intérêt multiples constituaient une telle aubaine pour les adeptes de la fraude financière. Elle comprenait ça bien mieux que moi.

Dans la cage d'escalier, nous nous sommes embrassés une fois de plus et Michiel m'a dit qu'on ne se reverrait pas en chair et en os avant quelque temps.

« Je ne pourrai peut-être pas te voir avant la transplantation. Parce que... tu sais.

– Je sais, oui. Cela fait partie du processus. La chambre stérile, la salle blanche t'attend. On pourra s'envoyer des e-mails !

– On le fera ! »

Par jeu, elle glissa la main sous ma chemise, y trouva la moitié yang de notre collier, l'enfonça dans ma poitrine du bout du doigt et m'embrassa sur la joue.

«J'ai hâte de notre prochaine soirée au Blue Note. Peut-être pour écouter un big band. Tu en auras plus pour ton argent, me dit-elle avec un clin d'œil. Réserve bien la date sur ton agenda», murmura-t-elle, et elle quitta la première la cage d'escalier pour filer dans sa chambre.

Je retournai aux États-Unis le 19 mai 2012, pour les 8 ans de Ray. Je prévoyais de rester un peu. Je ne pouvais plus rendre visite à Michiel et je n'arrivais plus à me concentrer sur le travail.

J'étais de retour au Japon le 29 mai, deux jours avant la transplantation de Mimi. Saigo vint me chercher à l'aéroport. Je passai la journée à déambuler sans but dans Shimokitazawa, sans savoir quoi faire ni à qui parler. Je voulais être là pour l'opération. Même si c'était juste pour lui faire un signe de la main à travers la pièce.

Pendant que je traînais dans le coin, sur un coup de tête, je passai chez Ragtag, un magasin de fringues d'occasion haut de gamme. Je regardais les vêtements pour femmes quand la robe rouge parfaite me sauta aux yeux. Pas une robe bustier, mais superbement coupée et juste à la taille de Michiel. Elle était élégante et simple. On aurait dit de la soie. Je ne savais pas combien elle valait neuve, mais en seconde main, elle coûtait déjà 250 dollars. Je savais que, dans cette robe, Michiel serait absolument magnifique pour notre première sortie après sa guérison. Il y avait plus de chances que le Cotton Club propose un big band de jazz, plutôt que le Blue Note, mais tous les deux lui plairaient bien.

La veille de l'opération, Saigo m'apporta une boîte avec des listes de noms et une pile de vieux fanzines de yakuzas qu'il avait récupérés pour ma base de données sur le crime organisé. Je lui remboursai ses frais et il nous fit du café pendant que je rentrais ces nouvelles informations sur mon ordinateur.

Il est toujours un peu inconfortable de se dire que votre café vous est servi par un ancien boss yakuza, mais si j'insistais pour le faire moi-même, il se vexait. Il voulait que notre situation soit bien claire. C'était lui qui travaillait pour moi, pas l'inverse. Je le laissai faire le café.

En posant les tasses, il me demanda :

« Tu vas à l'hôpital demain ?

– Non, lui dis-je, Michiel m'a dit que je ne pourrais pas lui faire plus qu'un petit signe de la main à l'autre bout de la pièce.

– Jake-san, comme tu sais, il n'est pas dans notre culture de nous exprimer très directement, et même si Michiel est à la fois japonaise et américaine, il y a une grande part de japonais en elle, et elle en dit plus long que ce que tu entends. Tu devrais donc réfléchir à certaines choses. À commencer par la possibilité qu'elle pourrait mourir cette fois-ci. Elle-même, elle le sait, et tu ne devrais pas le nier, toi non plus. »

Tout en parlant, il prépara un autre café.

« J'ai perdu ma seconde femme à cause du cancer. Il y a des choses que j'aurais aimé lui dire quand j'en avais la possibilité. Tu as encore la chance de pouvoir dire et faire les bonnes choses. »

Il s'assit, me tendit une tasse de café, trois bâtons de sucre, une paire de baguettes pour le remuer et il se remit à parler. Il me raconta son histoire. Je ne savais même pas qu'il avait eu une seconde femme. Après qu'il eut fini de parler, nous restâmes tous les deux silencieux. Puis, il reprit :

« Jake-san, il m'arrive de donner de mauvais conseils. Je ne suis pas le plus brillant des gars. J'avais gagné ma place parmi les 50 premiers cadres d'une organisation de 10 000 personnes, et on m'avait confié la charge de gérer personnellement 150 hommes au sein de cette organisation. Aujourd'hui, mon seul statut, c'est d'être ton chauffeur, et je suis obligé de fuir les huissiers et les yakuzas que tu t'es mis à dos. Et tout cela n'aura pris que quelques mois.

– Hé là, répliquai-je, tu dis ça comme si c'était une mauvaise chose. »

On se mit à rire tous les deux. Il trouvait ça plus drôle que moi.

« Ce que je veux dire, c'est que je voudrais avoir été plus honnête avec ma femme. J'aurais dû lui dire que je l'aimais. J'aurais dû parler de la mort avec elle. J'aurais dû rester auprès d'elle plus souvent, quand je le pouvais. »

Je hochai la tête. « Ouais. Eh bien, là, c'est différent. »

Il secoua la tête.

« Non, ce n'est pas si différent. Je te connais depuis des années. Chaque fois que Mimi-chan a été malade, tu lui as rendu visite à l'hôpital. Chaque année, elle t'envoie une carte de Noël et une carte de vœux. Et toi, tu fais la même chose. Je vous écoute parler dans la voiture. Vous riez ensemble, et elle finit tes phrases. Tu sais tellement de choses sur elle et elle sait tout de toi. Elle s'inquiète pour toi. Je peux l'entendre dans sa voix. Tu vas la voir à l'hôpital presque chaque semaine et tu passes des heures avec elle. Tu lui apportes des livres, des films. Chaque fois que tu te rends aux États-Unis, tu reviens avec ses magazines préférés et les seuls biscuits que son diététicien l'autorise à manger, ces affreux trucs sans gluten. Je vois comment elle te regarde et comment tu la regardes et je peux te dire que vous vous aimez. Mais toi, tu ne le lui dis pas. Je ne sais pas pourquoi. »

Il marqua une pause.

« Je n'arrive pas à comprendre pourquoi tu ne lui fais pas part de tes véritables sentiments. Parce que le reste du temps, excuse-moi de te dire ça, tu ne sais jamais quand tu ferais mieux de te taire. »

J'émis une objection.

« C'est ma meilleure amie.

— Ce n'est pas un peu plus que ça? Pardonne-moi si je parle à tort et à travers, mais n'est-elle pas un peu plus que ça pour toi?»

Je ne voulais pas en discuter avec lui. Parce que les émotions, c'est un truc désordonné. Parce qu'en théorie, c'est une mauvaise idée de tomber amoureux de sa meilleure amie. Parce que je ne voulais pas penser à un monde où Michiel ne serait plus là.

Saigo continuait de parler, d'une voix douce, avec lenteur.

«Je sais que tu voudrais la rassurer. Lui promettre que ça va s'arranger. Mais même si tout ce que tu peux faire, c'est un petit signe de la main, ne le devrais-tu pas?»

Je restais assis sur ma chaise, sans savoir quoi lui dire. Il prit les tasses à café vides sur la table et alla les laver. Puis il se dirigea vers la porte et s'inclina. Il avait un dernier conseil à me donner.

«Jake-san, quoi que tu penses vouloir dire à Mimi-chan, c'est le moment. Si tu peux la voir, tu devrais le faire. Tu n'auras peut-être pas de seconde chance. Si j'étais à ta place, je saisirais celle-là.»

En définitive, la greffe de moelle osseuse fut reportée et reprogrammée le matin du 31 mai, mais je ne savais toujours pas quoi faire. Je parlai au père de Michiel, Bob, qui me dit qu'il était d'accord pour que je vienne la voir et que je ne présenterais aucun risque pour elle. Lui et Hiroko, la mère de Michiel, seraient eux aussi déjà dans sa chambre. Une personne de plus ou de moins ne ferait pas de différence, me dit-il. Mais je me refusais à devenir un fardeau. Je partis me coucher à minuit. Je ne dormis pas bien.

Le 31 à 9 heures du matin, Saigo se présenta à ma porte et s'annonça par un coup de sonnette. Il ne m'avait pas appelé à l'avance comme il le faisait habituellement quand il venait me chercher. Je descendis et, avant que je puisse ouvrir la bouche, il me dit:

«Jake-san, nous sommes en retard. Je suis terriblement désolé. Je me suis réveillé en retard. S'il te plaît, monte dans la voiture. On y va, non?

— Je t'ai déjà dit que je n'y allais pas.

— Vraiment? Ce n'est pas ce que je me souviens d'avoir entendu. On ferait mieux de partir maintenant. Je crois que tu as dit que l'opération commençait à midi.

— Je croyais surtout t'avoir dit que je n'irais pas.

— Non, je crois que tu as dit que tu avais pensé à ne pas y aller. Ça ne veut pas dire que tu n'y vas pas. Et puis, je suis là maintenant.»

Il fronça un sourcil, pencha la tête de côté et fit un signe en direction de la Mercedes. Je montai dans la voiture.

Nous arrivâmes à l'hôpital avant midi. Je marchai tout droit vers la chambre de Michiel. Les infirmières me firent un signe de tête et me sourirent. L'infirmière Akimoto me guida vers l'endroit où on allait s'occuper de Michiel. Elle me prit la main et m'entraîna doucement à sa suite. C'était un geste délicat. Mon amie était dans la salle blanche. Je me désinfectai les mains devant la porte, puis l'une des infirmières m'apporta un masque. J'entrai dans la salle.

Michiel était dans son lit, elle portait son pyjama violet, je crois. Le lit était légèrement incliné; elle avait la tête posée sur l'oreiller, ses longs cheveux gris et roux étalés dessus, et elle était légèrement tournée vers la porte. Je ne l'avais jamais vue si pâle. Quand elle me vit, son visage s'éclaira. Elle me sourit.

«Jake! Comment es-tu entré ici?

— Michiel, tu sous-estimes mes capacités de discrétion apprises chez les ninjas. Et puis, les infirmières m'aiment bien. J'ai pratiquement un laissez-passer pour me balader partout dans cet hôpital.»

Elle eut un petit rire, qui se transforma en une légère toux.

« *Sasuga*, Jake-chan. Je suis contente que tu sois venu. »

Son père était présent et moi, je n'étais pas censé rester longtemps. Je restai quand même encore un peu et Michiel et moi échangeâmes quelques mots. Nous nous parlions encore quand l'infirmière mit en route la perfusion qui devait transfuser la moelle osseuse dans son sang.

Je ne pouvais pas retirer mon masque. Je ne voulais pas m'en aller. Mais je me forçai à lui dire au revoir. Alors que je m'apprêtais à partir, elle me tendit la main, et je la pris dans la mienne. Bien sûr, nous n'étions probablement pas censés nous toucher. Mais j'avais les mains propres et quand elle me tendit la sienne, petite et fragile, la prendre me parut aussi naturel que respirer. Nous restâmes comme ça pendant un long moment, nos regards se croisèrent, nous n'avions pas besoin de dire un mot. Elle me lâcha et me fit un signe d'adieu. J'attendis encore un peu dans le couloir, mais elle s'endormait. Je lui adressai un geste, elle cligna de l'œil, puis ferma les yeux. Je sentais encore sa main dans la mienne. Même à présent, parfois, je peux encore sentir cette chaleur. Je peux sentir sa main dans la mienne, comme si nous étions encore en contact par le toucher. Je sortis et j'appelai Saigo. Il vint me chercher en bas des urgences dix minutes plus tard.

« Comment allait-elle ? me demanda-t-il.

– Bien. Elle était fatiguée. Toute la chimiothérapie qu'elle a subie avant la transplantation a dû être très dure à supporter. Ils ont dû tuer les cellules cancéreuses dans son corps avant de transplanter la moelle osseuse.

– Oui, bien sûr. C'est logique. »

Saigo connaissait un nombre surprenant de termes médicaux. Peut-être était-ce dû à son diabète, ou à ce qui était arrivé à sa seconde femme. Ou peut-être cela venait-il du traitement à l'interféron qu'il avait subi pour guérir son hépatite C, des années plus tôt. La voiture roula pendant trente minutes jusqu'à Tokyo et je ne prononçai pas un mot.

J'avais peur que ma voix ne se brise. Finalement, je me raclai la gorge et je dis ce que j'aurais dû dire dès le début.

« Merci de m'avoir emmené là-bas aujourd'hui. »

Il me fit un signe de la main et haussa les épaules.

« Pas la peine de me remercier. Je ne faisais que suivre les ordres, patron. C'est ce que je fais le mieux. »

Mimi eut une crise cardiaque quelques jours après la greffe de moelle et fut plongée dans un coma artificiel. On me dit qu'il faudrait peut-être attendre longtemps avant qu'on la sorte du coma. Je rentrai donc aux États-Unis. Sa famille m'apprit qu'elle se remettait. Et je réservai mon billet de retour pour le Japon, pour y arriver le 30 juin.

Les nouvelles étaient plutôt bonnes. Elle s'était réveillée, alerte et de bonne humeur, même si tous ses cheveux étaient tombés. J'étais tellement excité à l'idée de la revoir que j'en avais des nœuds à l'estomac. Je me sentais étourdi, et tellement heureux que j'aurais pu aller chanter au karaoké. Et même, chanter sans voir bu une goutte. Et je sais pourtant que je suis un très mauvais chanteur. Le 9 juillet, j'étais sur le quai de la gare de Shimokitazawa pour me rendre à l'hôpital quand je reçus une notification Facebook. Maria, notre amie commune, venait de poster que Michiel était morte.

C'est comme ça que je l'ai appris. Par un post sur Facebook.

Je manquai mon train. Il passa devant moi à toute vitesse. Je me souviens d'être resté seul sur un quai absolument désert, ce qui ne semble pourtant guère possible. Je ne voulais pas le croire, pourtant je savais que c'était vrai. J'attendis quelques heures, puis j'appelai sa mère pour en avoir le cœur net. Je ne sais même plus comment je rentrai chez moi. Le lendemain, j'aidai à organiser sa veillée funèbre et ses obsèques à San Francisco, prévues pour le 18 juillet.

À cause de mon travail de consultant aux États-Unis, je ne pouvais pas rester au Japon pour les funérailles organisées par ses parents. Elles devaient avoir lieu le 12 juillet, un jeudi, à 13 heures, à l'église d'Asagao. Je savais que je ne pourrais pas y assister.

Michiel n'était plus là, de toute façon. Elle ne reviendrait pas à la vie. Il faut avoir l'esprit pratique dans ces cas-là. Je voulais quand même présenter mes condoléances. J'arrivai à San Francisco le 16 juillet. Le soir même, je m'offris un massage du corps complet dans un salon suédois néo-hippie new age romi-romi. À la fin de votre massage, ils vous donnent un conseil lapidaire choisi au hasard, imprimé sur du faux *washi*. J'ai gardé celui-ci. C'était une citation d'un célèbre professeur bouddhiste du Vietnam. Le maître zen Lin Chi disait: « Le miracle n'est pas de marcher sur l'eau, mais de marcher sur la terre. Nous pouvons profiter de chaque minute de notre vie. En marchant ainsi, nous pouvons inspirer les autres à faire de même. » C'était tiré de son livre *No Death, No Fear*.

Je relus la citation plusieurs fois de suite. Peut-être que ça aurait dû devenir une source d'inspiration pour moi. Mais tout ce que je réussis à faire, fut de me dire que, bien sûr, les morts n'ont plus peur, car ils sont morts. Quelqu'un devrait s'en prendre à l'éditeur du livre pour ce si mauvais titre.

Je parvins à joindre son frère, son professeur, ses amis et d'autres personnes qui n'avaient pas pu se rendre aux funérailles au Japon. Nous lui rendîmes un bel hommage le 18 juillet. Lors de cette cérémonie, je fis la connaissance d'Emi Tojima. Emi était une amie de Mimi du temps de son école américaine au Japon; c'était une hippie spiritualiste à moitié japonaise, au visage parsemé de taches de rousseur, ancienne infirmière, avec qui je sympathisai immédiatement. Nous devînmes des amis. Elle me proposa de l'herbe aux vertus médicinales, si je me souviens bien, mais je n'étais pas partant. Tout le monde partagea des histoires sur Michiel et des photos. Son amie coréenne, Cris, était là elle aussi. Je ne l'avais pas revue depuis cette nuit au club, alors qu'on dansait tous et que Michiel s'était sentie mal. Ça me fit réfléchir. J'étais là quand Michiel était tombée malade et j'avais été présent presque jusqu'à la fin.

Le professeur Tsuneo Akaha eut des mots très gentils pour elle. Il parlait déjà d'une remise de diplôme à titre posthume pour Michiel. Et aussi de créer un fonds à son nom. Parler à ses amis fut pour moi une révélation. Il y avait tellement de choses que j'ignorais à son sujet, mais il y avait aussi beaucoup de questions que je n'avais jamais posées. On ne connaît jamais vraiment quelqu'un aussi bien qu'on le croit, et parfois on ne se connaît pas si bien soi-même.

De retour au Japon, j'allai présenter mes condoléances à ses parents. Ça me semblait être ce qu'il fallait faire. Ils habitaient tout près de chez moi. Nous parlâmes un long moment. Bob m'offrit une bière, mais je mentionnai au passage que j'essayais d'arrêter de boire. Je lui expliquai que j'avais peur de me mettre à boire seul.

« Quand vous buvez seul, monsieur Brandt, c'est que vous avez des problèmes », lui dis-je.

Il me demanda si je voulais voir la chambre de Michiel.

« Elle est exactement comme elle l'a laissée. En haut des escaliers, première porte à gauche. Si vous avez besoin de quoi que ce soit, dites-le-moi. »

Dans sa chambre, je vis que sur sa commode il y avait l'autre moitié de notre collier BFF, le pendant de celui que je portais toujours autour du cou. Je pris sa moitié et la plaçai à côté de la mienne. Quand les deux pièces s'assemblèrent par magnétisme, je m'effondrai. Je sentis une vague de chaleur me traverser, mes yeux s'embuèrent vite et tout devint flou. Je parvenais à peine à respirer. Je retirai le collier de mon cou et le mis soigneusement dans la poche de mon manteau.

Je redescendis et montrai le collier noir et argenté, le pendentif yin et yang, à ses parents. Je leur expliquai ce qu'il signifiait. Ils étaient heureux que je l'aie gardé. Je leur fis mes adieux et je me dirigeai vers la gare la plus proche. C'était Eifukuchō. En montant dans le train, je me rendis soudain compte que le nom de la gare se traduisait littéralement par « la ville du bonheur éternel ». Ce serait un endroit tellement merveilleux s'il existait vraiment.

Je rentrai chez moi en pleurant à chaudes larmes comme un gros Américain qui transpire dans un sauna finlandais. J'avais l'impression qu'on m'avait déversé un vernis à ongles translucide dans les yeux. Quand j'arrivai enfin dans ma chambre, je glissai le collier dans une enveloppe et le rangeai dans une boîte où je gardais les cartes de Noël de Michiel, ses cartes d'anniversaire, ses cartes de vœux, ses petits mots et ses lettres au fil des ans. Le CD de Noël était là aussi. Je l'écoutai ce jour-là. La dernière chanson était une ballade larmoyante de Sia intitulée *My Love*. J'avais toujours cru que le CD se terminait par *Universe and U* de KT Tunstall, mais c'était faux. Le titre de la chanson ne figurait pas sur la playlist. Je ne m'en étais jamais aperçu. C'était comme si celle-ci s'était glissée dans le CD à un moment où je regardais ailleurs. Je l'écoutai encore et encore.

« Et maintenant, je suis chez moi. »

Les paroles d'une chanson restent toujours ouvertes à l'interprétation. Mais j'avais vraiment l'impression que c'était la dernière chose que Michiel voulait me dire. Bien sûr, c'était là un vœu pieux. On n'entend pas les choses comme elles sont, on les entend comme on voudrait qu'elles soient. Je remis le CD dans sa boîte.

Les années passèrent.

J'ai fini par rapporter la robe rouge à la boutique de vêtements d'occasion. Quelque part, il y a peut-être une femme qui danse habillée de cette robe, mais jamais je n'emmènerai Michiel danser au Blue Note dans cette tenue. C'était pourtant une promesse que je pensais vraiment pouvoir honorer.

Michiel a obtenu son diplôme à titre posthume en 2010. Le professeur Akaha a créé une bourse d'études au nom de Michiel. J'y contribue chaque année.

Dans mon esprit, je ne me considère pas comme particulièrement émotif. Je me vois comme Vulcain, même si je n'ai qu'une seule oreille pointue, alors, sans doute que je n'ai en moi qu'un peu de Vulcain. Je m'efforce de vivre en être humain rationnel et quelque peu détaché. Je ne suis pas stoïque, mais j'ai très bien compris que tout chose avait une fin. Pourtant, je n'aurais jamais pensé que quelqu'un me manquerait autant et pendant aussi longtemps. Chaque mois de juillet, quand arrive l'anniversaire de sa mort, j'y fais face. Je regarde des photos d'elle et je sens son sourire radieux alors que je pense à elle. Et je vais bien.

PARTIE 3

RECONSTRUCTION

UN MEURTRE, ÇA COÛTE CHER

Quand Michiel est morte, je me suis effondré. Je ne me suis même pas accordé un moment pour penser à tout ce qui était arrivé. Je me sentais vidé de toute énergie, que ce soit pour accepter des missions de diligence raisonnable ou pour faire toutes sortes d'autres choses. J'avais tout perdu. Le travail lui-même s'amenuisait peu à peu, à mesure que les yakuzas eux-mêmes se mettaient à disparaître. Certes, il y avait encore de la demande, mais je n'avais plus envie de rien. Malheureusement, le monde décida de ne tenir compte ni de mes sentiments ni de ma santé mentale. S'il y a une circonstance en ce bas monde qui peut vous aider à vous concentrer sur la vie, c'est quand on vous rappelle que quelqu'un aimerait vous voir mort, et qu'il est spécialement doué pour tuer les gens, puis pour s'en sortir sans coup férir.

Il y a un dicton japonais que l'on se doit de connaître.

***Jigoku no sata mo kane shidai* (地獄の沙汰も金次第).**

Même aux portes de l'enfer, tout dépend de l'argent que vous possédez.

Au Japon, l'argent résout tout. Même les meurtres prémédités. À la mi-octobre 2012, Tadamasa Goto accepta de payer 110 millions de yens, soit près de 780 000 euros, pour régler le procès intenté par la famille de Kazuoki Nozaki assassiné en 2006 par des membres de son organisation. Tadamasa Goto a quitté le Japon pour le Cambodge en 2008. Ça m'a permis de respirer un peu plus facilement.

La police métropolitaine de Tokyo avait passé cinq ans sur cette affaire, mais après un sérieux contretemps, l'accusation avait hésité à poursuivre Goto. Son ancien lieutenant, Takashi Kondo, le seul gangster qui aurait reçu l'ordre direct de tuer la victime, avait été abattu en Thaïlande en avril 2011. Un policier de Tokyo qui avait travaillé sur l'affaire déclara : « Nous voulions coincer ce salopard, mais les procureurs ne nous ont jamais donné le feu vert. »

De ce fait, Goto n'avait jamais été poursuivi pour ce meurtre. Mais payer 780 000 euros avait dû le toucher au portefeuille et négocier un accord avec la famille était humiliant. Hourra.

On dit que la plume est plus puissante que l'épée. C'est parfois vrai. En septembre 2012, j'appris que la police incitait la famille d'un agent immobilier assassiné à poursuivre Goto en justice. Elle pensait demander 2 millions d'euros de réparations.

Je m'efforçai de faire en sorte qu'il paie la totalité de la somme, et que pas un seul yen ne vienne des caisses communes du Yamaguchi-gumi. La responsabilité de ce meurtre lui incombait, à lui et à lui seul. Si les procureurs japonais avaient eu des couilles, Goto aurait été poursuivi au pénal pour meurtre. Mais on n'a pas toujours ce qu'on veut. Plus de 25 avocats s'activèrent autour de ce procès, et aucun de leurs noms ne fut jamais publié. Lorsque je demandai à l'un d'entre eux pourquoi ils étaient un si grand nombre à travailler sur cette affaire, par ailleurs assez simple, je reçus une réponse claire et précise: «Il ne pourra pas tous nous tuer, alors il y a une probabilité moindre qu'il tue l'un ou l'autre d'entre nous.» Ça avait du sens, en effet.

Quand je m'étais présenté à sa porte, l'avocat avec lequel je voulais parler – dont je tairai le nom – avait eu bien du mal à cacher sa nervosité. Je n'avais pas pris rendez-vous. Je m'étais tout simplement rendu à son bureau. Alors que je lui demandais des détails sur le procès, il m'interrompit.

«Igari-sensei était votre ami et votre avocat, n'est-ce pas?

– Oui, il l'était.»

Il ne dit rien de plus pendant une quinzaine de secondes. Il semblait retenir son souffle. Je rompis le silence.

«Je ne mettrai pas votre nom dans l'article. Je ferai comme si je n'étais jamais venu ici. À vous tous, vous êtes 25, c'est bien ça?

– Oui, nous sommes 25.

– Eh bien, alors, ça fera beaucoup de suspects potentiels. Je vais écrire l'article comme si je n'avais parlé à aucun d'entre vous.

– J'apprécierais, nous apprécierions tous énormément cela.»

Je proposai à *The Atlantic Wire* de leur écrire un article sur le procès. Ils me demandèrent d'y expliquer comment il se faisait que, au Japon, on pouvait considérer un chef yakuza responsable d'un meurtre au civil, mais pas au pénal.

Pas un seul boss en activité du Yamaguchi-gumi n'accepterait de me parler devant témoins, à l'exception du grand patron, et en ce cas, ce serait lui qui fixerait les règles. Certains types comme Satoru Takegaki, l'ancien chef du Takenaka-gumi, osent s'exprimer officiellement une fois qu'ils ont pris leur retraite. Mais la règle d'or, c'est qu'un sous-chef ne doit pas parler à la presse ni avoir son nom imprimé dans les journaux, tant qu'il est actif dans l'organisation. Idéalement, quand vous citez les propos d'une personne, vous aimeriez pouvoir utiliser son nom, mais quand il s'agit de flics ou de gangsters japonais, c'est très difficile de le faire. Les flics risquent le licenciement pour avoir « divulgué des secrets » et ils peuvent même se retrouver poursuivis pour cela, en vertu des lois qui régissent l'activité des fonctionnaires. Les yakuzas risquent le bannissement ou la mort pour avoir bavardé à tort et à travers.

Pour cet article, je décidai de m'adresser directement à l'Ancien. Il demanda à voir une copie des documents que les avocats avaient remis à la presse, mais je ne pouvais pas la lui donner. Je lui lus au téléphone les passages pertinents. Il accepta volontiers de me donner ses commentaires sur le fond. Il me fit remarquer qu'il serait injuste de demander à son patron, le chef du Yamaguchi-gumi, de payer les réparations. Il m'expliqua pour quelles raisons il pensait ça et je lui promis que l'article refléterait sa position.

Je savais que Goto ne donnerait jamais son sentiment sur le procès, en tout cas pas à moi directement, alors je demandai à un de ses proches collaborateurs de me rapporter ses réactions. Ce yakuza avait l'intention de quitter Tokyo et de retourner dans le nord du Japon pour s'occuper de ses parents âgés. En outre, Goto l'avait frappé au visage avec une canne un jour où il était spécialement de mauvaise humeur, et il ne voulait plus rien avoir à faire avec ce salaud.

Goto s'était bruyamment plaint du procès au cours d'un dîner en compagnie de plusieurs de ses riches sponsors et j'étais donc certain que ma source ne serait pas inquiétée pour m'avoir relaté l'incident. Je mis cette information dans mon article. Je ne savais pas ce que Tsukasa, le chef suprême du Yamaguchi-gumi, penserait de ce commentaire, mais je n'avais pas le temps de le soumettre à l'Ancien. Finalement, je mis en forme toutes les informations que j'avais collectées et j'écrivis l'article suivant. Mais c'est ce qui arriva dans le monde réel à la suite de cet article qui eut un impact significatif.

Ce n'est pas si facile d'être un chef yakuza.

De nos jours, le prix de l'assassinat d'un civil peut atteindre 2 millions d'euros. Ce n'est pas le prix que l'on doit s'attendre à payer pour que le travail soit fait, c'est le prix qu'il faudra payer si l'un de vos subordonnés se fait prendre. Toute cette spirale inflationniste a commencé à Kyoto il y a quelques années avec un yakuza très stupide qui a voulu arnaquer McDonald's sur le prix d'un cheeseburger.

Le Yamaguchi-gumi, la plus grande association criminelle organisée du Japon, dont les membres sont au nombre de 39 000, et son célèbre ancien chef adjoint Tadamasa Goto devraient parvenir ce mois-ci à un accord avec la famille d'un civil assassiné en 2006. Les membres encore vivants de la famille, représentés par un groupe de 25 avocats, lui ont intenté le mois dernier un procès en demandant 187 millions de yens de dommages et intérêts, soit 1,4 million d'euros.

Dans l'affaire, c'est l'actuel « P-DG » du Yamaguchi-gumi, Shinobu Tsukasa, qui joue le plus gros et a le plus à perdre. Au moment du meurtre, celui-ci était en prison pour possession d'armes à feu, n'avait pas connaissance du projet d'assassinat, ne l'avait pas validé ; aujourd'hui, il ne semble pas très heureux d'avoir à faire le ménage. Il ne veut pas payer pour un crime qu'il n'a ni commis ni autorisé. Naturellement, toute cette histoire est mauvaise pour ses affaires et terrible pour les relations publiques. Elle fait grand tort à la marque Yamaguchi-gumi. Et si le procès devait aller jusqu'au tribunal, cela pourrait constituer un très mauvais précédent juridique pour l'entreprise « Yakuza inc. »

Il s'agit d'un procès inhabituel. Selon des sources policières, c'est la première fois que des chefs yakuzas japonais sont poursuivis en justice depuis les révisions apportées en 2008 aux lois contre le crime organisé qui permettent de juger les chefs d'une association criminelle et de les tenir responsables des actes de leurs subordonnés devant un tribunal civil, essentiellement en considérant les groupes de yakuzas comme des entreprises privées.

L'ancien officier de l'Agence nationale de la police, Akihiko Shiba, désormais avocat, explique que, dans la mesure où il est très difficile de prouver la responsabilité pénale des grands patrons yakuzas, les poursuites judiciaires constituent un moyen de voir la justice en partie rendue. « Les lois contre le crime organisé sont des lois administratives, pas des lois pénales. Les révisions de 2008 ont clairement établi que les associations criminelles organisées désignées comme telles fonctionnent comme les entreprises japonaises et que, par conséquent, les individus qui les dirigent ont les mêmes responsabilités que tous les employeurs », explique M. Shiba. Depuis 2008, trois procès au moins ont été intentés contre des chefs yakuzas pour des dommages causés par des membres du clan de rang inférieur. Toutes ces affaires ont connu un règlement amiable. « À ce stade, le recours aux poursuites civiles contre les grands yakuzas a certainement eu un effet dissuasif sur les dirigeants. Le montant des dommages et intérêts s'accumule et grandit avec le temps », précise M. Shiba.

D'autres doivent partager son point de vue.

De nos jours, être un chef yakuza, ce n'est plus ce que c'était. En échange du statut de chef suprême, vous devez subir tous les reproches et endosser toutes les responsabilités. En août 2008, trois mois après l'entrée en vigueur des révisions des lois anti-yakuzas, un des chefs du Yamaguchi-gumi s'est retrouvé obligé de régler la note restée impayée d'un de ses sous-fifres. Chacun sait que les yakuzas modernes du Japon sont par essence désormais devenus l'équivalent des sociétés. Le Yamaguchi-gumi lui-même est aujourd'hui une société cotée en Bourse. Et au Japon, c'est le P-DG qui doit assumer la responsabilité des erreurs commises sous sa direction. Il y a quelque temps, un membre du Yamaguchi-gumi âgé de 38 ans s'est commandé un menu à emporter dans un drive-in de Kyoto. Il a reçu et accepté sa commande, puis a prétendu que son repas avait été trempé par la pluie et qu'il ne devait rien payer. Il est parti en emportant son hamburger et ses frites. (On ne sait pas exactement s'il s'agissait d'un hamburger ordinaire ou d'un cheeseburger, les témoignages divergent sur ce point, mais en tout cas, ce n'était certainement pas un Happy Meal.) Quelques jours plus tard, une facture est arrivée au siège du Yamaguchi-gumi à Kobe, envoyée par un manager de McDonald's très en colère. L'organisation a payé la facture. C'était le cheeseburger le plus cher du monde.

La compensation versée pour ce cheeseburger n'était que le début de toute une série de migraines juridiques pour le Yamaguchi-gumi. D'autres associations de yakuzas en ont également fait les frais. Au fil du temps, et avec les révisions successives des lois et les interprétations plus larges que les tribunaux leur ont données, les chefs de clan yakuzas se sont retrouvés face à une notion de « responsabilité de l'employeur » de plus en plus contraignante. Un boss peut se voir tenu responsable de n'importe quel dommage que ses sbires causeront dans le cadre de leurs activités professionnelles et commerciales, y compris l'extorsion de fonds.

Le procès concernant la mort de Nozaki comporte un certain nombre d'éléments qui rendent ce procès différent de tous ceux qui l'ont précédé. « Si cette affaire est portée devant les tribunaux et si le défendeur perd son procès, cela pourrait constituer un revers majeur pour les yakuzas », déclare un inspecteur de police à la retraite, ancien membre de la police métropolitaine de Tokyo, qui a enquêté pendant plus de vingt ans sur des affaires de crime organisé.

Le meurtre de Nozaki n'est toujours pas officiellement élucidé et la question de savoir qui en est le responsable, *au pénal ou au civil, n'a pas été tranchée. Takashi Kondo, le membre du Goto-gumi que la police suspecte d'avoir reçu l'ordre de tuer, a été lui-même assassiné l'année dernière en Thaïlande après l'émission d'un mandat d'arrêt international contre lui. On ne peut pas poursuivre les morts.*

Tadamasa Goto, soupçonné d'avoir ordonné les meurtres de Nozaki et de Kondo, sans avoir jamais été inculpé pour cela, a été exclu du Yamaguchi-gumi deux ans après le meurtre de Nozaki, le 14 octobre 2008, de sorte que sa responsabilité légale dans cette affaire est floue.

Le patron actuel du Yamaguchi-gumi n'a jamais fait l'objet d'une enquête criminelle pour ce meurtre. Comme indiqué plus haut, les services de police pensent (et des sources dans la pègre partagent leur opinion) que Tsukasa n'a jamais donné l'ordre de tuer, qu'il ne l'a jamais approuvé et qu'il était en cellule à l'isolement au moment où la besogne a été accomplie. Il a finalement donné son approbation au bannissement de Goto, par l'intermédiaire de son commandant en second, alors qu'il était encore détenu en prison.

Un membre haut placé du Yamaguchi-gumi estime que, en fin de compte, ce procès serait décidément injuste. Cet individu s'explique : « M. Tsukasa n'a jamais toléré le meurtre d'un civil. Le Yamaguchi-gumi de M. Tsukasa a interdit le trafic de drogue, le vol, le cambriolage et la violence contre les citoyens ordinaires : tout cela n'est pas acceptable. Pour ce qui est de l'extorsion de fonds et du chantage, c'est une autre question. Quoi qu'il en soit, l'une des raisons pour lesquelles le Yamaguchi-gumi a finalement expulsé Goto, c'est qu'il violait continuellement nos règles d'éthique les plus basiques. Et maintenant, six ans après les faits, il nous force à nouveau à nettoyer ses saletés derrière lui. »

Goto paiera peut-être sa part des dommages, mais il rechigne à payer la facture à la place de son ancien boss, Tsukasa. Goto aurait dit à ses associés : « D'après vous, qui donc a payé la caution du vieux en 2005 ? C'est un milliard de yens [7 millions d'euros] de mon propre argent, et en liquide ! Il m'a chassé de l'organisation. Et il ne m'a toujours pas remboursé. Il peut payer ses propres dommages et intérêts avec l'argent qu'il me doit. »

En attendant, Goto n'est pas à court d'argent. Son autobiographie provocante, Pardonnez-moi, mais..., *a été un best-seller après sa publication en 2010 et ses nouvelles « entreprises » seraient très prospères.*

Les tentatives de joindre Goto pour obtenir son commentaire, y compris les appels sur son téléphone portable privé, sont restées vaines. Des sources proches de Goto ont déclaré qu'il se cachait au Cambodge le temps que le procès soit réglé.

Bien qu'il soit difficile d'éprouver de la sympathie pour Tsukasa, on peut comprendre pourquoi cela constitue au mieux un casse-tête de conserver des meurtriers sociopathes sur le registre du personnel de son entreprise. Tout ce que l'on peut faire, si on ne peut pas les faire enterrer quelque part, c'est les virer. Et si 2 millions d'euros peuvent ressembler à une goutte d'eau dans l'océan pour un chef de gang japonais, n'oubliez pas qu'avec une caution qui va de 10 à 15 millions d'euros, de nos jours, il devient de plus en plus difficile de gagner sa vie de manière malhonnête.

L'article fit un tabac sur Internet, en dépit de son sujet plutôt ésotérique. Je me sentais satisfait. Quelqu'un le résuma pour les grands pontes du Yamaguchi-gumi. Je pense qu'il était en ligne depuis vingt-quatre heures à peine quand je reçus un appel du lieutenant de l'Ancien.

« Salutations. Il m'a demandé de vous appeler. Il a dit que c'était un excellent article. Certaines des blagues étaient un peu... sombres. Merci d'avoir précisé que l'*oyabun* ne pouvait pas être tenu pour responsable.

— Bien sûr. C'est la vérité.

— Il a une question. »

J'attendis.

« Il aimerait savoir si Goto a vraiment dit tout ça. Ces histoires sur le grand patron qui lui doit de l'argent et toute cette merde.

— Je ne l'ai pas entendu directement de lui, comme vous pouvez le voir dans l'article. Mais je l'ai entendu de la bouche d'une personne qui est en situation de le savoir.

— De qui pourrait-il bien s'agir ?

— Je ne peux pas vous le dire ou plutôt, je ne vous le dirai pas. Ce serait trop en révéler. »

Il y eut un silence gênant.

« La personne qui m'a dit cela est une de mes sources. Les sources sont confidentielles. Notre devoir est de les protéger. C'est le code du journalisme, lui dis-je.

— Vous ne nous faites pas confiance ? »

Je m'attendais à entendre des arguments de ce genre.

« Je n'ai même pas confiance en moi. Oui, je vous fais confiance, mais vous allez devoir rapporter mes paroles à quelqu'un d'autre. Les gens parlent. Si, quelque part, la mauvaise personne entend son nom, il est mort. Je n'ai pas envie d'avoir sa mort sur la conscience. Et professionnellement, ce serait la fin pour moi. »

Encore un silence.

« Par exemple, vous et moi, nous sommes en train de nous parler maintenant. Mais nous ne nous sommes jamais parlé. Nous n'avons jamais eu cette conversation.

— Je comprends. Donc Goto a bien dit ce qu'il a dit.

— Oui, il a dit ce qu'il a dit. Vous connaissez le personnage. N'est-ce pas exactement ce qu'il dirait ? »

Il se mit à rire.

« Le patron a une demande. Il voudrait que vous traduisiez l'article en japonais et que vous le mettiez sur votre site Web merdique. »

J'avais envie de protester contre l'utilisation du mot « merdique », mais j'ai tenu ma langue.

« Bien sûr, ai-je dit. Donnez-moi vingt-quatre heures.

– Vous en avez douze. »

Il coupa la communication.

Eh oui, parfois, une demande n'est pas véritablement une demande. Je ne savais pas pourquoi il voulait cette traduction, mais je pouvais le deviner. Je la terminai en quatre heures et j'appelai le lieutenant de l'Ancien.

« Hé, lui dis-je, c'est fait. C'est sur le Net. Ce n'est pas encore en ligne, pas pour le grand public, mais si je vous envoie l'URL, vous allez pouvoir le lire.

– Faites donc ça, je vous prie. Et aussi, imprimez-le en cinq exemplaires. De préférence en couleur.

– Pourquoi ? Vous n'avez pas d'imprimante ?

– J'ai une imprimante.

– OK, alors... ?

– Les choses disparaissent d'Internet. Elles sont postées, elles sont retirées. Le papier, lui, est éternel. Alors, imprimez-nous ces cinq exemplaires. »

Je lui demandai où je devais les envoyer. Il me dit qu'il enverrait quelqu'un les chercher chez moi. Je m'apprêtais à lui donner l'adresse, mais il me prit de vitesse, d'un air dégagé : « Ne vous donnez pas cette peine. Nous savons déjà où vous habitez. »

Il était là une heure plus tard. Le lieutenant de l'Ancien avait l'air de toujours porter le même costume. Je le soupçonnais d'en avoir un jour acheté plusieurs exemplaires. Le costume était noir, avec une veste à deux boutons, et l'homme y associait toujours une cravate bleu cobalt. Peut-être que c'était sa couleur fétiche. Je ne lui avais jamais posé la question. Il était grand pour un Japonais. Et mince. Il avait un visage presque plat, des sourcils fins, des cheveux gris coupés en brosse et il portait presque toujours des lunettes de soleil. Il souffrait peut-être d'une espèce de photosensibilité, car s'il enlevait ses lunettes de soleil en plein jour, ses yeux larmoyaient.

Il avait eu la gentillesse de faire garer sa voiture et celle qui la suivait sur le parking payant au bout de la rue, parce que je lui avais dit que mes voisins paniquaient quand plusieurs Mercedes-Benz noires se garaient devant la maison. Ça faisait vraiment trop penser à une descente de yakuzas. Même si notre allée pouvait accueillir deux voitures, c'était un peu trop voyant.

Il s'assit dans mon salon. Il prit les cinq exemplaires, puis appela son patron et lui lut le texte à voix haute. Il avait du mal avec certains termes juridiques transcrits en kanji, alors je réécrivis en vitesse certains passages sur un bloc-notes et lui glissai le bloc-notes pendant qu'il parlait. Il me fit un signe de tête pour me remercier.

Quand il raccrocha, il me dit : « Le patron souhaite vous exprimer son contentement. C'est du bon travail. Nous allons nous occuper de toute cette affaire, maintenant. Attendez-vous à la voir réglée très bientôt. Vous recevrez un appel. »

Puis il ramassa les cinq exemplaires, les glissa dans un dossier noir et rangea le dossier dans la mallette qu'il avait apportée avec lui. Je le raccompagnai jusqu'à la porte, puis il s'inclina à deux reprises et s'en alla. J'attendis quelques minutes avant de verrouiller la porte à double tour. Je ne voulais pas paraître impoli.

Goto passa un accord. Il paya environ 780 000 euros. Qui a dit qu'il n'y a pas de justice ? Quand vous êtes un gros bonnet des yakuzas, ça vous coûtera très cher pour vous en sortir après avoir commandité un meurtre.

D'ailleurs, si vous êtes un chef yakuza, cela vous coûtera aussi très cher simplement pour rester en vie. Selon une lettre du bureau du sénateur Chuck Grassley datée de 2008, Goto avait versé près de 400 000 euros à l'UCLA en 2001 afin de passer en tête de liste pour obtenir un foie. En plus de cette somme, il avait fait un don de 100 000 euros à l'institut.

Donc, quand on met ces chiffres en perspective, 780 000 euros, ça peut sembler une belle somme.

Certes, c'était un peu moins que les 187 millions de yens [1,4 million d'euros] de dommages et intérêts demandés dans la plainte initiale de la famille. Mais celle-ci avait obtenu quelque chose en échange. Selon les personnes impliquées dans le procès, à un moment donné des négociations, Goto et le Yamaguchi-gumi avaient proposé de payer la totalité de la somme demandée au titre des réparations, mais dans les négociations finales, Goto avait fini par payer seul, la condition étant qu'il exprime ses condoléances. Au Japon, les excuses ont une grande valeur.

Shinobu Tsukasa n'eut pas à payer un seul yen du montant initialement demandé.

L'avocat qui représentait les membres de la famille publia un communiqué de presse décrivant les détails de l'accord. Tout d'abord, Goto endossait la responsabilité du crime, car il était à l'époque le chef de l'organisation. Il endossait aussi la responsabilité des actions de ses soldats coupables du meurtre de Nozaki, acceptait de payer des dommages et intérêts et d'exprimer ses condoléances à la famille. Cependant, Goto n'admit jamais qu'il avait personnellement commandité le meurtre.

L'Ancien m'appela directement, huit heures après la publication du texte de suivi de mon premier article. C'était le numéro de son lieutenant, mais à l'autre bout du fil, je reconnus sa voix. Il me dit qu'il avait tout le temps nécessaire pour parler.

« Je vais vous dire une chose, commença-t-il. Je pense que c'est Goto qui a buté Kondo en Thaïlande. Il l'a fait tuer. C'est un geste cruel. Pour un *oyabun*, tuer son *kobun* (protégé) pour se couvrir, c'est de la bassesse. C'est le point le plus bas que l'on puisse atteindre. La seule chose qui soit pire, c'est quand un *kobun* tue son *oyabun*. »

J'étais d'accord avec lui.

« Alors, me demanda-t-il, vous êtes toujours sous protection de la police ?

– Ouais, mais probablement plus pour très longtemps. Ça ne peut pas durer éternellement.

– J'ai lu votre livre *Tokyo Vice*. Enfin, j'en ai lu une traduction. C'était bien, en fait, de le découvrir. Et, oui. Vous devez vraiment le détester, ce bâtard. Vous pensez qu'il a tué votre avocat ? »

Je répondis que je ne savais pas.

« Eh bien, ajoutai-je, quand vous engagez votre avocat pour qu'il poursuive Goto et que dix jours plus tard on le retrouve mort, il faut se demander si c'est une coïncidence ou simplement de la malchance. Je n'en sais rien. Je ne le sais toujours pas. »

Il y eut un silence. Puis il parla très lentement, de sa voix rauque et profonde.

« Goto, dit-il, *yatchau ka* ? »

Mon corps se figea d'un bloc quand j'entendis ces mots, de ma main qui tenait le téléphone aux poils de mon bras, jusqu'à mon cou.

En japonais, *yatchau* est une façon familière de dire *yatte shimau*, qui signifie « faire quelque chose complètement ».

Ça prend parfois un sens très différent. Pendant une fraction de seconde, je voulus dire d'un ton guilleret : « Oui. *Yatchau !* »

Avez-vous déjà regardé un film d'action où, tout au long du film, le héros tue des gens à tour de bras, mais quand il a enfin l'occasion d'éliminer le super-méchant, il ne le fait pas ? C'est presque toujours comme ça. « Je vais laisser la loi s'en charger. » Ou : « Je ne vais pas m'abaisser à son niveau. Les gars, passez-lui les menottes et emmenez-le. »

Quand je suis parmi les spectateurs, je me dis : « Hé, mec, tu t'es défoulé sur tous les seconds couteaux du film et maintenant, tu te mets à respecter la loi et l'ordre ? » Mais, ça, c'est dans les films.

Je pris une profonde inspiration et je dis : « Non. »

Et aussitôt, à ma grande surprise, l'Ancien s'excusa.

« Je suis en tort. Je n'aurais pas dû vous le demander. J'aurais dû le faire. Je suis navré.

– Il n'y a aucun problème, le rassurai-je.

– Je vais vous dire ce que je vais faire. Je vais avoir une discussion avec lui. J'avais déjà l'intention de le faire. Je vais lui faire comprendre que s'il vous arrive quelque chose, à vous ou à quelqu'un qui est très proche de vous, ça lui retombera dessus.

– Ce qui veut dire ?

– Si vous glissez dans la baignoire et mourez, ou si vous êtes renversé par une voiture et mourez, il lui arrivera quelque chose de désagréable. Si l'une des femmes avec qui vous couchez disparaît soudainement... Vous m'avez compris, n'est-ce pas ?

– Je n'ai pas vraiment besoin d'en savoir davantage sur les détails. Oui, si un tel message lui était communiqué, ce serait une bonne chose.

– Alors, marché conclu. Tant que je serai en vie et tant que vous serez en vie, il se réveillera tous les matins en espérant que vous n'êtes pas mort.

– Eh bien, je vous remercie.

– Ne me remerciez pas. Laissez-moi régler l'affaire. Dormez bien ce soir. *Shitsurei shimasu.* »

Tout ça avait eu des résultats bien meilleurs que je ne l'avais espéré. Mon ennemi juré ne se trouvait plus au Japon. Une force extérieure nous imposait une clause d'autodestruction mutuelle, qui était désormais inscrite dans notre « relation », et moi, j'étais certain qu'il voudrait vivre.

Choisir de vivre.

J'avais beaucoup moins à craindre à présent, et de nombreuses raisons de vivre. Je décidai que si je restais prudent, je pouvais accepter un boulot dangereux. Dangereux comme une médaille d'or.

LES JEUX OLYMPIQUES DES YAKUZAS : PUBLIER OU PÉRIR

Une image vaut autant qu'un millier de mots, mais elle peut aussi vous faire péter les genoux à coups de batte de baseball. Une certaine photo du vice-président du Comité olympique japonais (JOC), Hidetoshi Tanaka, en compagnie du chef du Yamaguchi-gumi, Tsukasa, avait déjà valu à un journaliste un passage à tabac en règle. Je ne voulais pas être le prochain. Sur le cliché, les deux hommes étaient dans un bar à hôtesses de Nagoya et ils avaient l'air de s'entendre comme larrons en foire. La photo avait été prise au début de l'année 2005. Je voulais sortir la photo et publier mon article le plus rapidement possible, mais mon rédacteur en chef à *Vice News* avait pris du retard sur la relecture.

« Ky, on doit publier ou périr. Pour l'amour de Dieu, mets ce foutu papier en ligne le plus vite possible. C'était notre accord, mec.

– Jake, je comprends parfaitement. Je suis dessus. Ne crains rien ! »

C'était facile pour lui de dire ça. Il était à Los Angeles, en sécurité. Moi, j'étais à Tokyo sur le point de mettre le feu avec une histoire susceptible de relier le Comité olympique japonais au crime organisé. Quand on s'intéresse de près à une affaire potentiellement dangereuse, il est important d'être rapide. Il faut écrire l'article à l'avance, confirmer les faits, puis toucher toutes les personnes concernées en même temps, dans un délai de vingt-quatre heures maximum. Je ne sais pas comment ça fonctionne aux États-Unis ou en Europe, mais au Japon, vous devez donner aux personnes qui font l'objet d'un article à charge l'occasion de se défendre avant de publier celui-ci. Cette règle déontologique ne pose qu'un seul problème. Si, lorsque vous en dévoilez un peu trop sur des yakuzas ou des politiciens puissants dans un papier, vous leur donnez une occasion de se défendre, ils peuvent prendre les mesures nécessaires pour que votre article ne soit jamais publié. Ils peuvent aussi passer à l'offensive et essayer de vous éliminer. C'est un risque à ne pas prendre à la légère.

Saigo disait que, quand on donnait aux gens le temps de réfléchir, les problèmes surgissaient d'eux-mêmes, parce que « l'air pouvait rentrer ». Je n'avais jamais vraiment compris à qui cela se référait exactement, mais je pense que cette phrase signifie que si vous laissez aux gens le temps de retourner les choses dans tous les sens, ils pourront très bien commencer à préparer une riposte et à faire appel à des alliés. J'avais donc envoyé toutes mes demandes de commentaires aux protagonistes de mon article tôt le matin du 17 novembre 2014 et dit à chacun d'eux qu'il avait vingt-quatre heures pour répondre. Je ne voulais pas laisser l'air rentrer.

Je n'avais décidé de révéler cette histoire que parce qu'un journaliste du *Keiten Shinbun*, une feuille à scandale de droite, s'était fait casser les deux jambes en essayant de la faire sortir. En septembre 2014, le *Keiten Shinbun* avait obtenu la fameuse photo. Si on regardait bien attentivement la main gauche de Tsukasa, on remarquait vite qu'il y manquait quelque chose. Le cliché avait été envoyé de façon anonyme à plusieurs médias. Un magazine avait également reçu une lettre qui disait ceci :

> ***Je suis un employé de l'université Nihon, où beaucoup sont en conflit avec le président Tanaka. Il y a six ou huit ans, lorsque Tanaka a été élu président du conseil d'administration, il s'est rendu dans un club de Nagoya et a célébré sa promotion avec le chef du Yamaguchi-gumi et avec de nombreux autres membres de l'organisation yakuza. Il nous a souvent montré cette photo au fil des ans pour nous intimider et nous réduire au silence. Veuillez mener votre enquête, s'il vous plaît.***

On supposait que les Jeux olympiques de Tokyo de 2020 coûteraient au moins 5 milliards d'euros. Cela signifiait qu'il y aurait beaucoup d'argent à se faire avec les chantiers de construction. On racontait que les yakuzas touchaient 5 % de tous les revenus issus de la construction au Japon. Il semblait que le Yamaguchi-gumi avait placé quelqu'un à l'intérieur du système pour être sûr d'obtenir une part juteuse du marché. J'avais au départ entendu parler de cette photo et de l'agression par Kumagaya, le *kaisha-ya* que je passais voir régulièrement depuis l'affaire Nakatomi Holdings. Kumagaya était devenu une sorte de *johoya*, un marchand d'informations compromettantes et potentiellement destructrices pour la carrière des gens. Je m'étais rendu à son bureau début octobre pour discuter et échanger des listes. J'avais en ma possession le répertoire d'une petite banque et lui le répertoire d'un groupe de troisième rang de l'Inagawa-kai et d'un autre groupe du Sumiyoshi-kai. Je lui apportai du bon café et du bon whisky. On pouvait encore acheter des mini-bouteilles de l'Hibiki de Suntory pour quelques centaines de yens, à l'époque. Il me raconta toute l'histoire en buvant soigneusement son café. Il était, comme toujours, en costume blanc. C'était un miracle à mes yeux qu'il parvienne à garder ses costumes immaculés. Si je possédais un costume blanc, en un seul jour, il serait recouvert de taches de café, d'encre de stylo et de sauce gyoza. Peut-être même en quelques heures seulement. Je serais obligé de porter sur moi en permanence un stylo détachant instantané Tide to Go et peut-être même une fiole de TippEx bon marché, juste au cas où. Kumagaya n'avait pas de copies de la photo, mais il l'avait vue. Il ne voulut pas me dire qui la lui avait montrée.

« Le mois dernier, tous les grands magazines ont reçu cette photo. Dans certains cas avec une lettre. Un journaliste du *Keiten Shinbun* a donc tenté d'obtenir de la part de l'université Nihon et de Tanaka des éclaircissements à propos de la date à laquelle la photo avait été prise et de la relation éventuelle de Tanaka avec le Yamaguchi-gumi aujourd'hui. Alors qu'il rentrait à pied au bureau de son journal le 30 septembre 2014, et je suis sûr de la date, il est tombé dans une embuscade tendue par deux hommes munis de battes de baseball en métal qui lui ont pulvérisé les genoux. Et ils l'ont frappé à plusieurs reprises à d'autres endroits aussi. »

Aucun doute dans mon esprit là-dessus, la confirmation de tout ceci pourrait facilement s'obtenir d'une seconde source. Je lui dis que je voulais la photo et que je paierais pour l'avoir. Pas bien cher, mais quelque chose quand même.

Pendant que nous bavardions, je commençai à me repasser le film de ce qui était déjà arrivé jusque-là. Revenons un peu en arrière. Ce n'était pas la première fois que j'écrivais sur les relations louches qu'entretenait Tanaka avec de puissants yakuzas. Je n'étais même pas surpris que cette photo ait fait surface. J'avais déjà écrit un article sur Tanaka et ses liens passés avec le Sumiyoshi-kai pour *The Daily Beast* en début d'année. Le Sumiyoshi-kai était la deuxième plus grande organisation de yakuzas du Japon. Ils avaient des bureaux à Ginza et, alors que les dirigeants débitaient leur argumentaire habituel sur le fait d'aider les faibles et de combattre les forts, ils étaient impliqués jusqu'au cou dans le trafic de drogue. Le troisième groupe du Sumiyoshi-kai, le Daisho-kai, était aussi connu sous le surnom de « pharmacie de Shinjuku ». Il s'agissait d'une entreprise gigantesque de trafic de médicaments illégaux. Deux de ses dirigeants avaient été arrêtés pour avoir vendu de la MDMA à Aska, une star de rock japonais. Aska faisait partie d'un duo qui avait remporté un succès énorme avec la ballade romantique *Say Yes*. Apparemment, il avait l'habitude de dire oui à presque toutes les drogues illégales qu'il pouvait trouver. Quand il avait été arrêté en début d'année, les flics s'étaient servis de son téléphone portable et de son témoignage pour poursuivre l'organisation qui le fournissait. La cinquième division de la brigade antigang à Tokyo, section drogues et armes à feu, avait dirigé l'enquête. Quand j'étais journaliste spécialisé dans les affaires criminelles, j'avais couvert les opérations menées par cette brigade, et même près de dix ans plus tard, j'avais gardé des contacts avec certains flics.

En janvier 2014 donc, un rédacteur de feuilles à scandale m'avait mis en relation avec un informateur du Sumiyoshi-kai. L'informateur était un type très poli, bien habillé et il avait filé droit au but. Il m'avait remis des photos montrant Tanaka avec un boss du Sumiyoshi-kai et m'avait expliqué d'où elles venaient, comment je pouvais vérifier leur authenticité et leur signification. Avec un petit ricanement, il avait ajouté que Goto était toujours de ce monde et qu'il me détestait toujours autant.

Je lui avais demandé : « D'où connaissez-vous Goto ?

– Le monde de la pègre est tout petit, m'avait-il répondu. C'est à peine plus grand qu'un collège. Au bout d'un moment, tout le monde finit par se croiser dans les couloirs. »

Il s'était montré très clair sur la raison pour laquelle il me donnait les photos. Tanaka avait autrefois été un des donateurs du Sumiyoshi-kai, mais quelques années plus tôt, il avait changé d'allégeance au profit du Yamaguchi-gumi. Le Yamaguchi-gumi recevait depuis lors tous les projets de construction très profitables de l'université Nihon qui auraient dû passer par le Sumiyoshi-kai. Pourtant, même après ces explications, je m'étais demandé pourquoi il me montrait des photos de son patron en train de faire ami-ami avec Tanaka. Cela ne risquait-il pas d'attirer l'attention de façon indésirable, lui avais-je demandé ? Il s'était contenté de sourire et n'avait rien répondu. Je n'avais pas vraiment besoin de connaître toutes ses raisons d'agir. La dernière question que je lui avais posée, c'était : « Pourquoi moi ?

– Eh bien, c'est parce que vous êtes assez courageux ou assez stupide pour l'écrire. Vous avez gagné cette réputation. Aucun magazine ici ne veut être le premier à révéler l'histoire. »

Il avait fait un geste en direction du rédacteur en chef qui avait organisé la réunion. Le journaliste avait eu un haussement d'épaules et s'était mis à rire.

Je ne voulais pas me faire casser la gueule et je ne voulais pas me créer des ennuis avec le Sumiyoshi-kai. Je vérifiai l'information en demandant confirmation à une source extérieure, puis je soumis les photos et mon article au *Weekly Bunshun*, le plus grand hebdomadaire d'information au Japon, bien connu pour traiter toutes sortes de sujets tabous. Ses dirigeants avaient accepté de publier mon article de façon anonyme. Je leur avais annoncé qu'ensuite j'écrirais des articles sur l'affaire pour *The Daily Beast*.

Le *Bunshun* possède un vaste lectorat et toute une armée de reporters et d'enquêteurs. Ces reporters sont beaucoup trop nombreux pour que ce soit une bonne idée d'exercer des représailles contre eux ou même pour que la chose soit réalisable, et le moindre acte de violence à leur égard aurait des répercussions massives dans toute la société. En écrivant d'abord cette histoire pour le compte du *Bunshun*, je me créais un bouclier.

C'est exactement ce qui arriva. J'écrivis mon article et, la nuit même où les exemplaires arrivèrent dans les librairies et les supérettes 7-Eleven ouvertes 24 heures sur 24, je me lançai dans le papier pour *The Daily Beast*. J'y baptisais les jeux de 2020 les « Jeux olympiques des yakuzas », et cela pour de bonnes raisons. Dans cet article, un an avant que la photo de Tanaka et du chef du Yamaguchi-gumi n'apparaisse, je révélais que Tanaka entretenait de bonnes relations avec le Yamaguchi-gumi. Bien sûr, je devais donner un droit de réponse à Tanaka avant de pouvoir publier mon papier.

Il faut rendre au diable ce qui lui est dû. Tanaka était une personnalité éminente du monde sportif japonais. Il avait été champion amateur de sumo, président de la Fédération internationale de sumo et président du conseil d'administration de l'université Nihon, bien connue aussi pour son club de sumo. C'était également un individu problématique pour le monde du sumo, secoué en 2009 par un scandale qui avait révélé que des lutteurs fréquentaient un cercle de jeux illégal géré par le Yamaguchi-gumi. Un an plus tard, la Fédération nationale de sumo s'était engagée à rompre ses liens avec les yakuzas.

Il y avait une terrible ironie à constater que des membres du JOC pouvaient avoir des liens avec les yakuzas, une ironie que les Japonais comprenaient mieux que n'importe qui d'autre. Depuis 2013, le Comité olympique menait une campagne « Zéro violence dans les sports », destinée à décourager la brutalité devenue courante dans le sport japonais. Le sumo en particulier avait connu des problèmes de violence, et un maître d'écurie sumo avait même été arrêté pour le bizutage fatal d'un jeune lutteur en 2008.

Si vous essayez de débarrasser le monde du sport de toute violence, vous n'avez pas du tout intérêt à laisser des yakuzas traîner dans les parages. En 2012, 4 933 yakuzas avaient été arrêtés pour des crimes violents, comme des coups et blessures, des dommages corporels et même des meurtres. La non-violence, ce n'est vraiment pas leur truc. Chacun savait désormais que, même si les yakuzas essayaient de se faire passer pour des associations humanistes s'appliquant à promouvoir les valeurs traditionnelles japonaises comme la réciprocité et la loyauté, dans la pratique, la plupart d'entre eux n'étaient que des voyous brutaux à mille lieues de l'esprit sportif.

Lorsqu'il n'était pas occupé à fréquenter des personnages louches, Tanaka était un fervent défenseur de l'intégration du sumo, le sport national japonais, au sein des épreuves olympiques. Il avait exercé de sérieuses pressions en ce sens. Il avait sans doute même demandé de l'aide à certains intermédiaires plutôt inattendus, et parmi ceux-ci, à un conseiller senior du Yamaguchi-gumi. Selon des déclarations qui avaient été fournies à l'accusation dans un procès intenté à ce conseiller, Kyo Eichu, dans une affaire d'escroquerie, Tanaka aurait demandé l'aide des yakuzas pour que les institutions reconnaissent le sumo comme un sport olympique.

Sans trop donner de leçons d'histoire, je peux juste préciser que le dénommé Kyo Eichu, un ressortissant coréen du Japon, était l'un des acteurs principaux de la pègre japonaise de son époque. Un homme doué pour arranger les affaires, un escroc absolu et un criminel endurci. Ce n'était pas un individu fréquentable. En mars 1996, Tanaka s'était rendu à son domicile et tous les deux avaient discuté de l'obtention de fonds destinés à la construction d'un stade pour les sumos à Osaka. Kyo s'était engagé à mettre à contribution son influence et toutes ses relations politiques pour que le sumo devienne une épreuve olympique en 2008. Malheureusement, Kyo, alors en liberté sous caution pour des accusations d'abus de confiance aggravé et de manquements à la fiscalité des entreprises, fut arrêté en 1999 et ne put tenir ses promesses.

Je devais obtenir un commentaire direct de M. Tanaka pour mon article de *The Daily Beast* (et plus tard, il me faudrait à nouveau essayer d'en obtenir un autre), mais cela s'avéra impossible. Le département des relations publiques de l'université Nihon, s'exprimant au nom de M. Tanaka, émit la déclaration suivante: « Les photos ont été prises il y a longtemps et M. Tanaka n'a aucun souvenir de cet événement. Il a participé à de nombreuses fêtes par le passé. Par ailleurs, M. Tanaka a en effet croisé Kyo Eichu, mais il n'existait aucune relation particulière entre eux. »

Il était possible que Tanaka n'ait pas conservé d'association étroite avec les yakuzas et qu'il soit à présent aussi blanc et propre que la neige à Sotchi, s'il y avait de la neige là-bas. Il y avait eu un temps au Japon, des décennies plus tôt, où fréquenter les yakuzas était une chose acceptable. Ce n'était plus le cas aujourd'hui; et même, c'était plus ou moins devenu contraire à la loi. La Ville de Tokyo avait juré de faire de ces Jeux olympiques de 2020 des jeux sûrs et propres, des jeux *« drug free »*. Le Comité olympique de Tokyo et le JOC, eux, ne semblaient pas trouver le moindre intérêt à en faire des jeux *« yakuza free »*.

Après de nombreux échanges avec mon rédacteur en chef de *The Daily Beast*, Christopher Dickey, je réunis et mis en forme toutes ces informations dans mon article du 7 février 2014. Huit mois plus tard, j'étais donc sur le point d'écrire une suite, mais cette fois, elle serait pour *Vice News*. Les coups n'arrêtaient pas de pleuvoir. Sur le plan littéral comme sur le plan de la métaphore.

LES JEUX OLYMPIQUES DES YAKUZAS : *JIINGI O KIRU* (SALUTATIONS FORMELLES)

J'étais donc en train de discuter le coup avec Kumagaya et je savais bien que je ne pouvais pas laisser passer cette histoire. Certes, le Comité olympique japonais faisait tout pour attirer les regards sur sa « campagne de non-violence dans le sport », mais il m'apparaissait de façon très claire que la violence faisait déjà bel et bien partie des Jeux olympiques. Le journaliste du *Keiten* avait été battu comme plâtre. Kumagaya me donna la carte de visite du rédacteur en chef d'un des magazines qui avaient reçu la photo. Je le remerciai, je déposai sur son bureau une enveloppe qui contenait une petite somme d'argent et repris mon enquête sur cette histoire.

Les agresseurs avaient frappé le journaliste à plusieurs reprises au même endroit. Cette précision dans le rapport m'avait intrigué. Où l'avaient-ils donc frappé avec tant d'insistance ? Un ami dans la police me dit qu'ils ne pouvaient pas spécifier publiquement à quel l'endroit se situait la blessure : « C'est un détail que seul l'agresseur connaît, et nous souhaitons écarter d'éventuels aveux mensongers. »

J'appris aussi que, le lendemain de l'agression, presque tous les grands groupes de médias du Japon avaient reçu des appels de menaces les incitant à ne pas publier la photo. Le rédacteur en chef d'un magazine me déclara que la menace était formulée ainsi: « Nous avons attaqué le *Keiten Shinbun*. Si vous voulez jouer les héros et publier la photo de ces deux-là, vous subirez le même sort. »

Plus d'un mois après l'agression, la photo du grand patron du Yamaguchi-gumi et du grand Tanaka n'avait toujours pas été publiée*. Mon problème principal, c'était que je n'avais toujours pas mis la main dessus. Si je pouvais l'avoir, ça ferait un sacré papier. J'avais bien une petite idée de la personne qui pouvait détenir cette photo, mais pour d'excellentes raisons, j'hésitais à aller les lui demander. C'était Akiyama. Je ne l'avais pas beaucoup vu au fil des ans, même s'il n'y avait plus vraiment de rancune entre nous. Je l'avais croisé à la veillée funèbre d'un chef du Tosei-kai, le yakuza coréen, mais nous n'avions pas vraiment discuté. Il s'était nettoyé le système, avait arrêté la méthamphétamine et gagnait maintenant sa vie en vendant des informations, il était devenu *johoya*. Il était probablement encore mouillé dans des affaires d'immobilier. Il tenait aussi un site Web bourré d'informations à scandale et ramassait des sommes énormes que lui versaient des entreprises ou des particuliers pour qu'il ne dévoile pas leurs pires secrets. Si j'avais voulu diffuser des photos compromettantes de Tanaka avec un chef yakuza, c'était à lui que je les aurais envoyées. Il imprimait ou postait pratiquement tout ce qui lui tombait sous la main.

* Cependant, vers la fin du mois d'octobre, le *Keiten Shinbun* fit paraître une autre photo de Tanaka. Sur cette photo datant de 2004, Tanaka était avec un autre des vétérans du Yamaguchi-gumi, Iwao Yamamoto, autrefois proche de Tsukasa. Yamamoto s'était donné la mort devant la tombe de son parrain en décembre 2010. Il y avait peut-être une autre raison pour laquelle le *Keiten Shinbun* ne publiait pas la photo la plus compromettante. Il semblait qu'un des conseillers spéciaux de la société qui possédait le journal n'était autre que Goro Hanabusa, chef du Yamaguchi-gumi

Son bureau se trouvait dans une librairie de Jimbocho, pas vraiment l'endroit où l'on s'attendrait à voir un journaliste à scandale s'installer, mais je me fis la réflexion que ce devait être un simple moyen d'échapper au fisc. Même les yakuzas paient des impôts au Japon. Et les ex-yakuzas font de même. Bien sûr, ils essaient d'en payer le moins possible, voire pas du tout. Je ne pris pas la peine de fixer un rendez-vous, je me pointais chez lui au débotté. Par souci de sécurité, j'avais mis un gilet pare-lames et pris un parapluie incassable. Le parapluie avait été fabriqué en Pologne et conçu de telle sorte que l'on pouvait se tenir debout dessus sans qu'il se casse ; on pouvait aussi s'en servir pour écraser la poitrine de quelqu'un : il ne casserait pas non plus.

Il y a plein de vieilles librairies à Jimbocho. La sienne était vaste, les murs recouverts d'étagères en bois épais. Elles devaient avoir été montées tout récemment, car une légère odeur de cèdre japonais s'en dégageait encore. Près de l'entrée, il y avait des affiches pour des romans policiers, dont le dernier opus de la série *Shinjuku Shark*, une série qui racontait la vie et les aventures d'un inspecteur de la brigade des mœurs à Kabukicho.

L'endroit était d'une propreté remarquable, à l'exception d'un chariot qui débordait de livres attendant leur mise en rayon. On ne voyait aucun magazine traîner ; seulement des livres. En tête de chaque allée, un panneau lumineux indiquait le genre qu'on y trouverait. Il y avait une grande quantité de livres sur le droit, les crimes, le jardinage, et une section pour enfants d'une taille étonnante.

Hanabusa-gumi. Les morts ne parlent pas, alors Iwao Yamamoto ne se serait pas opposé à la publication, mais Hanabusa, lui, en tant que conseiller spécial de la firme et haut responsable du Yamaguchi-gumi, avait certainement émis des réserves. Il avait sans doute conseillé au journal de ne pas divulguer cette photo de son *oyabun*, Tsukasa Shinobu en compagnie de Tanaka. Il y avait au moins une chose sur cette photo que Tsukasa n'aimait vraiment pas, mais ce n'était pas ce que vous croyez. Savoir toutes ces choses ne m'était pas d'une aide phénoménale. *(N. d. A.)*

Quelques petites tables avec des chaises en bois avaient été disposées, où les clients pouvaient s'asseoir et feuilleter les livres qui les intéressaient. Pourtant, la plupart des gens semblaient peu désireux de s'asseoir et s'adonnaient au plus vieux passe-temps favori des Japonais, le *tachi-yomi*, c'est-à-dire la lecture debout. Autrefois, j'allais souvent lire dans les petits commerces de quartier ; je restais là pendant une bonne demi-heure, à parcourir des magazines à la recherche de sujets intéressants. Aujourd'hui, beaucoup de ces commerces vendent les magazines sous plastique, ce qui empêche de les feuilleter ou de les consulter. Je pense que ça décourage aussi les gens de les acheter, mais les abrutis qui dirigent ces boutiques n'ont probablement pas envie de voir des gens debout dans les allées, occupés à lire des magazines tout au long de la journée.

Il régnait dans la librairie un calme agréable. Les haut-parleurs Bose diffusaient du jazz qui sonnait comme du Coltrane. On entendait le bruit des pages qui se tournaient. L'employé à l'entrée était en pleine discussion avec un client au moment où je franchis le seuil. J'attendis que le client ait terminé son achat pour lui dire que je cherchais Akiyama. L'employé me montra l'escalier qui montait au premier. J'éprouvais une certaine nervosité en montant les marches, un peu comme quand on va prendre un café avec une ex-petite amie dont on s'est séparé en très mauvais termes.

Il y avait une vitre en verre dépoli au milieu de la porte de son bureau, qui était en bois. La poignée de la porte était en bronze. Je l'ouvris avec un peu d'appréhension et je le trouvai à l'intérieur, les pieds sur le bureau, un ordinateur portable sur les genoux et une tasse de café posée sur la table. Il avait l'air en excellente santé et ne portait pas de lunettes. Il était toujours maigre, mais avait pris un peu de muscle et portait un polo vert foncé au lieu d'un costume.

«Jake-san, dit-il, quelle délicieuse surprise. Vous auriez dû me dire que vous veniez.»

Je ne savais pas trop comment je devais interpréter ça. Était-ce un sarcasme? Est-ce cela signifiait: *Vous auriez dû me dire que vous veniez, comme ça j'aurais chargé mon flingue en prévision de votre visite*? Mais non, il paraissait sincèrement heureux de me voir. Il me demanda de m'asseoir et je le fis. Il y avait une machine à expresso en haut d'une petite étagère à côté de son bureau. Il nous fit deux cafés, puis nous retournâmes à nos sièges.

«Elle est vraiment très belle, votre librairie, commençai-je. C'est un endroit magnifique et je trouve vraiment chouette que vous laissiez les gens feuilleter les livres à leur guise.

– J'ai toujours aimé regarder les livres sans qu'on me presse, alors ma librairie adopte le même principe. En vérité, ce commerce rapporte aussi de l'argent, ce qui n'était pas mon intention au départ.»

Donc, j'avais bien deviné, l'affaire lui servait à frauder le fisc. J'aurais voulu aller droit au but et lui poser ma question, mais il semblait d'humeur à bavarder et je décidai de me laisser porter par la conversation.

«Vous avez l'air étonnamment heureux de me voir, malgré tout ce qui s'est passé.

– Vous avez été le coup de pied au cul dont j'avais besoin. J'ai réussi à me sevrer quand j'étais à l'hôpital et je n'ai plus jamais touché à cette saloperie depuis. J'étais devenu cinglé. Donc je vous dois des remerciements.

– Avec plaisir. J'ai entendu dire que vous aviez démarré un nouveau business. Je sais que beaucoup de journalistes lisent votre site Web religieusement.

– Je suppose que vous en faites partie, dit-il avec un petit sourire. J'ai entendu dire que vous aviez quitté le journalisme, mais que vous étiez de retour.

— Pendant quelques années, j'ai été une sorte de détective privé. Je faisais des diligences raisonnables et d'autres enquêtes de ce genre. Mais maintenant, je suis principalement revenu au journalisme, c'est ma vocation, après tout.

— C'est merveilleux d'avoir un travail que l'on aime. Mencius, le philosophe chinois, a dit un jour : "Trouvez un travail que vous aimez et vous ne travaillerez plus jamais." Qui aurait imaginé que vous et moi, nous serions un jour dans la même branche ? »

Je savais que je n'aurais probablement pas dû le contredire, mais je ne réussis pas à m'en empêcher.

« Ce n'est pas tout à fait la même chose. Je gagne ma vie en écrivant des histoires que certaines personnes ne veulent pas qu'on écrive et vous, vous gagnez votre vie en n'écrivant pas les histoires que certaines personnes ne veulent pas qu'on écrive, si ces gens vous paient suffisamment pour ça. S'ils ne vous paient pas assez, alors, vous publiez l'histoire. »

Alors, à ma stupéfaction totale, Akiyama se mit à chanter et il chanta, très bien d'ailleurs, tout en pointant un index vers moi et en levant les sourcils :

You like potato and I like potato
You like tomato and I like tomato
potato, potato, tomato, tomato

« *Let's call the whole thing off*, poursuivis-je. Laissons tomber tout ça. »

Cela le fit glousser pendant quelques secondes, d'une voix nasillarde, puis il reprit :

« Vous savez, je publie souvent des trucs qui ne me rapportent rien, parce que je crois que les gens ont le droit de savoir et parce que ça m'insupporte de voir les crapules s'en tirer chaque fois malgré les horreurs dont elles se rendent coupables. Bien sûr, il arrive qu'on me paie pour que j'arrête d'écrire sur un sujet, mais il faut bien gagner sa vie pour pouvoir satisfaire son amour du journalisme d'investigation.»

Au nom du ciel! En fin de compte, on était peut-être plus proches que je ne l'avais cru. Je me dis que c'était le bon moment pour en venir au fait.

«Il y a une photo qui circule, où on voit le vice-président du Comité olympique en train de copiner avec le chef du Yamaguchi-gumi. Quelqu'un a envoyé cette photo à tous les journaux à scandale, à tous les hebdomadaires et probablement à tous les grands quotidiens. J'aimerais l'avoir, si vous, vous l'avez. Je veux la publier.»

Il hocha la tête et poussa son index sur le côté de son nez, comme s'il avait oublié que, désormais, il ne portait plus de lunettes.

«Jake-san, vous savez ce qui est arrivé au dernier journaliste qui a essayé de publier cette photo?

– Oui, je suis au courant. Mais si tout le monde l'a, quelqu'un va finir par écrire l'article, et je veux que ce soit moi. Ça me surprend que vous ne l'ayez pas publiée vous-même.

– Jake-san, dit-il, parlant maintenant avec lenteur, d'une voix très précise. Il ne me reste qu'un seul bon genou. J'ai donc décidé que je ne publierais pas cette histoire.»

Aïe. C'était une sacrée pique et je ne savais pas trop quoi dire. Fallait-il que je m'excuse une fois de plus? Je ne savais pas trop, alors je me contentai de hocher la tête.

«Si vous ne comptez pas utiliser cette photo, pourrais-je l'avoir? Je vous en serais très reconnaissant.

– Bien sûr», répondit-il sans hésiter. Il sortit une enveloppe d'un tiroir du bas de son bureau. L'enveloppe portait son nom et son adresse. Il me la tendit.

Je me levai, je la pris des deux mains et je m'inclinai profusément.

«Vous pensez qu'elle est authentique?

— Oh, je sais qu'elle est vraie, oui. C'est pourquoi je ne la publierai pas. Je n'ai pas du tout envie que l'*oyabun* se mette en colère contre moi. On peut quitter l'organisation, mais on n'en est jamais vraiment sorti. Vous allez vous faire des ennemis en publiant cela. Vous pouvez aussi vous faire des amis, mais vous devez bien réfléchir et décider si ça en vaut la peine. »

Il m'expliqua en détail quand et pourquoi la photo avait été prise. C'était en off et, bien entendu, il savait que jamais je ne l'aurais cité. Notre rencontre prenait une tournure très amicale. Nous restâmes à bavarder encore un moment.

« Vous voyez toujours cette strip-teaseuse ? Celle du club le Kama-sutra, ou un truc de ce genre.

— Vous voulez dire le Tantra.

— Oui, c'est ça. Un super club, je n'y suis plus retourné depuis des années.

— Elle n'est pas strip-teaseuse. Elle fait de la pole dance. En fait, à l'heure actuelle, elle est plutôt prof de fitness spécialisée dans la pole dance.

— C'est un métier, ça ?

— C'est un métier, oui.

— Elle est à moitié chinoise, si je me souviens bien, c'est ça ? Mais c'est une bonne chose pour vous. Content que vous soyez encore avec elle. Je l'aimais bien.

— Eh bien, je ne suis pas vraiment "avec elle". C'est un truc par intermittence. Je suis en quelque sorte le gars qu'elle appellera quand elle est entre deux relations, en ce qui la concerne.

— Ça veut dire quoi, ça ? »

J'essayai de trouver un équivalent japonais du mot « plan cul », mais je n'y arrivai pas. Alors je dus lui expliquer les choses.

« Quand elle est célibataire et qu'elle est d'humeur à ça, elle m'appelle ou elle m'envoie un SMS pour me dire qu'elle aimerait bien prendre un café au lait. Et je vais chez elle, ou on se retrouve quelque part.

– Et si vous, vous n'êtes pas célibataire quand elle appelle ?

– Alors, je redeviens instantanément célibataire. Vous avez vu la fille, non ? »

Il éclata de rire.

« Vous n'avez pas changé.

– Si, en fait, j'ai changé, un peu. Si je suis dans une relation monogame sérieuse au moment où elle appelle, je lui dis que je n'ai plus de café.

– Et c'est déjà arrivé ?

– Au moins deux fois déjà. Je suis un homme différent. Je sais refuser une tasse de café. »

Et presque comme dans une pièce de théâtre, il dit : « Reprenez-en donc une autre », et il ralluma la machine à expresso.

Je bus le café.

Il avait gardé un petit conseil pour la fin.

« Vous devez avertir l'organisation avant que l'article sorte. Vous devez faire savoir à quelqu'un de haut placé dans le Yamaguchi-gumi que vous avez écrit cet article et qu'il va être publié, que ça leur plaise ou non. C'est une question de courtoisie. *Jingi o kiru.* »

Jingi o kiru est une vieille expression employée dans le monde des yakuzas, et en particulier chez les vendeurs de rue, qui signifiait à l'origine : saluer correctement une personne pratiquant la même activité que vous lors de votre première rencontre. Ces salutations devaient se faire d'une voix forte et claire, dans un langage suave et avec un certain panache. Avec le temps, l'expression a fini par vouloir dire : expliquer la situation aux personnes concernées avant que surviennent les embêtements. En d'autres termes, il s'agit de prévenir quelqu'un avant de faire quelque chose qui puisse l'affecter. *Jingi*, le mot lui-même, fait référence aux idéaux confucéens d'humanité et de justice. Il désigne également le code d'honneur d'un gang. La version japonaise du dicton « Il y a de l'honneur parmi les voleurs » utilise le mot *jingi*.

Il avait raison. Et je savais à qui m'adresser, mais, dans un premier temps, il fallait encore que je recoupe les informations qu'on m'avait données et que je rédige l'article. Avant que je parte, Akiyama voulut m'offrir quelques livres et il me raccompagna jusqu'à la section « faits divers ». Il ne boitait qu'à peine, mais traînait encore un peu la jambe. Il sortit des rayonnages un livre rangé juste à côté de l'*Habakarinagara* de Goto. L'ouvrage s'intitulait *Chinkon* (« Adieu au Yamaguchi-gumi que j'aimais tant ») et son auteur était Kenji Seiriki, un ancien puissant chef adjoint du Yamaguchi-gumi. Celui-ci avait été exclu de l'organisation en 2009 et avait obtenu une pension de 50 millions de yens (environ 350 000 euros). C'est l'un des secrets de la réussite du Yamaguchi-gumi : si vous travaillez dur, avec un peu de chance, vous pourrez quitter l'organisation avec une indemnité de départ ou une pension. Il y faisait des révélations sur le clan ; le livre avait été publié en 2013.

« Il y a des choses intéressantes là-dedans, mais c'est surtout un ramassis de vantardises stupides, comme dans le livre de Goto. Je vais vous dire une chose, Jake-san. Il y a des années de ça, quand vous m'avez demandé de m'interviewer pour votre livre, c'était une idée terrifiante. Les gens qui osaient parler des secrets de l'organisation se faisaient tous descendre. De nos jours, ceux qui s'en vont écrivent tous un foutu bouquin où ils balancent ce qu'ils savent. Ils n'ont aucun sentiment de honte.

– Eh bien, il est peut-être temps pour vous de vous joindre au club, avant que le marché ne soit saturé.

– C'est tentant, bien sûr, mais vous et moi et les gens malins, nous savons qu'il y a quelques années le Japon a changé le délai de prescription d'une foule de crimes.

Pour une tentative de meurtre... vingt-cinq ans. Et pour un meurtre réussi... il n'y a pas de prescription pour ces crimes-là. »

Je levai ma main ouverte, la paume en avant.

« Inutile d'en dire plus. Je comprends. Vous pouvez toujours envisager une publication posthume.

– Ah ! Quel plaisir ça me donnerait et puis qui aurait même l'idée de faire une chose pareille ?

– Il y a bien une personne qui l'a fait. L'ex-procureur Toshiro Igari.

– Ah ouais. C'est vrai. C'est un livre incroyable. Aucun procureur vivant n'irait admettre ce genre de choses. »

Il grimpa sur un escabeau et choisit un autre livre, un peu poussiéreux. C'était le *Gekitotsu* d'Igari. Il redescendit et me le tendit.

« Les deux livres sont des cadeaux de la maison. Prenez-les. Et bonne chance. »

J'étais de bonne humeur. J'avais une piste solide et une bonne histoire. Je savais que mon rédacteur en chef à *Vice*, Ky Henderson, la prendrait sans hésitation.

J'avais appris d'Akiyama que, quand les choses tournaient mal, elles pouvaient tourner vraiment très mal. Je pris la photo et je commençai à parler à des flics. J'allais avoir besoin de tout ça pour l'article. Je savais que, comme d'habitude, aucun policier en service ne voudrait voir son nom mentionné dans l'article. C'est un vrai problème quand on écrit un papier sur une affaire de crime organisé. Comme la loi sur les fonctionnaires interdit techniquement à la police de vous parler d'une enquête en cours, on ne peut jamais nommer ses sources. Ainsi, la plupart des articles de journaux commencent à présent par : « Selon les annonces faites par la police... », et se poursuivent par des détails et des informations juteuses introduites par ces mots : « Lors d'entretiens ultérieurs avec des personnes liées à l'enquête... »

Eh bien, qui diable est-ce que c'est censé être ? Les flics. Ou les procureurs. Mais cette unique phrase offre une couverture aux journalistes et un déni plausible à la police.

C'était ça, le jeu. Je me mis à frapper aux portes. Beaucoup de préparation serait nécessaire avant de pouvoir publier cet article. Je devais obtenir des commentaires de la police japonaise, de tout en haut à tout en bas de l'échelle.

« La question de savoir s'il [Tanaka] a encore ou non des liens avec des membres du Yamaguchi-gumi est en cours d'étude, me déclara un officiel de l'Agence nationale de la police. En vertu des ordonnances d'exclusion de la lutte contre le crime organisé de Tokyo, de tels liens seraient illégaux. »

Fukuda, le président du Sumiyoshi-kai, et Tsukasa, le chef du Yamaguchi-gumi, étaient tous les deux bien connus des services de police américains. À partir de 2012, le département du Trésor des États-Unis avait considéré que ces deux hommes étaient des dirigeants d'associations criminelles organisées intercontinentales et leur avait appliqué des sanctions. Les États-Unis avaient gelé tous leurs avoirs sur leur sol et interdit à toute entreprise américaine et à tout citoyen américain de faire affaire avec eux. Le fait que Tanaka semblait être l'ami de ces deux personnes n'avait pas été très bien perçu.

Un enquêteur du HSI (Homeland Security Investigations) me fit ce commentaire : « En 2012, les États-Unis ont mis en place des sanctions économiques contre ces deux organisations de yakuzas et ont interdit aux citoyens américains toute association avec ces groupes ou avec leurs dirigeants. Cette photo met en doute le sérieux dont fait preuve le Japon dans sa lutte contre le crime intercontinental. »

Le Comité olympique japonais, de son côté, ne semblait pas partager ces préoccupations. Il était tout aussi amoral que le Comité olympique international. Il aurait eu également accès, d'après ce qu'on en disait, aux informations sur les projets de construction mis en œuvre pour les jeux, informations très précieuses pour qui aurait cherché à décrocher des contrats de travaux publics lucratifs. Le Comité olympique japonais n'avait pas répondu aux questions qui lui avaient été soumises. Le CIO n'en avait eu rien à foutre lui non plus.

Je ne savais pas très bien comment Tanaka et Tsukasa avaient pu faire connaissance, mais la police pensait que la rencontre pouvait avoir ses origines dans les liens de Tanaka avec le sumo.

Des questions restaient en suspens au sujet de l'identité exacte des assaillants qui avaient agressé physiquement le journaliste et avaient menacé d'autres magazines. La police partait du principe que le Sumiyoshi-kai avait peut-être lui-même diffusé la photo et mis en scène les attaques pour faire accuser le Yamaguchi-gumi. Cela aurait pu déclencher une vague de répression contre toutes les sociétés-écrans du Yamaguchi-gumi du secteur du bâtiment, les forçant à se retirer du très juteux racket olympique. Les autres clans yakuzas auraient alors eu toute liberté de se partager le gâteau entre eux.

Dans l'histoire de l'agression et des menaces, les suspects les moins probables étaient en fait le Yamaguchi-gumi, qui n'aurait sans doute pas eu besoin de recourir à ce genre de méthode contre un journaliste, du fait de l'influence de Tsukasa. Depuis qu'il était sorti de prison en 2011, il avait strictement fait appliquer l'ancien code du Yamaguchi-gumi :

Ne pas agresser les civils.
Ne pas commettre de menus larcins ou de cambriolages.
Ne pas vendre ou consommer de drogues.

Cela dit, tous les membres de l'organisation ne partageaient pas les convictions de Tsukasa sur les valeurs familiales traditionnelles des yakuzas.

D'autres questions subsistaient sur l'origine de la photo et la raison pour laquelle elle avait fait surface à ce moment précis. Selon le magazine d'investigation Facta, le bureau régional de Tokyo des services du fisc avait ouvert une enquête sur l'université Nihon, soupçonnée d'évasion fiscale, et il était fort possible que la photo soit apparue au cours de cette procédure. La lettre jointe à la photo semblait en effet authentique : elle pouvait provenir d'un membre frustré du conseil d'administration, qui aurait divulgué des photos utilisées pour intimider les opposants politiques de Tanaka au sein de l'université. La police s'efforçait encore d'attribuer une date précise à la photo, mais elle la jugeait authentique aussi.

Quand on écrit un article de cette nature, on essaie de penser avec un coup d'avance. Qu'allait-il se passer lorsque l'article serait publié ?

Plus j'y réfléchissais, plus je doutais que la révélation des liens passés ou présents de Tanaka avec les yakuzas provoquerait la moindre tentative de rendre plus propres le Comité ou les Jeux olympiques.

En 2012, une photo, prise en 2008, de l'actuel Premier ministre Shinzo Abe et d'un membre du Yamaguchi-gumi, Ichuu Nagamoto, avait fait surface. Le grand-père même de Shinzo Abe, qu'il admirait beaucoup et qui avait été lui aussi Premier ministre, avait entretenu des liens amicaux avec le Yamaguchi-gumi. En 1971, Nobusuke avait aidé à régler la caution d'un membre du Yamaguchi-gumi accusé de meurtre.

Abe avait insisté sur le fait qu'il ne connaissait pas Nagamoto, et avait prétendu qu'il était victime d'un photomontage : on avait incrusté son visage dans l'image. J'en doutais fort. Quand Abe s'était présenté au poste de chef du Parti libéral-démocrate en 2007, ce qui allait faire de lui le Premier ministre *de facto*, Nagamoto avait fait campagne en son nom. Nagamoto avait approché l'Inagawa-kai, en particulier Kanazawa, le chef de l'Inagawa-Yokosuka Ikka, et lui avait demandé de faire pression sur les branches locales du LDP afin qu'elles votent pour Abe lors des élections. C'est ainsi que le Premier ministre est généralement désigné au Japon. Le LDP organise des élections pour se choisir un président. Les députés votent et les branches locales du LDP votent aussi. Les yakuzas ont depuis longtemps l'habitude d'employer différentes manières pour faire et défaire celui qui deviendra Premier ministre ou qui le restera. J'ignorais l'accord passé avec eux par Abe, mais depuis qu'il avait pris le pouvoir, toute volonté de se débarrasser des yakuzas s'était effondrée. La question ne l'intéressait pas du tout. Il était donc possible que l'implication des yakuzas dans les Jeux olympiques ne constitue pas un réel problème, parce que l'administration Abe considérait que ce n'en était pas un, tout comme elle semblait considérer que l'implication des yakuzas dans l'industrie nucléaire ou le secteur du bâtiment ne posait pas de problème. Le tribunal du district de Tokyo avait statué en janvier 2013 qu'une des principales entreprises de bâtiment chargées des projets olympiques avait employé des yakuzas pour intimider quelqu'un pendant les négociations. Cela n'avait eu aucun effet sur la faculté de l'entreprise à décrocher des travaux de construction pour les Jeux olympiques.

J'avais réuni tout le matériel dont j'avais besoin pour écrire l'article, mais je savais que demander son commentaire à Tanaka reviendrait à tirer la sonnette d'alarme.

Il me restait une dernière chose à faire avant de publier l'article. *Jingi o kiru*. J'avais envisagé de consulter « Precision Man », mais ce n'était pas le bon interlocuteur.

C'était à l'Ancien que je devais donner mon avertissement. Il pourrait le transmettre à Tsukasa et, ensuite, il me faudrait laisser les choses suivre leur cours. Mais joindre l'Ancien à bref délai n'était jamais très facile.

À présent, j'allais allumer la mèche d'une bombe à retardement. J'appelai d'abord l'université Nihon très tôt le matin du 17 novembre. Le compte à rebours avait commencé. Un porte-parole de l'université déclara : « L'université a reçu cette photo accompagnée d'une menace écrite au début du mois de septembre et a aussitôt porté plainte auprès de la police pour tentative d'intimidation. M. Tanaka n'a aucun souvenir d'avoir rencontré ces individus et nous considérons que la photo est fausse. »

L'université n'avait pas fait expertiser la photo par une institution extérieure pour une analyse approfondie et indépendante et n'avait pas donné d'explications sur la manière dont la photo aurait pu avoir été truquée. On me dit qu'il ne serait pas possible de parler à Tanaka.

Je tenais mon commentaire. Je livrai l'article à *Vice*.

Et ensuite, je me rendis dans les bureaux du lieutenant de l'Ancien. J'aurais pu téléphoner, mais cela aurait témoigné d'un manque de courage. Il fallait une discussion en face à face. Et tout comme il savait où j'habitais, je savais où se trouvait sa société-écran à Nishi-Azabu.

Quand nous nous assîmes l'un en face de l'autre, je remarquai que ses vêtements étaient un tout petit peu différents cette fois. Il portait une veste noire à trois boutons, et non à deux, avec sa cravate bleu cobalt. Je lui racontai toute l'histoire et lui montrai la photo, il se mit à transpirer un peu. Il retira ses lunettes de soleil. Je ne pensais pas l'avoir jamais vu sans lunettes de soleil. Il avait les yeux gris. Avait-il des problèmes de vue ? Peut-être qu'il portait des lentilles de contact colorées ? Ce n'était pas vraiment le moment de lui poser la question.

« Je suppose qu'on ne peut pas vous convaincre de ne pas le faire.

– Non, vous ne pouvez pas. Les dés sont jetés. J'ai déjà envoyé l'article.

– Je vais devoir en parler au grand patron. Vous pouvez rester un moment ? »

Il passa dans la pièce à l'arrière de son bureau.

Je restais là, à l'attendre. J'étais un peu nerveux. J'étais venu seul et personne ne savait où je me trouvais. Il revint. Il avait un téléphone portable tout neuf à la main. J'ai supposé que c'était un portable jetable, à usage unique.

Au bout du fil, l'Ancien attendait pour me parler. Avant qu'il n'ait eu le temps de dire quoi que ce soit, je commençai mon baratin.

« Écoutez, tout le monde a reçu cette photo. Tôt ou tard, quelqu'un va écrire un article. Et si quelqu'un doit le faire, ne préférez-vous pas au moins que ce soit quelqu'un qui se montre juste à l'égard de tout le monde ? »

Il y eut une longue pause. Il n'eut aucune phrase dans le genre « Après tout ce que j'ai fait pour toi... » Il n'émit aucune protestation. Il se contenta de m'écouter.

« Vous allez faire ça, alors, publier cette mauvaise photo ? »

C'était une tentative de me faire douter de l'authenticité du cliché, mais je ne mordai pas à l'hameçon.

« Je ne demande ni confirmation ni clarification. Je ne vous demande rien du tout. Je vous dis simplement ce que je vais faire, par courtoisie professionnelle. C'est mon travail.

– Je comprends. Le coup des genoux, ce n'est pas nous, vous savez.

– Je vous crois.

– D'accord. Je peux vous demander une chose ?

– Vous pouvez, mais je ne pourrai peut-être pas vous satisfaire.

– Pouvez-vous recadrer la photo pour qu'on ne voie pas son petit doigt manquant? Pour lui, c'est un sujet sensible. »

J'avais envie de lui dire oui, mais je ne pouvais que refuser.

« Je ne peux pas toucher à la photo. Je ne peux pas la recadrer, la modifier ou la retoucher. Elle doit rester telle qu'elle est. Ce que je peux faire, c'est écrire que votre patron a le mérite d'être un type assez décent, pour un yakuza. Ça, je peux le faire.

– Cela nous aiderait. Quand est-ce que ça sera publié?

– Dans vingt-quatre heures. »

Sauf que ce n'est pas de cette façon que ça se passa. Je quittai le bureau du lieutenant, nerveux, légèrement nauséeux et sur le qui-vive, et j'appris que la publication de l'article avait été retardée. Je n'allais pas céder à la panique, mais j'avais les nerfs en pelote.

Le 19, l'article parut enfin. Il eut un sacré impact. Les médias étrangers s'en emparèrent. Les médias japonais, eux, firent de leur mieux pour l'ignorer. Certains rapportèrent que *Vice* avait fait paraître un article au sujet de la photo, mais ils ne prirent pas le risque de rédiger leurs propres papiers. C'était l'échappatoire classique. « *Vice* a publié une information et voici ce qu'ils ont publié, mais nous, nous ne faisons que publier ce qu'ils ont publié les premiers, alors ne nous brisez pas les genoux. »

Seul le *Nikkan Gendai*, un tabloïd du soir, me contacta et me demanda un supplément de détails avant de traduire l'article en japonais. L'article devint rapidement viral.

Et puis, à ma plus grande joie, alors que je croyais mon papier destiné à tomber dans l'oubli, un député japonais du Parti japonais de l'innovation, Yoshio Maki, commença à examiner l'existence possible de liens entre les yakuzas et les Jeux olympiques.

En avril 2015, au cours d'une réunion de la commission parlementaire chargée de l'éducation, le député brandit plusieurs articles de journaux et de magazines qui reprenaient la photo de Tsukasa, selon toute apparence en compagnie de Tanaka, et exigea des explications. J'étais présent. Maki-sensei m'avait fait entrer en douce. Je m'amusais beaucoup en écoutant les débats.

Maki demanda à Shimomura, le ministre de l'Éducation, désormais chargé de superviser les préparatifs des Jeux de Tokyo, pourquoi le gouvernement n'avait pas encore mené une enquête sur les liens présumés du Comité olympique et du crime organisé.

Quand Maki prononça les mots « Yamaguchi-gumi », Shimomura fit la grimace, comme s'il avait avalé une prune japonaise pourrie. Shimomura s'inquiétait sûrement de ses propres liens potentiels avec l'organisation. Il s'engagea à enquêter personnellement sur ces allégations et, au vu de ses liens présumés avec les yakuzas, il aurait très bien pu être l'homme de la situation. Après tout, certains de ses bienfaiteurs étaient très proches du Yamaguchi-gumi Kodo-kai, la faction qui dépendait directement de Tsukasa. Il déclara qu'il ferait pression sur le Comité olympique et sur l'université Nihon pour qu'ils se penchent sérieusement sur la question.

« La réponse de Shimomura n'est qu'une pure formalité, me dit plus tard Maki. Demander au Comité et à l'université Nihon d'enquêter de leur côté ne fera que produire la réponse attendue. »

J'écrivis au sujet de la prise de position de Maki pour *Vice News*, dans un article de suivi. Comme prévu, les médias japonais l'ignorèrent complètement.

Un effet inattendu, en revanche, fut que le passage sur le gril de Shimomura occasionné par Maki poussa la pusillanime presse japonaise à aborder enfin le cas de Tanaka et de ses relations douteuses. Certains médias mentionnèrent même, ô miracle, mon article pour *Vice*. Tanaka donna discrètement sa démission du Comité olympique.

Shimomura ne fit jamais aucune déclaration publique quand ses liens présumés avec les yakuzas, en plus d'autres scandales, le contraignirent à se retirer de la vie publique. Personne n'y prêta attention et rien ne fut fait pour le forcer à s'exprimer. Les Jeux olympiques poursuivirent leur marche en avant. Plus tard, quand il fut révélé que, par le biais d'une société-écran à Singapour, le Japon avait soudoyé d'anciens responsables du Comité olympique international afin de voir sa candidature aux Jeux olympiques l'emporter, je n'en fus pas tellement surpris.

Les milliards de dollars de dépassement de budget n'étaient pas si choquants. Je suis presque certain que les yakuzas touchèrent leur part du gâteau malgré tout, mais personne au sein du gouvernement japonais ne veut se pencher sur cette question.

S'il y a une leçon à tirer de tout cela, c'est que si l'on devait décerner des médailles aux gouvernements d'Extrême-Orient en fonction de leur degré de corruption, le Japon obtiendrait certainement la médaille d'or.

C'était génial d'avoir déniché un scoop, et j'avais l'impression d'avoir retrouvé toute ma chance en tant que journaliste. Et d'autres personnes l'avaient elles aussi remarqué. Cela m'ouvrit des perspectives auxquelles je ne me serais pas attendu. On dit que tout le monde aime les gagnants : peu de temps après le scoop de *Vice*, le *Los Angeles Times* me demanda de devenir son correspondant spécial. J'étais aux anges. J'allais enfin pouvoir jouer dans la cour des grands, du moins à mes propres yeux.

MA NOUVELLE VIE DANS UNE VILLE FANTÔME

Si 2011 avait été l'année où ma vie s'était retrouvée détruite par les catastrophes, alors 2017 fut l'année où je commençai à la reconstruire et à me reconstruire moi-même. Je n'avais jamais perdu un emploi auparavant. On ne me vira pas du *Los Angeles Times*, mais j'étais simplement devenu superflu. Victime d'une restructuration. Mis sur la touche. Quel que soit le terme qu'on utilise pour se débarrasser d'un collaborateur. Personne chez Tronc, le monolithe à qui appartenait le journal, ne se souciait de mon sort, mais moi, si. Mes affaires étaient mal parties. Partout où je regardais, des gens se retrouvaient licenciés. Mon rédacteur en chef à *Vice*, Ky Henderson, avait été « remercié » suite à une réduction des effectifs chez *Vice News*. D'autres bureaux de presse étrangers à Tokyo fermaient leurs portes. Le Japon perdait de son importance, ce n'était plus un endroit si vital à couvrir, le Soleil-Levant se couchait rapidement dans l'ombre de la Chine.

Pour moi, Tokyo commençait à ressembler à une ville fantôme. Je déambulais au hasard d'une existence semi-tangible, parfois sous la forme d'un aimable revenant dans le genre de Casper, le gentil fantôme, parfois sous celle d'un poltergeist maussade. C'était probablement le signe que j'étais déjà là depuis trop longtemps. Mais quand j'essayais de vérifier si mes pieds étaient encore posés sur le sol, je constatais que oui, ce qui voulait dire que je n'avais pas tout à fait terminé ma transition vers l'état de *yurei* (fantôme japonais). Les fantômes japonais ont tendance à ne pas avoir de pieds.

Quand vous passez trop de temps à regarder en arrière, vous vous condamnez à trébucher si vous essayez d'aller de l'avant, et c'était là que j'en étais arrivé. J'étais en plein milieu d'une dépression bizarre et je ne cessais de revoir en esprit tout ce que j'avais accompli avant. J'étais arrivé au Japon en 1988, j'avais emménagé dans un temple zen trois mois plus tard et j'avais commencé à travailler en 1993. J'étais journaliste ici depuis plus de vingt-cinq ans. Je suppose que je traversais une sorte de crise existentielle, qu'on doit rencontrer au bout d'un quart de siècle de sa vie professionnelle.

Au début de l'année 2017, je me disais que, cette année-là, j'aurais 48 ans. En arrondissant un peu, on arrivait quasiment à 50 ans. Le travail de diligence raisonnable avait autrefois coulé à flots, m'apportant un fleuve de revenus réguliers, mais il s'était changé en ruisseau qui n'apparaissait plus qu'après des pluies inhabituelles. Tout ce qui était arrivé auparavant semblait devoir se répéter encore une fois. Saigo et moi, nous nous étions séparés, à moitié à l'amiable, mais pas dans les meilleurs termes. J'avais continué à faire des trucs stupides. Toutes ces années passées à prendre de l'Halcion pour réussir à trouver le sommeil avaient fini par me démolir. En repensant à 2016, j'avais bien du mal à me souvenir de ce que j'avais fait cette année-là, en dehors d'écrire pour le *L.A. Times* et *The Daily Beast*. Pour moi, le plus grand moment de l'année avait été de me réveiller nu un matin, une bouteille de tequila à la main, à côté d'une belle fille blonde, nue elle aussi, qui me disait de la boucler en expliquant : « Mon mari est au téléphone. » Ça avait été le début d'une relation qui avait eu à peu près autant d'effets positifs pour moi qu'un mélange d'Halcion et d'alcool. Même si la fille avait eu son charme et si, dans un autre monde, ça aurait peut-être pu marcher entre nous. Mais voilà, j'en étais arrivé là. Toujours à Tokyo. Toujours à faire les mêmes choses. Juste plus vieux.

Tokyo samsara. Un éternel recommencement.

Parfois, j'envisageais de partir, et pourtant je restais, comme quelqu'un qui serait destiné à hanter cette mégapole jusqu'à la fin des temps – ou jusqu'à ce que les États-Unis possèdent un système de santé publique. Donald Trump avait été élu président des États-Unis et il avait l'intention de démanteler la couverture sociale de piètre qualité que nous avions mise en place et de la remplacer par… rien. Ce qui signifiait que je n'aurais probablement jamais une vraie chance de quitter le Japon. Après mon cancer du foie, aucune compagnie d'assurances aux États-Unis n'accepterait de me compter parmi ses affiliés. Les conditions préexistantes, ça ne peut pas se changer. J'en étais arrivé à un point où j'avais l'impression de stagner en tant que journaliste, en tant qu'écrivain et en tant qu'être humain.

Je n'avais terminé et publié qu'un seul livre en anglais. Dieu merci, ce livre était apprécié en France. Alors, oui, *Tokyo Vice : un journaliste américain sur le terrain de la police japonaise* était paru dans le monde entier. Il s'agissait des Mémoires de mes vingt et une premières années au Japon, dont douze passées en tant que rédacteur et reporter chargé des affaires criminelles pour le *Yomiuri Shinbun*, et quelques autres à écrire une enquête sur la traite des êtres humains au Japon pour le département d'État américain. C'était aussi un récit édifiant sur ce qui peut arriver quand on essaie de faire ce qui est juste et qu'on s'y prend de la pire des façons. C'est peut-être le meilleur truc que j'aie jamais écrit, et ça me va très bien comme ça. Tout ce que j'ai appris qui vaut la peine d'être transmis se trouve quelque part dans ce livre. Cela faisait sept ans que le chef yakuza Goto Tadamasa, mon Voldemort personnel, avait publié son propre livre, et presque dix ans qu'il avait été banni du Yamaguchi-gumi. Mais il était toujours bien vivant et régnait sur son nouveau fief du Cambodge, et il allait et venait parfois au Japon.

À Shizuoka, la préfecture dont Goto est originaire, il essayait de faire revivre une tradition culturelle. Quelle tradition, me demanderez-vous ? Les combats de chiens. Goto tel qu'on le connaissait et l'aimait, en somme. Il adorait les combats de chiens, l'idée de jeter des créatures sensibles les unes contre les autres, et aussi de parier sur le résultat. C'est bien possible qu'il y ait un plaisir sadique viscéral à regarder le chien sur lequel vous avez parié faire des ravages sur son adversaire. C'est un sport sanglant destiné à des brutes, et c'est ce qu'étaient Goto et ses semblables : une foutue bande de brutes.

En 2002, j'avais interviewé le regretté Andrew Vachss, auteur de romans policiers et grand défenseur de la justice sociale, au sujet de l'intimidation par la force au Japon. Ce qu'il m'avait dit m'était resté en tête.

« Si vous considérez ce genre de brimades sous un point de vue logique, vous verrez que c'est la racine de tous les maux. Ce n'est pas l'argent, ce sont les brimades elles-mêmes. C'est cela, l'essentiel : imposer sa volonté, ses désirs, ses souhaits à un autre être humain par la force ou la crainte. On peut le voir au Rwanda tout aussi bien que dans une cour de récréation. La toile de fond est différente, la couleur de la peinture est différente, mais c'est exactement la même chose : "Je peux te forcer à faire ce que je veux, parce que je suis plus fort que toi. Il ne s'agit pas de savoir si je suis plus intelligent, ou plus moral, ou si j'en ai plus le droit que toi. Je suis juste le plus fort." »

C'était la meilleure explication de la logique à laquelle obéissaient la plupart des yakuzas, des politiciens du LPD et de tous les voyous que j'avais rencontrés. Et ça décrivait parfaitement la vie de Goto. La brute en chef.

J'avais entendu dire qu'il avait obtenu un nouveau foie pour remplacer celui qui lui avait coûté 500 000 dollars, mais je n'avais pas pu le vérifier.

En décembre 2015, le Trésor américain l'avait mis sur une liste noire. Dans un communiqué de presse du 9 décembre 2015, il avait déclaré :

> ***Goto a dirigé le Goto-gumi jusqu'en octobre 2008, date à laquelle il a été expulsé du Yamaguchi-gumi, contraint de se retirer et de transférer ses activités au Cambodge. Malgré son retrait de la vie au sein du clan, Tadamasa Goto, figure historique de la mafia japonaise, reste encore l'associé de nombreuses sociétés liées aux gangs, qu'il utilise pour faciliter ses activités commerciales aussi bien légitimes que illicites. Il continue à soutenir le Yamaguchi-gumi et les vestiges de son Goto-gumi à demi éteint en blanchissant leurs fonds entre le Japon et le Cambodge. En outre, Goto aurait établi des liens avec le groupe Namikawa Mutsumi-ka, anciennement connu sous le nom de Kyushu Seido-kai, dont la violence est de notoriété publique et qui est reconnu par le Japon comme une organisation yakuza.***

Les avoirs de Tadamasa Goto détenus aux États-Unis ou contrôlés par des citoyens américains avaient été gelés et il était interdit à tout citoyen américain de faire des affaires avec lui. Je reçus une lettre d'un journaliste américain en poste au Cambodge qui voulait écrire sur la façon dont les entreprises japonaises de la capitale versaient de l'argent aux yakuzas pour leur protection, et donc probablement à Goto. Il connaissait un couple qui avait dû fermer son magasin. Il voulait savoir s'il y avait un moyen sûr de faire son reportage. Je lui répondis que je ne voyais aucune façon possible de faire ce boulot correctement.

Beaucoup de choses s'étaient passées depuis la publication du livre de Goto et du mien. Au moins, j'avais pour ma part réussi à ne pas quitter Tokyo. La ville ne reste jamais longtemps la même. Et parfois, ce que je remarque le plus, c'est ce qui n'est plus là. Je ne me réfère pas au futur quand je donne des indications ; je me réfère au passé.

Vous connaissez la chanson de Laurie Anderson *Big Science* ? Les rares fois où je me retrouve à Kabukicho, l'ancien quartier le plus chaud du Japon, j'entends les paroles de cette chanson. Pour la police, Kabukicho fait partie du quatrième district, où j'ai passé une grande partie des années 1999 et 2000 à couvrir les crimes variés, les calamités et les criminels qui évoluaient dans cette zone. Je me souviens d'avoir obtenu un gros scoop sur la première descente de police qui eut lieu dans un bar à hôtes pour femmes, qui arnaquait ses clientes et employait de jeunes gens mineurs. Takeshi Aida, le créateur du Club Ai, le premier bar à hôtes pour femmes du Japon, m'avait à l'époque invité à venir travailler dans son établissement pendant une nuit entière, pour que je comprenne que tous les bars à hôtes·ses n'étaient pas des pièges à couillons. J'avais fait un très mauvais hôte d'accueil pour dames. Je ne sais pas danser et je ne suis pas très bon pour allumer les cigarettes. Je ne suis pas non plus très beau, bien que je maîtrise suffisamment le japonais pour sortir quelques blagues.

Le Club Ai est toujours là, mais son fondateur est mort en 2016 ; il ne dirigeait plus le club, il avait joué de malchance et on l'avait pratiquement oublié. Passer devant les bars à hôtesses encore visibles à Kabukicho me rappelle mes tentatives pour allumer maladroitement des cigarettes, cette nuit-là, et me donne envie d'en fumer une. J'avais pris l'habitude de fumer des cigarettes aux clous de girofle, des Gudang Garam, dans leur paquet rouge et or. Il n'y avait qu'un seul petit bureau de tabac qui en vendait, à trois pâtés de maisons du poste de police de Shinjuku. Ils avaient une enseigne en anglais qui disait *Sin-Juku Smokes*. La romanisation du mot *sin*, qui signifie « péché » en anglais, m'avait toujours fait sourire. Le bureau de tabac n'est plus là. À la place, il y a un 7-Eleven. Ils ne vendent pas de cigarettes aux clous de girofle. J'ai vérifié, juste pour être sûr. C'est sans doute mieux comme ça. On ne peut même plus fumer dans la rue, à Kabukicho, maintenant. Si quelqu'un me demandait aujourd'hui de lui faire visiter l'endroit, je ne pourrais que lui parler de ce qui se trouvait là autrefois.

Ou bien imaginons qu'on se rencontre à la périphérie de Kabukicho, au Mister Donuts, et que vous me demandiez : « Hé l'ami ! Comment je fais pour aller jusqu'à la statue de Godzilla ? » Je ne pense pas que mes indications seraient vraiment utiles. Je vous dirais : « Eh bien, prenez à droite là où le Meisei 48 a brûlé en septembre 2001 et où 40 personnes sont mortes, vous voyez le bâtiment où il y avait le salon de mah-jong et le salon érotique à thème médical, la Clinique du harcèlement sexuel ? Passez tout droit devant l'endroit où les yakuzas locaux avaient tous l'habitude de se rencontrer, devant le café tout en bas de Furinkaikan. C'est à côté du Black Swan, le cabaret pour personnes trans. Lui, il est encore là. Si vous vous retrouvez au Lion's Mansion, là où "le Bouddha", alias Inoue Takahiko, prêtre bouddhiste et chef yakuza, aurait accidentellement fait une chute mortelle du cinquième étage de l'immeuble, vous êtes allé trop loin. Passez devant le *love hôtel* qui exposait tous les costumes des films de Walt Disney dans ses vitrines éclairées, et continuez jusqu'à ce que vous trouviez la rangée de casiers de consigne, à côté de l'hôtel capsule. C'est à 200 mètres de l'endroit où se trouvait ABCX, le seul salon de massage sexuel qui acceptait les étrangers. Vous ne pouvez pas le rater. Vous devriez être arrivé à destination. *This must be the place.*»

Les paroles de cette chanson me passent par la tête, quand je suis à Kabukicho:

Voici un homme qui vit une vie de dangers.
Partout où il va, il demeure...
un étranger.
Salut étranger.
Ça vous dérange si je fume?

Autrefois, ça ne m'aurait pas dérangé qu'un inconnu allume sa cigarette devant moi. Aujourd'hui, la fumée des autres me fait tousser. Pourtant, ça ne me dérange pas de me sentir comme un étranger, même dans les endroits où j'avais l'habitude de me sentir chez moi.

Comme à Kabukicho. Tout le monde veut aller à Kabukicho. Moi, je n'en vois pas l'intérêt. C'est en train de devenir un autre Times Square: entre les touristes, la ville et les flics, le quartier n'est plus que l'ombre fuyante de son propre passé trouble. Je suppose que c'est une bonne chose. J'ai vraiment l'impression de ne plus rien avoir à y faire, à présent.

En 2011, lorsque Michiel envisageait encore de se lancer dans l'aide sociale et de lutter contre la traite des êtres humains, le Japon s'était déjà attaqué au problème de manière visible. Les gangsters qui profitaient de l'esclavage sexuel s'étaient plutôt tournés vers un trafic d'êtres humains intérieur au pays, dont les victimes étaient des citoyens japonais, mais l'ampleur de leurs crimes n'avait rien à voir avec ce qu'elle avait été en 2007 ou en 2008. Les yakuzas eux-mêmes avaient été frappés de plein fouet par les changements législatifs et l'application implacable des nouvelles lois par la police. Aujourd'hui, les yakuzas sont surtout bien implantés dans l'industrie du divertissement et dans l'industrie du nucléaire, qui comptent encore parmi leurs principales vaches à lait.

D'une certaine façon, j'ai l'impression que le Tokyo que je connaissais appartient à une autre dimension, à une autre vie. Le temps où les yakuzas se pavanaient dans les rues avec leurs blasons et menaçaient les citoyens ordinaires en toute impunité est en train de disparaître. Quand ils se réunissent, les insignes leur sont distribués en début de réunion et ils doivent les rendre à la fin, comme à ma salle de sport, Tipness, où on vous donne la clé de votre casier et une serviette quand vous vous enregistrez. Les yakuzas identifiés comme tels n'ont plus le droit d'ouvrir un compte en banque, de louer un appartement, de souscrire une assurance, ni d'aller à l'hôtel ou même de jouer au golf. Les nouvelles clauses dans les contrats, les ordonnances, les révisions apportées aux lois concernant la lutte contre le crime organisé, toute cette série de mesures complexes a fait baisser le nombre de yakuzas de 80 000 à moins de 10 000 dans tout le pays.

Si Toshiro Igari était encore en vie, il serait heureux de constater l'efficacité de ces mesures. Mais il n'est plus en vie. Je passe parfois devant son bureau. J'aimerais aller y allumer un bâtonnet d'encens, mais je ne pense pas qu'il reste beaucoup de personnes qui se souviennent de lui et je ne suis pas sûr que j'y serais le bienvenu. Le cabinet a peut-être même déménagé.

J'ai moi-même déménagé de nombreuses fois au cours des trente années qui se sont écoulées depuis que je vis au Japon. Je retourne rarement dans les endroits où j'ai vécu, à l'exception d'un seul, le temple bouddhiste où j'ai passé une grande partie de ma vie d'étudiant. Ça a d'ailleurs été une chance pour moi. Je reviendrai sur cette histoire un peu plus tard.

Lors de mon déménagement en 2016, j'ai retrouvé enfouies au fond d'un tiroir une paire de chaussettes soigneusement pliées et une carte de Noël de Michiel. Je pense à elle, de temps en temps, comme je pense à l'inspecteur Sekiguchi, mon mentor à Saitama. Il est mort d'un cancer lui aussi. Il fumait beaucoup. Je vois encore ses filles parfois, bien qu'elles ne soient plus des enfants. Elles ont des enfants à leur tour, maintenant.

Je ne vais plus au-delà de l'endroit où se trouvait le Club Yello. J'ai plus de 50 ans et danser jusqu'au passage du premier train après minuit ne me semble plus si amusant. Je peux vous montrer son emplacement, si vous le souhaitez vraiment ; ce n'est pas très loin là où il y avait le One-Eyed Jack, le faux club à thème sur les jeux d'argent. Les petits gars de Lehman Brothers allaient là-bas claquer tout leur fric sur les filles et se fourrer de la cocaïne plein le nez du temps où la crise financière n'existait pas encore. On vendait des drogues plus dures dans un bar près de la zone où il y avait le Hamburger Inn. La drogue, c'est un gros souci au Japon. Comme les armes à feu. Des types qui faisaient une overdose de cocaïne coupée avec de l'héroïne, surtout si c'était des *gaijin* bien connus, ça, c'était de la vraie info. Ça s'était passé en 2004. Il y avait eu une série de morts par overdose à Roppongi, principalement parce qu'un petit Iranien vendait aux banquiers d'affaires du coin de la cocaïne coupée avec d'énormes quantités d'héroïne. L'un de ceux qui avaient hérité du mauvais lot était un cadre dirigeant de Pfizer Japon. J'avais aidé la police de Tokyo sur cette histoire en donnant le nom du propriétaire du bar et quelques autres renseignements utiles. Ils avaient coincé le dealer, mais ils ne voulaient pas que les décès soient rendus publics. Peu importent les conséquences, quand vous dénichez un gros scoop, les flics vous virent de la salle de briefing de la brigade, et parfois même de leurs conférences de presse. J'avais eu un terrible pressentiment : si je n'écrivais pas sur le sujet, d'autres gens allaient faire une overdose et en mourir eux aussi. Alors, j'avais averti le chef de la brigade antidrogue et écrit mon article. Sa publication avait pris un tas de gens à rebrousse-poil et pour toute récompense j'avais été interdit de pénétrer dans les bureaux de la brigade antidrogue pendant des mois. J'ai été obligé de ruser pour rencontrer les inspecteurs pendant tout le reste de mon affectation là-bas. Mais tout ça, c'était il y a quinze ans. J'aime à penser que j'ai dépassé le stade où je couvrais les crimes, les yakuzas, les assassinats, le chaos et les tragédies. J'ai définitivement élargi mes champs d'intérêt.

Mais vous voyez, de temps à autre, comme ce 31 octobre 2017, je reçois encore un appel à une heure bizarre, et il y a un vieil ami au bout du fil.

« *Jeiku !* Tu vas vouloir couvrir cette histoire.

– Euh... eh bien, à moins que ça n'ait une espèce d'angle international...

– Neuf têtes sans corps dans neuf glacières. Un seul appartement. »

Des mots magiques. Bien sûr, j'y suis allé.

Exactement comme le 1er janvier 2017, à 4 heures du matin. J'ai pris un train – ils circulent toute la nuit le 1er janvier – pour me rendre sur une scène de crime à Takeshita-dōri, où un jeune de 21 ans très mécontent avait écrasé huit personnes avec sa voiture lancée en marche arrière. Une façon plutôt brutale de commencer la nouvelle année. L'incident s'était produit dix minutes après que les cloches du temple avaient sonné 108 fois pour marquer la fin de l'année et dire adieu aux péchés de 2016. Je n'avais reçu l'appel pour aller vérifier les faits que vers 3 h 30. En temps normal, je ne me couche pas si tard.

Mais je me souviens du temps où je veillais très tard.

Vous voulez visiter Roppongi ? Je pourrais vous montrer où, à Roppongi, se trouvait autrefois Julianna, la plus grande discothèque de toute l'Asie. Un symbole éblouissant de la bulle économique japonaise de la fin des années 1980 et des années 1990, quand le Japon semblait vouloir dominer le monde. Le fondateur de la discothèque, Masahira Origuchi, alias Disco Man, avait ensuite fait fortune à la tête d'une agence de main-d'œuvre temporaire, Goodwill Corporation, en profitant des changements dans la législation du travail qui avaient enrichi quelques ordures cupides dans son genre. Ces modifications avaient réduit le nombre de personnes qui détenaient un « emploi garanti à long terme » de 80 % à seulement 55 % de l'ensemble des travailleurs. L'économie du Japon ne fonctionne plus qu'au coup par coup, désormais. Nous devons ça au Parti libéral-démocrate, aux hyènes économiques comme Heizo Takenaka, devenu président d'une entreprise de main-d'œuvre temporaire, et à Disco Man. Son agence avait été fermée quelque temps plus tard, à cause de manquements au droit du travail, mais pas avant qu'elle n'ait racheté une société-écran censée appartenir aux gangsters, dénommée Crystal. Dans cette transaction, l'équivalent de 100 millions d'euros s'était évanoui, comme par magie. Eh oui, il est parfois étonnant de voir comment l'argent disparaît au Japon.

Roppongi Hills est toujours debout. C'est à Roppongi Hills, la réponse japonaise à Beverly Hills, que Lehman Brothers Japan avait ses bureaux, dans le temps. En 2008, une petite société appelée Asclepius les avait escroqués de 350 millions de dollars. L'argent disparut encore plus vite que Lehman ne le fit. J'ai ma petite idée de là où il est parti, mais je n'ai pas vraiment le moyen d'en revendiquer la possession pour moi-même.

Roppongi est une autre ville fantôme en devenir. Entre le luxueux et surcoté Roppongi Hills et les paillettes de Tokyo

Midtown, où se trouve le Ritz Carlton, il y a un quartier miteux rempli de clubs et de restaurants qui est progressivement racheté par les promoteurs et mis en démolition. Une fois par mois, vous verrez le quartier de Midtown se remplir de Mercedes-Benz et de voitures japonaises de plus en plus haut de gamme, toutes de couleur noire, avec des voyous dépourvus de cou, aux cheveux coupés court, vêtus de costumes bon marché, qui restent plantés devant les voitures, pendant que des hommes âgés portant des costumes noirs coûteux entrent et sortent d'un seul et unique immeuble du quartier. L'Inagawa-kai a toujours ses bureaux à cet endroit, même s'ils restent vides la plupart du temps.

Je peux vous emmener devant le bâtiment où il y avait autrefois un club très populaire appelé le Flower. C'est dans ce club que neuf voyous ont tabassé un homme à mort à coups de batte de baseball sans que personne soit condamné pour ce crime. Il n'existe plus aujourd'hui.

Je ne vois pas quels bons clubs il reste encore dans le coin. Des années de descentes de police successives dans les clubs où l'on venait danser après minuit ont presque réussi à tuer toute vie nocturne. Le panneau suspendu à l'entrée du quartier, « Roppongi High-Touch Town », a disparu lui aussi. Nous n'avons jamais réussi à comprendre ce que signifiait *high-touch*. S'ils l'avaient appelé Roppongi Low-Ball Town, la ville en déclin, là, ça aurait eu du sens. L'Aoyama Book Center, la librairie à côté du commissariat de police d'Azabu, n'existe plus, elle non plus. Le club où travaillait Lucie Blackman, paix à son âme, a fermé depuis longtemps.

Il y avait un fantastique restaurant de *sukiyaki*, non loin de Nishi-Azabu. Le bœuf tendre y était apporté directement par avion de la préfecture de Miyazaki. L'endroit était presque caché, pas très loin de Gonpachi. Je ne suis pas sûr de me souvenir du chemin qui y conduit. Un jour, une femme charmante, pulpeuse et belle, prénommée Helena, m'avait emmené faire le tour de Tokyo à l'arrière de sa moto, et cet endroit avait été notre point de départ. Je ne pense pas être jamais monté à l'arrière d'une moto avec qui que ce soit d'autre. Elle est peut-être ailleurs, en train de conduire cette moto, à l'heure qu'il est. J'espère qu'elle est heureuse.

Parfois, je me demande si le club Tantra, non loin de ce qui était autrefois le bâtiment de la ROA, est toujours en activité. J'ai passé plus de temps que je ne souhaiterais l'admettre dans ce club de strip-tease au nom mystique, avec ses sculptures érotiques hindoues et sa ribambelle de ravissantes danseuses. La plupart des danseuses et des employées que je connaissais sont parties ; certaines se sont mariées, d'autres sont rentrées chez elles, d'autres ont eu des enfants, d'autres encore enseignent maintenant la pole dance dans des cours de fitness. L'odeur des cigares, de la sueur, du musc, du métal et du cognac doit flotter dans l'air, si tant est que le club existe encore. J'irais bien voir s'il est toujours là, mais alors, je pourrais avoir envie d'y entrer et rien de bon ne sortirait de tout ça.

Et voilà où nous en sommes arrivés à présent, je suis toujours journaliste et je suis devenu prêtre bouddhiste zen. Vous savez ce qu'on dit de ce métier : tant que des gens mourront, vous pourrez y gagner votre vie. Ce n'est pourtant pas là que je me voyais finir.

Un maître zen aurait dit un jour que nous mourons chaque nuit et que nous nous réincarnons chaque jour ; ma réincarnation dans cette vie de prêtre bouddhiste zen Sōtō a commencé par une mort, une mort dans ce monde-ci. On considère que l'on a eu beaucoup de chance de naître dans ce monde, car c'est seulement dans ce monde que l'on peut enfin échapper au cycle des réincarnations.

Le bouddhisme au Japon émet le postulat qu'il existe six royaumes d'existence :

1. *Le monde des enfers*
2. *Le mode des fantômes faméliques*
3. *Le monde des animaux*
4. *Le monde des demi-dieux belliqueux*
5. *Le monde des êtres humains*
6. *Le monde des dieux et des êtres célestes*

Je peux penser à différents quartiers de Tokyo qui pourraient chacun correspondre à un de ces royaumes. L'enfer, c'est n'importe quel arrêt de la ligne du métro Tōzai aux heures de pointe.

Ce n'est que dans le royaume des humains que nous avons une chance de trouver la rédemption et d'échapper à la roue de la souffrance. Pourtant, ça ne me dérangerait pas tellement de traîner mes guêtres dans le royaume des dieux pendant quelques années. Ce n'est pas si souvent, dans cette vie mortelle, qu'on nous donne une chance de repartir de zéro. À bien des égards, prononcer les vœux m'a permis de boucler la boucle, comme si j'avais choisi une voie de la destinée que j'aurais pu (ou dû ?) suivre il y a de nombreuses années. Hmm… Je suppose que tout ça semble un peu mélodramatique, mais permettez-moi, s'il vous plaît, une certaine subjectivité dans le récit de mon expérience personnelle.

À bien des égards, depuis avril 1993, la mort et les ennuis ont été mon travail… Et au Japon, le travail et la mort sont étroitement liés. C'est une mort qui m'a conduit à une renaissance dans cette vie.

SHUKUMEI ET LA SIGNIFICATION DU 28 MARS

En février 2017, une femme m'écrivit pour me parler de son collègue, un boulanger, qui était mort subitement dans son sommeil. Tous deux travaillaient pour une célèbre chaîne de boulangeries, qui a des bureaux au Japon, aux États-Unis et en France, dans lesquelles les conditions de travail étaient épouvantables. En fait, cette boulangerie est si célèbre en France que si j'écrivais son nom ici, vous la reconnaîtriez immédiatement. Je suivis son conseil et me rendis à la veillée funèbre du boulanger, une veillée bouddhiste zen, pour voir si je pouvais parler avec ses collègues de leurs conditions de travail et de ce qui s'était passé. Au Japon, une veillée est appelée *tsuya*, ce qui signifie littéralement « au bout de la nuit. »

Elle consiste généralement en un bref service religieux, à la fin duquel les convives allument un bâton d'encens sur un autel et présentent leurs respects au défunt. Le corps du défunt est généralement là et parfois le cérémonial se prolonge toute la nuit. Il y a rarement une liste d'invités et, comme je connaissais un des amis du boulanger, je m'invitai tout seul et je me mis en quête de ses collègues.

Ils acceptèrent de me parler. Le défunt était apprécié. Il ressemblait un peu à Anpanman, le héros de dessin animé qui est aussi une pâtisserie anthropomorphe farcie à la pâte de haricots. Tout comme Anpanman, il donnait toujours de sa personne. Beaucoup de monde était venu pour lui, ce soir-là.

Son histoire répondait à la plupart des critères classiques du *karoshi*: jeune, sans problèmes de santé, mais passant des journées entières à travailler sans dormir suffisamment, et même sans s'octroyer une pause déjeuner digne de ce nom. L'entreprise avait même envoyé une note de service ordonnant aux employés de «toujours traverser les cuisines au pas de course». Il devait se lever tôt tous les jours pour cuire le pain, généralement à 5 heures. Il vivait seul, mais sa grand-mère l'appelait chaque matin sur son portable pour le réveiller. Il faisait des journées de douze heures ou même plus. Il souffrait d'un manque chronique de sommeil.

Hiroshi Kawahito, le principal expert japonais en matière de *karoshi* et l'avocat qui avait défendu à deux reprises des victimes du *karoshi* contre le mastodonte de la publicité Dentsu, affirmait que, dans ce type de décès, la fatigue et le manque de sommeil entraînaient des crises cardiaques ou des hémorragies cérébrales mortelles tout aussi fréquemment que des suicides. Voilà les fruits du surmenage et du manque de sommeil: crises cardiaques, hémorragies et suicides.

La cérémonie, plutôt sombre, mais conviviale, était menée par un prêtre bouddhiste zen Sōtō. D'une façon curieuse, l'odeur de l'encens, le rituel lui-même me donnait l'impression d'être rentré chez moi. Des décennies avaient passé depuis que j'avais vécu au temple, mais je continuais à pratiquer le zazen. Je me souvenais encore des cinq principes moraux qu'un bouddhiste laïque était censé respecter. Le prêtre qui dirigeait alors le temple, Ryōgen, et moi, nous étions rencontrés par hasard et tout de suite bien entendus. Il avait vu que j'étais sérieux dans mes études et il lui restait une chambre vide ; on la gardait pour les moines en formation. Or, en 1988, plus personne ne voulait devenir moine bouddhiste ; le Japon était au beau milieu de sa bulle économique. Il m'avait donc offert la chambre gratuitement.

Il m'avait laissé rester au temple sous trois conditions simples :

1) Garder les cheveux courts.

2) Rester poli et se présenter à la pratique du zazen tous les dimanches à 6 h 45.

3) N'accueillir aucune fille dans sa chambre après 20 heures.

Ça avait été une expérience formidable. J'avais appris les bases du zazen, le bouddhisme zen, le cérémonial des funérailles, et comment me raser la tête avec une tondeuse. Ryōgen avait aussi une conscience sociale très aigue et s'investissait dans des œuvres de charité et dans les mouvements pour la paix. Moi, j'étais apolitique, mais j'admirais son zèle. Et j'avais même réussi à mémoriser au moins un sutra bouddhiste que je pouvais chanter sans regarder mes notes. C'était aussi un endroit merveilleux pour apprendre d'obscurs dictons et caractères japonais et, surtout, cette autodiscipline qui me faisait cruellement défaut.

J'avais oublié à quel point j'avais apprécié la vie semi-monastique. Ce soir-là, les chants et l'odeur de l'encens eurent sur moi un effet « madeleine de Proust ». L'ensemble de la cérémonie et les échanges avec les amis du défunt me donnèrent un remarquable sentiment à la fois de déprime et de nostalgie. Tout cela me fit repenser à un ancien collègue et ami qui s'était soudainement suicidé. Et je crois bien que le stress lié au travail avait fait partie des motifs de ce suicide. Une autre variante du *karoshi*.

Un des superviseurs du défunt accepta de me rencontrer le lundi suivant, quelque part à Saitama. Cependant, à la dernière minute, il changea l'heure et le lieu du rendez-vous pour Ikebukuro, à deux arrêts de train de mon ancien temple. J'appelai Ryōgen et lui demandai si je pouvais passer le voir et le saluer. J'avais l'intention de lui donner un peu de vin d'Israël qu'on m'avait offert en cadeau. Il me dit que je serais le bienvenu. Cela faisait un an ou même plus que je ne l'avais pas revu.

Après l'entretien, je me rendis au temple, nous partageâmes une tasse de thé vert foncé et nous commençâmes à discuter. Je lui parlai de l'enterrement et il hocha la tête. « De telles choses arrivent bien trop souvent. Les gens devraient travailler pour vivre, et non vivre pour travailler, et certainement pas se tuer au travail. »

Il me demanda alors : « Comment était la veillée ? Est-ce que ça a aidé la famille ?

– Je ne sais pas.

– Y a-t-il eu un service funèbre pour ton amie Michiel ? »

Il y avait eu une sorte de service, des années plus tard. Et ses cendres avaient été inhumées. On pouvait se rendre sur sa tombe. Pendant que nous parlions, il lâcha incidemment :

« Tu ne vas pas avoir 48 ans, cette année ? »

Et il en rajouta un peu, pour plus d'emphase.

« 47 ou 48 ans. Peut-être même 49. Tu te fais vieux. Tu as l'air vieux, aussi. Et tu as grossi. Vieux et gros, oui. »

C'était un type incroyablement honnête. Pas vraiment diplomate.

« Oui, Ryōgen-san, je vais avoir 48 ans », reconnus-je.

À sa manière quelque peu indirecte, il me demanda si je n'avais jamais songé à abandonner ma vie dissolue, passée à courir après les sensations fortes, pour reprendre le noble chemin octuple. Le chemin octuple, c'est la feuille de route bouddhiste vers la paix intérieure et vers une meilleure réincarnation dans la prochaine vie. Il nous servit une autre tasse de thé à tous les deux.

«J'ai beaucoup de respect pour ton travail, Jake-san, mais tu pourrais vivre ta vie un peu mieux. N'avais-tu pas envisagé la prêtrise, autrefois ?»

En effet, j'y avais pensé.

«Peut-être, peut-être... juste peut-être qu'il serait temps de repenser ta vie dissolue de casse-cou.»

Je reconnus que j'y avais repensé récemment. Mais j'avais des doutes. J'avais des doutes sur l'existence de la réincarnation, du karma et de la justice cosmique. Je n'avais pas de doutes sur les bienfaits mentaux et physiques de la méditation zen ni sur le code éthique, mais...

«Je ne suis pas sûr de pouvoir respecter les vœux.

– Oh, mais si, tu le pourrais. Tu n'as pas besoin de rester célibataire, tu dois juste être moins volage et plus sincère.»

Merci Bouddha, pensai-je. Parce que renoncer au sexe n'entrait pas dans le champ de mes possibles. Mais ce n'était pas le seul vœu que je n'étais pas sûr de pouvoir tenir. Les vœux qu'un prêtre bouddhiste zen Sōtō doit faire sont au nombre de dix. Ils ne sont pas tous si faciles à respecter.

Dōgen Zenji, le fondateur, les appelait les «dix préceptes graves». Voici une traduction libre de leur signification.

Les dix préceptes graves

Je fais le vœu de ne pas tuer, mais de chérir toute vie.

Je fais le vœu de ne pas voler, mais de respecter ce qui appartient aux autres.

Je fais le vœu de ne pas abuser de l'énergie sexuelle, mais de me montrer honnête et respectueux.

Je fais le vœu de ne pas mentir, mais de dire la vérité.

Je fais le vœu de ne pas abuser des drogues ou de l'alcool, mais de garder l'esprit clair.

Je fais le vœu de ne pas me livrer à la médisance sur les défauts des autres, mais de faire preuve de compréhension et de sympathie.

Je fais le vœu de ne pas me glorifier en critiquant les autres, mais de surmonter mes propres faiblesses.
Je fais le vœu de ne pas refuser de donner une aide spirituelle ou matérielle, mais de l'offrir librement et généreusement à ceux qui en ont besoin.
Je fais le vœu de ne pas libérer la colère, mais de chercher sa source.
Je fais le vœu de ne pas parler en mal de la vérité et des idéaux, mais de les chérir et de les défendre.

J'expliquai au prêtre qui n'était pas encore mon maître zen que je n'étais pas certain de pouvoir être à la fois journaliste d'investigation et prêtre bouddhiste zen. Les difficultés pour y parvenir abondaient. Si on ne peut pas mentir, a-t-on le droit de bluffer ? Si on pose une question honnête à un yakuza, on n'obtiendra jamais une réponse honnête. Et ne pas critiquer les autres ? La critique est une partie importante du journalisme. Il ne sembla pas du tout déconcerté par mes questions.

« Ce n'est pas une critique si on se contente de dire la vérité. Cela signifie, bien entendu, que l'on doit apprendre à séparer les faits proprement dits des opinions. Beaucoup de gens confondent opinion et vérité. Ce sont des choses différentes. »

Il s'interrompit pour réfléchir à une illustration.

« Tu peux penser que les Southern All Stars sont un super groupe de rock, mais ce sera subjectif. Ce n'est pas une vérité objective. C'est une opinion. Si quelqu'un a volé 10 millions de yens et si vous écrivez : "Il a volé 10 millions de yens", là, c'est un fait. Quand votre petite amie vous demande si ce kimono lui va bien, elle vous demande une opinion, pas la vérité. »

Je commençais à comprendre pourquoi il ne s'était jamais marié. Dire la vérité sans détour n'est pas vraiment le meilleur moyen de gagner le cœur de quelqu'un. Bien sûr, refuser d'exprimer ses opinions, ça n'est peut-être pas une si mauvaise chose, après tout. Bref, je restais toujours coincé, le cul entre deux chaises. D'un seul coup, il me demanda :

« Quand est ton anniversaire ? Il faudrait avoir le temps de se préparer.

– C'est le 28 mars. »

Il fit une grimace de surprise en haussant un sourcil.

« Vraiment ? C'est le jour exact où j'ai prononcé mes vœux de prêtre bouddhiste. Quand j'avais 15 ans. »

Son père était lui aussi prêtre bouddhiste, mais Ryōgen avait trouvé lui-même son propre maître et avait décidé très tôt qu'il voulait entrer dans la prêtrise. Ses parents l'avaient poussé à attendre un an, me dit-il. Ça paraissait une coïncidence incroyable.

« Vous en êtes sûr ? Le 28 mars ?

– Bien sûr que j'en suis sûr. C'est un jour qui compte beaucoup pour moi. Je vais te montrer mon album photo. »

Il se leva d'un mouvement gracieux et sortit de la pièce en glissant sur le tatami, puis il revint cinq minutes plus tard avec un album de photos en noir et blanc. Je vérifiai la date. C'était bien le 28 mars. Et puis je vérifiai l'année, qui était notée selon le calendrier impérial japonais : Shōwa 44.

En d'autres termes, il était devenu prêtre bouddhiste le 28 mars 1969.

« C'est incroyable, lui dis-je en indiquant la date. Tu es devenu prêtre bouddhiste le jour de ma naissance.

– Non, non, non, corrigea-t-il. C'est toi qui es né le jour où je suis devenu prêtre bouddhiste. C'est le karma. C'est très clair. »

Il rejeta la tête en arrière et se mit à rire, d'un rire profond, d'un rire de soufflet de forge. Il ferma les yeux et continua de rire.

J'ai accepté de prononcer mes vœux.

J'ai essayé de finir l'article sur la boulangerie française qui faisait travailler ses employés à mort. La famille ne voulait pas me parler. J'ai écrit à la boulangerie. Ils m'ont assuré qu'ils allaient s'en occuper. Ils n'ont jamais répondu à mes demandes de suivi. Je n'ai pas abandonné. Peut-être qu'un jour la famille me parlera. De fait, en écrivant ce que je sais dans ces pages, je me rapproche de la fin de cet article. Mais certaines choses prennent beaucoup de temps. Des années. Des vies entières. Des kalpas.

Je devais me plonger dans les livres et me préparer pour la cérémonie. J'ai fait une autre chose importante. J'ai jeté mes boîtes d'Halcion, de Neurobion. J'ai jeté tous mes somnifères dans les toilettes. Il m'a fallu des semaines pour réapprendre à dormir par moi-même. Le manque a été terrible, mais c'était le vœu n° 5.

« Je fais le vœu de ne pas abuser des drogues ou de l'alcool, mais de garder l'esprit clair. »

Mon esprit était clair. Je pouvais même me souvenir clairement, dans une certaine mesure, de ce que j'avais fait la veille.

La petite cérémonie s'est déroulée comme prévu, le 28 mars 2017. Elle a duré moins d'une heure. J'avais apporté une photo de mes parents et de mes sœurs, en guise de procuration. Elle datait des années 1970, on posait devant une cheminée. Au moins, je n'avais pas de col roulé.

Ryōgen a fait venir deux aides pour effectuer les rites et moi, j'ai invité deux amies proches à y assister. Il y avait ma partenaire et meilleure amie, Mari Yamamoto, et bien sûr Emi Tojima, la charmante infirmière hippie astrologue et spiritualiste que j'avais rencontrée à la veillée de Michiel en juillet 2012. Il s'est avéré que Mari et Emi étaient nées le même jour. Ça, c'est de la synchronicité, pas vrai. J'ai découvert ça à la fin de la cérémonie. Celle-ci s'est passée sans encombre, j'ai juste failli trébucher une seule fois sur le kimono. J'ai réussi à garder mon calme en me disant que Mari glousserait de façon incontrôlable si jamais je tombais. Nous avons ensuite tous mangé beaucoup de tempura et des voisins se sont joints à nous. Après tout cela, j'ai remercié Ryōgen et je suis retourné au travail.

Ma formation continue. Quelques semaines après avoir prononcé mes vœux, j'ai participé à une retraite au temple principal de la préfecture de Fukui, à Eiheiji. L'expérience était spartiate, et le zazen commençait à 3 heures du matin. Les repas végétariens ont même fini par me plaire.

Qu'est-ce que cela signifie, devenir prêtre ? Ça signifie que je vais m'efforcer d'être une meilleure personne et que je pourrai peut-être un jour diriger un petit temple quelque part et célébrer des services funéraires, voire des mariages. J'ai entendu dire que les mariages bouddhistes faisaient un retour en force. « Le bouddhisme, ce n'est plus seulement pour les morts. » Ce sera ça, mon slogan pour promouvoir les mariages bouddhistes.

Comment je m'en sors jusqu'ici pour observer les préceptes ? C'est une sacrée liste. J'ai réussi à tenir quelques jours sans les enfreindre. Ils sont importants. Le bouddhisme zen ne vous demande pas vraiment de croire en quoi que ce soit. C'est ce que vous faites qui compte. À l'avenir, gardez en tête que vous aurez le droit de me reprocher de ne pas respecter les vœux, parce que je suis censé le faire. Vous pouvez voir qu'il s'agit en fait de très bons principes à suivre quand on veut bien se conduire. J'ai mes propres robes et mon nom bouddhiste. Il est vraiment difficile à prononcer. Wa-Shuu-Ryou-Jo (和洲良舒). Ryōjo pour faire court. Mais ne m'appelez pas « Joe ».

Wa signifie « harmonie » et le caractère représente aussi le Japon. *Shu* signifie « récif » ou « caye ». *Ryō*, du nom de mon professeur, signifie « bon », « convenable » et « vertueux », et *jo* signifie « grandir » et aussi « doux », « graduel » et « lent ». Ainsi, Ryōjo, mon nom bouddhiste abrégé, peut se traduire par « se détendre » ou « faire le bien progressivement ».

Vous vous souvenez peut-être qu'un certain chef yakuza a transformé sa robe de bouddhiste en gilet pare-balles en devenant un prêtre bouddhiste Tendai. Pourtant, il est toujours là à faire le mal et n'a jamais semblé se repentir de la souffrance qu'il a causée.

J'aimerais croire davantage à la métaphysique du karma. Parce que s'il y a vraiment une justice cosmique, alors il finira par recevoir ce qu'il mérite. Et ce ne sera pas agréable pour lui. Mais ce n'est plus mon problème. Je vais laisser l'Univers s'en occuper.

À propos du bouddhisme, il y a beaucoup de mysticisme zen et beaucoup de verbiage qui se limitent aux aspects ésotériques des religions. Zen (禅) signifie méditer et, si on le combine au bouddhisme, on obtient un type de bouddhisme qui accorde une grande importance à l'acte de méditation, plutôt qu'à la prière et à la recherche du salut auprès d'un bouddha divin ou à des pratiques ésotériques éreintantes. Le mot « zen » lui-même a été réduit à un terme branché qu'on utilise pour expliquer une « façon mystique et/ou mystérieuse de faire quelque chose ».

Ainsi, il existe des livres comme *Présentations zen* qui vous donneront des conseils sur la meilleure façon de vous adresser à votre public sans PowerPoint. Ou des choses sidérantes comme *Tarot Osho Zen : le jeu transcendental du zen (avec jeu de 79 cartes et livre de 192 pages)*. Je ne pense pas que le maître zen Dōgen ait pris un jeu de cartes en main une seule fois dans sa vie.

Alors, vous serez peut-être curieux de savoir ce qu'est le bouddhisme zen. Historiquement, on pourrait dire qu'il s'agit d'un mélange de taoïsme et d'un mouvement visant à ramener le bouddhisme à ses racines originelles, par le biais de la recherche de l'illumination à travers la méditation et le respect d'un code moral. Le bouddhisme zen Sōtō accorde beaucoup d'importance à l'acte de méditer. Le bouddhisme zen Rinzai recherche l'illumination par la résolution de kōans (énigmes métaphysiques ou religieuses).

Un kōan classique : quel est le son d'une main qui claque ? La réponse top secrète est la suivante : une gifle. C'est la meilleure blague zen qui soit. Les bouddhistes ont un grand sens de l'humour. Un bien meilleur sens de l'humour que le yakuza moyen. Ce n'est pas vraiment si mystique que ça.

Malgré les innombrables ouvrages qui ont été écrits sur le bouddhisme zen Sōtō et les livres de Dōgen Zenji lui-même, ce n'est pas si compliqué. Maître Dōgen l'a résumé en un paragraphe :

> ***Ne commettez pas d'actes nuisibles, ne vous attachez pas au cycle de la mort et de la renaissance. Faites preuve de bonté, respectez les anciens et ayez de la compassion pour les jeunes. N'ayez pas un cœur qui rejette ou un cœur qui convoite et n'ayez aucune inquiétude ou tristesse dans votre cœur. C'est cela qu'on appelle l'illumination. Ne la cherchez pas ailleurs.***

Je suppose qu'on peut très bien la trouver à Tokyo, alors. À ce propos, les yakuzas se considèrent souvent comme des créatures de l'un des six royaumes d'existence que propose le bouddhisme japonais. Ils sont au-delà de l'état de simple être humain. Ils se considèrent comme des *shura* (*ashura*), les esprits guerriers, éternellement engagés dans le combat. Les *ashura* sont motivés par la colère, la jalousie et l'amour de la bataille. Ils sont féroces, puissants et ils adorent se battre. Ils ressemblent aux humains en ce sens qu'ils sont capables de faire à la fois le bien et le mal. À titre personnel, je vois plutôt les yakuzas comme des *gaki*, les fantômes affamés, les esprits de ceux qui sont pris entre la mort et la vie, piégés par leur propre avidité insatiable et leurs attaches. En général, ces fantômes affamés sont représentés avec des estomacs énormes et des gorges minuscules, car ils sont condamnés à vivre dans la douleur sans jamais pouvoir assouvir leurs désirs. Voilà ce que sont les yakuzas. Peut-être que la plupart des gens sont comme ça aussi, malheureusement.

J'ai essayé de considérer mes vœux de prêtre bouddhiste comme une chance d'arrêter de mener des enquêtes sur les yakuzas. J'ai dit à quelques sources encore dans la partie : « J'ai tourné la page maintenant. Je me suis "lavé les pieds" et je suis passé à autre chose. »

Cette déclaration a eu l'effet inverse sur un chef de gang à qui j'en avais parlé. « C'est génial ! De nos jours, c'est devenu tellement difficile de trouver un prêtre bouddhiste qui accepte de faire des funérailles de yakuzas. Avec les ordonnances contre le crime organisé et toutes ces saloperies. On peut vous appeler ? »

Je lui ai dit qu'il me faudrait quelques années pour apprendre les subtilités de l'organisation d'une veillée ou d'un service funéraire. J'essaie encore de gagner du temps.

ÉPILOGUE

Je regarde les années qui se sont écoulées entre *Tokyo Vice* et aujourd'hui et je me dis que j'ai eu de la chance. Mes enfants sont tous les deux à l'université et ils s'en sortent bien, je touche du bois.

Tokyo Vice a été adapté sous forme de série télévisée et, que celle-ci soit bonne ou mauvaise, il a été fantastique de voir ça arriver.

Et on m'a donné la chance de pouvoir me réincarner dans cette vie. Jake Adelstein, détective privé, cède lentement la place à Ryōjo (良舒), prêtre bouddhiste zen et paladin occasionnel.

J'ai rencontré une femme que j'aime comme un fou, Jessy Nakamura, sur Bumble, si vous pouvez le croire, et jusqu'à présent, j'ai réussi à ne pas tout gâcher. Et je ne pense pas que je le ferai.

J'avance très lentement dans mon apprentissage des ficelles du métier de prêtre bouddhiste zen chevronné. Je dois encore apprendre à célébrer les funérailles et les mariages. Il y a des kōans à résoudre. Il n'y a qu'un seul rituel que j'ai appris à bien maîtriser. C'est l'exorcisme des fantômes affamés. Pour les bannir de ce monde et les aider à passer dans le suivant. Comme par hasard, l'une de mes premières tâches en tant que prêtre assistant a été d'organiser un service pour ces esprits affamés, et de leur offrir de la nourriture et des prières, afin qu'ils passent à une meilleure incarnation. La cérémonie s'appelle *o-segaki*. Je l'ai refaite quatre fois maintenant. Ces derniers temps, beaucoup de gens me demandent si je peux chasser les esprits des maisons hantées. Je suis prêt à essayer. Même si je ne sais pas si je crois à la part métaphysique du bouddhisme. En toute honnêteté, je ne sais pas s'il existe vraiment des lieux hantés ni si l'esprit de certaines personnes mortes dans des circonstances néfastes refuse de quitter ce monde. Je comprends pourquoi ceux qui perdent les personnes qu'ils ont aimées ne peuvent pas vraiment se détacher d'elles. J'imagine que c'est beaucoup plus difficile quand il s'agit d'un fantôme affamé, dépourvu de forme corporelle et sans aucune idée d'une stratégie permettant de s'échapper.

Même quand on est vivant, il est difficile de passer à autre chose.

Je ne sais pas comment on peut vraiment concilier les vœux d'un prêtre bouddhiste zen et le métier de journaliste. Je ne sais pas jusqu'à quel point on peut véritablement aider une autre personne à trouver le bonheur et la sagesse dans ce monde.

Ce que je sais, c'est ceci : il est parfois possible de faire ce qu'il faut. Il est parfois possible d'exorciser les fantômes qui hantent les autres. Le problème est que, peu importe où on va, on ne peut jamais vraiment se débarrasser de ses propres fantômes. Pas dans mon cas, pas dans cette ville.

IN MEMORIAM

Igari Toshiro a quitté ce monde depuis longtemps, mais même depuis l'au-delà, il continue à mettre les yakuzas hors circuit et ça, c'est une très bonne chose. C'est une histoire qui mérite de se voir racontée ici, car sinon, où trouverait-elle sa place ?

La fin des yakuzas à l'ère moderne a réellement commencé en 2001 à l'hôtel Westin. L'hôtel se trouvait sur Ebisu Garden Place, un ancien point chaud de Tokyo. Au cas où vous l'auriez oublié, le Westin était le love hôtel le plus haut de gamme du secteur, bien connu pour son côté bling-bling. Tadamasa Goto résidait à l'hôtel, en compagnie de sa cohorte de malfrats en costume sombre, et ils ne se conduisaient pas bien du tout.

Le quartier général du gang de Goto se trouvait dans la préfecture de Shizuoka, mais Goto dirigeait en personne l'invasion de Tokyo par le Yamaguchi-gumi et il venait souvent en ville. Bien entendu, il appréciait les hôtels chics, et il y effectuait parfois des séjours assez longs.

Il s'était entiché du Westin et aimait y rester plusieurs jours d'affilée. À chacune de ses visites, il versait à l'hôtel une provision en yens équivalente à 10 000 dollars : sur le plan financier, pour l'hôtel, il était donc un très bon client. Le problème venait de ce que, plus il restait longtemps, plus il faisait preuve d'insolence et d'exigences extravagantes. Un ancien directeur de l'hôtel parlait de lui comme d'un « individu des plus déplaisants ».

Un bel exemple du fameux don japonais pour l'euphémisme.

Au milieu de la nuit, il appelait le room service, réclamait des bouteilles de vin spéciales, ou parfois des préservatifs, ou de la nourriture qui ne figurait pas au menu. Il demandait à l'hôtel de lui procurer des prostituées, ce que le personnel de nuit refusait poliment de faire, feignant l'incompréhension. Pendant ce temps, ses hommes laissaient leurs Mercedes-Benz noires garées devant l'hôtel pendant des heures.

Le directeur de l'hôtel, qui approchait de la retraite, se choisit en guise d'ultime défi professionnel la mission de débarrasser les lieux de ce client importun, une fois pour toutes. Ainsi, par une froide soirée d'octobre, quelque peu angoissé, il décida de rendre personnellement visite à Goto pour lui demander de quitter l'hôtel. Quand il entra dans sa suite, les hommes de Goto le mirent en face du trublion en chef.

Le directeur ne mâcha pas ses mots.

« Tout le monde ici sait très bien qu'un célèbre boss des yakuzas réside dans cet hôtel, et c'est de vous qu'il s'agit. En toute franchise, les employés ont peur et se sentent tous mal à l'aise et cela les empêche de faire correctement leur travail. Il est de mon devoir de vous le demander : pourriez-vous avoir l'obligeance de quitter notre hôtel sur-le-champ ? »

La requête surprit Goto, mais il garda son calme. Il demanda à examiner les contrats d'hébergement de l'hôtel ; ces contrats sont ceux que l'on signe lorsqu'on s'inscrit dans n'importe quel hôtel, au Japon. Assis sur sa chaise devant le petit bureau, flanqué de ses deux gardes du corps, il parcourut du bout des doigts le document, ligne après ligne, puis finalement riposta. :

« Où est-il écrit là-dedans que les yakuzas ne sont pas autorisés à résider dans cet hôtel ? Je ne vois pas le moindre mot à ce sujet. Montrez-moi ça. »

Il jeta les papiers au visage du directeur de l'hôtel, qui ne sut que répondre.

Goto poursuivit : « Est-ce que le fait d'être un yakuza est illégal ? Eh bien, non, ça ne l'est pas. Et pourtant, vous me demandez de m'en aller. Moi, un de vos meilleurs clients. Et cela, pour quel motif au juste ?

– Le motif, c'est que votre présence ici perturbe les clients et le personnel », répliqua le directeur.

Et le dialogue continua. Dix minutes. Une heure. Au bout de trois heures, le directeur de l'hôtel n'avait toujours pas renoncé. Finalement, il se mit à quatre pattes en pleurant et supplia Goto de partir. Goto, par frustration ou par admiration, lui dit : « Vous ne manquez pas de cran. Je comprends. Peut-être bien que je vais partir d'ici. »

Au matin, Goto et son entourage s'en allèrent. Mais ils laissèrent une chose derrière eux : la caution de 10 000 dollars. C'était là un vrai casse-tête pour l'hôtel, un éléphant caché dans un coffre-fort. Ils ne savaient pas du tout où renvoyer cet argent, et quand bien même l'auraient-ils su, les yakuzas ne se seraient-ils pas sentis offensés par un tel geste, décidé sans concertation préalable ? D'un autre côté, ils n'avaient guère envie d'inviter le boss et toute sa bande à revenir à l'hôtel pour y récupérer leur argent. Alors, ils se décidèrent à prendre conseil auprès d'un procureur à la retraite bien connu pour sa capacité à traiter avec les yakuzas et pour le fait qu'il ne les portait pas dans son cœur. Cet homme, c'était Toshiro Igari.

Au terme de longs échanges entre Igari et les acolytes du gangster, Igari avait rédigé un document juridique destiné à solder leur passif et l'avait envoyé à Goto. Le secrétaire personnel de Goto s'était rendu au bureau d'Igari et celui-ci lui avait remis la caution en liquide.

L'histoire aurait pu s'arrêter là, mais elle avait donné une idée à Igari. Et si, dans les contrats d'hébergement, une clause avait expressément interdit aux membres du crime organisé de séjourner à l'hôtel ?

En théorie et en pratique, il existait déjà des restrictions sur ce que les membres du crime organisé pouvaient faire ou non et il appartenait donc à l'hôtel, comme à tout autre établissement, de refuser d'accueillir des criminels. Les principaux groupes criminels étaient désignés comme tels par la justice japonaise, et leurs membres devaient se plier à des règles strictes. Après avoir mûrement réfléchi à cet incident, Igari eut une idée simple mais brillante : la clause de restriction relative au crime organisé.

En japonais, boryokudan haijo joko (暴力団排除条項).

Igari me l'avait expliquée avec enthousiasme autour d'un verre, au bon vieux temps.

« J›ai décidé que nous devrions utiliser le droit des contrats et créer une clause d›exclusion du crime organisé que l'on pourrait insérer dans n'importe quel contrat ou accord commercial au Japon. Une clause qui donnerait aux gens un moyen de se protéger quand ils doivent traiter avec les yakuzas. Comme nous le savons tous les deux, des lois existent déjà pour limiter le pouvoir de nuisance de ces voyous, mais elles sont faibles et inefficaces. Enfin, c'est exact si on limite le débat au seul droit pénal. Mais grâce au droit contractuel et au droit civil, nous pourrions très certainement créer des barrières contre les yakuzas. Et peut-être, oui, peut-être bien que nous pourrions créer une base légale pour les tenir à distance des hôtels et des clubs de golf, et même pour les chasser de la société japonaise »

Il continua son explication avec un grand enthousiasme. Je l'écoutai attentivement.

« Ce directeur d›hôtel a fait preuve de beaucoup de courage et je l›admire pour cela. Mais on ne peut pas demander à tout le monde de se conduire en héros. Alors, si on prenait ce cas précis et si on en tirait des leçons ? Si le contrat d›hébergement avait contenu une clause précisant qu'aucun yakuza ne peut résider à l›hôtel, ils auraient pu mettre Goto à la porte sans souci. Tout aurait été facile et simple. Si toutes les entreprises intégraient une clause de ce type dans leurs contrats et dans leurs accords commerciaux, ça leur donnerait une porte de sortie idéale en cas de problème.

– Comment est-ce que ça fonctionnerait ?

– Eh bien, le personnel dirait juste : "Nous sommes au regret, mais nous ne pouvons pas traiter avec vous à cause de cette clause qui nous interdit de commercer avec des forces antisociales. Veuillez vous en aller." Ce serait un outil précieux pour traiter avec ces gens et les garder à bonne distance. Voilà ce que je me suis dit. »

Je n'étais pas aussi sûr que lui que ça pourrait marcher.

« Que stipulerait cette clause, exactement ? »

Il sortit son livre qui avait été publié au mois de novembre l'année précédente. Il s'intitulait Les Forces antisociales à l'assaut de votre entreprise. Sur la jolie couverture d'un vert criard, un petit chef yakuza vêtu d'un costume gris froissé et coiffé d'un feutre gris brandissait un pistolet juste sous le nom d'Igari. Il se mit à feuilleter le livre, jusqu'au chapitre concernant sa clause, qui en proposait un exemple.

Pour moi, ça avait tout l'air d'un coup de maître, mais...

« Igari-sensei, je ne vois toujours pas comment cela pourrait fonctionner dans la vraie vie. »

Il se mit à rire. Il tira un autre document de son attaché-case.

« Celui-ci est un peu plus simple, Jake-san. C'est un projet pour une banque. Je le mets en route pour un client... Vous devinerez vite de qui il s'agit.

– Citibank ? »

De nouveau, il rit.

« Je vous faciliterais trop la tâche. »

Cette fois-ci, c'était beaucoup plus clair. Je n'avais jamais vu de document comparable au moment d'ouvrir mes comptes bancaires, mais j'eus la sensation qu'à l'avenir il allait devenir la norme dans toutes les banques.

Igari me sourit et me tendit une copie du document.

« Si un yakuza ouvre un compte bancaire après avoir signé ce contrat, il ne pourra pas protester si l'on ferme son compte. Si la banque soupçonne son client d'être un yakuza, ou si un compte d›entreprise est ouvert pour une société-écran des yakuzas, cette banque pourra exiger des renseignements pour effectuer des vérifications. Si le client refuse d'obtempérer, la banque pourra, là encore, fermer le compte. Le client devra reprendre son argent et le placer ailleurs.

– Et s'il refuse tout simplement de signer le contrat ?

– Alors il ne pourra ouvrir un compte en banque nulle part.

– Et s'il signe en cachant ses liens avec les yakuzas et ouvre tout de même un compte ? »

Igari se pencha en arrière et croisa les bras.

« C›est justement ce que j›espère. Dans certains cas, la personne qui signe, et surtout si elle est un membre à part entière d'un clan de yakuzas, commet un parjure dès le moment où elle signe le contrat. Car de toute évidence, elle sait très bien qu'elle a menti. Et en ce cas, ce n'est plus une affaire civile, c'est une affaire criminelle. Les flics arrivent, le yakuza est fichu. Il va en prison. Le compte est clôturé.

– Wow. »

C'était une bonne idée. Je pouvais voir l'effet qu'elle produirait. Si chaque institution du Japon insérait ces clauses dans ses contrats, d'ici quelques années, la plupart des yakuzas ne pourraient plus s'inscrire dans un hôtel, ni ouvrir un compte en banque, ni louer une voiture ou acheter une maison.

En 2009, l'Agence nationale de la police a consulté Igari sur les moyens de mieux combattre le crime organisé ; il leur a essentiellement suggéré de prendre la clause d'exclusion du crime organisé et d'en faire une loi. J'ai interrogé l'un des hauts fonctionnaires impliqués dans la promulgation des ordonnances, qui n'a pas tari d'éloges à propos d'Igari. Ils l'ont tout simplement pris au mot.

C'était une idée simple. Utiliser les ordonnances locales et faire en sorte que ce soit un crime de payer les yakuzas et/ou de faire des affaires avec eux. Et rendre obligatoire la présence dans tous les contrats d'une clause d'exclusion du crime organisé. La préfecture de Fukushima a publié la première de ces ordonnances en 2009. Au 1er octobre 2011, Okinawa et Tokyo aussi les ont mises en place. Les ordonnances d'exclusion du crime organisé ont dès lors été en vigueur au plan national. Et la chute des yakuzas a commencé.

Les gens ont cessé de payer pour leur protection. Les yakuzas se sont retrouvés dans l'impossibilité d'aller à l'hôtel, de jouer au golf, de louer une voiture, d'ouvrir un compte bancaire ou d'avoir un téléphone portable. La vie de yakuza est devenue un tel calvaire que beaucoup y ont renoncé. Et leur nombre ne cesse de rétrécir.

Si l'on doit attribuer à quelqu'un le mérite (ou, si vous êtes un yakuza, la responsabilité) de la fin du pouvoir des yakuzas au Japon, c'est bien à Igari Toshiro… et à une autre personne.

Igari n'est plus en vie.

L'autre personne responsable, directement et indirectement, est Goto Tadamasa. Lui, il est toujours vivant. Si j'étais un yakuza furieux de me retrouver privé de boulot, je crois que je sais sur qui j'irais déverser ma colère.

Je dis ça juste en passant.

REMERCIEMENTS

Il n'est pas nécessaire d'avoir un village entier derrière soi pour écrire un livre, mais avoir des amis vous sera d'une aide précieuse. J'aimerais donc remercier Shoko et Amy Plambeck qui ont toutes deux amélioré, relu et corrigé ce manuscrit. Shoko a fait une première révision et sa petite sœur, Amy, une seconde, corrigeant la syntaxe, suggérant de meilleures formulations et faisant ici ou là des commentaires judicieux qui m'ont aidé à resserrer le manuscrit.

Jessy Nakamura, ma tendre et chère, qui m'a tenu compagnie tout au long de la pandémie, a été ma lectrice dévouée, reprenant le livre chapitre par chapitre, avec beaucoup de plaisir et d'enthousiasme, et m'offrant parfois d'excellents conseils. C'est tout simplement la meilleure.

En outre, Lauren Hardie, mon ancienne correctrice à *The Daily Beast* et une amie de toujours, m'a donné un coup de main sur certains passages. Julianne Yuki Chiaet, qui avait déjà superbement corrigé *Le Dernier des yakuzas*, m'a également donné des conseils utiles. Tout comme Ben Dooley, journaliste juif lui aussi, et un vrai *mensch*. Kaori Shoji, le meilleur écrivain que je connaisse toutes langues confondues, m'a aussi aidé à surmonter l'angoisse de la page blanche qui aurait pu faire dérailler le livre tout entier. William Clark, mon agent, un saint bouddhiste tibétain débonnaire, a tout fait pour que ce livre vienne garnir votre bibliothèque.

Pendant la période où j'étais détective privé et menais des enquêtes, Alex et Toshiko Mordine ont toujours veillé sur moi et se sont révélés les meilleurs associés dont vous pourriez rêver en matière de sécurité. Alex est un peu le frère aîné que j'aurais voulu avoir. Il est lui aussi en train d'écrire son livre, qui sera sensationnel. J'aimerais aussi remercier M. Oldman, dont je ne peux pas donner le vrai nom dans ce livre ; ce fut une joie de travailler pour un homme d'une si grande intégrité morale et doté d'un tel courage.

Je veux aussi exprimer mes condoléances et mes remerciements à certaines personnes qui ne sont plus parmi nous. Toshiro Igari, vous avez été le meilleur avocat que j'aie jamais eu et un merveilleux mentor. J'espère que, dans la prochaine vive, vous reviendrez sous les traits d'un bouledogue qui sera traité avec le plus grand soin. J'aurais aimé que Christopher Dickey, de *The Daily Beast*, soit encore des nôtres pour lire ce livre. C'était un journaliste exceptionnel, un rédacteur en chef de première force et, mince alors, ce qu'il peut me manquer.

Nico Hines et Noor Ibrahim font un travail superbe et gardent son esprit bien vivant, tout comme Katie Baker. Noah a quitté le navire pour s'embarquer chez *Rolling Stone*, et qui pourrait l'en blâmer ? C'est un super-boulot et il le fait bien. Andrew Salmon, mon rédacteur en chef chez *Asia Times*, a lui aussi été un délicieux camarade de travail.

Un profond et humble merci à mon maître zen, Ryōgen, pour son honnêteté brutale et son sens de l'humour parfois très drôle. Je jure de résoudre ce kōan et de maîtriser le processus du pliage de mes robes au cours de mon incarnation présente. Larry Futa, l'agent spécial préféré de tous, j'aimerais bien que tu sois encore à Tokyo, mec. Jim Stern, merci d'avoir toujours protégé mes arrières. Ken, ne retourne pas à l'agence. Nous autres, civils, on a besoin de toi.

Merci à Mari Yamamoto, ma meilleure amie et ma co-autrice à *The Daily Beast* depuis 2015. Je ne peux te dire à quel point je suis heureux de te voir réussir dans ton autre carrière, en tant qu'actrice, même si je regrette de ne plus pouvoir te donner la réplique pour préparer tes auditions. Grâce à tes recommandations pendant ces enregistrements, comme « Tu pourrais essayer de ne pas respirer ? », ma capacité pulmonaire est améliorée. Je finirai peut-être même par devenir amphibie, un de ces jours. Plaisanterie à part, toi et Wolf, vous êtes les meilleurs. J'ai une dette envers J. T. Rogers, dramaturge, merveilleux ami, copain de lycée et *showrunner* de la série *Tokyo Vice* pour HBO Max. Parce que lui et Alan Poul (et la magnifique Mari Yamamoto en coulisse) ont fait le boulot le plus dur, j'ai pu me concentrer sur ce livre, qui est la suite de *Tokyo Vice*, plutôt que sur la série. Un remerciement spécial à Jessica Walker Roberts, la meilleure amie de Mimi, pour son soutien et sa compréhension.

Je tiens à exprimer ma gratitude à toute l'équipe du podcast *The Evaporated : Gone with the Gods*, qui a été enregistré pendant que j'écrivais ce livre. Josh Dean, notre chef intrépide et toujours patient (Campside Media), Taka Yasuzawa (maître suprême des ingénieurs du son), Thisanka Siripala (notre adorable productrice et la toute première détective privée sri-lankaise du Japon), et bien entendu les sœurs Plambeck (Shoko et Amy.) Merci à Himari Semans, interne et journaliste et amie d'enfance de Beni Adelstein, qui a elle aussi travaillé sur ce programme.

Ma reconnaissance va aussi à mon fils, Ray Adelstein, qui a travaillé dur pour décrocher une bourse d'études, et m'a ainsi permis de payer mon loyer toute l'année écoulée.

Mes remerciements profonds et sincères à Cyril Gay, Clémence Billault et Guillaume Guilpart, les fondateurs de Marchialy. *Tokyo Vice* a été le premier livre qu'ils ont publié et celui-ci est déjà le quatrième que j'écris à leurs côtés. Comme beaucoup d'auteurs, je peux me montrer obstiné et un peu difficile, mais ils se sont toujours débrouillés pour travailler avec moi de façon à rendre les livres finis dignes d'être édités et publiés chez Marchialy : de la *narrative nonfiction* créative, chargée de sens et capable de vous ouvrir les yeux. Ce ne sont pas seulement mes éditeurs, c'est ma seconde famille. Et le plus récent ajout à cette famille, Doug Headline, a fait un travail remarquable en devenant ma voix française. Je lui suis très reconnaissant pour la traduction et transmutation de ce livre de l'anglais vers le français.

Enfin, merci à vous, qui lisez à présent ces mots et qui avez peut-être lu mes autres travaux. Un écrivain ne peut pas exister sans lecteurs et j'espère que, lorsque vous aurez terminé ce livre, sa lecture ne vous aura pas seulement divertis, mais que vous le quitterez avec un regard un peu plus éclairé sur ce monde. Toute la sagesse que j'ai eu la chance d'acquérir durant mes cinquante-quatre années de vie, je l'ai transcrite ici à votre intention.

Prenez soin de vous.

AUX ÉDITIONS MARCHIALY

Jake Adelstein,
Tokyo Vice
Le Dernier des yakuzas
J'ai vendu mon âme en bitcoins

Cristian Alarcón,
Que ma mort soit une fête

Sinar Alvarado,
Portrait d'un cannibale

Noé Álvarez,
10 000 km

Jorge Enrique Botero,
Attends-moi au ciel, capitaine

Sebastian Castelier et Quentin Müller,
Les Esclaves de l'homme-pétrole

Jean-Charles Chapuzet,
Mauvais plan sur la comète
Du bleu dans la nuit

Élise Costa,
La Nuits que l'on choisit

John Danalis,
L'Appel du cacatoès noir

Timothée Demeillers et Grégoire Osoha,
Voyage au Liberland

Sonia Faleiro,
The Good Girls

Armand Gatti,
Envoyé spécial dans la cage aux fauves

Manon Gauthier,
Les Pièces manquantes

Alma Guillermoprieto,
La Révolution, la danse et moi

Allison Hoover Bartlett,
L'Homme qui aimait trop les livres

Kirk Wallace Johnson,
Le Voleur de plumes

Kapka Kassabova,
Lisière
L'Écho du lac

Jay Kirk,
Esquive le jour

Raphaël Krafft,
Les Enfants de la Clarée

Jessica J. Lee,
Deux arbres, une forêt

Romain Lescurieux et Antonin Vabre,
La Montagne inversée

Karim Madani,
Jewish gangsta
Tu ne trahiras point

Raphaël Malkin,
Le Rugissant
Lieutenant Versiga

Juan Pablo Meneses,
La Vie d'une vache
Le Prodige
Un dieu à soi

Miguel Prenz,
La Guerre des dinosaures

Evan Ratliff,
Disparaître dans la nature

Alberto Salcedo Ramos,
L'Or et l'Obscurité

Anjan Sundaram,
Kinshasa jusqu'au cou
Bad News

Taina Tervonen,
Les Fossoyeuses
Les Otages

Titaÿna,
Une femme chez les chasseurs de têtes
Les Ratés de l'aventure

Simon Worrall,
Le Faussaire de Salt Lake City

Rémi Yang,
Roses d'acier

Sept ans après la sortie de notre premier titre, *Tokyo Vice*, Jake Adelstein clôt un nouveau cycle avec *Tokyo Detective*. Sept années comme autant d'épreuves et de transformations personnelles. Le parrain de la famille est devenu prêtre, et c'est toute la famille Marchialy qui s'en trouve assagie. Demeurent le goût de l'aventure, des histoires vraies et des livres que l'on ne peut reposer.

Kanpai!

Mise en pages : Studio Abble
Dépôt légal : mars 2023
Achevé d'imprimer en février 2023 par Aubin
Numéro d'impression 2212.0050
Imprimé en France
ISBN : 978-2-38134-019-7